Como ver nevar al Sol

ALEXANDRA ROMA

Como ver nevar al Sol

Plataforma
Editorial

neo

Primera edición en esta colección: noviembre de 2019

© Alexandra Roma, 2019
© de la presente edición: Plataforma Editorial, 2019
© de las ilustraciones del interior, Jan Sumalla Tello, 2019

Plataforma Editorial
c/ Muntaner, 269, entlo. 1ª – 08021 Barcelona
Tel.: (+34) 93 494 79 99 – Fax: (+34) 93 419 23 14
www.plataformaeditorial.com
info@plataformaeditorial.com

Depósito legal: B 24256-2019
ISBN: 978-84-17886-31-8
IBIC: YF

Printed in Spain – Impreso en España

Diseño de cubierta:
Ariadna Oliver

Realización de cubierta y fotocomposición:
Grafime

El papel que se ha utilizado para imprimir este libro proviene
de explotaciones forestales controladas, donde se respetan
los valores ecológicos y sociales y el desarrollo sostenible del bosque.

Impresión:
Liberdúplex
Sant Llorenç d'Hortons (Barcelona)

El papel utilizado para la impresión de este libro
ha sido fabricado a partir de madera procedente
de bosques y plantaciones gestionados con los
más altos estándares ambientales.
Papel certificado Forest Stewardship Council ®

MIXTO
Papel procedente de
fuentes responsables
FSC® C109440

A mis chicas del CAM, Sandra, Sheila, Sara, Raquel, Andrea, Nuri, Virginia y Ruth, y a mi mejor amigo, Alberto, cada vez que levanto la cabeza y os veo en una firma os convertís en un millón de razones por las que seguir soñando.

«No olviden que a pesar de todo lo que les digan, las palabras y las ideas pueden cambiar el mundo (...). Les contaré un secreto: no leemos y escribimos poesía porque es bonita. Leemos y escribimos poesía porque pertenecemos a la raza humana; y la raza humana está llena de pasión. La medicina, el derecho, el comercio, la ingeniería, son carreras nobles y necesarias para dignificar la vida humana. Pero la poesía, la belleza, el romanticismo, el amor son cosas que nos mantienen vivos.»

JOHN KEATING, El club de los poetas muertos

PRÓLOGO

Hoy, abril de 2020, NY
3 a. m.

El frío se instaló en mis pulmones durante el invierno del 95 y desde entonces respiro hielo como si todos los días fuesen uno de enero.

Los órganos palpitan debajo de la piel, se retuercen en fuego y luchan por trepar el muro de mi garganta para salir despedidos por la boca. Sé que no debería preocuparme, que hace días que es primavera y dejé atrás el puto inicio de año. El poder de la ola de los recuerdos o el efecto secundario de la mierda esnifada, fumada o vivida es más potente e indestructible. Así lo siento. Con toda su crudeza. No hay más.

La memoria me lanza atrás sin consultar. Es lo que tenemos los supervivientes, distinguimos el miedo y corremos kamikazes al encuentro de unos ojos que nos pueden matar y que, por retorcido que suene, echamos de menos. El riesgo convierte la existencia en un tablero interesante, sufrir las heridas y morder encima para tener control sobre las marcas.

Cicatrices que me llevan a los fantasmas escondidos en una casa del sur del Bronx con unas paredes de papel por las que se colaban los gemidos del hombre del segundo, que engañaba a su mujer con cualquiera que se la pusiese dura, las palizas que le daba a la suya el del tercero, el viento de afiladas cuchillas del invierno y el sonido de los trenes que llegaban con vagones casi vacíos porque esa zona no era segura y tenía más de campo de batalla disfrazado que de barrio de ciudad.

—Concéntrate en respirar. —Escucho la voz de mi padre retomando las funciones de analgésico. Soy testigo de su preocupación al comprobar que el interior del osito con el que dormía de niño está vacío—. Lo ha encontrado. —La fuerza de un rayo le atraviesa el rostro y el peluche marrón destripado acaba rebotando contra la televisión antes de aterrizar en el suelo cuando lo lanza frustrado.

Sé que es una porción de pasado enterrado y que no está sucediendo ahora. Sé que las notas que se desvanecen en los años son irrecuperables y dejan un pentagrama de huella. Sé que ese pequeño asustado con el que comparto cuerpo se me ha metido dentro y no identifica qué le preocupa más. Los sudores. El frío. La sensación de que a ese ritmo de convulsiones va a vomitar las tripas y se quedará hueco como el muñeco. La certeza de conocer la respuesta de su madre al inevitable interrogatorio.

—¿Has apostado el dinero reservado para sus medicinas?

—No. —La observo de nuevo guardar tranquila las llaves en el bolso mientras mueve su melena rubia coqueta. Ningún remordimiento la delata.

—Déjame verlo. —Extiende la mano, imperturbable.

—Son mis cosas.

—Ahora.

—Vete a la mierda. —Gira sobre sus talones y a mí me da una sacudida que provoca que me duelan los músculos, los huesos y el pitido que taladra el cerebro. «Voy a morir», pienso, y podría adornarlo con que lo haré en una casa carcomida por la suciedad, rodeado de restos de pintura desconchada y sin haber hecho nada que retenga mi memoria una vez que pase, pero en realidad lo que hago, hice, aunque en este segundo parezca real, es pensar que iba a palmarla virgen.

El brazo de mi padre cruza mi borroso campo de visión febril y pega un fuerte tirón del asa del bolso negro brillante que le cuelga a ella. A mi madre no le da tiempo a oponer resistencia y se lo arrebata sin esfuerzo. Hace un amago de puchero para evitar que lo abra y, cuando se da cuenta de que no surte efecto, pone los ojos en blanco conforme él confirma las sospechas.

—¿Documentación falsa? —Parpadea perplejo.

—Tu culpa. Te has encargado de que no me dejen entrar al bingo con la oficial. —Se encoge de hombros.

—Dime que no te has gastado hasta el último penique, por favor. —Su ira se disuelve en la necesidad de agilidad mental para resolver la situación con urgencia. Se impone un silencio interrumpido por el motor de mi pecho y el castañeo de dientes que le acompaña—. ¡Vamos! —grita impaciente, mientras se pasa la mano por el pelo negro rizado que empieza a estar salpicado por las primeras canas.

—¿Qué? ¿Te miento? —Clava sus ojos verdes en los marrones. Lo reta. Mi padre recula.

—¿Al menos has ganado algo?

—La suerte no estaba de mi lado esta noche —zanja. Mi anatomía responde a lo que esconde su afirmación, toso, los ojos comienzan a escocerme y me arde la garganta. Sostiene su mirada cargada de desdén en las lágrimas y pasa de largo. No le gusta la gente débil, menos si esa gente débil soy yo.

—¿Es que acaso no le ves? Está muy enfermo.

—Por Dios, Reed, han sido cien malditos pavos. ¡Cien! Si tuvieras un sueldo decente para mantener a tu familia, no... Si tuvieses un sueldo decente, no pareceríamos ratas recién salidas de una cloaca y todo sería diferente —resuelve. Pasa de largo como si nada y frena al lado de la puerta de su habitación—. Haz que se calle. —Y hasta que no cierra de un portazo tras ella no me doy cuenta de que mi llanto discreto se ha transformado en un triste lamento repleto de amargura, tragando saliva y creando odio.

Solo soy una aventura fallida. La rebelión que a una blanquita de dieciocho años recién cumplidos le salió mal al fugarse con el negro pandillero de los tatuajes. Pretendía darles en las narices a unos padres autoritarios y asentar su independencia. Se quedó preñada. Muy preñada. Tanto que yo llegué para ensancharle las caderas antes de tiempo y la llené de un resentimiento que la ha atrapado bajo su sombra y que me muestra siempre que tiene oportunidad.

Lloro porque no me quiere. Lloro porque el hielo de dentro no se va a derretir, es frío y quema. Lloro porque quiero follar con alguien antes de convertirme en un iceberg y desaparecer en esa porción de océano a la que no llegan los barcos. Y, a pesar de ser un recuerdo, detengo el tiempo para asegurarme de que no hay restos de lágrimas bajo mis ojos y sigo siendo un adulto que viste una máscara de acero impenetrable. Las yemas de mis dedos se encuentran con la sequedad de mi piel y vuelvo de nuevo años atrás, con mi padre luchando contra el destino, recogiéndome entre sus brazos y estrechándome para regular mi temperatura corporal con la suya.

—Concéntrate en... —regresa la voz de papá.

—¡No puedo respirar! —chillo. Ella, que decido que se merece más que la llame France que mamá, exige que cierre la boca a través de los endebles muros que parecen construidos a base de folios pintados con los restos de una familia destruida.

—Concéntrate en el sonido del tren. —Tomo desesperado aire con unas bocanadas que apuñalan mi garganta. Duele demasiado. Pruebo a obedecerle. Escucho el traqueteo de los vagones, el pitido al aproximarse a la parada y los engranajes que hacen que el suelo tiemble—. ¿Dónde te gustaría que te llevase?

—Al infierno. —Levanta una espesa ceja—. Allí hace calor —explico. Sonríe y entonces no lo sé, pero tiene la dentadura más blanca con la que me voy a cruzar.

—¿No se te ocurre ningún destino mejor para ir?

—Hawái. —Le sigo la corriente, porque el suburbano se lo traga todo y solo quedan sus ruedas deshaciendo distancia y lo más parecido a calma de las últimas horas.

—Un sitio así sí que se merece que saques dos billetes.

—Solo se puede llegar en avión o barco. —Chasqueo la lengua. Soy un niño que no se da cuenta de que su padre solo intenta distraerle.

—Vaya, suena caro. —Asiento—. Esta noche tendremos que conformarnos con visitarlo con esta. —Golpea la cabeza un par de veces.

—Mañana seguiremos siendo demasiado pobres para ir.

—Pero tendrás tus medicinas —pronuncia muy serio—. Te lo prometo. Solo tienes que aguantar hasta que vuelva de trabajar soñando con la playa Lanikai, el parque estatal de Waimea y Diamond Head. ¿Confías en mí?

Mi padre necesita que le crea. Asiento sin estar seguro de que una fantasía pueda comerse la profunda molestia que retuerce con puño de hierro mi salud. Al menos, allí. Lo observo cargarse la mochila al hombro, me da un beso en la frente para despedirse y sale rumbo a la fábrica en la que trabaja de vigilante para hacer el turno de noche.

El eco de sus pisadas no ha desaparecido cuando France comienza a rebuscar en los cajones por si algún pavo solitario ha escapado a sus exámenes rutinarios. El sonido de su ambición me marea. La isla verde esmeralda con arena fina de la que me ha hablado mi padre surge en mi imaginación. Casi puedo rozar el paraíso... Y vuelve la tos. Y mis convulsiones. Y mis pulmones que se quejan. Y todo lo que no sé, como que antes de que acabe esa noche estaré enterrado bajo una manta de nieve con mis medicinas y mi padre amanecerá en un calabozo oscuro y húmedo que precede a unos años entre rejas.

Sacudo la cabeza. Parpadeo hasta que el borrón que me rodea se vuelve nítido. La voz al otro lado del teléfono me devuelve al presente. La realidad del adulto estrella icónica del rap que ha trabajado en una férrea armadura para que le supongan invencible. Yo.

—¿Estás bien? —«Por tu puta culpa he viajado veinticinco años».

—Siempre.

—¿Has escuchado algo de lo que te he dicho, mamón?

15

—Nunca.

—Fiel a tus costumbres.

—Resultas un poco cargante.

Spike, mi representante, que se puso Doctor delante para que sonase más *cool*, es un buen tipo. Algo ingenuo, quizás, o menos corrompido que los demás. Sea como sea, me satura a base de no cerrar el pico y la manera en la que habla de mí, con la que me convierte en alguien mejor de lo que podría llegar a ser si desease ser una buena persona.

—Quieren una biografía.

—Pueden tirar de hemeroteca.

—¿No te gustaría que se supiese lo que se esconde tras las exageraciones?

—Espera un segundo… No. Sus mentiras me hacen más interesante.

—Dale una vuelta, ¿vale? Calmaríamos a los productores…

—¿Qué les pica a esos?

—Las letras que les prometiste para el nuevo disco se están retrasando… Mucho.

—Que le den a su impaciencia. Los Hamptons me están ayudando a inspirarme para superar el bloqueo.

—Hablando de eso, ¿en qué punto exactamente te encuentras?

—En el de «te voy a colgar».

—Tú no estás en Long Island, ¿verdad?

—No.

—Y tampoco te vas a pensar lo del libro.

—Me alegra que después de tantos años juntos empieces a conocerme.

—Ti…

—Adiós.

Cumplo mi amenaza. Guardo el móvil en el bolsillo de mi pantalón vaquero y lo dejo con la palabra en la boca. El paquete de tabaco arrugado está al lado, lo saco y me enciendo un cigarro. Absorbo la nicotina y dejo que el humo me abrace cuando lo suelto lento con el mentón levantado y la capucha de la sudadera para ocultarme cayendo hacia atrás. Paso el dedo por las frías rejas metálicas de la puerta de la entrada y la duda de por qué narices he acabado frente a este edificio entre todos los de Nueva York en plena noche me golpea de nuevo.

No estoy acostumbrado a perder el control. No estoy acostumbrado a que mis pies sean volante y acelerador. No estoy...

—Así que eres un cobarde.

No estoy solo.

—No me toques los cojones, Gavin. Ni siquiera tendrías que aparecer por aquí.

—Ventajas de mi situación.

Giro con lentitud y me topo con el negro de metro noventa, pañuelo en la cabeza y camiseta de cualquier equipo de segunda de baloncesto que se hace llamar mi mejor amigo. La luz anaranjada de una farola proyecta un halo a su alrededor por detrás. Y está sonriendo. Y su mirada sigue anhelando cosas. Y tiene toda la pinta de haber venido para joderme un ratito, como si no tuviese nada mejor que hacer.

—¿Cuánto te vas a quedar?

—No planeo que se alargue mucho. Hasta el amanecer suena soportable. —Repasa el aro de su nariz—. Suficiente para convencerte.

—¿De qué?

—¿De qué va a ser? La biografía no autorizada.

—Has escuchado la oferta de Doctor Spike.

—Sí. —Nunca dejará de ser un capullo entremetido. Ni ahora—. Creo que un repaso de la trayectoria de ese culo negro es lo que necesitas para que las letras de las canciones vuelvan.

—Necesito otra cosa —repongo con amargura.

—Hermano, te lo dije mil veces. No puedes tenerlo todo. —Voy a oponerme ante esa afirmación cuando me doy cuenta de que lleva razón. Puedo tenerlo casi todo. Casi.

Apuro el pitillo y lo aplasto contra el asfalto con la suela de mi bota.

—Paso de contarle mis movidas a un escritor que solo busca relanzar su carrera escarbando en las tripas de mis miserias.

—Explícaselas a ella, las de los años en los que ni siquiera os conocíais, los que compartisteis y los que… —Procuro que no se note que me afecta, que no necesito un nombre para saber a quién pertenece un *ella* con ese tono, y trago saliva—. Quita esa cara de póker. Das pena. —Se aproxima un paso y aprieto los puños—. Solo tienes que dejar fluir tu historia. La real. Da igual que nadie la transcriba o esté aquí para escucharla. Sácala de dentro. Cuéntasela como hizo ella en el hospital. Me dijo que fue liberador.

Le doy la espalda a Gavin. Tengo que pensar. Tengo que pensar en ti y… Cuesta. Regresar a tu lado es un ejercicio complicado. Igual que decidir cómo hacerlo, porque lo único que tengo claro en mitad de la agitación es que, si existe alguien a quien contaría mi historia, eres tú. Solo tú. Entre susurros íntimos o gritos apostando la voz. Y espero que esta confesión no te sorprenda. Nunca has dejado de ser mis primeras veces y, si lo hago, si tengo narices para soltarlo, te demostraré que no miento.

A lo largo de mi vida he repartido secretos, aunque nadie los conoce todos. Es de las pocas cosas que me aterran. Otorgar el poder de que alguien posea las piezas de mi rompecabezas, las junte en una misma figura y me vea. A mí. Sin ropa, tinta o huesos. Solo un interior al que aceptar o rechazar. Lo que eres. Lo que tienes. Verdad.

¿Y si dejo de gustarte?

No puedo ser transparente y mentirte a la vez. Si desenredo un interrogante, tendré que continuar por los demás. ¿Soy capaz? Podría empezar desvelándote uno de los fáciles. ¿Por qué mi nombre artístico en el rap es Tiger? Los negros me llamaban blanco y los blancos me llamaban negro, así que me puse el del animal cuyo póster coronaba mi habitación.

Hasta nunca, misterio, y, por lo que parece, puedo pegarle la patada a la X de la ecuación sin interferencias en la rotación del universo ni en la opinión que tienes de mí. Nada ha cambiado, pero tal vez… Tal vez si abrimos las compuertas de lo complicado, regresamos a la noche en la que mi padre necesitaba que le creyese, asentí y le vi marcharse a su trabajo… Tal vez si te cuento cómo acabé enterrado en la manta de nieve con mis medicinas y él en el calabozo, lo harías. O no. Se me olvida que conociste mi peor versión. Aquí va cómo llegué.

La noche del uno de enero del 95 rompí mi palabra después de que mi padre se fuese a currar y me dejara en casa enfermo, entré a hurtadillas en su habitación y robé la receta en la que venían escritas las medicinas para aplacar la pulmonía. O puede que fuese un simple constipado. O puede que mi madre no se inmutase, catapultada en la banda sonora de sus ronquidos, y yo haya borrado ese dato, como el de si, cuando me escapé de madrugada con una idea nublándome el juicio, pasé por el grafiti en honor al crío que murió en un cruce de balas o el del rapero Big Pun, si existían esos murales entonces.

Momentos accesorios condenados a ser olvidados. No como la caricia suave del pasamontaña que me venía enorme o la caída teatral que protagonicé al entrar en la farmacia para forzar que el dependiente saliese de la barrera segura del mostrador a ayudarme. No como la cara que se le quedó al trabajador al apreciar mi rostro oculto entre las sombras de la tela negra y notar el cañón de la pistola que sostenía contra sus costillas mientras le exigía que me diese lo que el médico había recetado en ese papel y la sanidad me negaba por una cuenta bancaria muerta de hambre.

Él desconocía que el arma era de plástico. Atendió a mi voz infantil, que gritaba un «¡Dámelo rápido o te vuelo los sesos!» idéntico al que tantas veces había escuchado en las películas. Debió pensar que no era más que un crío trastornado, violento y peligroso al que le acabó entregando una bolsa con el botín.

Nevaba con fuerza cuando salí. Corrí cinco manzanas y, una vez a salvo, me comí las pastillas como gominolas y tragué jarabe a morro con ansiedad. Perdí el sentido y los copos de la tormenta catapultaron mi debilitado cuerpo. La policía me encontró y llamó a Reed. Los hospitales no me acogieron sin Visa.

A la mañana siguiente, la tos siguió persistiendo con más potencia, mi padre asumió la culpa de un robo que no había realizado, el farmacéutico corroboró su versión por la vergüenza de tener que confesar que se había meado encima por un niño con un juguete y, al intentar despedirse con un último abrazo, papá sumó años a su condena por forcejear con la pasma cuando le prohibieron que se acercase a su hijo. A mí. Le acusaron de agresión a la autoridad. Solo yo recuerdo que lo único que pretendía era calmarme.

Me sentí morir y él se dio cuenta, ¿sabes?

Ahí.

En ese puto instante.

Al ser testigo de cómo plegaba sus alas y se montaba en el coche de la sirena activada por mi culpa. Algo se quebró. Me convertí en un ser despreciable. Un pecado. ¿Ves ahora por qué te decía que pensases lo peor de mí, le sumases ideas descabelladas y aun así estarías siendo benevolente con la verdad? ¿Quieres seguir conociendo mi historia? Siempre decías que sí. Lo tomaré como una respuesta. Puede que Gavin lleve razón y necesite hacer un repaso después de la locura de esta noche y lo que vendrá mañana. Puede que, si no te imagino a mi lado, no me atreva a hacerlo. Y puede que solo esté añadiendo sufrimiento por no poder contártela a la cara. ¿Quieres una confesión más? Hace tiempo que no me atrevo ni a pensar en lo mucho que te echo de menos; cuando veo una cámara, sufro por las fotos que no nos hicimos y busco grullas de papel volando a mi encuentro, aunque sé que es imposible.

Aunque sé que tú, ángel, me has abandonado y ni siquiera pude decirte adiós. Ojalá hubiese tirado abajo las compuertas de la presa cuando todavía era posible que formásemos un río. Ahora solo me queda hablarte y recordar lo mucho que amabas el agua.

Me gustaría que lloviese.

Me gustaría que tú fueses las gotas.

PARTE I

INFANCIA

Hoy, abril de 2020, NY
3 a. m.

Los cócteles de la fiesta pos-Grammys y los platos de los restaurantes más elitistas del planeta no tienen nada que hacer frente a los perritos calientes del puesto ambulante cutre entre la Sexta Avenida con la calle 4 Oeste. Dos pavos contra miles y la victoria es suya. Cuatro dueños en sus diferentes etapas e idéntica explosión de placer en la boca.

El toque es de la plancha. Hay quien dice que llevan años sin lavarla y acumula la asquerosa grasaza de miles de salchichas. Yo creo que se debe a que lo que revienta en tu paladar son los recuerdos. Creando. Reviviendo. La transformación de la comida. Tomar una bocanada de aire en el pasado y soltarla en el futuro. Comprobar que es posible.

Está en el Greenwich Village con vistas a las pistas valladas de The Cage, uno de los epicentros del baloncesto callejero de la ciudad y famosa por las películas y su mítica frase de «Los blancos no la saben meter». Representa un espacio reducido donde chavales sueñan con sustituir el pozo oscuro de su vida por la luz de jugadores profesionales y para conseguirlo se emplean a fondo para ganar los partidos.

—¿Nostálgico? —Gavin se sienta a mi lado en la escalinata de cemento. Lo ignoro mientras doy un bocado a mi tentempié—. No es malo —insiste.

—¿Qué? —rumio.

—Ser un blandito romántico.

—¿Tienes en mente cerrar la boca en algún momento? Si te ves incapaz, puedes cosértela. He oído que funciona.

Contra todo pronóstico, obedece. Hunde la puntera de sus zapatillas blancas en la arena y su sonido al escarbar es el único que enturbia la absoluta quietud que domina el instante. Me recorre un escalofrío. Necesito una dosis de ruido que se trague el juego de mi amigo. Engullo lo que me queda y me concentro en crujir los nudillos.

—A mí también me gustaría volver aquí. —Ya tardaba—. A nuestra infancia.

—Tuvimos una basura de infancia.

—Habla por ti.

—Hasta los doce solo hubo mudanzas, peleas...

—Y baloncesto. —Detiene el movimiento que ha comenzado con su mano a un palmo de rozarme—. Puedes mirar la pista. Mantiene nuestro sudor, canastas y...

—Sangre —completo.

—Sí, ese día te repartieron de lo lindo.

—Gracias por recordármelo.

—A cambio me conociste. Claramente saliste ganando. —Su risilla cantarina deshace el cúmulo de objeciones que tengo en la punta de la lengua.

Suena como aquella tarde, joder.

No puede ser.

No.

Un grupo de chavales pasa por nuestro lado y me calo la capucha gris de la sudadera para evitar que me reconozcan. Oculto. Furtivo. Contradiciéndome. Adoro ser una estrella mundial del rap. Me gusta que me idolatren, imiten y saber que incluso mientras duermo no desaparezco. Ser la imagen que mucha gente se lleva a la cama antes de irse a dormir con pósteres que coronan sus habitaciones. Existir siendo lo grande que se le permite a una persona que no tiene límites. Excepto hoy. Ahora. Cuando quiero estar solo y ordenar las ideas, que se han disparado hace unas horas y amenazan mi estabilidad mental.

—Mira la pista, tío —repite—. Está tan bonita de amarillo y azul...

—¿Quién es el romántico ahora?

—El que está viendo un cartel pequeño en el que pone que aquí Tiger Ocean pronunció su primera rima con putos once años.

—Se les ha olvidado incluir «y la cara reventada».

—Repito. Y putos once años.

—Fueron doce.

—¿Ves cómo te acuerdas?

Levanto la mirada en la dirección que señala y me topo con que es cierto que en ese trozo de asfalto colorido hay una placa. Mi placa. Significa una victoria que desconocía, diferente a las que me ha regalado la fama. Me afecta. Da igual cuánto intente bloquear a los sentimientos, de vez en cuando explotan e inundan mi cuerpo con su chispeante vibración.

—¿Sigues pensando que solo hubo mudanzas y peleas?

—Sí. —Resopla—. Y también amistad. —Bajo el volumen y mi corazón roto se quiebra todavía más cuando Gavin pega una palmada de celebración, ilusionado.

—Nos hicimos amigos.

—Desgraciadamente.

—Sería cojonudo volver.

—Lo sería —reconozco.

Noto cómo todo da vueltas y voy a viajar atrás en el tiempo. Tenso los músculos. Toca volver, y la persona situada a mi lado es por la que anhelo hacerlo... Y por la que estoy convencido de que la decisión me destruirá. Ángel, por favor, no me abandones durante el paseo. Esta vez no. Te lo... Te lo... ¡Te lo suplico, joder! ¿Vale? La falta de práctica no significa que no sepa rogar. Enrédate en mis pensamientos y dame un poco de la fuerza de tu luz. Solo hasta el amanecer. Me debes una última puesta de sol.

CAPÍTULO 1

DE DAMIEN A GABRIELLE

Desde Nueva York. Hoy, 2020. Volviendo a la infancia

Mi abuela afirmaba que su nombre, Cleopatra, Cleo para el uno por ciento del universo que le cae realmente bien, provenía de la película de Elizabeth Taylor del sesenta y tres. France aseguraba que el mío, el de la documentación oficial, Damien, salió del filme *La profecía* porque le recordaba al niño que hacía de Anticristo. Puro amor y esfuerzo para hacerme sentir deseado. Sí, no le des más vueltas, ángel, ahora mismo estoy poniendo los ojos en blanco. Ni se te ocurra reírte.

Las fechas del nacimiento de mi abuela no encajan con su cuento. Se trata de uno de tantos inventos para contrarrestar el efecto de la mujer de mi padre. Puede que mi tono de piel fuese un pelín más claro que el suyo, pero compartíamos muchas cosas. Fuerte carácter. Lealtad ciega a quien se la merecía. Confianza cero en la rubia que me llevó en su vientre.

El artículo 155.05 del Código Penal de Nueva York define hurto como la toma ilegal de propiedad de otra persona sin su permiso y con la intención de privar permanentemente al dueño de su propiedad. Un hurto de felonía de cuarto grado exige quitar más de mil pavos y el uso de la violencia y puede estar penado con setenta mil dólares o entre uno y cuatro años de prisión. Dependiendo de la gravedad de la agresión a un policía, si se crea lesión a la autoridad, las penas son de hasta diez años o diez mil dólares de multa.

¿Cuál era el valor de las cuatro cajas de medicinas? ¿Apuntar con plástico engañoso y que el farmacéutico se cayese de camino al mostrador es uso de la violencia? ¿Partir la nariz de un codazo a un policía para ir a abrazar a tu hijo mientras lo ves temblar y sufrir se puede considerar grave? Si eres negro, vives en el Bronx, tienes antecedentes de pandillero y te defiende un abogado de oficio sin ningún tipo de motivación, sí. Le cayeron catorce años bajo rejas. Casi tuvimos que dar las gracias a la justicia; si le hubiesen condenado a una multa de ochenta mil de los grandes, no nos habría quedado más remedio que dedicarnos al crimen organizado, el tráfico de armas o la política. Preciosa, te juro que me ha salido solo y va sin segundas.

Nadie pondrá jamás en duda que France se trabajó a conciencia nuestros estilismos para los juicios. Uñas de porcelana, perfume y perfectos bucles dorados para ella. Zapatos de charol, camisa y gomina para mí. Nuestros ahorros volaban. ¿A quién le importaba? Asistir presentables era su máxima. Fingir que éramos gente decente, de bien. Una labor extenuante que la agotó en todos los sentidos porque no volvió a mover un dedo.

Vivíamos de la caridad. Exprimimos los bolsillos a los primos de Dakota, Carolina y Tennessee. Chupópteros que llegaban sin avisar, narraban sus penurias y arrasaban con todo lo que los rodeaba rezando porque tardasen en darse cuenta de la farsa que nos envolvía. Teníamos poco de víctimas y mucho de aprovechados. Al final, nos echaban de todos los lados. Algunos, con la amabilidad de un «Lo siento muchísimo, France, nosotros también andamos muy justos». Otros, directos a desgarrar la yugular, como el tío Frank, que dejó nuestras cosas en la puerta con una nota que rezaba: «A estafar a otro idiota». De un modo u otro, todos picaban durante una fracción de tiempo, hasta la abuela Cleo y sus ovarios del tamaño de Alaska.

—Esto me da tanta vergüenza que no sé ni cómo empezar... —France moduló su voz y la taza de café tintineó en sus manos antes de colocarla frente a mi abuela. Nos había venido a visitar al piso del Bronx en el que estaríamos como mínimo los tres meses que la mujer con nombre de país había pagado por adelantado gracias (quiero pensar) a una buena mano al póker. A veces ganaba y, en realidad, era su perdición, así se enganchaba más y más al juego—. Yo... Nosotros... El niño necesita... —Por poco me creí el modo en el que se le quebró la voz—. Él...

—Querida, las he visto con bastante más destreza en el arte de apropiarse de mi cartera. —Brava. Sonrió.

A mi abuela le gustaba la revolución, el movimiento y el cambio, del mundo y de su pelo. Tenía pelucas con un montón de cortes diferentes y bastantes colores. Se recolocó la de ese día. Era de media melena y castaña. Luego observó a mi madre con suspicacia. Otra de las cosas que le apasionaban a Cleo era evidenciar las mentiras de France.

—¿De qué hablas? —Se hizo un poco la ofendida. Si conocías a la anciana, sabías que tocarle las narices era casi tan mala idea como menospreciar su inteligencia.

—Veamos. —Soltó el aire que retenía—. ¿Cuántos años llevas con mi hijo?

—¿Muchos?

—¿Cuántas veces me has invitado a tomar un café? —Colocó los codos encima de la mesa y se inclinó hacia delante—. Te ayudo. Sale una media de... Cero.

—Cleo...

—Cleopatra.

—Cleopatra, la familia está para ayudarse en los momentos críticos y estás delante de uno. —Hizo el gesto. El suyo. El de entrecerrar los ojos y pensar en cachorritos agonizantes para que le brillasen al abrirlos por las lágrimas que se resistían a salir—. Me rebajo a mendigar por mi pequeño. ¡Mi pequeño, por el amor de

Dios! No le vale la ropa, come a base de tostadas con mantequilla de cacahuete y será el único en su clase sin regalo de Navidad.

Era buena. Muy buena. Lo reconozco. Enumerando todas las desgracias que yo ya conocía y que me mareaban. La lista de los agradecimientos que puedo dedicarle es innumerable.

¿Alguna vez has rememorado cómo te enteraste de que Santa Claus no existía? ¿El día en el que la nieve se tornó negra al averiguar que el hombre de la prominente barriga y la barba blanca solo era el personaje principal de un cuento? Seguro que en tu caso tiene el nombre de un compañero pijo que iba de listillo o el trágico descubrimiento de una caja envuelta en el desván. Yo até cabos ahí, sentado en el sofá con Lluvia, el gato callejero que se colaba por la ventana, enredado entre mis piernas. El peso de la verdad cayó sobre mi espalda y lo hizo mientras mis manos acariciaban el lomo del felino, en el que parecía que resbalaban chispeantes gotas dependiendo de cómo le diese la luz.

La revelación fue como mezclar los sabores de la decepción y el alivio.

Llevaba años tratando de comprender qué hacía mal para que ese anciano de sonrisa agradable me despreciase, aunque me esforzara por ganarme su aprobación. Un par de juguetes. No más. Lo necesario para pertenecer a la Navidad o que ella fuese mía. Me di cuenta de que no sucedería. Nunca la tendría más allá de las estampas mudas robadas desde la distancia a las casas con ventanas despejadas que me mostraban lo que ocurría en el interior. Si dependía de France, la había perdido antes de poseerla.

Eh, no te pongas triste. Solo fue realidad. Aprendí. Sigamos.

—¿Cuánto quieres? —Fue al grano.

—Quinien… —reculó—. Mil para ir tirando desahogados hasta que me salga algo. —La abuela no mutó el gesto y ese rayo de esperanza hizo que toda la pena desapareciese del rostro de France y se viese a sí misma saboreando la victoria—. Para ropa, los libros del nuevo colegio y una lubina. Hace siglos que no cocino pescado. Su precio es prohibitivo. —Risa. Odiaba su risa. Era otorgarle un sonido hermoso a la mentira.

La mujer con nombre de faraona fingió pensárselo.

—No.

—¿Te das cuenta de lo egoísta que eres al dejarlo desamparado? —Sí, convertirme en arma arrojadiza era uno de sus deportes favoritos.

—¿Te das cuenta de que la manipulación no es una disciplina que te sea favorable? —Se subió las gafas. —Te miro, ¿sabes lo que veo?

—¿La persona que padece en sus carnes los errores de tu hijo el presidiario? —Victimismo, su especialidad.

—Veo a una chica joven con dos manos. Dos. —Golpeó la mesa—. Úsalas como hemos hecho las demás en el pasado.

—Cualquier excusa es buena para sacar a relucir tus batallitas en Detroit.

—Cualquier excusa es buena para recordarte que, si quieres un lugar en el mundo, tienes que ganártelo.

France se había topado con un férreo muro. Se avecinaba tormenta. Aparté a Lluvia, agarré el balón de baloncesto y salí sin hacer mucho ruido. Conocía lo que vendría. La abuela se trasladaría a otro estado, le contaría que la autopista 8 Mile Road separaba el norte rico de Detroit del abandonado sur con sus fábricas en ruinas. Le hablaría con pasión de la batalla de tres días del 43 en la que era una cría, cuando acabaron entrando los federales, y la del 67 cuando ya participó activamente, y cómo, tras la intervención policial a unos negros que tomaban unas copas, el pueblo se reveló contra las injusticias con un resultado de cuarenta y tres muertos, treinta a manos de las autoridades, y los generales de Vietnam tuvieron que acudir para detener la guerra urbana. Lo haría para demostrarle su filosofía de vida. Es arcilla y hay que moldearla hasta estar conforme con la figura.

No la convencería. La rubia dejaría que esas ideas se estampasen contra las paredes en lugar de recogerlas con el cerebro. Y su mente seguiría plagada de deseo por cosas caras y resentimiento porque lo valioso no era rápido, exigía sacrificio y la alejaba de las salas de juego, los vestidos con los que seducía a los hombres que llevaban meses sustituyendo a mi padre en la cama y los vicios que le regalaban minutos efímeros de placer.

Estaba rebotando la pelota contra la pared de ladrillo anaranjado cuando fui testigo de la exagerada salida de France echa una furia y cómo se perdía en la lejanía sin dedicarme antes un «A casa. Eres demasiado pequeño para estar solo en estas calles. Buscaremos una solución en la cena y, si no la encontramos, nos la inventaremos». Lancé la bola a la carretera, enfurecido, y pensaba dejar que se perdiese rodando por la vía cuando noté una mano en el hombro.

—Recógela. —La abuela parecía cansada. Obedecí. La encontré sentada en el hueco de las escaleras de emergencia a mi regreso con un cigarro entre los labios. Me dejé caer contra la barandilla de hierro rojizo, crucé los brazos por encima del pecho y traté de sonar seguro.

—¿Me das uno? —Enarcó las cejas—. ¿Qué? No es dinero. —El resentimiento fluyó.

Estaba enfadado. Mucho, mierda. Quería cosas. Lo que fuera. Cuando tus manos están vacías buscan con qué llenarse. Las mueves para agarrar y los objetos se te escapan. Te comparas con los demás y piensas por qué ellos sí y tú no. ¿Lo merecen más? Dudas. Desprecias ser pobre. Pobre, sin intentar adornar la palabra. Asumirla. La sociedad la censura porque es mejor eso que aceptar que existimos. Yo respiraba su realidad, independientemente de cuánto tratase de ignorarla. Yo compré todo lo que se cruzaba en mi camino sin control cuando me hice jodidamente rico porque necesitaba llenar sus huecos.

—Tienes que comprender que lo importante no es tenerlo, sino el modo como lo obtienes. Es la lección que intento transmitirle a tu madre.

—France.

—A France. —Me dedicó una mirada profunda. —¿Sabías lo de Santa Claus? —Sacudí la cabeza—. Lo siento.

—Tampoco le tenía mucho cariño al gor...

—Cuida esa boca.

—¿Y, si no, qué vas a hacer?

—No darte tu regalo. —Se encogió de hombros—. Privilegios de poseer información. Adelantamos la entrega.

Sus dedos juguetearon por el interior del bolso. La observé con curiosidad sacar un pequeño paquete en una bolsa sin envolver. Lo agarré antes de que cambiase de opinión y me confundió descubrir lo que escondía.

—¿Un diccionario? —Debía haberse equivocado. Era... Un libro. ¿Para qué quería yo uno? Para nada. O eso pensaba.

—Todavía tan ignorante para no valorar el poder de las palabras. —Se mordió el labio y, mientras refunfuñaba por lo bajo, me tendió un billete—. Anda, para que te compres la camiseta de Jordan. —De nuevo, me apresuré a quitárselo. Lo coloqué delante de los ojos y abrí la boca de la impresión. Era el mayor tesoro hasta la fecha—. ¿Has olvidado dar las gracias, niño?

—¡Gracias! —Masticaba el final de la palabra cuando me abalancé para darle un abrazo. Es el último que recuerdo que me saliese de un modo tan... natural. Al menos antes de ti, aunque contigo tenía un origen distinto, más el nacimiento de algo en las entrañas que se manifestaba y acercaba nuestros cuerpos. El lenguaje de lo que hay debajo de la piel y los huesos—. Nada de Jordan. Será de Dennis Rodman. —Me aparté.

—¿El camorrista de pelo rubio platino, tatuajes y que necesita unas clases de humildad? Menudo gusto gastas... —No borró la sonrisa que formaban sus mullidos labios pintados de rojo.

—¿Lo has visto defender? —Apreté la pelota contra el pecho y le relaté sus partidos. Los tantos más impresionantes. Aquello que me llevaba a admirarlo más allá de esa actitud irreverente fuera del campo que me tenía ensimismado.

—Así que eres un chico de baloncesto.

—¡Sí!

Tamborileó con los dedos en las rodillas antes de levantar la barbilla.

—Nos vamos —anunció. Parpadeé—. ¿Conoces The Cage? —Negué—. Pues aquí tienes el segundo regalo. Unas pistas. Aire.

Juego. Nos hemos vuelto tan materialistas que olvidamos que la libertad de ser felices respirando la calle no se puede comparar a ningún objeto estático. —Mi abuela se puso de pie con agilidad y, antes de emprender el camino a lo que se me antojaba una aventura desconocida, apoyó su mano en mi hombro—. Damien, nunca dejaría que pasaras penurias…

—France exagera —interrumpí—. No solo comemos tostadas con mantequilla de cacahuete, también hay hamburguesas, *pizzas* y, en realidad, no echo nada de menos el pescado.

No quería verla mal. Poco tenía que ver con mi protección el diccionario que abandoné encima de la cama o el billete que oculté entre el colchón y el somier para que nadie (France) lo encontrase. En aquel momento no supe que estaba agradecido porque la aventura desconocida significaba viajar en el metro, ir a otro distrito y que me regalase su tiempo. Minutos. A mí, el niño de la nada. No se ha inventado algo que le pueda hacer sombra. Ni a eso ni a sus frases incomprensibles.

—La vida hay que ambicionarla, y tú tienes la creencia de que hay *algo más esperando* agarrada en el pecho. Damien, llegarás alto. Solo que todavía no lo sabes.

—¿Al Empire State o las Torres Gemelas?

—Más.

—No existe nada por encima.

—Lo hay. Lo verás. Lo veremos.

Llevaba razón. Existía más por encima. Lo comprobé a tu lado, al borde de la taquicardia por ese vértigo que sufro del que no haremos mención. Aunque creo que el modo en el que se disparó mi corazón se debió a otra cosa. Da igual lo que asegures. Nuestros caminos se cruzaron definitivamente allí. Manhattan se iba a dormir y tú despertaste fragmentos que creía ceniza. E ignoré que tenía miedo a las alturas, me acerqué a las margaritas que llevabas dibujadas en el brazo y, cuando me dedicaste una sonrisa tímida, olvidé el *skyline* más impresionante de la ciudad para recordarte solo a ti. Lástima que no estuviera a la altura de las circunstancias. Qué capullo arrogante era. Qué manera de meterte dentro como si nada tuviste. ¿Lo supiste entonces? ¿Supiste que ese negro chulo de tres al cuarto te querría más que a su propia vida? Ojalá que sí. Ojalá no necesitases llegar a las canciones.

Ojalá desde el primer segundo sintiendo juntos.

Ojalá hasta el último aliento y más.

CAPÍTULO 2

DE GABRIELLE A DAMIEN

Desde la Clínica Betty Ford, Rancho Mirage, California, 2014

Aquí estoy, Damien, contándote mi pasado, porque el presente... El presente duele y el futuro es una incógnita. No lo controlo, igual que las ganas que siempre tendré de besarte, sin importar las circunstancias o lo enfadada que esté contigo... Pero empecemos desde el inicio, antes de tu llegada, cuando yo solo era una niña que estaba a punto de crecer sin saberlo.

—¿Has elaborado un plan para entretenerla hasta que subamos, Gab? —asentí a la pregunta de mi hermana mayor con demasiada rotundidad. Reculé para no crear expectativas.

—Elaborado tal vez es decir mucho...

—No tienes nada, ¿verdad?

—Sé improvisar.

—Nos van a pillar —apuntó mi hermana pequeña, y no me hice la ofendida porque existían serias posibilidades de que llevase razón—. Elle es demasiado Elle.

—¿Sincera?

—Transparente. Buena. Tú.

—¡Una dosis de confianza ciega no me vendría mal! ¿Papá?

—*Tú* —recalcó con una sonrisa—. Abarca un concepto positivo, Brie. No permitas que tus hermanas te hagan sentir mal por ser incapaz de mentir.

—¿Ni una apuesta a mi favor? —Los tres se hicieron los tontos—. Gracias por el apoyo. Esta noche voy a buscar un vestido que conjunte con «soy la única que llevaba razón y el resto de mi familia se ha atragantado con su injustificada falta de confianza».

—¡Ánimo con ello! —No sé cuál de las dos lo pronunció. Ambas pusieron los ojos en blanco cuando les saqué la lengua como castigo. Imagino que esperaban un insulto de proporciones estratosféricas o un corte de mangas con mirada asesina de esos que a ti se te daban tan bien. Yo era más de que solo se notase que las estaba matando mentalmente en el modo en el que arrugaba el ceño y, más que amedrentarlas, a ellas les parecía adorable.

Dejé a Kate, Adele y Arthur en el salón de la casa vacacional del tío Billy. Era enero del 99 y habíamos cambiado la tradicional visita a los abuelos en Connecticut por el condado de Clatsop, en Oregón. Adiós al mejor pollo asado de los Estados Unidos, hola a los paseos repletos de paz por las extensiones infinitas de arena blanquecina de Cannon Beach y su agua cristalina.

Adele, dos años más pequeña que yo, llevaba el cambio peor que el resto. Los regalos de Santa Claus habían aparecido allí y la calculadora humana recordaba con claridad que el remitente de la carta original era nuestro destino habitual. Intentamos engañarla otorgando una sabiduría infinita al de Laponia y dejándole las gafas que no necesitaba, pero que le gustaban porque la hacían interesante. Las usó todos los días y no creyó ni una sola de nuestras palabras.

Por su parte, Kate, dos años mayor (a mis padres les iba echarle un pulso a la cuarentena posparto), se dedicaba a buscar a su «yo» creativo con los pies hundidos en el mar y cerrando los ojos para pintar, componer o bailar con las estrellas. Es más, a partir de ese invierno nos obligó a llamarla Kitty. Ni se te ocurra juzgarla, tú elegiste el tigre para que te representase y solo me reí la primera vez que me lo contaste. Palabrita.

Vuelvo antes de desvariar y decirte, por ejemplo, lo cabreada que estoy ahora mismo contigo, Damien Solo Pienso en Mí Mismo y el resto son espectadores que me resbalan y… En fin…

Ese enero en el que descubrí que el sur se disfrazaba de verano en invierno, papá se dedicó a arreglar todas las cosas rotas que se encontraba a su paso, aunque no tuviesen ningún uso a la vista, compró un gramófono en una tienda de antigüedades en el que solo sonaba el *soul* de Aretha Franklin y, dicen las malas lenguas y las vecinas muy cotillas, una noche se bebió una botella de vino tinto con mamá y se bañaron desnudos en el mar y cantaron los estribillos de sus temas de juventud favoritos.

Y yo… Yo leí novelas románticas y *thrillers*, tragué agua cuando mis hermanas me hicieron una aguadilla a traición y la observé desde todos los ángulos hasta ser capaz de identificar cada detalle, el color que le pertenecía a su sonido y el modo en el que su olor a limón dibujaba sonrisas en los que lo percibían. A ella. Evelyn. Mi madre. Al fin y al cabo, era el motivo de que hubiésemos roto las rutinas para convertir las vacaciones en una miniaventura novedosa.

—¿Dónde los has conseguido? —Mamá se incorporó en la butaca de su cuarto y sustituyó el nostálgico atardecer que relucía por la ventana por el paquete de Mars que le ofrecí.

Había tomado la bolsa «prestada» de la encimera de la cocina en la que estaba abandonada. Bueno, en realidad quien dice encimera dice bolsillo inferior de una mochila y quien dice abandonada dice guardada por una caótica Kate que se fue al baño sin prever las consecuencias.

¿Te das cuenta, señor Ocean, cómo doña Todo Controlado también tonteó con la ley con once años? Ni se te ocurra ironizar con que «igualitas eran nuestras hazañas». Sabes que me irrita ese tonito de superioridad que pones, y tienes las de perder… Sabes que me haría ilusión escucharlo ahora mismo y explicarte todos los motivos por los que eres un… Un maldito egoísta.

—Un mago nunca revela sus trucos. —Sonreí. Me senté en el suelo y apoyé la cabeza sobre las piernas de mi madre.

—¿Vas a dedicarte al ilusionismo?

—Le pega más a Kate —corregí al instante—. A Kitty.

—Kitty —repitió, y sus huesudas manos aterrizaron en mi melena. Recuerdo que le gustaba trenzarla para luego soltarla—. ¿Por qué Kitty? —Sonrió y me encogí de hombros.

A esa edad algunos me tachaban de un cerebro conformista sin espacio para los interrogantes. No les expliqué que estaban equivocados. Las dudas me taladraban como al resto. De niña yo también era una exploradora con ganas de descubrir los destellos que me rodeaban. Sin embargo, otorgaba al de enfrente el poder de decidir, acertar o equivocarse. Sin moverme. Me limitaba a observar a otras personas andar y averiguar que no existe una huella de tamaño universal. ¿Que Kate decidía autobautizarse con trece años? Adelante. ¿Que Adele escuchaba a hurtadillas una conversación, se escondía en el baño a llorar porque a los nueve ya era muy suya, me contaba el motivo y me hacía jurar con el dedo meñique que mantendría la boca cerrada? Esperaba el momento perfecto para convertir sus temores en míos.

—Hazla, la pregunta, o me obligarás a sonsacártela a base de cosquillas. —Mamá se dio cuenta y me removí incómoda.

—¿Te mueres?

—Todo el mundo lo hará.

—Te mueres… ¿Ya?

—Espera… No, no en este preciso instante. —La sombra de su espalda encorvada me cubrió y noté cómo me estrujaba todo lo que le permitía la debilidad en la que la enfermedad la había dejado consumida—. Me siento muy viva.

—¿Tanto como para curarte del cáncer?

—Cosas más raras se han visto. Acércate más. Tal vez si te abrazo lo suficiente… —Me inundó el aroma de su piel mezclado con jabón—. ¿Por qué no? Hay mujeres que han conseguido levantar camiones de una tonelada.

—¿Una tonelada? —Abrí mucho los ojos y levanté la barbilla en su dirección.

—Un poco menos, quizás.

Así era yo.

Así me conociste.

Confiada. Entusiasta. Reservada. Las páginas de un cuaderno arrancadas, escritas y escondidas para que solo las leyesen aquellos a los que yo se las enviase en forma de avión de papel. Como hago ahora contigo, Damien… En realidad, ahora exactamente no. Todo este tiempo te he ido revelando detalles, aunque no haya sido con la boca. ¿Recuerdas las grullas, las fotos o las coordenadas? Eran un mensaje sin letras. El modo que conocía de comunicarme, más a través de miradas y caricias que con los labios.

—¿Papá sabe lo de las chocolatinas? —preguntó mamá.

—Sí —confesé. Mi maldad no estaba a la altura de dos mentiras seguidas.

—Mejor. —El plástico explotó entre sus dedos y depositó una bolita de chocolate en la palma de mis manos antes de meterse la suya en la boca para saborearla lentamente y con los ojos cerrados. Gimió de placer—. Con algo de suerte se dará cuenta de que la dieta del médico es un horror y me traerá más de estos de la mochila de Kate. —Ladeé la cabeza e iba a balbucear una excusa convincente cuando se adelantó—. No sería buena madre si no supiese los dulces favoritos de cada una de mis hijas o que me están organizando una sorpresa cuando tratan de ocultármelo.

—¿En qué me lo has notado?

—¿A ti? Son ellas las que por su nivel de ruido parece que están rehabilitando la casa más que adornarla. Mis niñas poco disimuladas. Mis niñas…

La voz quebrada quedó suspendida y sus pedazos esparcidos dolían al chocar contra la piel. Al contrario de lo que me había dicho, su perspectiva de vida no era tan esperanzadora.

—Solo para confirmar —insistí—. Ade… Yo escuché mal la conversación de papá con el tío Bill y no te mueres, ¿verdad?

Clavó sus ojillos marrones en los míos y le tembló la marcada mandíbula.

—Irse en enero está bien. Evitas interrumpir vacaciones, no hay finales deportivas y el firmamento muestra más sus estrellas porque oscurece antes. —Comprendí. Lo hice. Un puño apretó mi corazón.

—¿Tienes miedo?

—Me voy tranquila sabiendo que tú te quedas.

—Papá. Él es el que hace que te vayas tranquila —aclaré.

Negó y su sonrisa comprensiva me pareció un crucigrama para descifrar.

—Papá va a estar muy perdido, cariño.

—¿Kitty?

—Tiene sangre de artista. Se abstraerá con cualquier disciplina que le permita estar aquí, allí y conmigo en otra dimensión. Baile, pintura, escribir…

—¿Adele?

—¿Recuerdas el cuaderno de matemáticas que se le resistía? Asegúrate de que papá le compra dos más. Se los va a merendar. Y que sean de los complicados. El orgullo del futuro Nobel no se conformará con menos.

Me mordí el labio y dibujé figuras sobre el suelo con la luz que se colaba por la ventana.

—¿Y yo? ¿Demasiado normal para conseguir algo especial?

—Tú eres ojos, Gabrielle. Lo ves todo. Como cuando haces una foto y cada detalle queda reflejado. Racional y emocional. Unidad. ¿Quieres una prueba? Observa cómo cada uno se ha quedado con una porción de tu nombre y solo lo pronuncian completo cuando están juntos. Los conectas, mi amor.

El pañuelo rosa chicle con el que tapaba su cabeza rapada ondeó cuando abrieron la puerta. Mi padre entró con un árbol enclenque entre las manos seguido por mis dos hermanas, cargadas con las bolas, el espumillón, pelucas de colores y luces.

—Gab, mueve el trasero y ayuda con las cajas. —Kitty me señaló y utilizó el dedo para apartarse los bucles pelirrojos de la tez tostada por el sol.

—No, no y no. ¡El árbol! ¡La prioridad es el árbol! Trasplántalo en una maceta o adelantaremos el otoño y mañana estará pelado y sin hojas, Brie. —El gorro de lana provocaba que a mi padre le cayese el sudor por la frente.

—¿Ves lo que intentan hacer? Es-ca-que-ar-se. No te dejes, Elle. —Adele se subió las gafas, que bien podrían haber podido prescindir de cristales.

—¿Qué propones? —Me incorporé de un salto.

—Tienes cara de que le pillarías el truco a mandarnos.

Los Thompson teníamos algunas costumbres extrañas que todavía mantenemos, al menos los que quedamos en 2014. El árbol de Navidad se monta cuando nuestros vecinos lo han empezado a quitar, las pelucas, cuanto más exageradas y horribles, mejor, el espumillón se coloca sobre las personas y hay tantas bolas como lugares hayamos visitado para ampliar nuestra colección, la herencia familiar.

Y después… Después viene la foto. ¿Adivinas quién la hizo ese año? ¡Culpable! Papá me dejó la cámara. Desde pequeña era más de instantáneas que de digital. Recogí la Polaroid y la sopesé. Se trataba de una de las que te permitían notar el revelado a color en las manos y por la que más tarde quise parecerme a Robert Frank, Ansel Adams o Chuck Close y mi mayor sueño se convirtió en conseguir la Land Camera Model 95.

Me coloqué en medio y la sostuve en alto con todos apiñados detrás. No es por nada, pero fui la precursora del selfi. Tardamos cuatro intentos en conseguir una imagen medio decente. Ciento ochenta segundos de espera que supieron a tres minutos de una familia normal que se olvidaba de los problemas y gritaba: «Apártate que con tu codo no salgo» o «¿Te das cuenta del melón que gastas por cabeza?». De allí salieron varios instantes atrapados y un baile lento de mis padres con el que me quedé tan hipnotizada que no alcancé a pulsar el botón. Menos mal que Kitty sí que lo hizo.

—Tu padre se mueve como un alcalde. —Mamá rozó la imagen con la yema del dedo mientras la ayudaba a meterse en la cama.

—¿Ha aceptado la oferta de los demócratas?

—Sí, se unirá a sus filas cuando yo… —reculó—. Cuando os estabilicéis de vuelta a Manhattan.

—¿Alcalde? —Fruncí el ceño. Sabía que papá se iba a dedicar a la política. El cargo me parecía demasiado… irreal. Enorme. Como los desconocidos que se presentaban a las elecciones y salían en las vallas con rostro imponente y sonrisas falsas enlatadas.

—Por ahora, no. Dale unos años. Mi intuición me dice que llegará a presidente si no enferma de ambición.

—¿Qué te dice que seré yo?

—Lo que imagines… —Tragó saliva. El final estaba cerca y quería escapar de la tierra convirtiéndose en palabras libres—. ¿Me harías un favor?

—Lo que sea.

—Cada noche, antes de irte a dormir, rescatarás lo mejor de lo peor que te haya pasado.

—¿Para qué?

—Para contármelo, por supuesto. —Apretó los labios y habló con pasión—. Y para darte cuenta de que da igual lo complicado que parezca todo, siempre es posible encontrar algo bueno que salvar. Un motivo para ser feliz. Eso es lo que quiero para ti, Gabrielle, que lo seas, y mucho.

Mi madre murió esa madrugada. Lo mejor de lo peor fue cuando me lo contaron y salí corriendo sin poder parar de llorar. En la calle llovía a mares… Y a ella le encantaba la lluvia. Quise creer, y creo, que, si el universo es justo, se le permitió un último deseo, convertirse en gotas, y por eso cuando impactaron contra mi cuerpecillo tembloroso, extrañamente, me calmé. Respiré. En el mundo nunca dejaría de haber tormentas y, gracias a ellas, no podría olvidarla.

Ahora que ya conoces mi costumbre, ¿te gustaría saber qué fue lo mejor de lo peor el primer día que hablamos, Damien? Lo malo es que, como tú, no me atreví a bajar del autobús. ¿Adivinas qué salvó el momento? Te he dejado pistas… ¿No lo averiguas? Para ti no fui Gab, Brie o Elle. Solo Gabrielle. Completa. Así me hiciste sentir. Y fue como si mi madre regresase con su «lo que imagines» y por fin me lo creyese. ¿Te he dado alguna vez las gracias? Supongo que sí. Cada vez que he regresado a tu lado.

Y han sido muchas.

Y he cruzado el mundo.

Y he hecho todo lo que estaba en mi mano para obedecer tu deseo y olvidar lo mucho que te quiero.

CAPÍTULO 3

DE DAMIEN A GABRIELLE

Desde Nueva York. Hoy, 2020. Volviendo a la infancia

El sonido de los puños que descargaban con violencia contra mi rostro se mezclaba con el de mi propia respiración, demasiado calmada dadas las circunstancias. La cabeza giraba de un lado para otro y el color de manos borrosas que se acercaban se entremezclaba con el blanco puro de las nubes que anunciaban una nueva tormenta en enero, que provocaría que el aeropuerto internacional John F. Kennedy se cerrase sin salidas, llegadas o aviones que dibujaran una estela brillante con el humo de sus motores.

Buscar ayuda era inútil. Los tres blancos que me utilizaban como saco de boxeo me habían seguido cautelosos por el entramado de calles que serpenteaban entre The Cage y la parada de metro más cercana, W 4 St. Cumplían las tres «P»: paciencia, prevención y preparación. Listos para abalanzarse en cuanto no hubiese testigos. El invierno y un frío que congelaba el aliento en el interior de la boca se convirtió en su improvisado aliado. A tres grados bajo cero, Manhattan parecía un desierto helado sin población.

—¡Devuélveme la cadena de mi hermana, negro de mierda!

—Negro. Color. Insulto. Al menos, descubrí por qué el más tonto atendía a las órdenes de sujetarme las piernas, el grande agresivo mantenía unidas mis muñecas con una sola mano a la vez que me atizaba con la otra y el cabecilla rubio golpeaba de modo que me doliese sin lastimarse.

Entre hostia y hostia solté el aire, aliviado. Existía un motivo para el repentino cambio de actitud de los chicos que me sacaban un par de años, tres como mucho. Estaba convencido de que me había ganado su respeto en la pista. Después de dejar las sobras a Lluvia en el alféizar de mi ventana y de asegurarme de que France iba tan colocada que no se percataría de mi ausencia, había acudido cada tarde sin falta a ese punto en el que el deporte tenía sus propias suelas.

El último novio de la todavía mujer de mi padre la había desenganchado del juego para hacerlo a las drogas blandas sin tener un pavo en los bolsillos. Dos desfasados con cierto aire de grandeza que se nutrían de los familiares que quedaban para mendigar por una ropa que nunca cruzó el umbral de mi armario.

No me quejaba. En realidad, de un modo retorcido, lo agradecía. Había llegado el momento en el que, cuantas más millas nos separasen en la misma ciudad, mejor. Sus ojos eran la condena de responsabilizarme de su pelo sucio, los abrigos viejos y todo lo malo que le había sucedido desde mi nacimiento. El aire tragado a su lado, culpa para mis articulaciones.

Lo contrario a lo que sucedía durante esos paseos helados rumbo a jugar. Me sentía mayor. Independiente. Inteligente. Recordaba el trayecto por mi barrio, la vibración de mi vagón preferido y los pasos que tenía que dar desde la salida para terminar inclinado en busca de una canasta perfecta. A veces, me detenía un rato en las concentraciones para que no edificasen uno de los parques de la zona. Otras, acudía directo porque me quemaba el no jugar y mis piernas y mis brazos se movían solos con la electricidad de las ganas.

El deporte fue mi salvación mucho antes que la música, ángel. Por eso nuestra primera *cita* fue en el río Hudson y, en lugar de un ramo de flores, había una pelota de baloncesto. Quise que supieras que detrás de toda esa fachada existía algo bueno, me pediste que te enseñase a lanzar y me esforcé en que entendieses que, cuando te hablaba de tiro en suspensión o libre, te estaba diciendo que no te fueras nunca. Así de simple. Así de enrevesado.

Lo contrario que me sucedía con los tres chavales que habían superado sus reservas iniciales al verme aparecer y me habían aceptado al demostrarles mi talento natural en el campo. Los deseaba lejos. Sin embargo, la sangre que brotaba de la boca era un reclamo atrayente.

¿Había robado el colgante de su hermana? No. ¿Importaba? Menos. Ya me habían condenado.

—¿Dónde está? —preguntó el líder, un rubio de ojos azules, y sus acompañantes aflojaron sin soltarme. Podría haberles dicho la verdad, pero no era lo que querían oír. Sonreí.

—Entre mis pelotas.

—¿Es que no has tenido suficiente?

—Te has centrado demasiado en el lateral izquierdo y el derecho tiene celos. Belleza simétrica. Ya sabes… o no. Tu cara de gilipollas no mejoraría ni con la magia del bisturí.

—¿Eres retrasado?

—Soy… —Escupí el líquido. —El que tiene una pregunta. —Aclaré la garganta—. ¿Lleváis media hora haciéndome cosquillas porque sois adorables o es que no tenéis ni idea de pegar?

¿Quieres saber si tenía miedo? Estaba acojonado. Tanto como el día que tú… Dios, ¿algún día será fácil? Por ahora, dejémoslo en que estaba acojonado. Mi cabeza había aterrizado en un par de ocasiones cerca de la boca de incendios de hierro. Temía que las distancias se les fuesen de las manos al dejarme caer de golpe y me rompiesen el cráneo en mil pedazos contra el duro metal. Saboreaba el terror con su regusto metálico y su color púrpura. Y, entre el millón de pensamientos que me atizaban, uno gritaba más alto. No debía mostrarlo. Nunca. Solo así me mantendría a salvo. El signo de debilidad es el impulso para la victoria del contrario. La firmeza ante una derrota clara convierte la seguridad del ganador en duda, incertidumbre ante lo que tiene delante y precaución. Te da segundos. Y tiempo es lo único que necesitamos.

—¿Qué estáis haciendo? —Un anciano desconocido surgió de entre las sombras en la esquina.

—Corred. Revisad sus bolsillos. —El cabecilla habló y los otros dos se apresuraron a obedecerle.

—¡No encuentro nada! —La angustia por si el hombre se acercaba era patente. No dejaban de ser niños de papá que se valían del grupo para suplir su carencia de fuerza.

—¡Mirad bien!

—¡Solo hay unas llaves!

—De Dragon Ball. Ese llavero se merece respeto. —Asentí.

—¿Te crees muy listo?

—Lo soy. Parece lo mismo, pero hay una gran diferencia.

—¡Has escondido la cadena de Campanilla después de robarla de mi mochila!

—Exacto. Punto por punto —ironicé. El eco de las pisadas del señor cada vez era más cercano.

—Ni se te ocurra volver a venir a The Cage.

—¿O sufriré un masajito tierno de los tuyos?

—O te quedarás sin dentadura.

Que me arrebatasen The Cage fue como si me arrancasen una costilla. Solo una. Los órganos no van a salir disparados y puedes vivir. Quitarte la camiseta y que permanezca invisible. Una pérdida inexistente. Para todo. Para todos. Menos para la yema de tu dedo al pasar por la piel y notar el espacio, el nacimiento de un bulto hundido. Solo tú sabes que el corazón está más desprotegido y que se debe a que los sueños son los huesos que lo envuelven. Falta uno. La amenaza provocó que me hirviese la sangre y, cuando mi salvador llegó a mi altura, explotó un volcán.

Si hubiese sido un niño blanco el agredido, de esos que visten uniforme gris para ir al colegio y en las películas se deprimen cuando fallan el tanto definitivo en el último partido, me habría acompañado a la fuente más cercana para limpiarme la mugre y el dolor, me habría ofrecido el móvil para llamar a mis padres y se habría quedado hasta que ellos viniesen a recogerme angustiados y le diesen las gracias por ser un ciudadano ejemplar. Si hubiese sido un niño blanco el que hubiese acabado con el pómulo hinchado, el ojo rojo y la boca repleta de cortes, nadie habría puesto en duda que se trataba de la víctima de un grupo de salvajes que merecían un buen castigo.

Todo habría sido distinto si hubiese sido como tú antes de... Antes de que el mundo te mostrase su perfil cruel de rasgos afilados.

Pero no era ni el niño blanco ni era como tú. Solo un crío mulato más negro que blanco, con el pelo alborotado, la ropa sucia y pinta de tener un prometedor futuro con vistas a la delincuencia. Dedujo que algo habría hecho, robar la maldita cadena que no había visto o provocarlos con la boca. Daba igual. Su mirada me recorrió de un modo fugaz en el que le dio tiempo a prejuzgarme y decidir que era mejor pasar de largo y dejarme solo como si nada para no meterse en problemas. Me incorporé sentado y palpé los bultos de mi cara.

—Ya te lo digo yo. Estás hecho un asco. —Una voz de pito cantarina que venía acompañada de una mano color chocolate tendida interrumpió mis pensamientos.

—¿Perdón? —Levanté la vista y me topé con un niño desgarbado y muy alto que llevaba una gorra verde chillón de lado. Tendría mi edad, mostraba una sonrisa ancha y una mirada que vendía felicidad y parecía triste.

—Me has obligado. —Carraspeó y añadió con solemnidad—: Estás feo. Muy feo. Si tenías apuntado en tu agenda impresionar a una chica, hoy no es tu día. Puede que necesites una semana para recuperar el verde de tus ojos.

—¿Intentas animarme?

—Nadie me ha pagado para que lo haga, hermano —defendió divertido.

—¿Es que esta tarde hay una reunión de todos los imbéciles de Manhattan en Greenwich Village y me los voy a cruzar? —Sacudí la cabeza.

—Anda, no dejes que los puñetazos te roben el sentido del humor. —Repitió el ofrecimiento—. Gavin Hun… —Dejó el apellido suspendido—. Gavin, que significa águila blanca.

—Damien. —Acepté. Me ayudó a ponerme en pie y, cuando me soltó, me limpié la arena adherida al trasero.

—Y…

—Y… ¿Qué? —rumié.

—Su significado. Es un requisito indispensable para que seamos amigos.

—¿Quién te ha dicho que yo quiera?

—¿Has visto tus pintas? No estás en condiciones de rechazarme, Damien el malhumorado.

Entonces se rio. Una risa un tanto infantil que hacía juego con su gesto inocente. Una carcajada que aquella tarde, con la tirantez de las heridas, me pasó desapercibida, y todas las demás también, porque era tan suya, tan acompañamiento permanente, que se convirtió en algo como el aire, necesario y que das por hecho.

—Damien a secas —le corregí.

—Me quedo con malhumorado. Tiene más fuerza. Al menos hasta que averigües…

Dejé de escuchar y apreté la mandíbula con rabia. Gavin llevaba zapatillas blancas de imitación Nike, una sudadera de los Celtics y unos vaqueros oscuros que le quedaban demasiado anchos. Unos vaqueros oscuros que le quedaban demasiado anchos con un bolsillo por el que sobresalía la dulce figura de una Campanilla plateada. Él era el ladrón. Cabrón.

—Te voy a matar.

—Supongo que para eso tienes que pillarme y soy el amigo más rápido que has tenido.

—¿Amigo?

—¡Superaremos el pequeño inconveniente!

Salió corriendo. El ritmo de sus zancadas solo se podía comparar a su conocimiento de la zona. Le seguí. Puño en alto. Derrapes en las esquinas. Todo tipo de tacos escupidos por la boca. Desapareció a los pocos minutos y me dejó cabreado, doblado sobre mí mismo del cansancio y perdido. La gente aceleraba el ritmo cuando me acercaba a preguntarles por la estación de metro más cercana y algunos se cambiaban de acera mientras estrujaban el bolso al costado. Me acabó indicando un mendigo al que le serví de excusa para brindar con su cartón de vino tinto en el aire.

Llegué a casa a media tarde. El manto oscuro de la noche ya abrazaba la construcción. No había nadie. Tampoco nada. Ni personas ni notas. Procuré reparar lo menos posible en el desastre de salón y acudir directamente al baño. Encendí el grifo, recogí el agua fría entre las manos y me la eché en la cara para frotar la sangre reseca. Tuve que repetir el mismo movimiento cinco o seis veces hasta que me atreví a observar mi reflejo. Boca hinchada, arañazos en los pómulos y una venilla del ojo derecho reventada que lo teñía de rojo.

Podía sobrevivir.

Las tripas me rugieron a lo bestia. La nevera estaba vacía. Agarré una botella de agua, un tenedor, una lata de atún del armario y la bolsa de patatas abierta al lado de los ceniceros repletos de colillas. Ni siquiera se me pasó por la cabeza que el destino fuese la mesa de la sala. Entre tanta basura, podía contraer alguna enfermedad o descubrir a los roedores con los que estaba seguro de que convivía. Prefería mi santuario. La parcela que me pertenecía. Mi habitación.

Era minúscula y solo tenía un póster, un armario, una cama, un escritorio, una silla y una estantería con un diccionario y un cuaderno. Un, un, una, un, una, una y un. Uno. Nada más. Y, a pesar de todo, me encantaba, porque ella no sabía que escondía el billete de mi abuela y no entraba, y porque tenía una ventana que daba a la escalera de emergencias en la que relajarme siguiendo las gotas de la tormenta cuando chocaban contra el cristal y por la que escapar para dejar de escuchar los gritos de mi piso, los de la planta de arriba o los de mi pecho. La certeza de saber que no estaba atrapado y la seguridad de que la libertad se encontraba a un salto.

—Hola, Lluvia. —La gata negra me estaba esperando cuando salí. Me senté con la espalda apoyada en la pared y maulló—.

¿Preocupada por mí o interesada por la lata? —Como respuesta se colocó en mi regazo, ronroneó y clavó las uñas en el vaquero—. Vamos, no te ofendas, ya sé que lo tuyo es incondicional.

Sí, resulta un poco raro rememorar que mantenía conversaciones serias con una gata callejera, pero era... Era mi única amiga. Nos entendíamos. Juntos dejábamos de estar abandonados. Juntos compartíamos latas de atún al borde de la caducidad.

Pinché tres o cuatro veces y la dejé en el suelo.

—¿No lo aborreces? —Ella comió mientras la cola rozaba mi abrigo a la altura del brazo y una única estrella se divisaba entre las luces de Nueva York—. No, no lo haces —contesté—. Yo ya me he rendido. Cambio de menú. Adiós, arterias, bienvenida, obesidad mórbida —bromeé. El sonido de la bolsa camufló el de las patatas crujiendo en mi boca. Estuvimos así hasta que saciamos el apetito y regresó a su lugar, ovillada sobre mis piernas. Pasé la mano por su pelaje oscuro y el calor que despedía trajo tranquilidad—. ¿Qué día naciste? —La miré y como respuesta su rugosa lengua lamió mi mano—. Da igual. Tienes pinta de ser chica de primavera. De abril. Del dieciséis. —Carraspeé—. El próximo dieciséis de abril te demostraré lo que es bueno. Jamón york, leche y te llevo a Central Park a celebrar tu cumpleaños. ¿Qué te parece?

Nada.

Suspiré.

—Será un buen día. ¿Sabes por qué? —Aclaré la voz y hablé entre susurros—. Los dos tendremos una fiesta. También es el mío. No te olvides de felicitarme.

La risa que brotó de mi garganta me dejó un regusto amargo. Me froté los brazos por encima del abrigo para apartar el frío y las sensaciones prohibidas si quieres sobrevivir. Me asomé a la barandilla y capturé una panorámica de Manhattan en mi retina. Detrás de los edificios antiguos y del sonido de las ambulancias y las sirenas de policía existía vida bañada con las luces de los rascacielos. Debajo de mi portal caminaba un chaval con una gorra verde chillón que reconocí. Gavin. Se iba a cagar.

Traté de hacer el menor ruido posible mientras bajaba. Utilicé las sombras de la noche para acecharle y esperar el momento indicado para lanzarme y hacerle pagar por la pelea que me había comido por su culpa. Llegó cuando pulsó el telefonillo, dijo algo al altavoz y se quedó esperando con la barbilla levantada y aires de soñador. Le empujé contra la pared antes de que le diese tiempo a reaccionar y puse una cara monstruosa para que se lo hiciese encima como un bebé.

—Eres tú. —Pareció sorprendido y me desubicó que, en lugar de mostrar miedo, me devolviese una jodida curvatura de labios—. Volvemos a encontrarnos. ¿Ahora qué?

—Ahora voy a regalarte una cara imitación de la mía. Considérate afortunado.

—Deberías dejar florecer tu sentido del humor. Tienes un puntito de gracia muy simpático, Damien. —Apreté la tela de su abrigo entre mis puños y aproximé el rostro para que distinguiese bien la rabia de mis ojos.

—¿Insinúas que no soy capaz? No me duras dos...

—Asaltos. —Suspiró—. Lo sé, machote. Ya te lo he dicho, lo mío es mucho correr y pocas patadas en el estómago. Solo te pido que te des prisa o escuches mis motivos.

—¿Hablar?

—Negociar. Es lo que estamos haciendo. —Trató de encogerse de hombros y le agarré con más fuerza—. Hay una chica...

—¿Crees que va a cambiar algo que estés pillado por una...?

—¿Pillado? —Carcajada—. Aquí arriba vive la mejor grafitera en blanco y negro de la ciudad, Eva. Cuando la veas, pensarás que es el ser humano más duro del planeta. Posiblemente no te equivoques. Pero no somos solo una cosa, ¿no? —Pensé que estaba pirado por responder de esa manera a la invitación de la víscera y los puños y, aun así, le escuché. Tal vez porque no me lo podía creer. Tal vez porque era un mago de las palabras—. También es la hija de unos padres crueles que necesita que le recuerden que es importante. Y el mundo, que no yo, ha decidido que los objetos tienen ese poder. —Parpadeó y todo rastro de recreo desapareció—. Me juré a mí mismo que mi mejor amiga no volvería a pasar unas Navidades sin regalo y, ya ves, he robado y tú te has convertido en un daño colateral con el que no contaba.

Esa noche Gavin no me habló de lo que me enteré con el paso de los años. No me contó que los padres de Eva habían creado una página web y la grababan fingiendo que tenía una enfermedad terminal para recaudar dinero. Tampoco indagó en los golpes que ocultaba con camisetas de manga larga. Ni siquiera entró en detalles como que fumaba desde los diez para calmar un monstruo interior al que llamaba ansiedad. De hecho, ángel, poco tuvo que ver su amiga en la decisión que tomé.

—Llamándome efecto colateral no mejoras tu suerte.

—¿Prometiéndote recuperar las pistas, quizás? —Su mirada brilló—. He escuchado a los chicos cuando te lo decían…

—¿Por qué debería confiar en ti? Tienes todas las papeletas de ser un pirado…

—Que está cansado de repetirte que quiere ser tu amigo. ¿Necesitas una prueba? Domador.

—¿Domador?

—Que le gusta controlar las cosas que dependen de él y lleva fatal las improvisaciones. Eso significa tu nombre. ¿Me habría tomado la molestia de buscarlo si no pensase que el futuro nos depara más que un par de peleas?

Dame un momento.

Solo uno.

Déjame respirar.

Un cigarro rápido tal vez.

Y sigo.

Algo me llevó a confiar en él. El mismo algo por el que al día siguiente me presenté a la hora de siempre en The Cage. No había ni rastro del desconocido y sí del frío creciente y de los agresores, que no dudaron en acercarse a saludarme con sus aires de «hoy no te vas de aquí antes de que te rompamos todos los huesos de la nariz». Me agaché para atarme los cordones mientras valoraba qué diablos iba a hacer cuando fui testigo de cómo dejaban la frase «¿Eres sordo? ¿No te habíamos dicho que...?» a la mitad.

Descubrí el motivo al terminar el nudo. No me extrañó que perdiesen el habla. Gavin estaba allí, sí, con su recelosa amiga Eva para demostrarme que toda la belleza que existe puede conspirar y habitar en un rostro. Los dos con sus abrigos, bufandas, gorros y ocultos tras una barrera humana compuesta por tres de los cuatro hermanos de una de las familias más reconocidas y temidas en mi distrito y, por lo visto, también en ese. Los Hunter, un grupo de pandilleros que se valían de delitos menores, ser impredecibles y mostrarse incrédulos al perdón y ser fieles a la violencia.

El chaval rarito que prefería mencionar que su nombre era sinónimo de águila antes que su apellido era uno de ellos, el pequeño, y parecía... avergonzado por el despliegue de medios y el modo en el que los chicos con los que compartía sangre intimidaban a todo el que reparaba en su presencia.

—¿Sorprendido? —Gavin se adelantó unos pasos y habló sin la seguridad de nuestros encuentros anteriores.

—Extrañado. Si hubieses mencionado que eras un Hunter, no me habría atrevido a amenazarte. Nadie en su sano juicio lo haría...

—¿Por qué?

—¿Porque el ser humano valora respirar?

—Entiendo... —No, no lo hacía.

—¿Qué?

—Soy un Hunter y he nacido genéticamente preparado para partir cuellos, poseer dedos habilidosos que se hagan con carteras...

—Colgantes. —Tosí.

—Y robar almas con las que alimentarme antes de irme a la cama. Y tú ahora eres el chico que quiere ser mi amigo a toda costa. —Sonrió. Lo hizo. Un gesto que parecía que le pesaba. Traté de quitarle piedras a la carga.

—No te pases. Conmigo hay que currárselo más.

—¿Insinúas que el servicio de matones a domicilio no te ha impresionado? —Los ojos le volvieron a brillar—. ¿Acaso eres de los que prefieren ganar lo perdido de un modo justo si tienen la oportunidad?

—¿Justo?

—Bienvenido al maravilloso universo de las apuestas.

Gavin propuso que nos lo jugásemos en un cara a cara a la bombilla. Consistía en hacer tiros desde las distintas posiciones que marcaría con tiza en el suelo, catorce exactamente, las cuales irían de mayor proximidad al aro a mayor lejanía. Tres reglas. Se decidía el orden en un rebote en un tiro libre, si fallabas el turno, pasaba al contrario, y el primero que metiese el triple final ganaría.

Aceptamos.

No soy idiota. Sé que el chico con más sueños que ha acogido el Bronx me manipuló. Sé que a sus hermanos no les hizo gracia presenciar cómo él prefería la mediación al mandato dictatorial que se le presuponía en las venas. Sé que el partido me perteneció desde el momento en el que el chico que me había destrozado la cara gritó:

—¿Preparado para perder? ¡Nunca serás nadie, negro!

—Blanco —carraspeó Klaus, el Hunter más bruto y con menos cerebro.

—¡No serás nadie ni nada!

Quiso herirme. Minar mi moral. «No», «nadie» y «nada» en la misma frase escoció. Lo hizo de un modo que me sirvió para tomar impulso. Nunca deseas tanto sacar la cabeza del agua como cuando dos manos te están intentando ahogar. Le dejé que empezase a lanzar para que se confiase pensando en la satisfacción que iba a experimentar al reventar su pecho hinchado como un globo.

Lo hice.

Gané.

The Cage volvió a ser mía sin deberles nada a los Hunter más allá de la oportunidad de recuperarla.

Pero eso no es lo importante, ángel. Ni los segundos que pasé concentrado, ni la respiración entrecortada ni el modo en el que entraba en comunión con mi cuerpo en busca de la inclinación perfecta, la postura en la que la bola pasaba a ser parte de la articulación. Tampoco lo fueron los tiros libres, el gancho desde debajo de la canasta del que me sentí tan orgulloso o cuando me tiré al suelo y saboreé la victoria en mi propio sudor y las nubes del cielo. Fue Gavin interrumpiendo esa pacífica imagen con sus saltos de celebración y su mano preparada para levantarme. Otra vez.

—Eres un máquina. ¡Una locura! Ya te veo en la NBA con Dennis Rodman. —Puntuó para caerme bien al ser de Rodman.

—Relaja —le calmé, y le pasé la mano por el cabello poblado de pequeños rizos. Bajó el tono de su risa, pero seguía igual de acelerado.

—¿Qué? Te juro que es verdad.

—Tu amigo solo ha tenido suerte —interrumpió el rubio que había estampado la silueta de sus nudillos en mis mejillas.

Tomé aire y me giré con lentitud.

—¿Suerte? Vete a casa a llorar. Aquí no verás otra cosa que no sea a mí saltando para triunfar —respondí.

Gavin siempre aseguraba que fue mi primera rima y que llegó haciéndole el amor al deporte con las piernas enrolladas para que así me gustase. El modo de ver notas y canastas compatibles. Yo creo que nunca fui tan intenso y que simplemente pretendía regodearme de la victoria molestando al contrario. Todo el mundo sabe que las peores patadas en las pelotas no se dan con los pies. Y habría seguido si los Hunter no me llegan a invitar a una barbacoa en su patio.

Acepté sin saber muy bien dónde me metía. Pensaba que todo se reduciría a estar con tres matones, su hermano pequeño el chiflado y Eva, la preciosa chica que se acercó de camino al metro con una magnífica sonrisa en forma de corazón. No dejó de sonreír mientras susurraba en mi oído:

—Si le haces daño, no volverás a ver la luz del sol, ¿lo entiendes?

—¿A Gavin? —dudé—. ¡Es un Hunter!

—Es sensible —corrigió—. Tiene corazón para él y para los que estamos vacíos, así que no se lo rompas.

—¿Va en serio?

—No amenazo de coña, guapo.

Esa noche el regusto amargo de la cerveza recorrió mi garganta por primera vez y, como de inicios hablo, también fue la primera vez sin necesidad de grandes dosis de falso drama para conseguir una oferta sincera para quedarme a dormir.

Rechacé la invitación. Volví con el estómago repleto de carne a una casa solitaria en la que no me habían echado de menos. Todo parecía igual, pero algo había cambiado. Ahora lo sé. Lo recuerdo. Una sensación. Supongo que es lo que se activa cuando encuentras a tu familia y, aunque faltaban muchas vivencias para poder llamarlos así a ellos, al entregado y dulce Gavin y a la escéptica y distante Eva, lo noté dentro.

Esa noche le di a Lluvia un cacho de hamburguesa robado y le hablé de ellos sin pronunciar la palabra amigos para no cargarlos de expectativas. Esa madrugada pensé en planes compartidos durante el invierno neoyorkino. Y, cuando las pesadillas me despertaron, en lugar de abrir la ventana asfixiado para volver a respirar, recordé que al chico le gustaban las palabras, agarré el diccionario de Cleo y leí una página tras otra hasta que la paz regresó.

«¿Cuándo empezaste a componer, Tiger?», suelen preguntar. Olvidan que lo importante no es el momento, sino el motivo, por qué de entre todas las cosas decides consumirte en textos. La respuesta muchas veces viene antes del propio acto. Compuse, compongo si en algún momento salgo del puto bloqueo, porque un chico que buscaba el significado de las cosas y me arrancó de la soledad amaba las letras. Compongo porque un ángel cruzó la puerta de un antro de mala muerte y supe que solo me vería si me convertía en poesía.

PARTE II

ADOLESCENCIA

Hoy, abril de 2020, NY
5 a. m.

Si cierras los ojos, la música del viejo karaoke The Voice of the Chest resuena por encima de los muros del local, que cerró sus puertas hace algunos años. En su interior ya no hay cerveza barata servida junto a un chupito de *whisky*, personas tiradas en los sofás, voces naciendo en libertad encima del escenario de mala iluminación y peor sonido ni la presencia constante de Tommy el Gordo en el exterior para gritar que las colillas de los cigarros consumidos se tiren a la distancia prudencial de la acera de enfrente de su garito. De hecho, ya no queda nada de lo que fue. Solo escombros que se vendrán abajo el día menos pensado, la memoria de las notas de su pentagrama, Gavin, yo y el mural de su pared trasera. Y ni siquiera este es el que recuerdo. Otros colores han sustituido a los míos.

—¿Más nicotina? —Mi amigo enarca las cejas al ver que saco el paquete.

—¿Te ha poseído el espíritu del antiguo dueño?

—Disfrazarme de tu conciencia continúa siendo uno de mis *hobbies* favoritos —bromea y chasqueo la lengua.

—Para serlo te has tirado una buena temporada ignorándolo...

—Puedes culparme por ello, pero en el fondo sabes que no podía, que yo... —Traga saliva y se frota las manos.

—Lo sé —concedo ante su nerviosismo—. Claro que lo sé. —Guardo la cajetilla y no me pasa desapercibida su curvatura lateral. La gente pensaba que yo era el líder cuando siempre ha sido/es él el que manda. Nunca dejará de ser la calma que deshace el ciclón con un juego de manos.

Nueva York continúa durmiendo. La banda sonora de sus silenciosas nanas cada vez es más floja y la engulle el emergente ruido y la claridad que comienza a teñir la oscuridad del firmamento y que anuncia que se aproxima el amanecer. El sol. Mañana. La dureza de la realidad tras el paréntesis de una noche.

Rodeamos el local hasta llegar a la parte trasera, donde una farola descubre la mejor versión del mural, la parte donde el propietario del local te dejaba pintar.

—Solo si tienes algo que contar —advertía—. Me da igual el talento o si es bolígrafo o espray. Carboncillo o grafiti. Lo importante son las historias. Este espacio es para dejar los miedos, los secretos o lo mejor de ti. No es lugar para el arte. Es vía escapatoria para las personas.

La mayoría nos mofábamos del enorme viejo de protuberante barriga que nos disparaba con una pistolita de agua cuando nos pasábamos de la raya, el canuto, el alcohol o nuestro mal carácter. La mayoría acabábamos acudiendo a escondidas para dejar nuestra huella sobre el ladrillo. La niña transformada en un diente de león repleto de sueños de Eva. Los pájaros alzando el vuelo de Gavin. El…

—Reconócelo. El paraguas es tuyo. —Mi amigo serpentea con los dedos por la pintura desconchada de lo que en el pasado fue un enorme paraguas rojo.
—No.
—¿Tan no como las margaritas y los globos? —Deja de prestar atención a la pared y sus ojos se clavan suspicaces en los míos.

—¿Por qué iba a hacer algo así?

—Porque a Gabrielle le encantaban cosas que odiabas. —Sacude la cabeza—. Buscabas que el chico que aborrecía calarse encajase con la chica a la que le gustaba respirar hondo bajo la lluvia y te diste cuenta de que tal vez no era tan complicado, imposible como algunos aseguraban, solo necesitabas esto. Un paraguas.

—Suponiendo que tu teoría no es una de tus habituales locuras y has conectado cerebro y boca, ¿qué sentido tienen las flores y los globos?

—¿Existe razón para regalarle algo bonito a quien se lo estaban quitando todo? Era tu impulso, Damien. Mejorar su mundo en ruinas fue tu mejor instinto. Puede ser tu mej...

—Gavin... —dejo que las palabras se pierdan y le lanzo una significativa mirada.

—Cierto. Todavía no estamos preparados para hablar del tema. —Pasa el peso de una pierna a otra—. Y, aun así, resulta irónico que hayas elegido este punto como segunda parada. Nos aproximamos, lentos y espero que sin pausa. El tiempo aprieta y tienes una inspiración que recuperar antes de que me largue. ¿Entramos?

—¿Para que se nos derrumbe encima?

—Para encontrar las letras que nacieron entre sus cuatro paredes.

¿Adivinas qué? Accedo. Gavin no falla ningún tanto. Dos sugerencias de dos sugerencias.

Enciendo la linterna del móvil e ignoro los múltiples avisos de llamadas y mensajes que parpadean brillantes. Esta noche no estoy para nadie. Solo para ti, Gavin y Eva si descifra las letras inconexas que le he enviado y mis recuerdos.

Piso los escombros y los cristales rotos esparcidos de la ventana por los que se cuela un hilillo de iluminación lunar. No queda nada. El mobiliario ha desaparecido. Corrijo. Han robado todo el mobiliario fijo o anclado. Adiós, barra, micro, sofás, cenicero... Adiós, adolescencia. Adiós al desaparecido Tommy el Gordo.

—Recuerdo la primera vez que te subiste ahí arriba. —Gavin se deja caer arrastrando la espalda en el hueco donde estaba nuestro sofá predilecto—. Estabas blanco y parecía que acababas de echar la pota. Espera, ¡lo habías hecho!

—Vomité un poco de pasada por los nervios.

—¿Tú te escuchas? ¿Cómo se vomita un poco de pasada? —Intenta picarme y le acompaño sentándome a su lado—. O lo haces o no lo haces. Y estabas tan acojonado que creí que apretarías tu culito canela y saldrías por patas, pero subiste, agarraste el micrófono y...

—¿Hay que remover la actuación más triste de la historia de las batallas?

—Hay que remover la reacción. Ellos se reían y te señalaban sin cortarse y tú dejaste de tartamudear, más cuando... —Traga saliva. Ladeo el rostro y le veo cerrar los ojos y tomar aire—. Más cuando viste aparecer a Gabrielle, cuyo nombre significa...

—Ángel —le interrumpo.

—Sí. También recuerdo el preciso instante en el que te diste cuenta de que había venido. —Junta las manos y continúa hablando sin desplegar los párpados, como si la oscuridad le permitiese estar allí—. Fue como si todo tu cuerpo se activase para recoger su luz. Me di cuenta en ese segundo, mientras te observaba, del mismo modo que supe que te enamorarías de ella y que... —Se frota la cara—. Y que yo ya estaba irremediablemente enamorado.

—Gavin...

—¿Qué? —Ladea la cabeza—. Si muy en el fondo no quisieras hablar del tema, habríamos ido a cualquier otro lugar de la ciudad. ¡Del país! ¡Tienes un *jet* privado! —Se da cuenta de que ha subido el tono y recula—. Pero aquí estamos, sentados en las ruinas que representan el rap y a Gabrielle Thompson.

—El rap, ¿vale? ¿Gabrielle? Gabrielle sería autobuses recorriendo la ciudad para bajar en los rincones en los que sacaba la cámara, folios voladores y...

—¡Gabrielle era el verdadero motivo de que avanzases! Deja de mentirme. Deja de mentirte de una maldita vez. Así no vamos a solucionarlo, ni las letras de canciones que no vienen ni lo nues… ni lo que en algún momento tendremos que hablar.

—¡Vale! —Concedo para que se calle—. The Voice of the Chest significa rap y Gabrielle. ¿Contento?

—Llevar la razón es placentero, sí. —Cruza los brazos a la altura del pecho.

—Aunque se te olvida un detalle. También significa Eva. También significa Gavin. La palabra amistad es la única que se repite en todas las etapas. Tú no desapareces.

—¿No lo hago?

—Nunca.

Aproximo la mano con cautela y el pecho se me dispara cuando casi, solo casi, siento su piel sobre la mía. Por ahora no hay que forzar más. Como él ha dicho, paso a paso. Sin detenernos. Sin estamparnos al apoyar el pie sobre el acelerador a fondo. Puede que lo superemos. Puede que te superemos. Levanto la barbilla y, guiado por la memoria, distingo el lugar exacto en el que se encuentra la puerta en el escondite de las sombras de la oscuridad. Pienso que, si mi amigo solo rememora la noche de la batalla, es que no estaba pendiente la primera vez que entraste, con el pelo empapado, frotándote las manos y dedicándole tu última sonrisa a la lluvia antes de enfrentarte al destino. Te juro por lo más sagrado que de un modo inexplicable supe que tú y nadie más que tú me cambiarías la vida. Y por eso mi cuerpo suplicaba que te quedases cuando mis dientes ladraban que te fueras. Y por eso no pude evitar colocarte el pelo detrás de la oreja y mantuve mis dedos sobre tu piel unos segundos.

CAPÍTULO 4

DE GABRIELLE A DAMIEN

Desde la Clínica Betty Ford, Rancho Mirage, California, 2014

Todo el mundo debería poder afirmar tener un superpoder secreto sin avergonzarse. El mío era ser la persona más sigilosa del planeta si me lo proponía, y la eficacia aumentaba a primera hora de la mañana. Adele y Kitty insistían en que debía aprovecharme de las ventajas de mi talento para acabar trabajando en algo realmente guay. Espía de la CIA, la primera. Asesina sangrienta del parque de atracciones de Coney Island durante Halloween, la segunda.

En realidad, también estaban preocupadas por mi inmediato futuro laboral. Como casi todos… Como casi todos excepto yo. La protagonista. Quizás no. Notaba las tensas cuerdas que tiraban para manejar mis pisadas y los titiriteros no se daban cuenta de que el muñeco en el que pretendían convertirme solo anhelaba levantar la cabeza y mirar. Ver lo permitido y un poquito de lo prohibido. Por eso disfrutaba saltando contra las olas del mar con la absurda teoría de que gracias al agua viajaría más lejos, y, cuando dijiste que los hogares no eran ladrillo cimentado ni personas, sino allí donde el ancla caía sin saber si el barco volvería a viajar, descubrí que no eras una fachada imponente con unos ojos verdes con los que costaba concentrarse. Ni siquiera las palabras repletas de personalidad que expulsabas con rabia.

Damien, tú eras libertad.

La clase de libertad que esa tarde con dieciocho años echaba de menos sin saber que existía, porque en el piso del Upper East Side para desayunar solo estaban los catálogos de las universidades más prestigiosas del país entre las que tendría que elegir al terminar el curso y la cámara azul celeste Instax que me habían regalado por mi cumpleaños y sobre la que volcaba mi habilidad de ser alma gemela del silencio.

Los *smartphones* y las cámaras digitales habían ganado terreno y, aunque debía girar a la misma velocidad que mi entorno, ralentizaba el ritmo y continuaba prefiriendo las instantáneas. Algo me decía que así era más especial, más seleccionar momentos y atesorarlos colgando las fotos con pinzas en esas cuerdas que recorrían mi cuarto de un extremo a otro y que representaban las constelaciones de un universo inventado que me pertenecía.

—La estilista se ha confundido y te han traído un vestido de premamá —señaló Adele al levantar la vista del libro que sostenía entre las manos, tumbada encima de la alfombra arcoíris de la habitación de nuestra hermana mayor.

—¿De qué vas, víbora envidiosa? —Kitty se hizo la indignada con las manos en las caderas. Yo sostuve la Instax en alto. Prevenida.

—Pareces de cinco o seis meses. No hace falta que me creas. El espejo de cuerpo entero corrobora mi versión.

La mayor de las hermanas Thompson observó su reflejo.

—Seré una elegante princesa.

—Una dudosa princesa preñada. —Kitty dio una vuelta y la tela alzó el vuelo.

—Oh, Dios mío. Llevas razón. Parezco una adolescente que ya no puede ocultar el embarazo no deseado de su primogénito. —Se llevó la mano a la frente, teatral.

—De sus trillizos —tosió la pequeña.

71

—Cabrona —tosió la mayor.

—Sincera.

—¿Gab? —La pelirroja que se limpiaba las legañas buscó mi apoyo.

—Ni lo intentes. Está en modo acecho para calzarnos una foto. —Le dediqué una sonrisa afirmativa asomando por detrás del objetivo—. Elle y su manía de convertirnos en las chicas más documentadas gráficamente de la histor...

Kitty se adelantó a que terminase la frase. Era mi cómplice más fiel. Estiró el brazo, agarró uno de los cojines en forma de corazón y se lo lanzó con suavidad y puntería en toda la cara. Adele no mutó el gesto. Simplemente se levantó con lentitud, depositó el libro con sumo cuidado en el escritorio y enganchó la mullida almohada. Luego, en la estancia con vistas a Central Park, el proyecto de artista huyó corriendo mientras la amante de los planos y el dibujo técnico saltaba encima de la cama para atraparla con facilidad.

Disparé una fotografía que salió despedida a la palma de mi mano. Esos fueron los segundos de tregua, porque luego se aliaron, claro que lo hicieron, cuando la había meneado entre las manos y el color en movimiento invadía el papel, y vinieron a por mí. Me habría gustado que tú, Damien, que siempre me viste muy recta, educada y señorita, te hubieses asomado para ser testigo de que yo también podía acabar con el pecho a punto de reventar de la risa, plumas volando a mi alrededor y tirada en el suelo al lado de mis dos hermanas para recordar algo tan útil como respirar antes de ir al colegio al que te encantaba tachar de pijos, estirados y fuente innata de gilipollas.

Tal vez así habrías comprendido que el motivo de que no buscase la felicidad a tu modo era que yo la encontraba al mío. Con el pelo pelirrojo, rubio ceniza y marrón fusionado y las conversaciones simples que tenía con mis hermanas cuando acababa una guerra que no hería y sabía a dulce de feria. Y no me llames simple. Era tan pretenciosa que en mis listas de deseos pedía tiempo con los que me rodeaban.

¿Conoces algo más valioso?

Lo dudo.

El tiempo es vida.

Dame un poco de la tuya.

Lo sé… Quererte no es una opción.

—Bien pensado no está mal. Si se creen que voy a ser madre soltera, se centrarán en eso y no en las molestas preguntitas sobre mi peso. —Kitty tenía caderas generosas. Y piernas. Y brazos. Y estaba cómoda con un cuerpo que solo parecía molestar a los demás. No era la primera vez que la jefa de campaña le «sugería» una nutricionista al lado y que se pusiese a dieta. Papá accedía. Hablaba de salud para ignorar que la imagen le tenía absorbido. Adele y yo le pasábamos comida de contrabando—. Parece que estás más grande… —imitó el tonito de los comentarios—. ¿Qué quieren que les diga? ¿Bastaría con la promesa de que no planeo caerme encima y aplastarlos?

—A mí me haría más gracia que les respondieses que, si lo legalizan, te casarías en Las Vegas con un *muffin* relleno de frambuesa… —bromeó Adele.

—¿*Muffin*? —me sumé—. Mejor *pizza*. Ella es más de salado.

—Vosotras lo de subir el ánimo un cero, cerdas. —Nos pegó un codazo y se rio. Así le gustaba tomarse el tema, a broma, porque, si lo hacía en serio, sería como darles la razón, y no estaba dispuesta—. Joder, odio que me miren como si fuera una ballena andando por la gran ciudad y que Arthur no haga nada para remediarlo.

—Tampoco parece molestarle que me traten como la prima lejana de Chewbacca porque he decidido no ceder a los convencionalismos y pasar de la tortura de la depilación. —Adele levantó el brazo y mostró con orgullo el vello que le crecía en la axila—. Que les den. A los periodistas, a los estilistas, a todos los de la campaña y a Arthur.

—Que les den. A los periodistas, a los estilistas, a todos los capullos de la campaña y a Arthur. —La frase se convirtió en un grito de guerra.

73

—Papá —corregí y, de nuevo, me di cuenta de que hacía tiempo que ellas no le llamaban así.

—Es igual de capullo que los demás, Elle. —Como respuesta, Kitty asintió.

—No seáis duras. La legislatura le ha quemado mucho y ahora que se va a presentar a alcalde…

—Es fácil justificarle cuando eres su perfecto ojito derecho, ¿no, Gab?

—¿Queréis que hable con él antes de irnos?

Kitty contestó un «¡Aleluya! ¡Las señales por fin han aterrizado en tu radar!» y Adele se conformó con un «Si te ves capaz de explicarle que lo que tiene encima de los hombros es más que un adorno…» cargado de ironía. Salí de la habitación y me despedí de dos pares de ojos recelosos. No confiaban en mi capacidad de hacer entrar en razón a nuestro padre. Para ellas, recuperarle era una fantasía perdida en el camino de la ambición, el poder y Wall Street inyectado directamente en su nómina.

Nuestra antigua casa no era muy grande. Solo habría tenido que cruzar el salón para llegar a la biblioteca que hacía las funciones de despacho de la que mamá salía tarareando la canción que sonaba en el viejo tocadiscos con los labios hinchados y la mirada encendida. La nueva, la del político con una familia ejemplar a prueba de prensa, era enorme. Elitista. Techos altos. Vistas espectaculares. Un suelo brillante en el que estaba prohibido andar descalza. Sofás en los que sentarte en pijama parecía una aberración. Calefacción potente y frío. Nuestro hotel.

Las distancias para encontrarnos no era lo único que había cambiado. Estaba Julie, la segunda mujer de papá, y su perro, un pomerania blanco macho al que llamaba Barbie y que de vez en cuando llevaba corona. La conoció en la New York Fashion Week tras unos meses de luto que le dejaron consumido. Era modelo. Le sacaba once años, lo que se traduce en que ella tenía treinta y mentalidad de quince. Fácil de ilusionar, amante de la moda ceñida, batidos verdes asquerosos y todas las cosas que tuviesen purpurina o brillibrilli.

No me caía mal. A diferencia de mis hermanas, sus excentricidades me resultaban un tanto divertidas. Aire fresco. Tal vez por eso, porque intentaba ver más allá de sus colores llamativos y de los tres segundos que tardaba de vez en cuando en responder para salir con cualquier ocurrencia que no tenía nada que ver con el tema tratado, el nudo de la venda que tenía con papá se aflojaba en su presencia.

—Un paseo… Salir los dos para que no estés encerrado con… —Julie se encontraba en el marco de la puerta enfundada en unos tacones, *shorts* blancos que resaltaban sus largas piernas bronceadas y Barbie contra la camiseta rosa palo.

—Tienes la Visa, ¿no? Compra ropa para ti o para el chucho. O llama a tu cirujano, sí. Seguro que se os ocurre algún arreglo y me dejas en paz un rato. ¿No querías unas tetas nuevas?

—Yo… —se disculpó con una sonrisa temblorosa.

—Cierra al salir. —La rubia con el moño deshecho se quedó unos segundos por si cambiaba de opinión.

—Siento muchísimo haberte molestado.

—Mierda, Julie, ¿qué parte de quiero estar solo no has comprendido? A este paso voy a tomarme en serio que las rubias perdéis neuronas con la decoloración.

—Lo siento —repitió más bajo. Obedeció. A mí se me partió el alma. No existía ninguna excusa para tratarla así.

—No debería hablarte de un modo tan cru…

—Está estresado. Cargar tanto peso sobre sus hombros le tiene fuera de sí, al límite. —Sacudió la cabeza y parpadeó para que la humedad abandonase sus cristalinos ojos azules—. Tenemos que apoyarle, Brie. —Me llamaba como él y casi sonaba a él en el pasado—. Para eso están las buenas mujeres…

—No hay mujeres buenas y mujeres malas. Hay mujeres. Y todas deben ser respetadas.

—Es hasta las elecciones. Después se le pasará. Lo hará. —Reforzó su argumento con un asentimiento firme.

Lo repitió como un mantra por si eso lo convertía en verdad. No le dije que se engañaba, Damien. Que dejase de nadar en una mentira. Porque ella debía notar que el hombre que se reía de sus ocurrencias absurdas, le llevaba fruta a la cama e intentaba introducirse en su mundo cambiando el periódico por revistas de moda no tenía nada que ver con el que ahora andaba con superioridad unos pasos por delante, le hablaba como si fuese idiota y solo la utilizaba para las fotos de los mítines y el sexo en el que solo se escuchaba el crujir violento de los muelles de la cama y gemidos masculinos ante los que me tapaba con la almohada. Él ya no estaba. Y no podía culparla de andar ciega cuando yo tampoco veía.

—¿En qué idioma tengo que explicártelo para que lo entiendas? —El gesto exasperado de mi padre se suavizó al darse cuenta de que yo había abierto la puerta.

Dos bolsas negras le nacían de debajo de los ojos. No paraba de pasarse la mano por el pelo castaño lacio. Carpetas y más carpetas coronaban su escritorio. En la radio sonaba un reportaje sobre la caída de Bagdad a mano de soldados estadounidenses y cómo los iraquíes habían derribado, con ayuda de uno de nuestros blindados, la estatua de Sadam Huseín que la población se dedicaba a pisotear hacía ya tres años. Sin rastro de lo sucedido la jornada anterior a ese suceso, el día negro para la prensa, en el que tres periodistas habían muerto víctimas de un obús tirado contra el hotel Palestina.

Tú decías que mi cuerpo supo lo que quería antes que mi cabeza, y puede que llevases razón, porque, antes de reprender al hombre que tenía enfrente, rocé la cámara Instax de manera instintiva y de nuevo pensé que había algo defectuoso en mi interior que me llevaba a escuchar la palabra «héroes de la nación» y dibujar la imagen de los que perseguían enseñar la realidad sin filtros cargando grabadoras, cámaras, bolígrafos y necesidad de mostrar la verdad en lugar de armas.

—En el idioma con el que vuelvas a parecer un hombre decente. —Planté los pies y ladeé la cabeza. La decepción tomó el control de mis gestos.

—Las cosas están muy sensibles ahora mismo, Brie. No te haces una idea. Tengo dinamita bajo los pies. Y ella viene aquí y se pone pesada con sus gilipolleces…

—Ella viene aquí con sus cosas, que, oye, son tan importantes como mi alcaldía de la Gran Manzana, así que lo mismo debería tragarme mi mal humor y prestarle atención —le corregí y, sin ponerme nerviosa, mantuve los ojos clavados en los suyos. El ego exorbitado que vestía solo aceptaba los consejos que salían despedidos de mi boca.

—Así que lo mismo debería pedirle perdón —transigió.

—Así que lo mismo deberías pedirle perdón a ella, a Kitty y a Adele.

—¿Kitty y Adele?

—Tu estilista les ha comprado un traje a prueba de michelines y pelo para la fiesta de presentación de tu candidatura el próximo fin de semana.

—Es por su bien. —Se masajeó la sien sin dejar de mirar de reojo el móvil—. Van a tirar de cualquier cosa para desmoralizarme y que me retire. Hacerles daño a mis hijas es una opción bastante potente…

—¿Quién? ¿Quién va a hacerles daño? —Caminé hasta el escritorio y apoyé la mano en la madera.

—¿No te das cuenta de que estamos debajo de una lupa que amplifica nuestros defectos? Cualquiera, por insignificante que te parezca, sirve en la carrera contrarreloj.

—Pues entonces no permitas a nadie que te haga ver el cuerpo de tus hijas como una imperfección y ya lo habremos superado. A ellas no les importa la opinión de los demás. Solo la tuya. ¿Sabes quién va a hacerles daño si no recula? Tú, porque eres el único con ese poder. Los demás son solo extraños.

—Extraños —repitió, y dejó de tener los ojos negros clavados en el móvil para sostenerlos en los míos y sonrió con tristeza—. Brie, nunca debí meterme en esto.

—Pues da marcha atrás.

—¿Puedo? —La esperanza alisó las arrugas que se le formaban en la frente de tanto fruncir el ceño.

77

—Claro que…

No terminé. Los golpes contra la puerta principal y los ladridos de Barbie acabaron con mi voz. Después, todo sucedió muy deprisa. A los gritos de incomprensión de Julie se unieron las exclamaciones ahogadas de Adele y Kitty y los papeles que contenían las carpetas del escritorio salieron volando cuando papá se levantó para atraerme contra su pecho por si no podía volver a hacerlo.

No lo consiguió. La policía cruzó la puerta antes y le empujaron contra la pared para retorcerle los brazos en la espalda y lograr que unas esposas cubrieran sus muñecas. Le hablaban en el idioma de la ley, que yo no entendía. Tuvieron que llegar los titulares para enterarnos de que le acusaban de corrupción, malversación de fondos, revelación de secretos, falsedad documental y otros delitos de su época de concejal de urbanismo que no alcancé a leer por la sensación de mareo creciente.

El resto es como un sueño que se desvanece lentamente. Papá montándose en el coche que le esperaba fuera. La sirena todavía resonando y desconocidos registrando cajones y metiendo cosas en bolsas de plástico con guantes. Kitty, Adele y yo sobre el arcoíris de la alfombra, con las rodillas dobladas, la espalda apoyada en la pared y el corazón bombeando fuerte contra las costillas. Las preguntas de mis hermanas.

—¿Iremos nosotras a la cárcel? —La pelirroja.

—¿Te has golpeado la cabeza de la impresión? —La pequeña.

—¿Y si creen que lo sabíamos y nos imputan por yo qué sé, ocultar información que atenta contra la seguridad nacional?

—No te lo volveré a repetir. Kitty, deja la tele.

—Piénsalo fríamente.

—¿No te das cuenta de que le estás dando vueltas a una chorrada para evitar lo que verdaderamente importa? —El silencio de la otra la instó a continuar—. ¿Es papá culpable?

Las dos repararon en mi presencia. Algo me decía que no me salvaría. ¿Sabes una cosa? En las crisis que generan una tormenta perfecta bajo tus pies, hay alguien que tiene que tirar del equipo, remar y conseguir que el barco siga a flote mientras el agua salada le golpea en el rostro. Eligieron que yo fuese ese alguien. Una valiente marinera.

—Kitty, no. Si paras de robarle el wifi al vecino porque internet va más rápido, no irás a la cárcel. Adele, tenemos que permanecer unidas, dejar a su abogado trabajar y confiar en su inocencia —disparé. Ambas asintieron conformes y apoyaron la cabeza sobre mis hombros.

Después vino una espera eterna, las preguntas raras y hacerme la fuerte. Sí, has oído bien. Hacerme la fuerte, que no serlo. Mi carácter pausado y poco visceral conducía a equívoco. Vale que yo no grité ni lloré y escuché con calma todas las indicaciones. Vale que fui la primera que me puse de pie cuando nos llamaron y la que tiraba de ellas mientras les apretaba la mano. Vale que fui previsora y preparé una bolsa con lo básico por si teníamos que irnos hasta que todo se serenase.

¿Piensas que no me costaba? ¿Sabes por qué pude? Porque el terremoto se había instalado dentro, agitaba mis huesos y la carne que los envolvía. Lo que no se puede ver. Ellas habían elegido que fuese ese alguien. La valiente marinera. Y traté de dar la talla, aunque estaba aterrorizada, aunque me pellizcaba con disimulo la palma de la mano para despertar si era una pesadilla, aunque yo también tenía un interrogante que surcaba mi cabeza al que no quería atender.

¿Volvería a verlo del mismo modo? Después de todo lo que iba a salir, ¿podría hacerlo?

Ese día, las hermanas Thompson no fuimos ni a la escuela de danza ni al instituto. Cenamos poco, en silencio, ignoramos el móvil y no era noche cerrada cuando nos marchamos a dormir o a dar vueltas en la cama hasta arrancar las sábanas, depende. Fue el momento en el que estallé. Las paredes me asfixiaban y un pronunciado pitido taladraba mi cabeza. Me puse las mallas negras con una fina línea naranja chillón y salí a la calle.

Corrí.

Corrí.

Corrí.

Subí al metro y me bajé en una parada aleatoria para hacer deporte en un territorio a prueba de conocidos. Estuve un par de horas machacándome. Regresé a casa con los músculos ardiendo, el pelo adherido al sudor de mi frente y la seguridad de que lo malo ese día era la detención de mi padre y que acabaría fallando a mi madre porque no encontraría nada bueno que rescatar en el balance de la jornada. Estaba confundida. La persona que lograría la armonía entre el yin y el yang estaba sentada en la silla de mi cuarto con un perro panza arriba que movía las patitas ante un enemigo invisible.

—Julie, despierta. —La moví con suavidad. Barbie se puso de pie y me ayudó con un lametazo en el antebrazo. Abrió los ojos desorientada—. Es muy tarde. Te has quedado dormida... —Quise añadir algo, pero realmente no sabía qué estaba haciendo ahí dentro.

—Te esperaba.

—¿A mí? —Parpadeé perpleja—. ¿Por qué?

—Porque conmigo no hace falta que finjas que todo va bien, como con tus hermanas. Aunque aparente estar a puntito de graduarme, soy una adulta. —Sonrió y ese gesto, la amabilidad, me desarmó, y solté una de las muchas preocupaciones que me impedían tomar aire.

—¿Te irás? —Tragué saliva—. Si papá se hunde, ¿nos abandonarás?

Su sombra me invadió cuando se puso de pie, soltó a Barbie y acomodó su mano en mi mejilla. Me esforcé en que el escozor de los ojos no se transformase en lágrimas.

—Brie, vosotras sois la razón de que no haya hecho las maletas para volver a Alabama. Prometí que seríamos familia, y los del sur somos gente de palabra. —Sus manos serpentearon y me atrajo para abrazarme unos segundos, que sirvieron para que el oxígeno volviese a mis pulmones—. Esta noche voy a quedarme a dormir aquí. —Señaló la silla reclinada al lado del ventanal—. Te voy a cuidar.

—Te destrozarás la espalda.

—Pospongo la preocupación a mañana. Ahora mismo lo más urgente es que te pegues una buena ducha.

Accedí. Fue un baño rápido y con el agua ardiendo. Cinco minutos como mucho. Suficiente para que, a la vuelta, Julie ya estuviese hecha un ovillo con Barbie en su regazo. Parecía dormida cuando habló.

—Si me necesitas, ya sabes, grita «Bradley Cooper en calzoncillos» y, magia, estaré despierta antes de que pronuncies la «r». —Arrugó la nariz mientras me metía en la cama—. Plena sinceridad, ¿está bien que una madrastra haga bromas con chicos o queda raro? —Volvía a ser ella misma.

—Se admite si es Bradley Cooper.

Lo último que recuerdo fue que nos dedicamos una sonrisa. Después caí en un profundo sueño. Pero antes... antes decidí que lo mejor de lo peor del día era Julie, sin saber exactamente la razón. Tuviste que llegar tú para descubrirme que el motivo es que interioricé que tan importante era que alguien estuviese dispuesto a cuidar de ti como que tú se lo permitieses. Tuviste que llegar tú para descubrirme que podía ser una valiente marinera y tener miedo. Tuviste que llegar tú para que me atreviese a llorar, reír, enfadarme, gritar... Sacar lo de dentro.

Tuviste que llegar tú para que yo fuese yo y respirase mundo.

Y lo malo de ese día de abril fue lo que te trajo.

CAPÍTULO 5

DE DAMIEN A GABRIELLE

Desde Nueva York. Hoy, 2020. Volviendo a la adolescencia

—Tres asaltos.

La frase era el pistoletazo de salida. France me la susurraba al oído cuando había localizado a la víctima perfecta por su ubicación. Lo suficientemente alejada de las patrullas para que no se diesen cuenta de lo que estaba sucediendo. Lo suficientemente cerca del tumulto para que la gente acudiese a la llamada de la violencia.

Fingir que no nos conocíamos era necesario para que todo saliese según lo previsto. Sabía que se aproximaba cuando un olor dulzón invadía mi espacio personal. Ella cuidaba su aspecto para los eventos deportivos. Ondas claras recogidas a un lado, máscara de pestañas, ropa fina y tres gotas de perfume caro, dos detrás de las orejas y una que frotaba entre las muñecas.

Asentía a sus órdenes mudas y me quedaba un rato observándola alejarse antes de empezar. Era el único instante en el que se movía con serenidad, paz y el tono rosado de sus mejillas no respondía a reproches, gritos o ir pasada de todo. Parecía otra persona. Puede que la que habría sido si yo nunca hubiese existido. Alguien sin tos seca de tanto fumar, pinchazos en los pies que se tapaba con calcetines coloridos y sonrisa amarilla repleta de sarro. Alguien que tal vez, solo tal vez, no me tuviese vetada la entrada a su corazón.

Así pues, no me llevo de ella nanas cantadas entre la claridad de los relámpagos, juegos en el porche trasero hasta la puesta de sol o bailes ridículos mientras preparamos tortitas juntos para desayunar los domingos por la mañana. Dos palabras son su legado. «Tres asaltos.» Y lo que me obligaba a hacer después.

Visto desde el espacio, la superficie del estadio de los Yankees debía parecer una circunferencia casi perfecta, con su propio halo luminoso gracias a las baldosas más claras, que se diferenciaban del asfalto del aparcamiento que lo rodeaba. La pasma solía estacionar en el lado del río Hudson y, por pura lógica, nosotros nos trasladábamos al extremo opuesto. Había una pequeña zona ajardinada en la que las puertas de los coches estaban abiertas y la música de los altavoces al máximo, se escuchaban cervezas que chocaban entre sí y el humo de algún que otro canuto se perdía en espiral hacia arriba. La zona de los más jóvenes. Los más viscerales. Fáciles. Mis favoritos.

Analicé a la futura víctima. Era un rubio de unos veinticinco años jugador de un equipo universitario que no identificaba por la chaqueta. Le acompañaban dos amigos y cuatro chicas y se apoyaba, zafado de sí mismo, contra un puto cochazo de esos en los que daba cosa hasta manchar la página del papel de revista si salía. Un niño bien que esa noche iba a tener el inmenso honor de partirme la cara por expreso deseo de la mujer que me había traído al mundo.

Ella era lista. Ágil en la selección. Mecha corta. Se encendería rápido y no dejaría que sus amigos interviniesen para que quedase claro que cada uno de los ciclos que se había pinchado para tener esos músculos había servido para algo más que para reducir sus pelotas al tamaño de dos uvas pasas. En el peor de los escenarios, si la pasma venía, saldría a relucir el nombre de su papá, que probablemente tendría amigos hasta en el infierno, y evitaríamos acabar pasando la noche en los calabozos. Había una regla básica para que el plan saliese a la perfección: era él y no yo quien debía iniciar la pelea con un golpe.

France levantó un dedo. Tocaba el primer asalto. Tenía que provocarle y, lamentablemente, hacerlo era mi especialidad. Me froté los ojos, crují el cuello y tomé aire antes de cuadrarme y aclararme la garganta para sonar desafiante.

—¿Qué coño estás mirando? —Me encaré y, como acto reflejo, el rubio miró hacia atrás—. No busques, cara fantasma, solo tengo ojos para ti. —La gente se separó del grupo y el silencio se impuso a nuestro alrededor. Sus amigos se irguieron y él, bueno, él pasó de la incomprensión a darse cuenta de lo que estaba sucediendo, dejar de reírse y salvar la distancia que nos separaba con una zancada.

—¿Tienes algún problema? —Hizo un gesto a sus amigos para que se quedasen donde estaban y demostrar que podía defenderse solo.

—Tengo varios, no te creas. Tú eres uno de los insignificantes.

—Te estás metiendo con la persona equivocada… —amenazó. La cabeza del fósforo iba camino al raspador. En breve, la cerilla tendría fuego. Una vez más, lo había conseguido—. Puto negro.

—O puto blanco. —Le mostré la palma de mis manos—. Soy bicolor, ¿a que mola?

—¿Aumentamos el prefijo a tri con un ojo morado?

—Fantasma, ¿en serio quieres que nos la midamos a ver quién la tiene más grande? La fama juega en tu contra, y apuesto a que eres uno de esos a los que se les llena la boca asegurando que el tamaño no importa porque tienen minirrabo —continué la provocación.

Supongo que te preguntarás por qué. El motivo de hablar, actuar y respirar como un auténtico gilipollas que se merecía acabar con el ojo morado que le habían prometido. La respuesta era muy sencilla. La violencia fascina, hipnotiza y atrae. La gente asegura que le horroriza y corren como moscas a la mierda si se les presenta la ocasión de verle la cara. Observar la maldad, los demonios y la oscuridad sin consecuencias. *Voyeurs* de la sangre.

A las pruebas me remito. Un par de gritos de dos chicos, la amenaza de una pelea palpitando y la llamada automática a las personas que nos rodeaban, que no tardaron en dejar de lado lo que fuese que estaban haciendo para congregarse a nuestro alrededor. Nadie quería perderse el circo romano en las calles de Nueva York. Nadie quería perderse la muerte de los gladiadores. Nadie quería acabar sin su cartera. Pero eso era exactamente lo que iba a suceder. Mi madre ofrecía mi cuerpo para tenerlos ahí, absortos, evadidos, con la vena de una curiosidad un tanto sádica tomando el control hasta olvidarse de sus bolsillos, los mismos que ella atracaría con sutileza.

—¿Sabes qué apuesto yo? A que los pantalones que llevas son de beneficencia, te matas a pajas en la habitación que compartes en la casa de acogida mientras esperas que papá salga de prisión y lloras por si lo hace con los pies por delante. ¿Lo he adivinado? —Los amigotes se rieron de su coña y se produjo algo inaudito.

—Déjale, Lincoln. Solo es un niño que se ha pillado su primer pedo... —Una de sus amigas trató de mediar.

Admito que me sorprendió. Las cosas no solían funcionar así. Busqué a France y su mirada severa y su negación con la cabeza me devolvieron a la realidad. No había terminado. Mejor dicho, no podía terminar. Levantó el segundo dedo y solté algo que sabía que el desconocido del que ya conocía el nombre, Lincoln, no podría pasar por alto.

—Casi aciertas. Las pajas me las hacen. Joder, todavía escucho los gemidos de tu madre anoche mientras me la follaba y suplicaba más... Y duro.

Se activó. Es lo que tienen las madres. La mayoría de los hijos serían capaces de matar para defenderlas. La mía me soltaba en el ruedo para que terminasen conmigo del modo en que ella no pudo con un simple aborto. Escuché el chirrido de los dientes del rubio y sentí su rabia escupida en mi cara antes de que su puño impactase contra mi ojo derecho. La gente contuvo la respiración, se les escapó algún que otro chillido ahogado y algunos pidieron que nos separasen. Nadie se entrometió. Permanecieron quietos. France empezó a trabajar.

Solo existían tres cosas en las que era bueno: dando golpes, recibiéndolos y corriendo. Por lo tanto, tenía fuerza y destreza para defenderme en una pelea y aguantar de pie hasta su siguiente señal. Recibí puñetazos y los di. Patadas. Arañazos. Mi cabeza giró de un lado a otro como un péndulo. La suya también. Mis músculos crujieron bajo sus nudillos. Los míos les robaron ese sonido a sus mejillas.

¿Y la gente? Las personas siguieron conteniendo el aliento, profiriendo gritos que se transformaron en los coros de los golpes y cada vez más voces pedían que nos separasen y se detuviera esa locura. Nadie se entrometió. Permanecieron quietos. France continuó haciendo su trabajo hasta que estuvo satisfecha, la miré y levantó el tercer dedo. Último asalto. Hora de terminar. Hora de dejarme ganar. Hora de abandonar antes de que fuera a más y algún incauto decidiese actuar y lo complicara todo.

El rubio no se dio cuenta, pero dejé caer inertes los brazos a ambos lados de mi cuerpo, derrotado antes de que su puño impactase contra mi boca y provocara que me desmoronase de espaldas al suelo mientras escupía sangre. Le permití que se pusiera de rodillas encima y utilizase mi cabeza como el saco de boxeo que contenía todos los monstruos que habitaban en sus pesadillas. Rebotando contra la arena y el mullido césped. Una vez. Y otra. Y otra. Y todas las que siguieron hasta que uno de sus amigos le agarró por detrás y tiró para que se impusiese la cordura.

—¡Le vas a matar, joder! —le gritó para que reaccionase.

—Él se lo ha buscado. Lo ha… —balbuceó. Debía estar jodido porque, cuando observó mi carnicería, se estremeció y salió por patas seguido de los suyos para evitar una denuncia que nunca llegaría.

Algunos testigos aprovecharon para acercarse y les pedí que me dejasen en paz. Solo quería ver a France… Solo quería verla sonriente lanzándome un beso risueña y satisfecha y olvidar que el motivo es que tenía el bolso repleto de las carteras ajenas robadas que yo le había hecho ganar. Y eso me dolía, ángel, me dolía obligarme a falsear la realidad para experimentar un rayo de felicidad. Las heridas se curaban. Ese tipo de necesidad, no.

Cerré los ojos. Me quedé tumbado. Allí, en mitad del aparcamiento. Ya no había faros iluminados o gente. Solo el sabor de la sangre y mi rostro hinchándose. Un espectáculo acabado y uno que empezaba, el inicio de un partido que había trasladado el ruido al interior del estadio. Me dejé llevar. Una lágrima imprudente se escapó y recorrió la mejilla. Evité atraparla. Si no la aplastaba entre las yemas de mis dedos, no existía. No estaba llorando. No...

—Sé lo que pretendes y no vas a conseguirlo. Bajo ningún concepto pienso darte un beso para que despiertes, Bella Durmiente. —La cara sonriente de Gavin se interpuso entre mí y el cielo.

—Venga, tío, si estoy irresistible...

—Quizás para un estudiante de medicina que quiere practicar puntos de sutura...

Si cierro los ojos, recuerdo los peores momentos y espero a ver quién aparece para mejorarlos, da la casualidad de que siempre es Gavin. Se ganó ser más un hermano que un amigo, aunque me despeinase porque sabía lo mucho que me jodía si llevaba gomina, provocase que hablase cuando el silencio amenazaba con tragarme o acudiese con sus extravagantes gorras a rescatarme tras cada pelea.

Irme con France no era una opción. Ella se camuflaba con la masa y se piraba a casa sin que pudiesen relacionarla con el chaval violento que permanecía sobre el césped a la espera de que alguien (Gavin) le agarrase, le ayudase a ponerse en pie y se quedase quieto a su lado hasta que, con cada barrido en el que fingía desprenderse de la suciedad, apartase los recuerdos de los golpes.

—Te he visto en baja forma. Poco le ha faltado al niño de papá para partirte el cráneo... —bromeó a medida que yo llevaba a cabo mi ritual y él me hacía un cigarro de liar.

—Aguantar, evitar matarle y evitar que me maten. Las reglas. En ese orden. ¿No las conoces?

—¿Quién las ha escrito? —No contesté. Evitaba hurgar en el tema, porque, cuando abres la caja, los truenos se escapan y tienes que poseer el poder para contenerlos en el exterior o acabarás electrocutándote—. Cierto, labios sellados. Dime, ¿si dices en alto que tu mamá tiene un toque de psicópata te desaparecerá la polla?

—No te pases —advertí.

—Mejor nos hacemos los ciegos y celebramos que tu no prioritaria cabeza ha salido victoriosa de pura coña.

En realidad, a Gavin Hunter nunca le pareció emocionante, interesante o gracioso el desvío rápido para llegar a fin de mes que impuso uno de los novios de paso de France. Me apoyaba porque lo suyo era estar siempre ahí, de un modo incondicional. A cambio, me provocaba. Buscaba mi reacción. Y mi interior quería gritar la verdad, que yo también lo detestaba, hasta que no le quedasen más sonidos por expulsar dentro. Me avergonzaba no hacerlo. Corrijo. Me avergonzaba la razón para no hacerlo, la minúscula partícula que sí que quería llevar a cabo el ritual de los partidos. La esperanza de que una tarde me sucedería algo grave… Algo que realmente la asustase, quedarme inconsciente o con espasmos y espuma saliendo de la boca, que la muerte me saludase con una inclinación de cabeza y eso la hiciese… La hiciese… La hiciese quererme.

Joder.

Lo he dicho.

—¿No te pica la curiosidad de saber qué pasaría? —insistió mientras me tendía el pitillo y un mechero verde con la silueta de una serpiente.

—¿Si me matan? —Desvelé mis pensamientos y me apresuré a arreglarlo—. Que tú llorarías como un cabrón y Eva vendría a recriminármelo a la tumba. No sé cómo te las ingenias, pero sigues siendo su favorito.

—En serio, ¿qué pasaría si no haces caso a France? Si cuando levanta su dedo, en lugar de obedecer nos piramos a Coney Island a beber cerveza barata hasta perder el sentido y acabar en la noria viendo lo pequeña que parecen la ciudad y sus problemas cuando estás allí arriba y gritamos que somos invencibles.

—No sirvo para nada más. Me echaría de casa.

—¿Por qué haces que tocarte la lotería suene como algo casi tan horroroso como el cuadro abstracto de tu cara?

—Tú qué sabrás de arte… —Le pasé la mano por encima de los hombros para retirar el drama, darle una calada al cigarro y emprender camino.

—Llevas razón. No he estado hábil con las palabras. Lo que muestra tu cara es la capa de dolor que la cubre. —Se apartó del humo—. La suerte de tu vida sería que tu madre te pusiese de patitas en la calle.

—La mendicidad es el nuevo sueño americano… —ironicé.

—No finjas que no sabes que dentro de dos semanas vendrá un ojeador de baloncesto a The Cage. ¡Yo mismo te di el chivatazo! Cúrratelo, impresiónale y que te meta en una de esas fábricas de talento. Y, quién sabe, lo mismo acabas casado con una exvigilante de la playa, vas vestido de novia a la presentación de tu autobiografía y protagonizas una peli de acción con Van Damme.

—¿Resumen de los grandes éxitos de Dennis Rodman?

—Pasamos demasiado tiempo juntos.

Reflexioné rumbo al metro. Parecía un pirado por aferrarme a un techo en el que no era bien recibido. Muy sencillo visto desde fuera. «Lárgate, Damien, nadie debe pasar por algo similar», me aconsejarían desconocidos, conocidos y tú. ¿Qué haría? ¿Pasarle el marrón a mi abuela? ¿Reconciliarme con la familia de France, que nunca había mostrado interés en conocerme?

No tenía un familiar lejano guay que se compadeciese de mí y me acogiese para enseñarme a trabajar en su taller de barrio hasta reformarme. Mis estudios eran tan básicos que malgastar un folio para escribir mis logros académicos casi parecía un insulto a la naturaleza. Quedaba la calle, y conocía lo suficiente a los Hunter como para saber a lo que tenía que renunciar si me entregaba a su modo de existencia.

¿Dónde encajan las típicas frases de «está en tu mano cambiar tu realidad» o «todos tenemos oportunidades y la diferencia es cómo las utilizamos»? Sin ofender, cuando alguien las dice, suena cojonudo. Motivador. Me vengo arriba. ¡Orgasmo! Pero es que es una puta verdad a medias. Podemos decidir, lo compro. Cuando la supervivencia se impone, dejas de tener determinados caminos a tu disposición. Sin salidas, no eres más que un juguete roto en manos de las circunstancias.

Como yo.

Como Gavin.

¿Una prueba? Solo necesito contarte su siguiente pregunta...

—¿Te hacen unas birras en las vías?

—¿No tenías clase?

—Se ha acabado.

—¿El motivado ha tirado la toalla?

Dos cosas le robaban el sueño a Gavin Hunter: el bienestar de sus amigos y su deseo de conocimiento. Sus planes estaban contenidos en libros, lejos del futuro que le pintaban sus hermanos como parte activa de los negocios familiares. Una banda que fingía que lo suyo eran trapicheos con drogas en el parque cuando en realidad pegaban pequeños golpes en negocios y movían armas.

Tenía la nariz chata, la boca gruesa y, en aquella época, el pelo rapado al uno para mostrar la pequeña cicatriz del lateral derecho por la paliza que le dieron de pequeño para que aprendiese que, si te atrapaba la policía y hablabas con ellos, vestirías las consecuencias para siempre.

También tenía un secreto: quería ser normal, y unos ojos que perseguían las sonrisas, los abrazos y las caricias de la gente con la que nos cruzábamos. Las pupilas de los sueños. Las pupilas de la esperanza cuando le acompañé a escondidas a apuntarse a un curso de electricista que podría compaginar con el instituto. Pupilas confiadas cuando un profesor se había emperrado en apostar por él.

—Eso espero. Le he rajado las ruedas del coche y he empleado toda mi creatividad en dejarle un mensaje amenazador a la altura de las circunstancias. —El metro llegó y localizamos un hueco al fondo en el que podíamos sentarnos—. Si continúa insistiendo, se merece que mis hermanos le hagan una visita para enumerarle todas las razones por las que no debe alimentar mis fantasías al ritmo que le parten los huesos.

—¿Te han pillado?

—¿No lo hacen siempre?

La respuesta era que sí. Ambos lo sabíamos. Gavin perseguía la salvación, alcanzaba a rozarla y sus hermanos se la arrebataban.

Paramos de camino para comprar una litrona que terminamos vertiendo en las latas de un par de Red Bull que nos bebimos de un trago para poder tomarnos el alcohol disimuladamente en los pasillos de Grand Central sin llamar la atención. Desde mi padre y mi neumonía o lo que sea que me machacó los pulmones, los trenes ejercían una especie de efecto tranquilizador para mí. Narcótico. La paz de saber que estaba a un viaje de dejarlo todo atrás.

No sé cuánto tiempo estuvimos apoyados en la columna de mármol blanco bajo la descomunal bandera nacional viendo la gente pasar con la banda sonora que acompaña al ferrocarril, sí que cuando Gavin abrió la boca ya íbamos lo suficientemente pedo como para que nuestros pies y nuestra lengua temblasen.

—Vámonos de aquí —propuso serio.

—La fiesta no se acaba mientras quede cerveza fría. —Pegué un trago. Estaba caliente. Daba igual. Era alcohol. Euforia. Mareo. Olvido. Nublar la vista hasta que se distorsionase lo suficiente que solo viese manchas al mirarme al espejo en casa.

—Vámonos de Nueva York —corrigió y, cuando me miró, me acojoné. No iba de farol—. ¿Qué te retiene?

—Lluvia —pronuncié el nombre de la gata y evité añadir otro. Gavin chasqueó la lengua—. Te prometo que nos iremos. Algún día nos subiremos a uno de estos trenes y lo haremos.

—Algún día…

—¿No me crees?

—Creo en ti más que en lo que capturan mis sentidos, Damien. —Arrugó la lata vacía entre sus manos—. No creo en tu capacidad de dejar atrás ni siquiera a aquellos que te hieren, aunque tú estés convencido de lo contrario. Eres demasiado bue...

—¿Bueno? —Solté una risotada.

—Sí, que lleves una capa de protección ante el mundo no evita que seas demasiado bueno, Damien. —Y lo pronunció tan serio que no me atreví a llevarle la contraria.

¿Qué era necesario para que me desligase de ella? ¿Para tomar una decisión? La rubia no se sabía cuidar sola. El dinero le quemaba en las manos y lo gastaba sin control. Debía suponer que la nevera se llenaba, la ropa se lavaba y la casa se limpiaba por arte de magia, porque nunca se ofrecía a ayudarme.

En cierto modo, la veía indefensa, y el instinto de protección anulaba todo lo demás. Como cuando subí tambaleándome por la escalera y me encontré con un adorno de Navidad de Santa Claus colgando del pomo de la puerta de la entrada principal. Era una señal. Significaba que debía esperar a que France terminase de echar un polvo para entrar. No me importó. Asumí como normal que ella prefiriese una celebración con un tío aleatorio que curarme las heridas. Salí a la calle de nuevo y tomé el desvío que me llevaba a mi eterno asunto pendiente. Por el camino se me pasó un poco la borrachera y... Ni siquiera sospeché que estaba a punto de encontrarte.

El universo de las clases sociales congregadas en Manhattan se reunía en la parada del 190. El autobús llevaba al Metropolitan Correctional Center, un penal federal de máxima seguridad de doce pisos situado en la parte baja del corazón de la ciudad. Tenían una unidad especial en la que los presos estaban incomunicados y solo trabajaba un grupo selecto de funcionarios elegidos, supuestamente, por ser incorruptibles. Allí esperaban su juicio convictos de alto riesgo, como su último inquilino de renombre actual, el Chapo Guzmán, excolaboradores de Osama bin Laden, políticos con riesgo de fuga o, en el pasado, un hombre acusado de atracar una farmacia: mi padre.

Se respiraba el nerviosismo de los familiares cuando las puertas del vehículo se abrían para recibirlos y ascendían el escalón mientras presionaban contra su pecho lo trasportado para los cautivos. La sudadera que mantenía el olor a hogar. Las fotografías de los hijos a los que no verían crecer. Comida que perdía el calor. Y cartas, folios perfectamente doblados con caligrafías que trasladaban porciones de la vida que se quedaba al otro lado de las rejas, el muro y la libertad.

Subí a tiempo de pillar un asiento libre al lado de la ventana. Me puse cómodo después de la cuarta o la quinta persona que hacía amago de sentarse a mi lado y cambiaba de idea en cuanto echaba una ojeada a las pintas de la futura compañía, es decir, en el preciso instante en el que me veían a mí, mi sangre reseca y mi cara de pocos amigos. La música de Tupac sonó por los cascos, me calé la capucha y saqué el cuaderno en el que la tinta se convertía en la descarga en papel de las movidas que me cruzaban la mente. Frases inconexas, ininteligibles y liberadoras.

Apoyé la cabeza contra el frío cristal a la espera de que nos pusiésemos en marcha cuando noté una ligera presión en mi hombro que se repitió. Giré la cabeza y ahí estabas tú, solo que yo no sabía que eras tú, Gabrielle Thompson, ni todo lo que significarías, que serías aire, sonrisa, latido y la respuesta a mi eterna pregunta de si el mundo albergaba cosas buenas para mí. En ese segundo, solo fuiste la chica de ojos enormes almendrados, pelo tan rubio que casi parecía blanco, cejas espesas oscuras y voz dulce que esperaba de pie.

Me quité un casco para comprender el movimiento de tu boca.

—¿Puedo? —Señalaste el hueco vacío invadido por mi pierna derecha. La aparté a regañadientes—. ¿Es tuya? —Me tendiste la bolsa que había debajo del asiento, la abrí y descubrí en su interior un par de cepillos de dientes eléctricos a estrenar cojonudos que alguien había olvidado.

—Ahora sí.

—Bien. —Sonreíste y, lo siento, no te devolví el gesto. Regalar amabilidad no estaba entre mis cualidades.

Volví a mis cosas. La música, los papeles y observar de un modo hostil a los últimos regazados que corrían para no perder el autobús. Tú jugaste a bajarte las mangas hasta que cubrían tus nudillos, negar cada vez que tu vista se desviaba por instinto a la puerta abierta como vía rápida de escapatoria y ponerte cacao una y otra vez en los labios de un modo casi enfermizo. Era evidente que estabas preocupada y, sinceramente, lo que menos me apetecía era entablar una conversación con una niña pija que se habría saltado las normas al ir a visitar a su novio presidiario y que tenía miedo de que papá la pillase. Me proponía mostrarte la mejor panorámica de mi espalda ladeando el cuerpo por completo, pero las yemas de tus dedos volvieron a aterrizar en mi hombro.

Me hiciste quitarme el casco. Otra vez. ¿Es que no veías el rastro de violencia? ¿Acaso no tenías instinto de supervivencia? Joder, por supuesto que no. Volviste a reaccionar a mi cara irritada con una espléndida curvatura de labios.

—El 190 lleva a la cárcel, ¿verdad?

—Al Metropolitan, sí. El conductor puede avisarte de la parada. —Me adelanté—. Vete cerca y...

—¿Podrías decírmelo tú?

—¿Qué te hace pensar que voy a la cárcel? Déjame adivinar. Con mis pintas no hay otro destino posible. ¿Sabes lo que te voy a decir? Que te metas los prejuicios por...

—¿Vas? —Ladeaste el rostro y me fijé en que tenías una mancha de tinta casi imperceptible en los labios. Mordías los bolígrafos, como yo.

—Sí —confirmé—. Pero eso no es lo que impor...

—Si no te apetece hablar, no te molestaré. Me quedo aquí, calladita, y me bajo cuando tú lo hagas. —Asentiste para dar por zanjado cualquier atisbo de discusión y te pusiste erguida con las manos sobre las rodillas—. Por cierto, no tengo nada en contra de tus pintas. Me gustan los vaqueros caídos y las sudaderas cómodas. Ojalá cambiasen el uniforme del instituto por uno así.

—Flipé. No podía creerme que fueses tan inocente.

—Me refería más a otro tipo de pintas. —Parpadeaste confusa y, siguiendo la estela del perfecto imbécil, me irrité—. ¿Acaso tus delicados ojos no ven mi jodida cara?

—Claro que sí. —Carcajada. Me hirvió un poquito más la sangre—. Eres guapo.

—¿Ignoras el *collage* de golpes porque estás intentando ligar conmigo?

—Falso. Tengo novio desde hace dos años y la buena costumbre de serle fiel.

—Pues no te cortas un pelo en llamar guapo a un desconocido por toda la cara.

—¿Qué te molesta más: que tenga una relación sana en la que confirmar a un chico guapo que lo es no sea pecado o que no haya contestado a la pregunta de tu jodi... de tu cara cerciorándome de que no me hayas robado la cartera? Eres guapo, sí, y tienes un *collage* de golpes, también. Y puede que en otras circunstancias me hubiese interesado saber si se deben a que practicas boxeo, patosidad crónica no diagnosticada o afición a meterte en problemas, pero voy camino a la cárcel donde está mi padre y los nervios me adormecen el juicio. No me lo tengas en cuenta. En otras circunstancias, el filtro mental funcionaría y no estaría soltándole un rollo al desconocido que me lleva fulminando con la mirada desde que le he pedido el insignificante gesto de educación de que me ceda un hueco libre —escupiste a toda velocidad y, si no solté nada, fue porque saber que ibas a ver a tu padre me ablandó el carácter. Chico afortunado. No te alejé.

El motor vibró bajo nuestros pies. El autobús arrancó. Subí el volumen de la música. El atardecer impregnaba de un tono dorado los edificios que cruzábamos. Me concentré en lo que ocurría al otro lado del cristal. Mujeres con maletines y niños con mochilas que regresaban a casa. Un deportista que mantenía el ritmo de la carrera. Perros que ladraban alrededor de una manguera que soltaba agua y pájaros que volaban. Todo. Hasta que nos paramos en un paso de peatones con vistas a una terraza en la que un anciano compartía su bebida con la fotografía de una mujer en blanco y negro. Fue como si el resto del universo desapareciese y solo quedase su historia. Me apresuré a arañar el papel.

Supongo que cosas así son las que debería narrar cuando los periodistas me preguntan cómo me inspiro y me quedo en blanco con cara de no comprender su complicado idioma. Supongo que entonces, y también ahora, me inspiro en el movimiento, las personas y la vida. Supongo que inspirarse no es ir colocado o musas caprichosas. Es evadirte. Desconectar. Encontrar ese algo que activa lo que tu voz tiene que contar.

Tal vez habría hecho el boceto de una futura canción si un dedo, el tuyo de nuevo, no me hubiese vuelto a dar en el hombro por tercera vez. ¿Te has dado cuenta? Gabrielle, fuiste mi segundo tres de ese día y, a diferencia del de France, el tuyo no estaba viciado e iba acompañado de una generosa oferta.

—¿Galletas? —Balanceaste la caja de Oreo.

—¿Nunca te rindes?

—Kitty, mi hermana, asegura que, cuando estoy nerviosa, no hay quien me aguante. No me lo tengas en cuenta. Normalmente soy tímida, respeto el espacio personal e incluso recuerdo cómo es eso de cerrar la boca.

—¿Tienes un bolígrafo?

—No.

—¿Un rotulador?

—No. —Te inclinaste a mi lado, entusiasmada por si era una especie de juego. Pronto iba a romper tus ilusiones.

—¿Algo que pinte?

—¿Sirve lápiz de ojos?

—Es perfecto. —Pegaste una palmada. Juro que lo hiciste. Arranqué un folio.

—Toma. —Esperaste impaciente—. Todo lo que tengas que decir, por insignificante que parezca, lo escribes. No te guardes nada dentro.

—Una forma correcta de pedirme que te deje en paz. —Tu voz sonó triste. La señora de delante se dio la vuelta para echarme una mirada desaprobatoria.

—¿Qué? —Clavé mis ojos en los de la desconocida—. ¿Cambiamos de sitio? —Volvió a su posición original mientras rumiaba alguna mierda sobre que la educación de los jóvenes brillaba por su ausencia.

Tú no te lo tomaste mal. Te dedicaste a separar las galletas para comerte la masa blanquecina de dentro primero y después roerlas como un ratón. Yo seguí a lo mío con la música, las letras, la ciudad desplazándose a toda velocidad, los mechones que se te escapaban y me traían tu olor afrutado y la curiosidad de en qué narices estabas transformando el folio que te había dado cuando lo tapaste para hacer papiroflexia.

El tráfico era fluido esa tarde de abril en la Gran Manzana. Sin retenciones ni conductores discutiendo por el «tú has frenado de golpe» y el «has sido tú el que has dado un besito a mi carrocería», en menos de cuarenta minutos habíamos llegado. La mujer que se sentaba delante debió de imaginar que no me iba a bajar ni te iba a avisar y te advirtió de que era la parada. Solo se equivocaba en una cosa: sí que te lo habría dicho, aunque mi intención, mi condena, era no moverme del sitio. Permanecer petrificado.

No nos despedimos. En cuanto abandonaste tu hueco, regresé a mi comodidad inicial y evité que mis ojos reparasen en el edificio que teníamos al lado y su recuerdo perenne. Entonces llegaron tus dudas. Hiciste varios amagos de marcharte, levantaste el pie para volver a plantarlo en el mismo sitio, hasta que el conductor te gritó desesperado que qué ibas a hacer y volviste a mi lado sin dejar de disculparte con el hombre. Te lanzaste de un modo que casi aterrizaste sobre mi muslo. Iba a quejarme, pero entonces te escuché.

—No podía… Lo he intentado… No… Es demasiado difícil. —Enterraste la cara entre tus manos y, sin previo aviso, te pusiste a llorar.

Deberías haberme advertido, ¿sabes? Que ibas a desmoronarte y que tu angustia era contagiosa, porque me vi a mí años atrás en las mismas circunstancias, cargado de culpa, sin atreverme a descender jornada de familiares tras jornada de familiares y ocultándome entre las sombras para que nadie fuese testigo de mi desconsuelo, de que estaba a nada de mi todo y el miedo a que me echase en cara estar allí por salvarme el trasero se apoderaba de mi voluntad.

Te convertiste en mí y yo en ti, y por eso fui yo y no tú quien esa vez movió los dedos y golpeó el brazo del otro. Tus ojos estaban húmedos cuando nuestras miradas se encontraron. Te habría dicho un millón de cosas. Solo hacía falta una: «Te entiendo». Y lo único que brotó entre mis labios fue:

—¿Sigue en pie la oferta de las galletas? —Dudaste, claro que lo hiciste, y, a pesar de todo, a medida que el bus arrancaba, dejaste la caja en mi regazo. A cambio yo te di uno de los dos cepillos de dientes—. Paso de deudas.

—¿Y me das un cepillo eléctrico sin cargador? —Enarcaste una ceja. Revisé la bolsa. Solo había uno. Me encogí de hombros.

—Quedan menos de la mitad de las Oreo. Es un trato justo. —Agarraste un par.

—Ahora, sí —pronunciaste con la boca llena y, cuando fruncí el ceño y te diste cuenta, te sonrojaste y esperaste a tragar antes de hablar—. Tú tampoco te has bajado…

—No te he dicho que fuese a hacerlo. Es más un ejercicio de tortura. Hace años que mi padre no está aquí. —Cayeron las defensas. Desvelé demasiado. Me mordí la lengua para castigarme. Y creo que me leíste los pensamientos porque no hurgaste más en el tema.

—Deberías decirme tu nombre.

—O no.

—Compartimos autobús, es lo mínimo. —Te aclaraste la garganta—. Mi nombre es Gabrielle, aunque puedes llamarme Gab, Brie o Elle, como prefieras. —Educada, estiraste la mano.

—Damien. —La apreté.

¿Puedes creerte que no sentí nada más allá de que me parecía de coña tanto formalismo? Nada. Tú y yo nos encontramos y el universo decide ponerse de huelga y no enviar señales, porque eras tú. Joder, lo eras. Tú desvelándome tu puto nombre. El inicio de una historia. La nuestra. Y he consumido el mundo entre mis dedos y no he encontrado nada que se le parezca.

Hinché el pecho y me preparé para tu reacción cuando te desvelase la segunda parte.

—Aunque mis amigos me llaman Tiger. —La chulería que rezumaba desapareció al son de tu carcajada—. ¿Te estás riendo de mí?

—No. —Intentaste contenerte tapándote la boca.

—Joder, ¡lo estás haciendo!

—¡Que no! Que tu apodo es imponente. Soy yo, que hoy tengo la risa fácil. —Me agarraste del brazo para que no te diese la espalda. Aún hoy lo recuerdo. Mi piel conocía el lenguaje de las peleas, el sexo y las palmaditas de Gavin o Eva. No esa suavidad estremecedora. Le gustó.

—Para que me quede claro. No te has burlado de mí.

—Palabrita.

—¿Palabrita? —imité tu tono—. ¿No había un modo más cursi de destrozar un juramento?

—Qué le vamos a hacer. A mí no me llaman Tiger. —Y, para que cumplieras y no avergonzases más a mi ego, te metí una galleta en la boca y tú… Tú hiciste lo mismo conmigo.

Al final te di la razón, compartimos un viaje de autobús en el que te escuché hablar de lo mucho que te gustaban las tormentas y leíste la lista de ingredientes de las Oreo. No duró mucho. Tan solo las pocas paradas que quedaban antes de que terminase la línea. Nos bajamos juntos y nos separamos para que cada uno tomase el metro que le llevaba de vuelta a casa. Estaba convencido de que no volvería a verte y… tenía que decírtelo.

—Gabrielle…

—¿Qué? —Te giraste.

—No sé si mañana, pasado o la semana que viene, pero bajarás a verle. —Me aclaré la garganta—. Conseguirás lo que yo no pude.

—¿Por qué estás tan seguro?

—Que no hayas corrido despavorida cuando te he ladrado debería darte una pista.

—En realidad, impones menos de lo que crees.

Sonreíste. Me habías creído. Yo hice una mueca rara. Di la vuelta y pegué una patada a una piedra. Tocaba volver a casa.

Al mundo alejado de autobuses, de chicas que repartían dulces y de cepillos de dientes con un cargador para dos que se despedían de su mitad.

—¡Damien! ¡Espera! ¡Damien! —gritaste a mi espalda. Venías corriendo con la respiración agitada.

—Si te ha desaparecido la cartera, yo no...

—Encantada de conocerte. —Cerraste la mano en torno a la mía y sentí el tacto de un folio. Jugaste con mi incertidumbre al retirar los dedos poco a poco sin apartar el chocolate de tu mirada y, cuando estaba a un segundo de verlo, golpeaste el papel para que saliese volando—. Es tuya.

Te estabas yendo cuando descubrí para qué habías empleado tus habilidades de papiroflexia.

—¿Una grulla? —dudé. No me escuchaste. Te estabas yendo mientras el pájaro de papel alzaba el vuelo unos segundos para terminar en el suelo.

No comprendí por qué te diste la vuelta para ver si la recogía. Mucho menos lo feliz que te hizo que finalmente me agachase y leyese el «Gracias» garabateado en una de sus alas. Aun así, la guardé. La guardo. Igual que tu imagen alejándose, dando saltitos de puntillas. Igual que las escenas que vinieron después. Igual que te guardo a ti.

Gabrielle, te guardo tanto que en ocasiones te confundo con mi piel.

CAPÍTULO 6

DE GABRIELLE A DAMIEN

Desde la Clínica Betty Ford, Rancho Mirage, California, 2014

Descubrimos que la tarjeta de crédito estaba bloqueada en la parada estratégica de Kitty en la gasolinera. Entre las tres logramos reunir el efectivo necesario tras rebuscar en los bolsillos, lo que no evitó que se convirtiese en nuestro particular golpe de realidad. Durante el minuto de apuro contabilizando más y más monedas hasta alcanzar el importe que marcaba la deuda, nos dimos cuenta de que nosotras tampoco escapábamos de los tentáculos de la justicia, como ya ocurría con los fondos de inversión familiares, las cuentas comunes y las cuentas que aparecían para revelarnos que mi padre se había convertido en un puzle desconocido.

Todas estábamos inquietas y silenciábamos la señal de alarma con trucos aprendidos sobre la marcha. La pequeña, por ejemplo, era una base de datos universitaria con los mejores programas de becas y cómo acceder a ellos cumpliendo una planificación estructurada para adelantarse a los futuros inconvenientes. Julie basaba su estrategia en consumir de un modo obsesivo compulsivo cualquier serie jurista porque estaba convencida de que la ayudaría a dejar de flipar cada vez que hablaba con el abogado de papá. Y mi hermana mayor no paraba de repetir:

—Cuando nos queramos dar cuenta estaremos adelantando a los problemas sin intermitente por la derecha. Solo es una molesta retención.

A lo que yo sumaba, en apariencia convencidísima:

—Algo pasajero, lo sé.

Sí, mentir en voz alta nos relajaba. Fingíamos que las palabras con sonido estéreo eran capaces de acallar las voces de la cabeza, pero ambas sabíamos que eso no era cierto, que el lenguaje de la mente se convertía en impulso nervioso que se propagaba hasta tirar de tus articulaciones.

Algo cambió allí dentro más allá de la vergüenza inicial y la sonrisa tirante del dependiente cuando tuvo que contar céntimo a céntimo. El pitido se nos quedó dentro y provocó que reinase la quietud más absoluta cuando Kitty se puso de nuevo tras el volante.

En mi caso, fue la primera ocasión en la que valoré realmente cómo lo haríamos si mi padre era culpable y nos quitaban todo con lo que siempre habíamos contado para proyectar la textura del mañana. Creo que las tres Thompson coincidíamos en algo, teníamos plan B, C e incluso D para muchas cosas. Nada, ni una mísera idea, de qué ocurría si el dinero desaparecía porque, hasta ese momento, era un asunto de papá y nosotras teníamos que preocuparnos de otras cosas, como aprobar, descubrir quiénes éramos y aplastar el millón de equivocaciones con un solo acierto que las eclipsase.

—Guarda el dinero del zumo. Bastará con agua para acompañar al sándwich. —Adele salió la primera del coche de Kitty contoneando su perfecta coleta. Dejó en mi mano el billete de cinco.

—¿Renunciar a la vitamina C? ¿Tú? —Arqueé una ceja y agité el dinero en su dirección—. Te tiraste todo un verano enumerándome que era antioxidante, favorecía la cicatrización, prevenía úlceras y controlaba los niveles de azúcar en sangre para tratar el...

—Entonces no teníamos que ahorrar, ¿vale? —zanjó. Mi hermana pequeña acababa de perder el control, y eso, en la chica que manejaba el entorno y sus emociones a su antojo, era inaudito. Se dio cuenta y reculó… A su manera—. No insistas ni intentes hacerte la graciosa, Elle. Esta vez no. La situación es crítica.

Ella misma fue consciente con el paso de los días de que renunciar a todos los zumos de naranja durante lo que le quedaba de instituto no le valdría para pagarse ni el vuelo de visita a Harvard, Stanford, Columbia o Yale. Necesitaba tiempo para perdonar a las circunstancias que nos envolvían. En realidad, todas lo necesitábamos.

Ajusté el nudo de la corbata oscura y me aseguré de que la camisa blanca estaba bien metida por debajo de la falda a cuadros azul marino del uniforme.

—Adele será arqueóloga. —Kitty me retuvo por el brazo cuando abrí la puerta. Volví a mi posición de copiloto.

—Arquitecta —corregí.

—¿No es lo mismo?

—Solo se parecen en que empiezan por «a».

—Tú me entiendes. Adele no tiene que estar preocupada porque haremos que ocurra lo que sea que sueña. Lo haremos. Seremos sus talismanes de la suerte.

—Su estrella fugaz…

—Su trébol de cuatro hojas…

—Y la mierda que pisa.

—¡Gab!

—¿Caca mejor?

—Lo tuyo de ser fina es pura fachada. —Soltó una risotada débil—. Algo así me pega más a mí, que soy grande y también puedo ser la mierda en tus zapatos si decides el siguiente paso antes de la extinción de la humanidad.

—Tengo tiempo para darle una vuelta a lo que haré después del instituto. —Aproveché el paréntesis de calma para añadir—: Por cierto, Kitty, no hace falta que te diga que pienso asegurarme de que todos tus pisotones aprendiendo a bailar con dos pies izquierdos y los ensayos de dramatización en los que nos dejas a Adele y a mí como culpables en las peleas sirvan para que triunfes en la disciplina artística que te descubra primero y no te suelte.

—Gab… —Enrolló un rizo pelirrojo en el dedo—. Mírame, ¿cuántos pájaros salen de mi cabeza? Bailarina o actriz… —Se frotó los ojos y negó—. Si una de las tres tiene que sacrificarse…

—No será ninguna de las dos que lo tienen claro. —No le di opción para contratacar—. ¿Qué te parece si en lugar de discutir sobre una situación hipotética teorizamos sobre aquello de lo que hablan Logan y Aria?

Aria era mi mejor amiga desde… desde antes de que una persona tenga recuerdos y sí, Damien, estaba con él, Logan. Te lo repito, Lo-gan. Por si no te queda claro, era el nombre del chico con el que llevaba dos años y no los apodos que utilizabas para referirte a él. Parecías… celoso. Y, antes de que te aceleres, he dicho parecías. No que lo estuvieses. Tienes que aprender a escuchar antes de reaccionar. Algunas cosas habrían sido más fáciles… Algunas cosas que nos unían a ti, a mí y a la capacidad de deshacer miedos chocando los labios.

—Demasiado fácil —concedió la mayor de las Thompson—. Logan defiende que hay que dejarte espacio para que lo asimiles y Aria le rebate que lo único que tienes que asimilar es por qué tu novio no te mete un buen polvazo para que olvides la que se nos viene encima. ¿Tú qué opinas?

—Que Logan… —me mordí una uña, pensativa, antes de soltar del tirón— defiende que debe dejarme espacio para que lo asimile y Aria le rebate que lo único que tengo que asimilar es por qué mi novio no me hace el amor para que olvide la que se nos viene encima.

Cerré la puerta al salir del coche. Kitty bajó la ventanilla y me lanzó un beso, al que le respondí fingiendo que lo atrapaba y lo colocaba en la mejilla. El revuelo en la entrada antes de clases se había evaporado. Los alumnos habían cruzado la señorial puerta negra metálica y se habían llevado consigo las miradas, entre acusadoras y curiosas, que dedicaban a las integrantes de la familia que últimamente abría los telediarios. La mía. Los Thompson y sus miserias.

La escalera estaba prácticamente vacía. Ni siquiera quedaba el grupo de rezagados de undécimo grado apurando un pitillo a escondidas o Tommy y Alex, reconocidos en el mundo entero (o en el universo estudiantil) por exprimir hasta el último segundo compartiendo fluidos y metiéndose mano con descaro. Nadie. Solo Aria, que asomaba detrás de la barandilla para enseñarme el reloj con un movimiento de muñeca, y la sonrisa complaciente de Logan.

Mi novio no tardó en descender para envolverme entre sus brazos. Lo hizo con su calma característica, esa en la que el contacto era estudiado, medido y tan suave que no llegabas a sentir la presión de la piel. Permanecimos un rato aferrados y, en esos segundos, busqué la verdad que defendía mi hermana mayor. Para ella, los abrazos no podían vestir indiferencia. Eran revolución. El impulso sincero que incrementaba la potencia de lo bueno, trasladaba fuerzas para combatir lo malo y evitaba que lo roto se esparciese y los agujeros del pecho se hiciesen más grandes. Fuerza. Calor. Vibración de la risa compartida. Algo emocional. Un contacto digno de remover hasta provocar una reacción. Un ciclón. Lo opuesto a lo que sentí cuando respiraba directamente del cuello del rubio de ojos claros y el rostro repleto de pecas: un desierto sin viento. Arena detenida bajo el sol. Idéntica abertura bajo las costillas y la necesidad de fingir que todo iba bien para no preocuparle.

—¿Qué tal estás? —Colocó sus manos en mis mejillas y trazó círculos con dulzura.

—Bien. —A la cara soné tan convincente como en los mensajes, el chat de Facebook o las llamadas al móvil. A la cara él también quiso creerme, como en los mensajes, el chat de Facebook o las llamadas al móvil. A la cara tampoco hurgó por si debajo del polvo la imagen que devolvía era diferente—. ¿Y tú?

—Como siempre. Estudiar, ajedrez, mi padre agobiándome y... —Aria carraspeó—. Deseando ver a mi novia, por supuesto.

—Casi se le olvida incluirme en la ecuación. Fue como si enumerase sus prioridades en orden descendente y yo me hubiese colado en una posición que no me correspondía. Le resté importancia y pensé que estaba susceptible. Logan repetía tantas veces a lo largo del mismo día que me quería que no tenía más remedio que creer que estaba enamorado, ¿no?

—El próximo novio que sea interesante, por favor. —Mi mejor amiga se interpuso y me echó la mano por encima del hombro para separarnos.

—¿En cuánto está la media de romper los lazos con las amigas del instituto cuando te marchas a la universidad? ¿Un año? Espero que sea menos. Seis meses de estimación, por favor —contratacó él.

No me extrañó que se enzarzasen en una nueva discusión. A veces tenía la sensación de que sembraban polémica aposta porque en el fondo eran adictos a las endorfinas que soltaban al retarse. Les gustaba llevarse mal, ya sabes, el ciclo sin fin. Peleaban hasta la taquilla, se detenían a recoger las cosas y reanudaban la batalla rumbo a la clase, donde yo me quedaba con Aria y él continuaba dos aulas más, rumbo a la suya, no sin antes repetir su ritual de despedida.

—Que pases un buen día. Te quiero, Gabri. —Depositaba un beso cauto sobre mis labios.

—Refréscame la memoria, ¿qué fue exactamente lo que viste en él? A no ser que guarde una obra de arte debajo de los pantalones tamaño Everest, no lo entiendo, de verdad que no. —Aria empezaba a enumerar el millón y medio de motivos por los que no debería estar con un insípido sin sangre en las venas en cuanto le perdíamos de vista.

Normalmente llegaba mi turno de exponer motivos. Le decía que Logan era buena persona y me trataba bien, que me gustaba verle competir al ajedrez, cuando su mente se enredaba en estrategias y su cara angelical despedía pasión, sus ojos azules brillaban, sus dedos tamborileaban en el tablero y anulaba al contrario con su inteligencia. Múltiples razones. Sin rastro de la mención del amor. El único argumento que Aria realmente valoraba era mi susurro de que tenía un trasero impresionante, y eso no podía negarlo. Después se recolocaba la diadema en su cabello negro y volvía a la carga hasta que sonaba la campana que anunciaba el inicio de las clases.

La jornada escolar transcurrió sin incidentes reseñables. Aria me dejó copiar algunas preguntas del examen sorpresa de química. A cambio, yo le presté mis deberes de matemáticas cuando salió a la pizarra, y fue un desastre porque no había acertado ni una. Y me di cuenta de que cada vez era más fácil fingir que no me percataba de las conversaciones que se cortaban cuando entraba en el baño, la cafetería o torcía una esquina.

Ilusa, pensé que sería sencillo sobrellevar la situación. La palma de una mano que presionaba con fuerza sobre mi espalda en mitad del tumulto a la salida me demostró lo confundida que estaba. Me giré. Creí que se trataba de un error. Ni siquiera sabía el nombre de la chica de bucles dorados y ojos marrones que mantenía su mirada penetrante para fulminarme. Era imposible que fuese la receptora de toda la rabia que emanaba de cada poro de su ser. No había hecho nada.

Yo no lo había hecho.

—¿Lo sabías? —escupió y, como seguía sin tener ni idea de lo que estaba sucediendo, traté de balbucear un «¿perdón?» poco convincente que se quedó encajado en mi garganta—. Sí, la fría princesa conocía la verdad. Ella y su familia, jodidos reyes del mundo capaces de aplastar a quien se les antoje. Sin límites. Sin moral. Sin nadie que les pare los pies. —Me empujó contra la barandilla—. ¡Lo sabías! ¡Lo sabías! ¡Lo sabías! —Sus manos fueron más rápidas que su lengua y, cuando me di cuenta, tiraba de mi pelo y clavaba sus uñas en mi rostro—. ¡Mi padre lo perdió todo por culpa del tuyo! ¡Le estafó! ¡No le dio el contrato prometido! ¡Le dejó en la ruina! ¡Os odio! ¡Te odio!

La furia de sus gritos solo era equiparable al modo en el que me zarandeaba y hería. Todo sucedió de un modo tan imprevisto y acelerado que solo me dio tiempo a colocar los brazos en posición defensiva y pedir una ayuda que no tardó en llegar. Varias chicas nos separaron. Sus amigas, las mías y desconocidas. El dolor es curioso. Te bloquea y anula. No lo sentía palpitar en las magulladuras, sí en el pecho a punto de explotar y en las lágrimas que brotaban sin permiso y abrasaban a su paso.

Nos llevaron al despacho de la directora. Iba dispuesta a pedir la cabeza de la chica de la que seguía sin saber el nombre, su expulsión, pero entonces ella se quebró. Habló de tratos hechos en despachos, de concejales que prometían licencias, de pequeños empresarios que compraban el material y de fotografías en periódicos mientras desayunaban que revelaban que al final la firma se la había llevado otra compañía. Relató la desesperación de estar en la cima de un castillo de naipes que se cae, empleados despedidos y la quiebra. Explicó por qué odiar en su casa tenía mi apellido. Cuando llegó mi turno, ya no quería trofeos o amonestaciones en el expediente escolar de Jenny (se llamaba así), solo que nos castigasen y huir de allí corriendo para olvidar lo que había escuchado. Ante su mirada perpleja, aseguré que la había provocado, y ni eso ni compartir la nota en la agenda que debíamos devolver firmada fue suficiente para que perdonase a mi familia.

—Ven aquí, cariño. —Logan me esperaba a la salida con Aria. Tiró de mi mano para estrecharme.

—Todo el mundo piensa que Jenny está pirada. Nadie te culpa —añadió mi mejor amiga.

Me entraron ganas de gritarle que me importaba una mierda la opinión de los demás. Mi reputación. Que la manera de ayudarme era calmando la presión de la boca del estómago para detener el ataque de pánico o inventando alguna forma para dar marcha atrás para volver al pasado y no enterarme de… No enterarme de una nueva cara de mi padre. Sin embargo, había algo que me preocupaba más. Me moría de ganas de llorar y no era capaz. ¿Por qué no podía? ¿Por qué no podía con ellos, Damien? ¿Por qué, en lugar de soltar el océano que me zarandeaba, creaba nudos que me anclaban petrificada como si no pasase nada, como si no estuviese destrozada? ¿Por qué con ellos lo sencillo era llevar máscara y contigo enseñar lo que se esconde debajo de los huesos?

—Se rumorea que quería ir a la UC y mi madre conoce a alguien del comité de admisión. ¿Adivinas quién no va a entrar? —Aria protagonizó un pésimo intento para consolarme.

—Y pierde las bragas por Brad. Brad, del equipo de ajedrez. ¿Adivinas quién no la va a invitar al baile? —se sumó mi novio. Fue de las pocas veces en que los dos estaban de acuerdo. De acuerdo en...

—¿Por qué creéis que quiero hundirle la vida más de lo que ya ha hecho mi familia? —Me aparté y paseé la mirada de uno a otro, sin entender. Más perdida que nunca.

—Gabri, eres demasiado buena. —Logan me dedicó una sonrisa de lado y Aria asintió.

—No quiero algo así —subrayé.

—Ya cambiará de opinión. —La morena habló con el rubio como si yo no estuviese presente—. Concretamente cuando vea su reflejo.

—Lo hará.

—No. —Me froté los ojos—. Es... cruel.

Dejaron el tema. Seguían creyendo que llevaban razón y me observaban con lástima, como si no querer vengarme fuese un signo de una debilidad que me hacía pequeña, frágil y dependiente de gigantes como ellos. Eran el tipo de personas convencidas de que poseen la verdad absoluta y el resto del mundo es gente ignorante que no sabe lo que le conviene. Por si acaso, repetí que me negaba a llevar a cabo su plan hasta que conseguí que me prometiesen que solo lo harían si yo se lo pedía, zafados de sí mismos y de la voluntad de la que pensaban que carecía. Se equivocaban. Ellos no me habían visto siendo la valiente marinera en casa. Ellos no me habían visto enfrentándome a las tormentas con un salto como hiciste tú.

—¿Quieres que te acompañe a casa? —Logan se ofreció después de que Aria se fuese con el chófer de la familia. Desvió la mirada a su equipo de ajedrez. Le estaban esperando.

—Iré con Kitty.

—¿Estás segura? —¿Estaba seguro él de que apoyarme era lo que le apetecía?—. Si quieres, podemos ver antes una película en mi casa. Prometo que solo será una película, nada más.

—¿Con nada más te refieres a sexo?

—Exacto. Soy un caballero y sé que ahora mismo no... No toca.

¿No toca? ¿De verdad dijo eso y no me reí por la tensión acumulada? ¿Acaso acostarnos era un punto para tachar en la agenda de tareas pendientes? ¿Un premio? ¿Un pecado? ¿Las tres cosas? Qué equivocado estaba. Qué poco me conocía. A mí no me habría ofendido fundir nuestros cuerpos hasta que solo quedase la música que componían juntos. Sin penas. Sin preocupaciones. Sin el mundo que se derrumbaba. Solo él, yo y un amor al que aferrarme.

—Vete con el equipo. Tenéis que practicar para el campeonato estatal. Estaré bien.

—¿Segura? —repitió, y en mi cabeza sonó: «No». Y, cuando fui a desvelarlo, me di cuenta de que los pies se le movían solos, que venirse conmigo no era deseo, sino obligación, y mentí.

—Sí.

—¡Te llamaré esta noche! —A las ocho y media, pensé—. ¡A las ocho y media! —Acerté—. Te quiero mucho, Gabri.

—Y... —no terminé. Ya se había ido.

A mi novio le aseguré que volvería a casa con Kitty. A mi hermana mayor le dije que iba a pasarme por la de Logan y que acudiría por mi cuenta al piso. La verdad es que saqué la cámara de la taquilla, me monté en el metro y, antes de que quisiera darme cuenta, estaba caminando decidida hacia el 190. Estaba caminando hacia ti. Admito que verte en la parada cuando pensaba que no volveríamos a encontrarnos fue una grata sorpresa, Damien. Grata sorpresa, nada más, dile a tu ego que se relaje. Fue necesario más de un viaje en autobús para... Para todo lo que provocaste, porque tú fuiste revolución sin necesidad de ser abrazo. Agua en el desierto. Sonrisa en el fondo del mar.

Si cierro los ojos, aún puedo verte allí, ¿sabes? Resguardado del cielo encapotado bajo la parada, con un círculo vacío a tu alrededor, una nueva sudadera con capucha, idénticos cascos sobre las orejas y una postura que algunos definirían de perdonavidas y que a mí me resultó más de tensión, alerta y desconfianza. Una propia de los que ignoran por dónde vendrá la amenaza y se defienden de la invisibilidad del peligro.

La gente, que esperaba a una distancia prudencial, te echaba miradas reprobatorias. Era más fácil culparte a ti que al miedo latente de sus propios prejuicios. No voy a defenderte. Es imposible poner la mano en el fuego asegurando que tu actitud nunca se ganó el recelo ajeno. Sí que puedo confirmar que esa tarde no hacías méritos para alejar a las personas. De hecho, estabas tan absorto que creo que para ti ellos no existían, solo las notas musicales y el bolígrafo con el que detenías el mundo cada vez que apoyabas el puntero en las hojas escritas de un libro.

Un hombre negó con la cabeza para advertirme como respuesta a mi intención de acercarme. Aceleré el ritmo y rodeé el banco para alcanzarte por detrás. Quería saber qué era lo que estabas leyendo tan concentrado. Lo descubrí. Un diccionario viejo y visiblemente desgastado. Habías subrayado *petricor* y su definición: «El olor que produce la lluvia al caer sobre suelos secos». Desconocía la palabra. Me gustó. Entonces, que las buscases y te las quedases. Después, que las soltases para que otros las tuviesen dentro.

Apoyé el dedo en tu espalda y golpeé un par de veces. Cerraste el diccionario y le pusiste la funda roída al bolígrafo.

—Confiesa, has venido a proponerme la custodia compartida del cargador del cepillo eléctrico. —Me reconociste en cuanto te rodeé para ponerme delante. Sin necesidad de nada más. Dos roces. ¿Es que acaso nadie te tocaba así, Damien?

—¿No te cansas de ser tan intuitivo? —Tus ojos verdes comenzaron a ascender a través de mis piernas y los labios se curvaron al observar mi uniforme con una sonrisa de lado maliciosa.

—Me llaman Holmes, Sherlock Holmes.

—¿Ya has renunciado a Tiger?

—Nunca. Eh, ni una risa.

—No has conocido a nadie más serio que yo en estos momentos.

Aterrizaste en mi rostro. Y digo aterrizaste porque te desprendiste del cinturón que te mantenía sentado y te pusiste de pie en el acto. Fue difícil leer lo que estabas pensando. Eras experto en mantener el gesto neutro. Como en la otra ocasión, tu mandíbula cuadrada estaba apretada y los labios gruesos permanecían cerrados. Te traicionaron los ojos, que me examinaban. Te traicionaron las palabras.

—¿Intentando imitarme? Te hacen falta más de dos arañazos para que nos parezcamos. —Recordé lo que había sucedido a la salida del instituto y moví la mano instintivamente para ocultar el resultado de la pelea, avergonzada. Era irónico, tus heridas, cicatrizadas, y las mías, abiertas—. No hay necesidad, Gabrielle. Tampoco voy a indagar en si practicas boxeo, sufres patosidad crónica o has desarrollado afición a meterte en problemas.

—Bien, porque perderías el título de clarividente. No es ninguna de las tres —solté, y pareciste dudar entre escarbar o dejarlo estar… Dejar estar mis ganas. Quería hablar. A veces es más sencillo descargar con un extraño al que no arrastrarás con tus problemas. Pero no era justo. Solo habíamos compartido una caja de galletas y varias paradas de autobús una tarde en Manhattan. Te facilité la tarea al escuchar un trueno con el que la gente se puso a refunfuñar—. Ojalá llueva.

—Espera, ¿te gusta?

—La lluvia le gusta a todo el mundo.

—La lluvia no le gusta a nadie.

Lo pronunciamos a la vez. Abrí la boca como si no pudiese creerme lo que acababa de escuchar, indignada.

—¿Qué? Son rejas de agua. Te encierran.

—Solo si tienes miedo de mojarte y nadar.

—¿Nadar? —Levantaste una ceja.

El 190 asomó por la esquina y se formó una cola detrás de nosotros.

—Aquí se separan nuestros caminos. Buena suerte con el Metropolitan.

—¿La necesito?

—Negativo. Solo cojo... Ovarios, y esa faldita de tablas tan mona no me engaña. Los tuyos son de los gordos.

—Es el vuelo. Hace que parezcan más grandes —bromeé. Verme valiente en el reflejo claro de tus ojos era incómodo, porque creerte significaba asumir que debía bajar al llegar a la prisión, y no sabía si sería capaz.

—Es que estés aquí por segunda vez.

—Como tú.

—Como yo. Solo que, para que mis pelotas alcanzasen el tamaño decente de unas canicas, debería ir rumbo a Illinois, a la cárcel Estrella. Trasladaron a mi padre allí hace años.

Te desprendiste de un secreto sin intención. Una parcela privada. Otra vez. Sin haberme ganado tu confianza. Puede que para ti también fuese más sencillo así, con la chica tímida que a tu lado dejaba de serlo, frente a la que no tenías que mantener una reputación trabajada. Tensaste los músculos y volviste a colocar el candado de la marca del pasado que escocía en el presente. Le diste el dinero al conductor, agarraste la bolsa de plástico del súper y fuiste al único hueco vacío al lado de una chica que no disimuló la impresión que le produjiste. Tú. Con rasgos duros y andar *sexy*.

Coloqué la cámara delante y me apoyé en una de las barras laterales mientras rezaba por mantener el equilibrio con el traqueteo del vehículo y las pronunciadas curvas de la carretera. Acomodada, miré en tu dirección y descubrí que tú estabas haciendo lo mismo en la distancia. Analizabas. Descubrías los detalles que nacen naturales cuando no te sabes observado. Me dedicaste una sonrisa de suficiencia por tu posición privilegiada. Con que esas teníamos...

Saqué la bolsa de Chips Ahoy mini que llevaba en el bolsillo de la chaqueta, tomé una galleta y te dediqué un brindis antes de comérmela. Solo hicieron falta cuatro más para que abandonases a la pobre muchacha, decepcionada por cambiarte por un ejecutivo estresado, y acudieses a mi lado.

—Juegas sucio. —Extendiste la mano.

—¿Te he ofrecido? —El bus dio un trompicón al arrancar y me aferré a tu brazo.

—Ser tu barra de sujeción tiene un precio, preciosa. —Fingí que lo pensaba.

—Está bien. Compartiremos galletas con una condición. No vuelvas a llamarme preciosa.

—¿Por qué? Tú dijiste que era guapo…

—Porque lo eres —aprecié—. Damien, tengo muchas virtudes, entre las que no se encuentra ser preciosa. —Me reí—. Y, por si acaso, te aclaro que la belleza no figura en mi *ranking* de prioridades. Descubrir que he vivido en una mentira hace que no quiera más, aunque sea de las insignificantes.

—¿Tu padre? —Asentí—. Joder, ¿es de los malos?

—No lo sé… —confesé. Por fin. Expresar la duda en voz alta redujo la presión del pecho.

—Supongo que por unas Chips Ahoy podré aceptar el trato. —La bolsa dejó de estar en mi mano para pasar a la tuya. Te metiste una en la boca—. Percepción.

—¿Qué?

—Sensación interior que resulta de una impresión hecha en nuestros sentidos —recitaste, y te encogiste de hombros—. Hace unos días la busqué en el diccionario. Creo que quiere decir que las cosas son distintas dependiendo de la persona, que, como dijo Ganivet, el horizonte está en los ojos y no en la realidad. Por ejemplo, tú te ves común, yo te miro y pienso… No quieres saberlo.

—¿Cómo estás tan seguro?

—Complicaría nuestro viaje.

Conocí la intensidad aquella tarde en tu mirada con un Nueva York nublado y «When You Were Young», de The Killers, sonando en los altavoces de un autobús. A mí no me observaban así. Nunca. Nadie. Ni Logan cuando sus padres se marchaban a ver una obra de teatro, íbamos a su casa y dejaba la llave puesta por si regresaban antes, mientras me hacía el amor de un modo pausado en su habitación.

Podría ser una expresión dedicada a Aria, sí. Ella se bañaba en el adjetivo con sus piernas estilizadas, su vientre plano y la cara de rasgos exóticos, atractivos y bonitos. Yo era la discreta acompañante a la que rara vez veían en los pasillos del instituto y la que no sabía si los ojos de su novio resplandecían cuando la desnudaba porque era una norma capital hacerlo con la luz apagada.

Yo era invisible y, de repente, tú me contemplaste.

Me aparté.

—Eres un seductor...

—¿Yo? No. —Hiciste un mohín inocente.

—Oh, sí. Tú sí.

—Gabrielle, puedes respirar. Hoy no voy a besarte.

—Por supuesto que no. Ya te lo dije, tengo un novio...

—¿Uno solo? —Teníamos el día gracioso, ¿eh? Capullo.

—Logan —aclaré—. Soy tremendamente fiel.

—Y yo respeto a Jordan sobre todas las cosas.

—Logan.

—Lo que sea.

Supongo que mi apuro te hacía gracia. ¡Que digo supongo! Te hizo gracia. Mucha. Te reíste. De mis mejillas encendidas y del modo en el que me retorcía mientras continuabas sosteniendo tus ojos verdes en mi boca. Estuve tentada de darte un rodillazo en la entrepierna para ver si seguías divirtiéndote tanto. Al final, pensé otra venganza. Te arrebaté la bolsa que llevabas.

—O paras u olvídate de que te la devuelva. —Dios, qué joven era y qué amenazas más... ridículas.

—Espera, espera, ¿has secuestrado mi compra?

—Puede.

—Tú misma. Tendrás que explicarle a mi chica por qué no tiene regalo de cumpleaños, y no suele atender a razones. Araña...

—Observé el contenido.

—¿Un paquete de latas de atún?

—Pareces impresionada. Puedo sugerírselo al estirado de To-
más para vuestro aniversario.

—Logan.

—Como se llame.

Bufé.

—No te recordaba tan insufrible.

—Gabrielle… —Bajaste la voz y te acercaste a mi oído—. Nos
hemos visto una tarde. —Te separaste entretenido y de repente
tu rostro palideció. Habíamos llegado al Metropolitan.

No existen dos pasos iguales y lo que los diferencia no es la
distancia, es la intención, el lugar al que te llevan. Esperé a que
bajase el resto de gente y cerré los puños a ambos lados de mi
cuerpo antes de encararme. Iba a hacerlo. Iba a… No di margen
a mis pensamientos y descendí la escalerilla corriendo. El viento traía consigo el olor a humedad de una tormenta que estaba
descargando cerca. Tomé una enorme bocanada, levanté la vista y me di cuenta allí, con los ojos fijos en la entrada, de que el
temblor que anteriormente había atribuido al miedo significaba
dudas. No quería ver a mi padre sin tener claro qué decir, cuál
era mi opinión, y podía permitirme dudar.

Subí de nuevo con la respuesta. Tu gesto oscilaba entre el orgullo por mi pequeño logro y la total incomprensión. Pudiste
preguntarme cualquier cosa cuando regresé a tu lado, cualquiera, y habría sido sincera, pero decidiste regalarme la tregua que
no hallaba entre los muros de lo que componía mi existencia.

—Entonces, ¿cómo es eso de nadar en la lluvia?

Por si no lo sabes, la sonrisa que te dediqué fue de agradecimiento. Por si no lo sabes, te lo digo: gracias, Damien, gracias
por sacar temas normales cuando nada lo era.

Intenté explicártelo durante las paradas que quedaban hasta
el fin de línea, mientras más personas abandonaban el autobús y
la caja de galletas fluctuaba entre tus manos y las mías. Era mentira, lo de nadar, pero de eso ya te diste cuenta con mi balbuceo
y mi poca agilidad para inventar rápido. Supongo que averiguabas
mis deseos porque no hacía mucho habían sido los tuyos.

—¿No quieres volver a casa? —soltaste cuando llegamos al final y en la calle las ramas de los árboles bailaban sobre nuestras cabezas.

—¿Por qué piensas algo así?

—Llámalo alucinante capacidad deductiva. —Crujiste los nudillos y enarcaste una ceja—. O que la excusa de que intentas explicarme cómo es nadar en la lluvia caducó a los diez minutos y llevas treinta con ejemplos que solo pueden ir a peor.

—No es un concepto fácil. Tienes que saltar, cerrar los ojos, mover las manos e imaginar que las gotas forman el océano. Sin lluvia y con tu poca colaboración... No quiero que te lleves una opinión equivocada.

—Gabrielle, ya pienso que estás un poquito mal de la cabeza y me resulta entre adorable y terrorífico. —Diste un paso y tus ojos se posaron en los míos—. No quieres volver a casa.

—No.

Te quedaste pensativo. Jugueteé a bajarme las mangas. No eras una persona simpática por naturaleza, de los que hacen amigos que duran lo mismo que una conversación. Lo tuyo era permanente, y pasabas de entregarte a cualquiera.

Y yo te necesitaba. No valía otro. Eras el único con el que compartía la cárcel y, además, podía hablar con total libertad del modo en el que se tambaleaban mis principios. No era una opción con Logan, Aria, Kitty o Adele, y mucho menos con Julie. Ellos estaban hechos un lío y, si me sumaba, solo conseguiría enredarlos más.

A sus ojos, yo era la que tenía un plan, puede que la solución. Les ocultaba la contradicción de vivir en una atracción que oscilaba de cero a cien revoluciones. Cero cuando pensaba que mi padre era inocente, por la noche agarraba uno de sus jerséis y me preguntaba qué comería, si la cama sería cómoda, si echaría de menos su colonia o qué tipo de vistas tendría. Cien cuando la posibilidad de que fuese culpable retorcía mis entrañas y deseaba que no le gustase la comida, tuviese una cama pequeña, echase de menos su colonia y su celda diese a un pasillo con una pared blanca sin nada que descubrir. Y... y entre el cero y cien estaba el limbo que me asustaba, ese en el que él era culpable y deseaba que tirase de influencias, de lo que hiciese falta, para salir. Uno en el que todo lo que había defendido ardía hasta ser ceniza. Por eso te necesitaba, porque confiaba en que, si lo habías sufrido, no me juzgarías por la debilidad de querer lo prohibido y que no estaba bien.

—Ven al cumpleaños.

—A tu chica...

—Procuraremos que le caigas bien —zanjaste.

Lo hice. Subí contigo al metro y, antes de darme cuenta, estábamos bajando en una parada del Bronx. No solía frecuentar la zona. Me empapé del sonido de los niños saludando a los pájaros que echaban a volar en los parques, los jóvenes que desgastaban las pistas con pelotas en las manos o en los pies y los ancianos que miraban hacia arriba tratando de averiguar el instante exacto en el que el cielo descargaría. Me llené de un mundo desconocido, muy diferente al que me habían contado y, cuando observé la pared trasera de The Voice of the Chest, me enamoré.

No sé si cuando ves un sitio que te remueve e impresiona tiendes a imaginar lo que sentirían tus conocidos si se encontrasen en tu lugar, si la sensación es algo tuyo o universal. Yo lo hice. Llegué a la conclusión de que Logan habría visto a un grupo de pandilleros de los que hacen grafitis que se deben borrar con nuestros impuestos, Aria se habría centrado en la anatomía de dichos delincuentes, Kitty los habría llamado artistas, Adele preguntaría por el significado de las formas y Julie le recolocaría la corona a Barbie para que el perro estuviese perfecto si alguno de ellos quería inmortalizarlo. Para mí fue una explosión de color, intenciones y mensajes. Al menos, hasta que vi salir al dueño pistola en mano.

—¡Tommy! —gritaste, y te clavé las uñas en el fuerte brazo—. ¡Te parecerá bonito asustar a los visitantes del Upper East Side! ¡Enséñale a mi nueva amiga cómo se dispara!

—No hace falta —intenté sonar como si no fuese inminente que me diese un infarto si apretaba el gatillo.

—¡Dale! —insististe, y, por segunda vez en el día, fuiste un cabrón.

El hombre de la protuberante barriga miró a uno de los chicos que estaba escribiendo su nombre con letras llamativas.

—Mi garito. Mis reglas. Solo si tienes algo que contar, como ella. —Señaló a la chica que estaba dibujando una versión muy parecida de sí misma abrazando a un lobo.

—Venga, Gordo, no seas… —se quejó el chaval.

—Algo que contar —remarcó, pulsó el gatillo y salió… agua. Pegué un chillido, te reíste y te dediqué un codazo en las costillas antes de apartarme.

—¡Casi te la cargas! —le dijiste.

—¡Si viene contigo, es que le van las emociones fuertes! —contestó.

—¡Qué va! Creo que piensa que soy buena persona.

—Pues buena suerte para ella —bromeó, y me dedicó una mirada amable.

—No te hagas el duro. En el fondo me adoras. —Negó con la cabeza y emprendiste la marcha de nuevo, no sin dedicarle un significativo mensaje al son de—: ¡Mañana!

—¿Mañana? —Asentiste—. Mañana —repitió resignado.

Recuerdo que la cordura regresó en el preciso instante en que me indicaste que tu casa estaba en el bloque destartalado en el que una vecina estaba poniendo a su marido de patitas en la calle. De repente pensé que qué narices hacía allí, contigo, yendo a un cumpleaños en el que no sería muy bien recibida. A ninguna pareja le gusta cambiar una cita romántica por un plan a tres con una desconocida.

—Por la escalera trasera. Paso de ser el culpable de que rompas tu palabra de no entrar en casa de un extraño.

Casi te creo. A ti, tu sonrisa suficiente y tu tonito macarra. Pero, cuando llegamos a la altura de tu piso, me pediste que te esperase fuera y buscaste mi reacción al abrir la ventana y ver el minúsculo cuarto, supe que te avergonzabas de tu modo de vida. De lo que te envolvía. En cierta manera, siempre has hecho eso, temer que tus orígenes marcasen quién eras. Si te sirve de consuelo, no lo hizo. Ni siquiera me fijé en el mobiliario, lo que tenías, carecías o su orden. De hecho, estuve balbuceando una excusa convincente para marcharme en cuanto volvieses hasta que te vi salir y, ahí, ahí sí que me fijé. Lo hacías con un enorme y viejo gato negro en brazos al que limpiabas las legañas y que colocaste en el suelo.

—Lluvia, espero que no te importe la invitada sorpresa de tu fiesta. —Quitaste la tapa a una lata de atún y vaciaste el contenido en un plato que escondías debajo del macetero—. Te doy mi palabra de que vigilaré que no te quite la comida.

El animal ronroneó y se paseó entre tus piernas. Te dejaste caer contra el ladrillo y concentraste todos tus sentidos en sus movimientos. Le pasabas la mano al felino, relajado, con una luz que quise atrapar. En silencio, agarré la cámara, enfoqué y disparé. El gato pegó un respingo por el sonido inesperado.

—Tranquila, solo es una foto —la calmaste, con tus dedos sobre su lomo.

—Lo siento. —La moví para que se revelase—. Era tan íntimo… No he podido resistirme. —Salías con la mano sobre su cabeza y Lluvia cerraba los ojos por la caricia. Descubrí la magia de las imágenes de los animales. Sin posar. Fieles a sí mismos. Lo único real en un mundo con tendencia al disfraz—. Las utilizo para un mural que tengo en la habitación… —Dudé. Era como robaros algo—. Esta es para ti. —Parpadeaste, confundido.

—Salimos guapos, ¿eh, Lluvia? Todo estaba programado. Así yo también tengo regalo de cumpleaños.

—¿Es tu cumpleaños?

Me quedé perpleja. Sé que comparar está mal, pero te mentiría si te asegurase que no lo hice, porque fue el pensamiento que me cruzó la cabeza: nuestras diferencias. En los míos, como mínimo, estaban mi familia y una vela, ya fuese en una magdalena, tarta o gelatina. En los tuyos, un gato… Y yo, si es que contaba.

—No lo sabía…

—Relaja, Gabrielle, realmente me acojonaría que lo hicieses. Somos casi desconocidos, ¿recuerdas? Y, ahora, olvida los últimos cinco segundos. Solo hay una cosa que odio más que las miradas de lástima: cuando me las dedican.

—A mí tampoco me gustan. —Me hice un hueco a tu lado y a cambio me tendiste una lata de atún y un tenedor—. No sabría decirte si las detesto más o menos que las hostiles. Tendré tiempo para averiguarlo. Últimamente parece que estoy condenada a que me observen de ese modo.

—La gente que lo hace es idiota.

—Entonces lo es todo el mundo —ironicé.

—Menos yo.

—Tú has intentado acabar con mi vida cuando has forzado a Tommy a disparar.

—A cambio, te estoy ofreciendo el mejor cumpleaños al que has asistido, merezco tu perdón. —Ladeaste el rostro—. Por no mencionar que he aguantado estoicamente tu demostración de nadar bajo la lluvia y, mientras intentaba explicarte el significado de percepción, casi se me escapa que no mentía al llamarte preciosa, porque me lo pareces, pero no lo he hecho porque, si volvías a soltarme que eres tremendamente fiel, no me dejarías más remedio que aprenderme el nombre de tu novio… Y entonces no podría fingir que no lo sé solo para ver lo jodidamente bonita que estás cuando pones morritos.

El corazón me subió a la garganta. Tragué saliva.

—Terreno incómodo, ángel. Es el momento de que cambies de conversación —sugeriste.

—¿A qué te referías con ese misterioso mañana cuando has hablado con Tommy?

—Cumplo dieciocho, dos de sus camareras se han pirado a Los Ángeles… Y voy a dejar el instituto, ocupar su lugar y tener dinero. Dinero… —saboreaste la palabra y el bocado de pescado que te metiste en la boca.

Pasé la tarde contigo en la celebración más auténtica a la que he asistido, porque el animal estaba mayor, sabías que cada año contaba y le regalaste el mejor día que puede tener un gato. Comida rica. Cosquillas. El cálido hueco de tus piernas.

Hablamos mucho, con la verdad y sin sacar temas peliagudos. Supongo que, como me pasaba a mí, estabas convencido de que las terceras casualidades no existían y podías dejarte llevar con la persona con la que el caprichoso Manhattan no volvería a juntarte.

Ya entonces me di cuenta de que eras ambicioso, inconformista y que tenías algo más allá de tus heridas para enseñar al mundo. Algo con un toque atrayente, de lo que me costó desprenderme, hasta que empezó a oscurecer, las llamadas en mi móvil se multiplicaron y me acompañaste de vuelta al metro. Lo mismo que me llevó a rebuscar en las escaleras un papel como una loca y subir corriendo.

—¡Dami…!

No terminé el grito. Me estabas esperando y no despegaste los ojos de los míos cuando te lancé la grulla que atrapaste al vuelo. Esperé a que leyeses el «Felicidades» y, cuando sonreíste y la guardaste en el bolsillo, me marché un poquito más feliz de lo que la lógica dictaba.

Lo malo de ese día fue confesar la pelea y la bronca que vino después. Lo mejor de lo peor, la tormenta que descargó en mitad de la noche, asomarme a la ventana, imaginar lo que debías haber pensado cuando intentaba explicarte cómo se nadaba debajo y reír. Reír, Damien, reír. Hasta que me dolían las mejillas. ¿Sabes cuánto hacía que no sucedía? No, pero sí cuándo fue la siguiente vez, porque la activaste, igual que encendiste tantas y tantas cosas buenas. Tú, que estás empeñado en llamarte destrucción cuando siempre has sido nacimiento.

CAPÍTULO 7

DE DAMIEN A GABRIELLE

Desde Nueva York. Hoy, 2020. Volviendo a la adolescencia

—Imagina…

Mi abuela Cleo ya lo dijo. Las palabras son poderosas. Nuestro principal recurso. Las escuchamos, atrapamos, desgastamos y soltamos para enfrentarnos al día a día, lo que no significa que su presencia requiera batalla. Es el ingrediente para comunicarnos y otra cosa no, pero las voces buscan sonar. Entre el amplio abanico, tenemos algunas que nos definen o que utilizamos tanto que acabamos otorgándoles nuestro propio significado.

La de Gavin era *imagina*. Su muletilla e imán para la buena suerte. Le cambiaba la cara. Saboreaba el movimiento de la lengua contra el paladar y los dientes chocando. La mantenía un rato dentro de la boca y la dejaba escapar con aire soñador subido a cualquier superficie que le permitiese ver más allá, sin enfocar a ningún punto concreto.

—Imagina… —repitió, y bajó del asiento para quitarme la pelota de baloncesto. Se puso de puntillas y se colocó la gorra hacia atrás—. Quince canastas, un marcador ajustado, el ojeador sin quitarte la vista de encima, haces el tiro en suspensión de la victoria y las pistas al completo le gritan el nombre de la persona de la que debe informar para que firme un contrato de exclusividad cagando hostias antes de que otro se adelante. —Se emocionó. Lo veía. Mi triunfo. Tal vez era el «más allá» que buscaba, ser testigo del éxito de aquellos que parecían condenados al fracaso—. ¿Tú qué opinas?

—Que alguien va a salir mal parado si haces lo que estás pensando.

Crucé los brazos y me apoyé contra la fría pared del tren zafado de mí mismo. Estábamos en las antiguas vías de las afueras de Manhattan, donde descansaba un viejo vagón de metro abandonado que ejercía la función de nuestro centro de operaciones. Carecía de luz, las paredes estaban pintarrajeadas y quedaba un amasijo de hierros de lo que un día debieron ser los asientos. Tenía techo, el suelo no estaba mal para tirarse y su aspecto deteriorado facilitaba que nadie se interesase por lo que ocurría en su interior. Un rincón íntimo. El sustituto de un reservado para un grupo de tres: Eva, Gavin y yo.

—No tienes ni la más remota idea de lo que voy a hacer —me retó. Puse los ojos en blanco. ¿Iba en serio?

—Vas a intentar dar al corazón de Cindy ama a Christian porque eres un cabezón incapaz de reconocer una relación complicada con la puntería, fallarás y Eva pagará las consecuencias.

—Eh. —Nuestra amiga ladeó una mano para colocar el tabaco sobre el papel de liar que descansaba en la otra. Tenía los dedos manchados de espray. Las paredes de ese lugar eran su galería privada, y las llenaba de dibujos en blanco y negro que repasaba con las yemas mientras nos hablaba de artistas callejeros en voz baja. Esa tarde había tocado Banksy. Pintó un grafiti de un reloj en el que las manecillas estaban guiadas por la muerte y reprodujo una de sus frases: «No hay nada más peligroso que alguien que quiere hacer del mundo un lugar mejor»—. A mí no me metáis en vuestras movidas, pareja.

—¿Nuestras movidas? El que está a punto de atacar a tu peta es tu amiguito del alma —le señalé.

—Creí que los tres lo éramos. —Gavin se quejó.

—Mi límite está en cargar con un amigo y un conocido tolerable. —Eva apartó con el antebrazo el flequillo ladeado que sobresalía de su pelo corto—. Evita que su predicción se cumpla o intercambiáis los puestos.

—Serás traidora… Años y años de lealtad y me vendes por una acusación infunda…

—Se te dan bien muchas cosas. El ejercicio en general, como concepto, no es una de ellas. —El pequeño de los Hunter fue a oponerse, pero la morena de la chupa de cuero con parches lo interrumpió—. Suelta eso antes de que te hagas daño…

—Yo no… ¿Insinuáis que mis capacidades deportivas son nulas? —Asentimos a la vez—. ¡Que os den! Voy a demostraros lo equivocados que estáis y espero una disculpa a la altura.

Sucedió todo tal como lo había anticipado. Los ojos marrones de mi mejor amigo se concentraron en la declaración de amor de los desconocidos Cindy y Christian que se difuminaba en los bordes, dobló las rodillas con ceremonia y… falló estrepitosamente. El típico desastre de Gavin. La bola rebotó contra la pared para terminar dando tumbos por la estancia. Al menos, mi apreciación sirvió para que Eva protegiese su porro.

A diferencia del de las gorras, la chica más bonita y con más carácter del Bronx no imaginaba, fantaseaba o se dejaba engañar por la ilusión. La vida de la tercera persona fracturada era más jodida. Fumaba cannabis y alguna vez marihuana. Despertó mi curiosidad y un día le pregunté si lo que buscaba era la risa que le robaba la crueldad de sus padres bajo el efecto de la droga. Me contestó que no, que sonreír, si no nace solo, no merece la pena y que forzarlo era lo contrario a la naturaleza de una carcajada. Lo que le daba esa mierda era calma, serenidad y los sentidos adormecidos hasta que no se oía nada. Silencio. Expulsar el eco de los gritos era su paraíso.

La tristeza vestía su cara y Gavin trataba de apartarla con conversaciones banales en las que se esforzaba para que pareciese que todo era posible, incluso para nuestra panda de marginados.

—Imagina que te fichan y en tres, cinco años —se corrigió—, estás a la altura de LeBron, Magic Johnson, Jordan o Brian.

—¿Cinco? —Levanté una ceja.

—Sé que te quieres mucho, Tiger, pero lograrlo en menos de cinco años es ponerte a la altura de Dios. ¿Tú qué opinas, Eva?

—Que yo me fumo los canutos y a vosotros os afectan. —Dio gas al mechero y se colocó el cigarro entre los mullidos labios—. ¿LeBron, Magic Johnson, Jordan o Brian? ¿Vosotros os escucháis?

—Encanto, la que no oye eres tú. El que se viene arriba con un batido de vainilla es tu amiguito del alma —le dejé claro.

—Y tú le dejas porque te gusta que él... que él fabrique sueños imposibles para ti.

—Eva, Eva, Eva... —Gavin se sentó a su lado con cuidado. A ella no le iban los movimientos bruscos—. Yo no sueño. Yo imagino.

—Distinto verbo, mismo significado.

—Opuesto significado —corrigió—. Los sueños aparecen solos en mitad de la noche, no los eliges y rara vez los recuerdas. Tú seleccionas lo que imaginas, construyes hasta el mínimo detalle, es tuyo, y nadie olvida lo que le pertenece.

—¿Aunque no se cumpla?

—Aunque la regla sea que no lo haga porque la magia de imaginar es... —Gavin clavó su mirada en la mía en busca de apoyo. Sabía cómo seguía. Le debía completar la frase; al fin y al cabo, la discusión había comenzado por apostar a mi favor en el partido que iba a jugar al día siguiente, en el que se rumoreaba que vendría un ojeador.

—Que puedes volver a hacerlo.

—La magia de imaginar es que puedes volver a hacerlo —repitió mi mejor amigo.

Ya lo sabes, Gabrielle, Gavin era empeño, resistencia y amigo de las pequeñas cosas que le hacían creer. No en cualquier religión. En él. En ella. En mí. Distinguía los matices entre el negro y el blanco de las formas vivas que nos rodeaban. Buscaba que sus hermanos soltasen el acelerador para escapar del coche que recorría una carretera con una única dirección para saltar en marcha y correr.

Correr.

Correr.

Era bueno haciéndolo. Yo no lo pillé.

—Imagina que en unos años soy veterinario, calienta camas humano, astronauta, paleontólogo, examinador de halitosis...

—No tengo muy claro que ese trabajo exista —le interceptó Eva. Él continuó recitando todas las profesiones que le habían interesado, como si fuese una oración, hasta que llegó a la última.

—Imagíname en unos años como piloto en las fuerzas áreas o como marine.

El instituto había organizado una excursión a uno de esos pabellones repletos de estands de universidades e instituciones que ofrecían cursos al módico precio de empeñar nuestro riñón sano. Como todavía no había comunicado al jefe de estudios mi intención de no volver a pasar por el detector de metales para asistir a sus clases ni una mañana más, me llevó al puesto de nuestro glorioso Ejército. Supongo que pensó que gimnasio gratis y pistola legal serían argumentos sólidos para que me alistase y no acabase en los negocios de la calle igual que alumnos de otras promociones.

La charla del chaval robotizado rapado que exhibían para atraernos no despertó mi atención. Requería demasiada disciplina y una sumisión absoluta a las órdenes de terceros. Lo descarté casi en el acto. La obediencia dócil no era lo mío. Sin embargo, hubo alguien en quien el mensaje caló, no el que decía el militar de que las condiciones para los aspirantes se resumían en ser ciudadanos de los Estados Unidos (tic al lado del requisito), hablar, leer y escribir en inglés con fluidez (nuevo tic), tener más de diecisiete años (tic), buen estado de salud (tic), un diploma de escuela secundaria (tic a la vuelta de la esquina) y aprobar el examen de aptitud vocacional para las fuerzas armadas (tic que trabajar).

El mensaje que activó su engranaje es que podía ponerse en contacto con un reclutador por internet y, si la lotería provocaba que le llamasen y pasaba el examen de aptitud mental, física y moral para el servicio militar, escaparía de las garras de un futuro escrito para él hacía años. Huir de la delincuencia. Los Hunter podrían presumir de tener pelotas para enfrentarse a cualquiera, pero amenazar a la Armada era colocarse un cartel en el pecho que rezase: «Quiero un viaje a la cárcel sin billete de vuelta con un par de dientes menos y algún hueso roto, por favor». Su estupidez tenía límite.

—Piénsalo, Eva, con uniforme estaría irresistible.

—Piénsalo, Gavin, con un tiro en la cabeza estarías muerto.

—¿Quién ha hablado de ir a la guerra? —Se mostró confundido—. Si me escogen, podría volar y ver cómo es el azul que vive encima de las nubes.

Suspiró y sonrió a la nada. Le conocía lo suficiente como para saber que estaba viajando y nos dejaba atrás. Lo bélico no iba con Gavin, al menos, no más allá del sentimiento de venganza ciega que poseyó a buena parte de la sociedad norteamericana los días posteriores al once de septiembre, cuando, cada vez que cerrabas los ojos, veías a gente cayendo desesperada de las Torres Gemelas, te retorcías con los gritos que nunca escuchaste en directo y todo te olía a humo, polvo y destrucción. Tu casa. La calle. Tu propio cuerpo.

Su nueva ilusión era algo más simple. Nunca había volado ni montado en barco. Se imaginó descubriendo mundo, extendiéndose hasta dejar de estar encadenado en la casa en la que se convertía en un incomprendido, y dibujó su propia versión edulcorada de la Armada.

Menos mal que estaba Eva para devolverle a la realidad con todo el tacto que poseía.

—Cariño, Irak no son unas vacaciones pagadas.

Estuvieron debatiendo lo que tarda el sol en empezar a ocultarse y teñir el cielo de tonos rosáceos. Permanecí atento, sin intervenir y con el cuaderno entre las manos escribiendo sobre… ellos. Un chico capaz de sostener granadas entre los dedos a cambio de saber lo que se siente al tener alas o ser una ola en mitad del Atlántico. Una chica a la que habían dejado de grabar en vídeo para marcar su piel a base de golpes y que, aun así, tenía la capacidad innata de cuidar.

Compuse un tema sobre mis compañeros de vida sin saber lo que hacía, sin saber que el rap es un grito, denuncia, desnudar a las personas de la historia que cuenta su físico y mostrar lo de dentro, almas sin etiquetas.

—Mañana seguirás siendo mi mejor amigo, ¿verdad? —preguntó el pequeño de los Hunter una vez que llegamos a la entrada de mi casa. Habíamos dejado a Eva en la esquina donde sus padres la obligaban a mendigar—. Con todo el tema de que vas a ser deportista de élite te van a salir muchos novios. —Carraspeó—. Novias. Como sea. Tú me entiendes.

—Gavin… —repuse cansado. Él lo veía tan claro y yo tenía tantas ganas de que llevase razón que asustaba.

—¿Qué? Si tú no confías, me toca. —Se le quedó la marca de la gorra en el pelo corto oscuro al quitársela—. Es lo que hay, hoy imagino por ti, mañana imaginas por mí, ¿no?

—¿Serás piloto o marine? —Acepté su juego.

—Puede que cambie de opinión. Ya sabes, las cosas que te gustan no se dicen, se hacen.

—Se hacen.

—Como dormir tranquilo esta noche, porque no es necesario que te repitas que vas a impresionar al ojeador; para hacerlo, solo tienes que jugar dando lo mejor de ti. Y eso te sale solo.

Le creí, Gabrielle, le creí cuando metí la llave en el portal, mientras subía la escalera corriendo y al abrir la puerta dispuesto a decirle a France que esa noche íbamos a tirar la casa por la ventana, confesarle que tenía unos pavos guardados debajo de la cama, pedirle que se pusiese uno de los vestidos que adoraba e invitarla a cenar en el italiano de la esquina, donde la gente comía *pizza* con cuchillo, tenedor y vino dulce. Pretendía celebrar la oportunidad y tal vez hablar de una reconciliación que podría llegar si ambos poníamos de nuestra parte. Lástima que al otro lado me esperase el horror de una fractura incurable.

Después de esa noche no volvería jugar al baloncesto.

¿Estás preparada?

Yo no.

Vamos.

Por casa pasaban muchos hombres. Muchos. Dejé de malgastar el tiempo memorizando sus nombres y pasé a denominarlos «gilipollas» y un número consecutivo del uno al diez. Si terminaba, volvía a empezar. El de esa noche era Gilipollas número 4 natural de Denver.

Las bienvenidas en nuestro *dulce* hogar tenían la imagen de un salón destartalado y el aroma de sudor concentrado. Lo común es que ellos me ignorasen y yo pasase de largo con indiferencia a encerrarme en el cuarto, por eso me sorprendió el efusivo saludo moviendo la mano y las miradas nerviosas que se echaban de pie, muy pegados, como si ocultasen algo.

—¿Novedades que contar? —Me detuve y se pegaron más. France intentó controlar el temblor del brazo. El movimiento exagerado de la mandíbula no tenía solución.

—Haz una lista de cinco países que te gustaría visitar. —Sonrió con los labios secos y agrietados—. Tengo la corazonada de que hoy nos toca la lotería.

—Como todas las semanas... ¿Tomamos el Ferrari que tengo aparcado en la puerta para ir a cobrar el premio o vamos en el Jaguar?

—Ten fe en mi intuición.

—Ten un poco de respeto y guarda eso. —Señalé con la barbilla la bolsa de plástico con pastillas y el espejo en el que se perdía un sendero de polvos blancos que reposaba encima de la mesa—. Al menos para que me crea que no tienes ni un pavo para rellenar la nevera.

Los dejé allí, abandonando las buenas intenciones. Iban colocados, muy colocados, con alguna mierda que les secaba el cerebro, dilataba sus pupilas y ralentizaba su capacidad de hablar. Odiaba verla en ese estado. Enferma. Culpando al narcótico de su egocentrismo y malas decisiones. A ella también la utilizaba. A la droga. Como a todos. Era su excusa para tener carta blanca y exigir comprensión.

Cerré la puerta del baño y eché el pestillo antes de limpiar el espejo con la manga de la sudadera. En el reflejo volvía a parecer yo mismo, sin voluptuosidades, pómulos hinchados o tonos negruzcos sobre la piel. Casi parecía curado y presentable para causar buena impresión si ese hombre, el ojeador que Gavin aseguraba que iría, quería hablar.

La caldera iba de culo en aquel piso. Corrí la cortina y, mientras me desnudaba para darme una ducha, dejé el agua corriendo para que se calentase. Me había dado tiempo a desprenderme de la sudadera cuando la alcachofa y su sujeción cayeron a un centímetro de darme en la cabeza.

—¡Joder!

El día anterior le había dicho a France que se descolgaba y se suponía que iba a llamar al casero. Evidentemente, no lo había hecho o, peor, sí que lo había hecho y el festín de la sala estaba financiado con la pasta para su arreglo.

Salí hecho una furia dispuesto a increparle.

—¿Sabes las posibilidades que hay de que te toque la lotería? ¡Una entre cinco millones! ¡Es más fácil morir ahogado en la bañera! ¡Bañera! ¿Te suena de algo?

La rabia se disipó ante la estampa que me encontré. A día de hoy sigo sin saber cómo se llama el sentimiento que me poseyó.

¿Existe una palabra para cuando el sonido del mundo desaparece y solo escuchas tu corazón quebrarse una y otra vez sin tregua? ¿Existe una palabra para sentirte empujado a andar y a la vez rogar por que aparezca un muro que te detenga? ¿Existe una palabra para encontrarte a Lluvia moribunda con el lomo destrozado y sangre en la boca? ¿Existe una palabra para su mirada? ¿Para los ojos negros del felino relajándose al verte porque tú, solo tú, eres la certeza de que todo va a salir bien? Tal vez Gavin la tenía y, si le hubiera consultado, ahora podría ponerle nombre y no sería para siempre el instante en el que ella me miró, segura de que había llegado la salvación, y yo supe que iba a fallarle.

—¿Qué cojones? —reaccioné.

—Tápala, vamos, disimula, échate a un lado y que no la vea. —instó France al obediente Gilipollas número 4.

—¿Qué narices le habéis hecho? —Agarré al hombre de la camiseta, le estampé contra la pared y le acorralé al envolverle el cuello con la mano.

—Era… era… ¡un ratón gigante! —balbuceó, y me salpicó con sus babas—. ¡Más grande que yo! Solo me he defendido. —Había alucinado. El desgraciado seguía flipando. Localicé el palo de la escoba partido al lado del cuerpo inerte del animal—. Y he vencido al dragón.

—Rata —susurró France—. Las ratas pegan la peste y cosas peores…

—¿Es que vas tan puesta que no reconoces a Lluvia? ¡¿Lluvia?! Mi ami… Mi gata. —Sacudió la cabeza. Le brillaron los ojos. Mentía. Se acercó lentamente.

—No te lo tomes a la tremenda, Damien. —Movió su mano con cautela hasta alcanzar la mía en el cuello de su amigo—. Está mayor. Mejor así que con una enfermedad larga y dolorosa como la leucemia o el sida. —Noté el tacto de su piel helada contra la mía—. Podemos darle una muerte rápida, limpia y enterrarla en un parque bonito en el que crezcan muchas flores. ¿Qué te parece?

—¿Qué me parece? ¡Pregunta que me parece! —le dije a Gilipollas número 4, y volví a ella—. Me parece que voy a matar a tu amigo. Voy a matar a tu amigo ahora —escupí—. Y voy a hacerlo rápido, limpio y con la firme intención de enterrarle en un parque bonito donde crezcan muchas flores.

Levanté el puño. Nada podía contenerme. Ni sus «por favor» o sus «no me hagas daño/no le hagas daño» fusionados. Nada. Era fuego. Quería doler, quemar y destruir. Anhelaba descargar uno por uno el estribillo de todas mis heridas abiertas. Explotar y que la bomba expansiva terminase de joder mi mundo. Acabar donde debería haber comenzado, en la puta cárcel. Deseaba… ¿Un maullido? Giré el rostro y me encontré con la cabeza ladeada de Lluvia, que reclamaba una asistencia que no podría llevar a cabo si los vecinos terminaban llamando a la pasma y acababa esposado. A mí no me importaba mi futuro. Sí el de ella. Había algo…

¿Recuerdas lo que decían los medios? ¿Que me jodí la mano en una pelea callejera? Es hora de que sepas que fue *marketing*, como la mayoría de las cosas. El público quería idolatrar a un chaval de barrio con un pasado de mierda y se lo di: inventé leyendas, las exageré, alimenté bulos y oculté una versión real con la que tal vez les daría la razón, pero que, a cambio, requería que mis miserias dejasen de pertenecerme.

Reventé los nudillos en el hueco de al lado de la cabeza de Gilipollas número 4. Una vez tras otra, hasta que un pinchazo me recorrió la espina dorsal y grité. El dolor físico eclipsó al emocional, y volví a estar en mi zona de confort; a ese sí que sabía cómo manejarlo. Las piernas le fallaron al amigo de France cuando le solté y se dejó caer en *shock* y temblando. Ella se arrodilló a su lado.

—¿Dónde vas?

No le contesté. Envolví a Lluvia en una sudadera que recogí de mi habitación y la apreté con cuidado contra mi pecho mientras salía directo a la esquina en la que Eva mendigaba. No estaba. Fui a su casa. Una decisión práctica, ella tenía lo que necesitaba.

—Quítales las llaves del coche a tus padres —ordené desde el descansillo.

En cualquier otra circunstancia, la chica de pelo corto, pitillos y camisetas con mensajes reivindicativos me habría dado con la puerta en las narices. Ese día se quedó pensativa, recorrió con sus ojos mis manos, el cuerpo desfigurado de la gata negra y nuestros pechos; el suyo, con la respiración cada vez más ralentizada; el mío, sobreviviendo a la tormenta.

Asintió.

—¿Quién conduce? —Ninguno tenía carnet. Los dos sabíamos manejar un coche.

—¿Cuánto tardas en llegar a Central Park? Estoy nervioso y no creo que pueda…

—Lo haré antes de que se muera.

—Me sirve.

—Espérame en la esquina.

Bajé e hice una llamada. Todavía faltaba algo. El más suspicaz de los hermanos Hunter, Lincoln, no tardó en aparecer, seguido de los gorilas de Klaus y Stefan. Fue un alivio que Gavin no estuviese presente cuando me dieron el sobre con la pasta para el veterinario y ladearon la cabeza, sonrientes, como quien observa un trofeo, para recordarme que a partir de ese momento les debía una y ya me dirían cuándo y cómo me la cobraban.

—Un precio alto. —Eva abrió la puerta del copiloto y la sujetó para que entrase con una Lluvia que cada vez estaba más débil. Le pedí que fuésemos a cualquier clínica que estuviese cerca del parque—. Sumarán intereses. ¿Merece la pena? Todavía...

—¿Tú la has visto? ¿Qué clase de persona sería si no hago nada por...? —Tragué saliva—. ¿Nada por...?

—Tu amiga —completó—. A diferencia de mi selectivo círculo social, tu capacidad abarca para dos amigos del alma y una conocida tolerable. Y yo soy la tercera —bromeó mientras arrancaba.

—Gracias.

—No hay de qué.

—¿Te meterás en problemas por robarles el coche?

—Uno más ni se notará en la mina de obstáculos de mi casa. —Pisó el acelerador a fondo para no tener que saltarse el semáforo parpadeante ámbar—. Por cierto, Tiger, no te tomes a mal si después estoy unos días más distante que de costumbre, es para que no te acostumbres a mi amabilidad.

—Está bien saberlo. ¿Algo más? —Se mordió el labio, lo liberó y suspiró.

—Yo no imagino, ni sueño ni ninguna de esas tonterías... —Mantuvo la vista clavada en la carretera—. Y no me lo pidas, doy asco fingiendo que todo es arcoíris, abrazos y felicidad. Pero estaré cuando salgas y siempre que quieras contarme algo de ella, como el modo en el que te mordía los dedos del pie para ser despertador o derrapaba persiguiendo moscas; te escucharé y después te recordaré cómo te miraba esta noche, ahora. —Bajó el tono de su voz—. Parece amor. Parece que lo has hecho muy bien con ella, y Gavin lleva razón. Eres bueno queriendo a los que están a tu lado.

Se me formó un nudo en la garganta que me impedía tragar.

—Me tiene sobrevalorado.

—En eso estamos de acuerdo.

Tuvimos que callejear alrededor de media hora hasta que logramos dar con la primera clínica con servicio de urgencias abierto las veinticuatro horas. Le pedí a la veterinaria que fuese al grano, sin piedad, formalismos o cualquier trámite que nos robase segundos. Desde mi punto de vista, era algo simple. Ponerle precio a la solución o a la muerte. Y, si era la segunda opción, no quería rodeos o adornos, solo una inyección para que no doliese, una persona que me sujetase la puerta al salir y otra que parase el tráfico del paso de peatones.

Le costó captarlo. Le hicieron un exhaustivo examen en el que detectaron que tenía la columna y algunas costillas rotas y un pulmón perforado. Te ahorraré todos los detalles del informe médico que leyeron porque, sinceramente, no entendía nada y se me acababa la paciencia. Las preguntas eran sencillas. ¿Se podía salvar? ¿Existía ese milagro en forma de tratamiento?

—¿Tú qué harías en mi lugar? —facilité la tarea.

—Es una decisión muy personal y… —Estaba cansado, me dolía la mano y no aguantaba con la sensación de que estaba prolongando su agonía ante un laberinto sin escapatoria.

—Por favor —supliqué, y, como no solía hacerlo, no sabía modular la voz y soné tan desesperado, triste y solo como lo estaba.

—No es profesional inmiscuirme y negaré que lo he hecho…

—Por favor… —repetí con urgencia.

—Si fuese mía, evitaría el sufrimiento.

Asentí. Le pregunté cómo sería… irse. Me explicó que para ella morirse sería un sueño muy profundo al que no te puedes resistir. Le pedí que me dejase acunarla… Que me dejase acunarla fuera. Ya te lo he dicho, había una cosa… Había una promesa que debía cumplir. Puede que su cumpleaños hubiese pasado hacía unos días y no tuviese jamón york o leche a mano, pero estuvimos ella, yo y las luces que no sabía si eran aviones o estrellas en el cielo que le enseñé. Estuvimos ella y yo, ángel, y te contaría las cosas que le susurré al oído cuando sus ojos se cerraban y soltó su aliento por última vez, y si no lo hago, es porque son suyas, solo suyas, solo de mi primera compañera de vida. Ella, que cambió la libertad de un Nueva York por la ventana de un niño asustado que necesitaba alguien que le diese las buenas noches antes de irse a dormir, y, ahora que lo pienso, no puedo quejarme de infancia, nunca me faltó un ronroneo o una lengua rugosa que lamiera mi mano para sanar las heridas que no se ven. Supongo que eso le dio pase vip al cielo de los animales, porque creo en su existencia más que en el de los humanos, y sé que está allí con una fuente inagotable de latas de atún, gomas de pelo con las que jugar y cuidándome.

Lo sé.

Lluvia.

Joder, qué duro es volver y qué bonito es pensar en ella de nuevo. No sé cuánto tiempo ha pasado desde la última vez que cerré mis ojos para volver a ver la noche de los suyos y su pequeña nariz húmeda. Voy a hacerlo. Voy a hacerlo y… continuo.

Un segundo.

Uno.

Ya.

Eva me llevó de vuelta a casa. En lugar de subir, fui directo a The Cage. Allí terminé de destrozarme la mano ante un ojeador que el único recuerdo que se llevó de mí fue verme en el suelo retorciéndome sin saber que mi interior gritaba «Lluvia» al cielo nublado que no descargaba.

Le vi marcharse, a él y a la luz que asomaba de mi futuro. Como me pasaba en las peleas después de los partidos, pedí que me dejasen solo, reflexionando hasta unir ideas. Tomé una decisión. Incluso sin estar, ella me rescató. La gata me liberó con un final que supuso un inicio.

—¿Dónde crees que vas? —France dejó de prestar atención a la televisión para apuntar a la mochila que llevaba colgada al hombro cuando me vio salir de mi cuarto al volver a casa.

—Lejos de esto. Lejos de ti.

—Solo era un gato. Un gato callejero que ni siquiera estaba vacunado. —Los rizos claros le cayeron hacia delante al levantarse—. Mañana iremos a la perrera y buscaremos uno naranja, blanco o de esos con manchitas, uno bonito. —Sonreía para ocultar que estaba asustada. Nadie me ha conocido tanto como ella. A su modo macabro, me entendía, y supo que esa vez no iba de farol y que la abandonaba.

—Adiós… —Le di la espalda.

—No puedes ser tan sensible —pronunció confusa—. A los débiles se los traga la vida. —No la escuché. Existía algo que necesitaba soltar. El peso que, irónicamente, me había mantenido a su lado y a la vez nos había separado todos esos años.

—Siento muchísimo lo que te robé al nacer. Espero que ahora puedas recuperarlo.

Salí sin mirar atrás. Ella tampoco intentó retenerme. Me fui de casa con dieciocho años recién cumplidos y una mochila con el neceser, dos pantalones, cinco calzoncillos, tres camisetas, un par de sudaderas, un cuaderno, un lápiz y un diccionario. Me fui sin dejar nada atrás. Me fui directo a The Voice of the Chest sin tener ni puta idea de si acababa de convertirme en un vagabundo y en unas horas estaría peleándome para establecer mi residencia en el mejor cajero de la manzana.

Era sábado. Faltaban un par de horas para que el karaoke abriese al público. Tommy el Gordo jadeaba mientras colocaba las bolsas de hielo en el congelador. La iluminación de los rayos de sol que se colaban, muy alejada de la tenue y cálida de las bombillas que bañaba el local durante las noches, permitía apreciar que el mobiliario era más viejo que el propio dueño y lo que hacía enorme al escenario eran las personas que se subían y lo llenaban con música. Sin ellos no parecía más que una tarima de instituto repleta de cables con un micrófono y un antiguo piano de cola desangelados. Repasé lo que me rodeaba, tomé aire y me asomé al mostrador.

—¿En qué te echo una mano, jefe?

—Pensaba que habías cambiado de opinión. —Tommy cerró el congelador de golpe y se masajeó los riñones mientras se erguía—. Te hacía ayer cargando cajas y detrás de la barra. ¿Adivinas qué? Me dejaste tirado un jodido viernes a reventar.

—Tenía asuntos que resolver. —No di más explicaciones. Me subí las mangas de la sudadera—. Puedo compensarlo añadiendo limpiar y cerrar las cajas y la barra. Un castigo proporcional por *dejarte tirado un jodido viernes.* Todo el mundo sabe que a partir de determinada hora los baños de los tíos apestan, los desgraciados de tus clientes, que no apuntan bien.

—Los desgraciados de mis clientes son tus amigos. —Dirigió una mirada suspicaz a la mochila y la moví para situarla a mi espalda.

—Los educaré.

—Buena suerte. Llevo intentándolo años.

—Tommy… —carraspeé—. Jefe, no te lo tomes a mal, pero tú tienes una dulce pistolita de agua y yo, otros recursos.

—Nada de peleas.

—¿Por quién me tomas? Puedo persuadirlos sin emplear los puños. —Se quedó pensativo—. Vamos, sabes que soy tu mejor opción. No me iré. Esto es lo único que tengo —bromeé, y la risa me supo amarga.

El hombre se quedó en silencio. Permanecí inalterable, oculté que sus dudas me zarandeaban e ignoré la voz que me susurraba que, si se negaba a contratarme, tendría que revelarle que él era la fina línea que me salvaba de la perdición. Su decisión, la distancia que separaba mis manos de agarrar una fregona o trapichear en el parque. Pasaron unos segundos de incertidumbre.

—Nada de líos o drogas, ¿entendido? —advirtió, y me lanzó una camiseta negra con el logo en el pecho. Acepté—. Controlarás que la mierda de las bandas se quede fuera sin salpicar The Voice ni el *collage* de sus paredes. —Esperó a que repitiese el gesto. Lo hice—. Las rodillas y los tobillos no tienen solución con esta. —Se agarró la barriga—. La columna, sí. Pasarás las cajas cuando vengan los camiones de reparto y quiero poder hacer las facturas encima de la taza del váter de lo limpio que está, ¿entendido?

—Memorizado.

—Pues en marcha. —Rodeó la barra y, mientras me enseñaba dónde estaban la escoba, la fregona y todos los enseres necesarios para que mantuviese mi primera cita con los aseos, dirigió una nueva mirada significativa a la mochila que había dejado en el suelo del almacén. Suspiró, resignado. De algún modo, conocía por lo que estaba pasando—. El sofá del despacho se hace cama. Es cómoda, aunque de una sola postura. Los muelles chirrían como unos condenados y se te clavan. Si algún día se te hace tarde... —Me estaba ofreciendo, con sus propias palabras encriptadas, un refugio. Supongo que así funciona el universo: te quita y te da de una manera inesperada, que tal vez no es la que tú habrías elegido. Aprendes a aceptar lo que viene y a aprovecharlo—. También hay una ducha. Tengo el regulador jodido y el agua siempre sale helada. El frío viene bien para espabilar a los borrachos.

La siguiente media hora se dedicó a seguir mostrándome dónde estaban todas las cosas, los distintos horarios (apertura, cierre y proveedores) y la ley para no ponerme de patitas en la calle.

—Un dólar de la caja en tus bolsillos sin mi permiso y te lanzo de una patada tan lejos que no recordarás el camino de vuelta. —Se cruzó de brazos—. Y con esto ya está todo.

—Me alegra que confíes en mi increíble habilidad detrás de la barra. Aunque, bien pensado, no me vendría del todo mal una visita guiada para...

—Olvídate de la barra. Hoy me han llamado para hacer una entrevista formal. Una entrevista formal... —repitió, arrugó la nariz extrañado y se alejó.

Logré impresionarle. Es lo que tienen las opiniones: nos generamos una de todo y de todos y creemos haber encontrado el secreto de la verdad, descifrado al universo y a las personas, y la realidad es que no tenemos ni puta idea de qué o quién está enfrente. Para el barrio, yo era Damien, Tiger, puede que solo el musculoso negro que imponía respeto a su paso con un aura de liderazgo y seguridad. Y lo era, solo que me acompañaban muchas cosas más, algunas en las que me reconocía y otras en las que me contradecía.

Las leyendas hablaban de baloncesto y heridas de una procedencia incierta que poco se aproximaba a las peleas a la salida de los partidos. No mencionaban al experto en las labores domésticas que se quemó con once aprendiendo solo a planchar, el que hacía las mejores sopas de los Estados Unidos y, en lugar de robar oro, mangaba lejía, limpiacristales y bayetas para mantener un hogar olvidado.

Terminé bastante antes de lo previsto y, a pesar de que Tommy no me felicitó abiertamente, me dejó reunirme con mis amigos y el acoplado de Bill, que se habían acercado a apoyarme antes del estreno. Bueno, para apoyarme Eva y Gavin y el tercero para intentar tirar de influencias y conseguir una copa gratis.

Cuando me acerqué a los sofás, el pequeño de los Hunter podría haberme recriminado que hubiese hecho precisamente la única cosa que tenía prohibida: recurrir a sus hermanos. Sin embargo, me recibió con un bocadillo de beicon con queso que me recordó el hambre que tenía, un «lo siento» dedicado a Lluvia y la promesa de que me compraría unas zapatillas de andar por casa ridículas cuando le confesé mi plan de quedarme en el karaoke hasta que hubiese ahorrado para alquilar una habitación en un piso compartido por la zona.

Estaba sentado de espaldas a la puerta cuando se abrió. Esa noche tocaba tributo de *country*. Los asistentes vestidos con gorros de vaqueros y botas todavía no habían llegado. Se respiraba silencio. Recuerdo que el aire me golpeó y me puse alerta. Olía a ciclón.

—Acaba de entrar la mujer de mi vida —se le escapó a Eva, y dejó caer el bolígrafo con el que hacía los deberes.

Alcancé a observar cómo Bill abría mucho los ojos y trataba de darle un codazo a Gavin en plan «una lesbiana, una lesbiana de verdad sentada con nosotros», y me di la vuelta para centrarme en otra cosa y no soltarle algo de lo que me arrepintiese por su estúpida reacción. Me repetí que era un cliente, que debía interiorizar que… Entonces te vi, Gabrielle, y sufrí un corto-circuito con el que el mundo se detuvo. ¿Qué hacías allí? ¿Qué diablos hacías allí con el pelo empapado, frotándote las manos y dedicándole una última sonrisa a la calle? ¿Cómo? ¿Por qué razón? ¿Eres real?

—No está mal. —Escuché a Bill de fondo sin poder apartar la mirada del modo en el que te deshacías del pañuelo enrollado alrededor de tu cuello y los mechones lanzaban gotas en todas las direcciones—. Puedes aspirar a algo mejor y, cuando la consigas, no habrá quien os saque de mis fantasías.

—Cállate —le avisó nuestra amiga.

—Eh, que para un polvo es aceptable. Yo también le arrancaría el abrigo amarillo y me la tiraría…

—¿El abrigo amarillo? —Vaciló—. ¿Quién habla de esa?

—Hombre, a no ser que te vaya el rollo de que te aplasten en la cama, no va a gustarte la mole humana que está a su lado.

En ese momento, oyendo al idiota con el que debía controlar el genio para mantener el puesto, me di cuenta de que te acompañaba otra chica que no parecía tan convencida y te susurraba algo al oído sin apartar la mirada de la puerta.

—Su pelo… su pelo es fuego. —Por el rabillo del ojo vi que Eva se inclinaba hacia delante, fascinada por la que luego supe que era tu hermana mayor, tanto que ni siquiera contestó al tío al que solo le faltaba hacer la pregunta sobre cómo se acuestan dos mujeres para ostentar el título al imbécil del año.

—Y su talla, la triple equis.

—Bill, haz un favor a la humanidad y deja de hablar —zanjó Gavin—. Espera, ¿qué? Lo tuyo no tiene nombre, Damien, ya hay una haciéndote ojitos. Juro que tienes un método de seducción que escapa a la comprensión humana.

Analizaste lo que te rodeaba y, en mitad de la inspección, me distinguiste. Tus labios se curvaron del mismo modo que… Del mismo modo que la noche en que nos habíamos despedido en el metro, cuya visión no lograba sacarme de encima. Levantaste la mano y, ante la incredulidad de mis amigos, me saludaste como se hace con un amigo con el que te acabas de encontrar por azar, solo que poco tuvo que ver el destino esa vez, tú ya sabías que me encontrarías allí. Te lo había dicho. Me puse de pie en el acto. Tenía que acabar con eso. Ya.

A las personas nos gusta dejar atrás aquello en lo que nos ha convertido el tiempo y jugar a ser otros. Reinventarnos. Saborear vidas distintas sin la sombra de la propia, sin sus fantasmas. Algo así me había ocurrido contigo en el autobús. Me había permitido el lujo de renacer, bajar las barreras y experimentar cómo era aquello de ser el chico que anima a la chica a hacer algo que él mismo no se atrevió, intercambia dulces y dice adiós dejando un recuerdo agradable, dejando una relación fugaz anclada en el pasado en la que él siempre será alguien inventado. Y estabas allí, en mi territorio, con la disposición de seguir conociéndome pintada en la cara. Yo no quería eso. Yo no quería que supieses quién era. Yo no quería ser testigo de tu decepción al descubrir que... que en solo dos tardes habías visto todo lo bueno que tenía que mostrar al mundo.

—¿Qué haces aquí? —Tu hermana dio un paso atrás.

—No pasa nada, Kitty. Solo es un adicto a las galletas con tendencia a gruñir. —Clavaste tus ojos en los míos—. Vaya, Gabrielle, ¡qué alegría verte! —Chasqueaste la lengua—. No te pega. Mejor: Hola, Gabrielle, ¿qué tal estás?

—¿Qué haces...? —No me dejaste terminar.

—Te ofrezco una guía para principiantes sobre cómo funciona la comunicación entre las personas. Es sencillo, solo tienes que repetirlo y... —Te interrumpí.

—¿Qué haces aquí? —El pelo húmedo te tapaba buena parte de la cara. Mis dedos se movieron solos y se enredaron para colocártelo detrás de la oreja. Tú no pareciste inmutarte y yo no me esperaba temblar por dentro. Bajé la mano al hombro—. Este no es tu sitio. Ponte el abrigo y te acompaño a la puerta...

—No.

—¿Perdón?

—Ya le has escuchado. —La pelirroja se unió a mi equipo de abandonar el tugurio de mala muerte a la mayor brevedad posible—. Venir no ha sido buena idea. En qué estábamos pensando...

—En que necesitamos dinero —contestaste a tu hermana, y te volviste hacia mí—. Me dijiste que se habían ido dos camareras y he concertado una entrevista formal con el dueño, así que, si no te importa, voy a esperarle.

—Sí que me importa.

—Contigo siempre hay que utilizar las palabras correctas. Voy a esperarle te importe o no. —Te sentaste en el taburete con la espalda erguida y las manos sobre las rodillas. Si tu hermana, a la que probablemente no le habías mencionado que me conocías, flipó, imagínate mis amigos. En el Bronx nadie se atrevía a hablarme así, nadie que valorase su cara, digo, y, por el modo en el que la pelirroja abría la boca, tú tampoco acostumbrabas a hacerlo en tu piso con vistas al corazón de Manhattan ni en el colegio de élite.

—Gabrielle... —bajé la voz—. Puedes conseguir curro sirviendo té a pijos en uno de los clubs a los que pertenece tu familia. Te garantizo que es mejor opción que poner chupitos de *whisky* a una panda de borrachos.

—Debatiría mi amplio abanico laboral si no hubieses dejado clara tu postura nada más verme. Este no es tu sitio —me imitaste. Estabas herida. No comprendías mi cambio de actitud.

¿Cómo te explicaba que yo era eso allí, un bruto de corazón helado? ¿Cómo te explicaba que en este mundo yo era el único de mi manada y tenía que defenderme de los depredadores, sobrevivir, que no vivir? ¿Cómo te explicaba que solo tenías que largarte, volver a la parada de autobús y podría relajarme sin delatarme delante de todos?

—¿Tienes experiencia de camarera?

—No.

—Lo siento, buscamos a alguien con un mínimo de...

—¿Hemos creado un departamento de recursos humanos y no me he enterado? —Tommy el Gordo asomó por detrás y se colocó entre nosotros visiblemente molesto.

—Te ahorro trabajo. —Volví a la carga—: ¿Sabes echar una cerveza de grifo?

—Aprenderé.

—Nuestros clientes no admiten espuma de afeitar en vaso de medio litro. Descartada.

—Contratada. —Mi nuevo jefe me calló la boca al darte el puesto. Sospecho que solo lo hizo para llevarme la contraria y bajarme los humos. O puede que él viese un poco más: una niña bien que recurría a la otra punta de la ciudad solo podía hacerlo por un motivo, era su única opción—. Acompáñame a mi despacho para hablar de las condiciones.

—Vas a arrepentirte, jefe…

—Chaval, si quieres que tú y yo nos llevemos bien, aprende a respetar mis decisiones.

Empezaste esa misma noche. Tuviste suerte. Los amantes del *country* estaban más preocupados en interiorizar las letras de las canciones desgarradoras que en reparar en tu condición de novata. Rompiste algún que otro vaso y te liaste con las comandas, aun así, les caíste en gracia. Eras amable y contabas con la magia de tu sonrisa, la de amansar la exigencia de las fieras y relativizar hasta que solo quedaba tu voz pidiendo perdón por confundir el tequila con el ron y tus pies revoloteando detrás de la barra para poner el siguiente chupito.

Te topaste con todos los ingredientes para agobiarte. La cola que se formó delante de la barra. Tu hermana incómoda en un rincón. Los comentarios groseros de los pestuzos de última hora de los que Tommy te defendió. Y yo. Yo fui el principal obstáculo. Tenso, con los dientes apretados y nada dispuesto a ponértelo fácil después de que me hubieses ganado la batalla sin pestañear.

Fui un cabrón al ignorarte cada vez que te veías sobrepasada y buscabas ayuda, pero, sobre todo, fui un cabrón al no hablarte ni preguntarte si todo iba sobre ruedas como asegurabas o vestías una máscara. Parecías tan entera que ni siquiera dudé si estabas bien. No lo hice hasta que tu turno terminó y Kitty fue a por el coche mientras esperabas a que Tommy te pagase las propinas de la noche.

Te mantuviste serena y, en cuanto cerró la puerta, cediste a toda la presión y te derrumbaste sobre la barra. Fue la primera vez que te vi realmente mal, con la cara enterrada entre las manos y frotándote los ojos. Fui testigo involuntario de tu secreto: el tragártelo todo para fingir que las cosas estaban en su sitio y no explotando a tu alrededor. No me gustó. Me sentí basura. Corrí al almacén donde guardaba mi mochila y dejé el cargador de nuestros cepillos de dientes encima de la barra. Levantaste la cabeza poco a poco.

—Para ti.

—¿Es tu manera de pedirme perdón?

—Se parece.

Tenías los ojos rojos y la respiración acelerada por el agobio. Deseé sortear la barra y abrazarte para apartar toda la tristeza. Me asusté del modo en el que mi corazón bombeaba por algo tan simple como imaginarlo.

—¿Funciona?

—Depende de si sigues tratándome como un capullo el próximo turno.

—¿Vas a volver?

—Damien, no es una elección.

—¿Tan mal está la situación?

—¿Tarjetas bloqueadas y amigos de papá que se alejan para que no los relacionen con nosotros? No, todo bajo control. —Tu sonrisa apagada me partió el alma.

La conciencia de mis bolsillos vacíos se incrementó mientras colgabas el delantal y salías de detrás de la barra. Habría sido el momento de ofrecerte algo, una solución a tus problemas, por ejemplo. No tenía nada, solo un puñado de demonios con los que luchar y mis manos. Mis manos. Les di la vuelta, observé las palmas y ladeé la cabeza. Mis manos…

—¡Gabrielle! —grité mientras abandonaba el local por impulso. Ni siquiera me di cuenta de que me enfrentaba a una tormenta brutal ni recordé lo mucho que odiaba cuando el cielo descargaba de ese modo. Solo quería encontrarte y…–. ¡Gabrielle! –levanté de nuevo la voz al ver que corrías con el bolso cubriéndote la cabeza–. ¡Gabrielle!

A la tercera, conseguí que tus pies frenasen y girases sobre tus talones. Las gotas nos empapaban a los dos y el manto de lluvia casi me impedía verte. Despegaste los labios y lo que fuese que ibas a decirme quedó eclipsado por el movimiento de mis dedos cuando estuve lo suficientemente cerca para distinguir tus delicadas facciones a través del manto descontrolado de agua.

No sé qué parecía el folio que salió volando en tu dirección. Tal vez un avión o una pelota mal hecha. Supongo que tuviste que emplear toda tu imaginación para interpretar que se trataba de una de tus grullas. La recogiste, pero todavía parecías dudar… Hasta que leíste el interior, un «Todo va a salir bien» de mi puño y letra.

Fue suficiente.

Bastó para que sonrieses y me dieses una nueva oportunidad antes de marcharte. Lo hiciste tranquila, levantaste la cabeza hacia la tempestad y abriste los brazos para recibirla. Entonces agitaste las manos y me di cuenta de lo equivocado que había estado al pensar que no podías nadar bajo la lluvia y que ese no era tu sitio.

Ángel, a ti no solo te pertenecía ese lugar, a ti te pertenecía el mundo.

A ti siempre te he pertenecido yo, incluso en los días en los que el miedo me cegaba y te apartaba de mi lado. Nadie puede ver acercarse el sol sin temer quemarse.

CAPÍTULO 8

DE GABRIELLE A DAMIEN

Desde la Clínica Betty Ford, Rancho Mirage, California, 2014

Trabajar en The Voice of the Chest atendía a una razón, bueno, a varias, aunque nadie, ni siquiera tú, entendía por qué lo hacía. Las cuentas bloqueadas no situaban exactamente a los Thompson en bancarrota. ¿Mentí a Tommy el Gordo? No. Entonces, ¿por qué? ¿Cómo encajaba necesitar si guardaba dólares en la cartera? La decisión fue simple o, al menos, fue simple para mí.

Estaba agobiada, por todos, por todo y por la incesante presión de tener que elegir un futuro que para mí seguía siendo una incógnita. Ojalá hubiese sacado la genética familiar que sí poseían Kitty y Adele. Ellas, desde muy pequeñitas, vislumbraban la meta. Tanto es así que mi hermana mayor a veces avanzaba tanto en el tiempo que era capaz de llorar con los hipotéticos (muy reales para ella) logros.

Yo lo intentaba para dar la razón a la gente que aseguraba que era una chica sensata con buen juicio. Me sentaba en el escritorio armada con papel y bolígrafo, hacía balance de las cosas que se me daban bien y acababa atracando la nevera mientras me sentía el ser humano más irresponsable del planeta. En mi cabeza

147

habitaba una especie de niebla en la que lo único que se escapaba a la densidad de su blancura no podía ser. La fotografía. Arte, el gran repudiado. Y no era tan valiente como la pelirroja como para abrazarlo y acabar con todas las expectativas que alguien, no sé quién, había decidido que debía cumplir.

Buscar el número del karaoke y llamar para solicitar una entrevista fue mi particular acto de rebeldía, rebeldía ante mí misma y el insultante modo de ceder al que sucumbía, aunque en ese momento no lo identifiqué. En ocasiones, nos ayudamos sin darnos cuenta, como un acto reflejo de protección de nuestra propia naturaleza oculta. Quería demostrarme que era capaz de hacer cosas que nunca habían estado en la baraja de posibilidades y ya de paso lograrlo sin utilizar mi apellido en la carta de presentación. Ser solo yo y tirar hacia delante, pero, como te comentaba, el círculo que me envolvía no lo comprendió.

—Administración y Dirección de Empresas o Contabilidad. —Aria soltó algunos programas de universidades que había impreso sobre la barra. Llevaba un par de semanas, puede que tres, trabajando bajo las órdenes de Tommy el Gordo y por fin había conseguido que mi mejor amiga y mi novio me acompañasen sin temer que los atracasen, pegasen o les pegasen mientras los atracaban—. Mi madre podría enchufarte en los negocios…

Ajá. La misma madre que había contratado informáticos para que borrasen toda huella digital en la que saliese con mi padre. Evité mencionarlo.

—¿Matemáticas y Estadística para Gabrielle? ¿La misma Gabrielle que hace cuentas con los dedos de las manos para sumar? —Logan se sentó en el taburete al lado de mi mejor amiga y echó una mirada furtiva a tus colegas, más bien a sus exageradas risas desde el sofá, y se aseguró de que la cartera seguía en el bolsillo de sus pantalones caquis ceñidos.

—¿Se te ocurre algo mejor?

—Letras. Filosofía, Historia…

—Claro —la morena le interrumpió—, porque de todos es sabido que las reflexiones de hombres muertos sirven para… —¿ampliar perspectivas y pensar?– ser la chica más mona de la cola del paro.

–¿Qué opinas de Historia?

–Logan, cariño, Gabrielle no supo hasta sexto grado que California no firmó la declaración de independencia.

–Lo había olvidado. –Mi novio frunció el ceño con seriedad y se pellizcó el puente de la nariz–. Algo habrá para lo que valga. Tendremos que hacer un estudio de sus puntos fuertes... –Ahí estaba el jugador de ajedrez preparando la estrategia, solo que, en lugar de proteger a la reina, buscaba que yo avanzase y, por su cara, daba la sensación de que era más complicado que ganar a Magnus Carlsen o Garri Kaspárov–. A ver, pensemos con claridad, Gabrielle es buena en... –¿Nada?–. Gabrielle es...

–Una inepta, dilo –murmuré.

–¿Comentas algo, nena? –Reparó en mi presencia tras el mostrador, mientras me ponía el delantal.

–Se os va a hacer tarde para la barbacoa. –Les mostré el reloj.

Había una fiesta. A esa edad siempre hay una, y la asistencia es casi obligatoria, al menos cuando formabas parte de la pequeña élite de compañeros a los que habían invitado a comer hamburguesas a la brasa en la terraza del ático de Brooklyn de Justin, miembro del equipo de ajedrez de Logan, y el motivo principal de que mi nombre estuviese en la selecta lista.

–Faltan más de dos horas –repuso el rubio.

–Y ella necesita tres para estar lista. Ya llegáis tarde –apunté a una Aria a la que no le quedó más remedio que darme la razón.

–Amor, ¿podrías refrescarme la memoria y recordarme por qué tenemos que ir juntos?

–Debes suplir el espacio de mi mejor amiga –se adelantó Aria–. Al menos el de la entrada triunfal hasta que reconozca a alguien que me caiga mejor que tú y pueda abandonarte sin el temor de convertirme en una marginada. No te preocupes, el noventa y nueve por ciento del instituto cumple ese requisito. –La morena se ganó que mi novio le enseñase el dedo corazón con su:

—Que te den. —Colocó los codos sobre la barra y se inclinó hacia delante. Tenía el cuello irritado porque todavía no había pillado al truco de eso que llaman afeitar. También olía a mi primer beso, ese que nos habíamos dado a escondidas en el cuarto de Aria en la fiesta de su quince cumpleaños, cuando su cara repleta de pecas me pareció un universo por descubrir y su mano, el lugar en el que mejor encajaban mis dedos—. ¿Por qué no vienes? Pide la noche libre o algo así. Lo pasaremos bien.

—Acabo de empezar… —dudé. Últimamente no pasábamos tiempo juntos… No compartíamos tiempo de verdad, porque el choque rápido de labios resecos entre clases, hablar rodeados de personas y chatear antes de caer rendida en la cama carecía de complicidad. Nuestros segundos, los que nos pertenecían y en los que nos encontrábamos, requerían conversaciones sintiendo la respiración del otro, silencios en los que la piel tomaba la palabra y él sonriendo de lado cuando descubría una nueva pestaña tan clara que casi parecía oro. Sin embargo…

—Ni lo sueñes, ángel. —Apareciste para revisar qué faltaba en las neveras y reponerlo antes de que viniese el grueso de público—. Si te largas como dice… ¿Cómo se llamaba tu novio?

—Logan. Me llamo Logan —te respondió con cara de pocos amigos. No le caías bien. Él a ti tampoco. Estabais en paz—. Logan —repitió.

—Si te largas como te dice *Logan*, estamos perdidos. Es noche de batalla.

—¿Batalla?

—Calma, rey, solo es un juego de letras. No vamos a sacar recortadas, pinchos ni nada por el estilo. Batalla de rap —aclaraste—. Y eso es muy diferente a todo lo que hemos vivido…, por muy intensas que hayan sido el resto de las noches —añadiste con una sonrisa pícara a la que respondí poniendo los ojos en blanco.

Llevabas razón. No en la supuesta intensidad de unas noches en las que casi no habíamos hablado más allá de «pásame un trapo» o «vigila a ese, que tiene más alcohol que sangre en las venas». Llevabas razón en que lo que iba a desarrollarse esa noche en el escenario era muy distinto a los tributos de *country*, pop o *rock* de los ochenta, los clientes que venían crecidos después de una cena con un par de copas de más o el talento de las voces solitarias que subían en busca de un altavoz por el que fluir.

Estaba a un paso de descubrir algo increíble, la improvisación de unos artistas capaces de fusionar lo que traen los sentidos con lo que activan dentro y de materializarlo en forma de palabra. Estaba a un paso de seguir sin saber que, dentro de los componentes del estilo, la entrega era la cadencia y el tono, el *flow*, el ritmo, y la rima y el contenido, lo que se dice, y, aun así, no abandonaría ese local sin experimentar su magia, el hecho de que cada intervención me contaba una historia.

—Va a ser todo un espectáculo. —Te quitaste la sudadera, me guiñaste el ojo para provocar y te marchaste. Surtió efecto.

—Llamar espectáculo a un grupo de barriobajeros soltando palabrotas sin sentido es una ofensa para los verdaderos músicos. —Logan se cruzó de brazos y te siguió con la mirada hasta que entraste en el almacén.

—Perdona, los músculos han hecho que el cerebro desconecte y despierte otra zona más al sur. —Aria revisó su atuendo y chasqueó la lengua. Conociéndola, supe que la próxima vez que viniese al karaoke no faltaría un buen escote o una minifalda. Acerté—. Qué calladito te lo tenías…

—¿Qué?

—Añadir a la pobre Gabri que trabaja los fines de semana en un antro de mala muerte el detalle de que lo hace con un monumento de tales características. Confiesa, ¿cuántas cervezas han pasado a mejor vida observando cómo se tensan esos brazacos?

—¡Eh, que estoy aquí! —se quejó Logan.

—Lo sé, por eso lo hago.—Mi amiga se encogió de hombros, coqueta.

—Nena…

—El resultado es cero, Aria. Lamento decepcionarte, pero no lo miro de esa manera.

—¿La manera de agradecer la bendición de la vista?

—La manera de desnudarlo con los ojos…

—Si solo fuera eso… Ya hemos echado tres polvos y en uno tú nos estabas espiando. —Le pegué un codazo y solté una carcajada, que me tragué al ver la cara de mi novio.

Logan se fue poco convencido, a pesar de que le aseguré que Aria era una exagerada y todo lo que hacía tenía como fin molestarlo, ya fuese en el karaoke o en su vida en general. Tuvo un arranque repentino de celos gracias al cual pude añadir algo de lengua a nuestras despedidas a base de besos castos con los que me quedaba hambrienta. Por su parte, mi amiga aprovechó el abrazo para recalcar que no tenía sentido buscar en internet fotos de nuestros actores favoritos ligeritos de ropa cuando el universo me plantaba en todas las narices una oportunidad así, a ti, y yo te dejaba pasar.

—Mirar y fantasear no es infidelidad. —Me revolvió el pelo y ella y mi novio desaparecieron y me dejaron sola con Tommy el Gordo y la *pizza* que comía en su despacho, tus amigos relajados en los sofás y… tú.

Al salir, te observé… con curiosidad didáctica. Cargabas una caja y parecías agotado, hasta que te percataste de mis ojos persiguiendo tus movimientos y cambiaste de actitud tras colocártela sobre el hombro como si nada. Sonreí.

—¿Te estás riendo de mí? —Me rozaste intencionadamente al pasar y abriste el congelador.

—Uno de los dos tiene que hacerlo para rebajar toda esta tensión.

—¿Sexual?

—Perteneces a la *friend zone*, lo siento, colega.

—¿Colega? Si vas a cambiarme de apodo, que sea por uno que le haga justicia a tamaña desfachatez. Déjame pensar. —Te colocaste la mano en el mentón—. Bollito de chocolate.

—¿En serio te gustaría que te llamase bollito de chocolate? —Reprimí una carcajada.

—Solo si le añades mío, *bollito de chocolate mío* —bromeaste—. Venga, va, fuera coñas, ¿cómo dices que se abandona la *friend zone* y se regresa a la de montárselo en los callejones?

—No hay vuelta atrás.

—¿De ninguna manera?

—Me temo que no.

—*Friend zone*… Para eso hemos quedado. —Tamborileaste con los dedos sobre la superficie metálica—. Toma. —Me tendiste una Coca-Cola para que la colocase—. Los amigos se ayudan, ¿no?

—Juegas sucio.

—Aprendí de ti, doña te enseño las galletas como cebo para que abandones tu maravilloso asiento del autobús, aunque si te replanteas los términos de nuestra relación…

—Dame.

Eras más meticuloso de lo que parecía a primera vista. Casi se podría decir que un poco maniático del orden. Te gustaba que las botellas estuviesen a la misma altura y que ninguna sobresaliese por delante de las demás, y me pareció entrañable que cuidases las etiquetas del envasado, como si alguien de allí se fuese a dar cuenta de que una esquina estaba despegada.

A ti no se te descubriría a lo grande. A ti se te descubriría en los pequeños momentos que puede contener un viaje en autobús o recolocar una nevera. Solo así te relajabas y permitías apreciar que, aunque parecías alguien a quien le resbalaba todo, en realidad estabas atento a cada detalle, a los de un trabajo al que te entregabas con mimo y a los de una chica que nunca fue invisible a tu lado.

—Hoy. —Cerraste la nevera cuando terminamos.

—¿Podrías ser más específico?

—Hoy me he enterado de que California no firmó la declaración de independencia. —Ladeé la cabeza y mantuviste la mirada verde esmeralda sostenida sobre la mía un segundo antes de apartarla.

—¿De verdad?

—No. Y saberlo desde el colegio no me convierte en alguien más inteligente que tú. —Aclaraste la garganta—. Igual que no lo es tu novio Jonás ni la chica que no deja de mirarme el culo. No permitas que te hagan sentir así, pequeña, como si no fueras interesante o necesitases su torre de programas de universidades para algo más que para hacer grullas, como si no tuvieras la propaganda de un curso de fotografía escondida en el bolsillo del abrigo —dijiste, y te fuiste.

Me sacudió un escalofrío. Habías encontrado un secreto que buscaba dejar de serlo asomando en lugar de estar protegido. Contenía un curso de fotografía en Nueva York en una escuela que carecía de profesores distinguidos o fama. Sin embargo, el centro era barato y te enseñaban a fijar el objetivo, disparar y tratar la imagen. ¿Qué más necesitaba? ¿Ganas? De eso tenía para repartir. Existían tantos instantes, personas, animales, paisajes, colores y formas del viento que inmortalizar...

Me estremecí y te busqué. Seguía sugestionada por los comentarios de Aria y el eco de la cadencia de tu voz bailaba un vals en mi interior. Me di cuenta de tonterías, como que probablemente eras la persona con los ojos más verdes que conocía, también la más fuerte, y me descubrí calculando a qué altura de tu pecho apoyaría la cabeza si me abrazaras. El modo en el que se me encogió el estómago me asustó y, como era de reacción lenta y tenía vasos en las manos, provoqué un estruendo en la barra. A lo lejos asomó tu sonrisa ladeada.

—Se ha dado cuenta de que lo miras, finge alguna cosa para bajarle los humos y te sigo la corriente. —No era la primera vez que veía a Gavin. Sí que intercambiábamos palabras. Habitualmente, él prefería torturarte a ti—. O vienes con nosotros como si no hubiese pasado nada y, si se atreve a decirte algo, se las tendrá que ver conmigo. Soy un escudo humano inmejorable —ofreció, y lo hizo con ese gesto tan suyo en el que el diastema quedaba al descubierto, se le acentuaban los hoyuelos de las mejillas y no te quedaba más remedio que pensártelo.

—No quiero molestar y si os apetece tomar algo...

—Nosotros sí que queremos molestar, queremos molestar a Damien, así que él te cubre de camarero. —Moví el peso de una pierna a otra—. ¿Qué te retiene? ¿Una barra vacía? ¿Le estás dando al tequila cuando nadie te ve?

—Si así me asegurase de dejar de confundirlo con el vodka, le pegaría duro.

—Encima tienes sentido del humor. Ahora ya no es una consulta, ahora te exijo que compartas sofá con nosotros.

—¿Me prometes que no interrumpo nada?

—A Eva y a mí intentando hacer los deberes antes de que llegue todo el mundo, guardarlos y emborracharnos. Emborracharse ella, yo me haré el pedo. —Se llevó un dedo a los labios para que mantuviese su secreto—. Bien pensando, podrías echarnos una mano.

—Si todo esto es una estrategia para que yo termine haciéndooslos, me veo en la obligación moral de avisarte que doy el perfil de chica lista de instituto privado, pero te aseguro que he suspendido más veces que los dos en conjunto.

—Vaya, adiós a mi plan de sugerirte que te pintes de negro y te hagas pasar por mí en los exámenes finales. —Chasqueó la lengua y me reí.

Esperó a que me decidiese.

Salí del pequeño cubículo que había sido mi porción de espacio seguro desde la entrada en The Voice of the Chest para dirigirme al tuyo. Algo me decía que, con Gavin, el que hasta entonces solo había sido el chico de la gorra que rara vez se separaba de tu lado, sería sencillo. Por el contrario, Eva…

—Respira, se ha pillado por tu hermana por no sé qué movidas de las llamas en el pelo, así que va a estar suave como la seda. —Tu mejor amigo me susurró la bomba antes de dejarse caer enfrente de la chica.

El flequillo le tapaba el ojo izquierdo a la morena y, menos mal, porque solo con la visión imperturbable del derecho ya comencé a buscar unas mangas que no tenía para bajar y me froté las manos. Imponía. Imponía mucho.

—¿Qué haces? —consultó Gavin, que palmeó para que ocupase un lugar a su lado. Lo hice sin estar del todo convencida.

—Un trabajo sobre el machismo del lenguaje.

—Oh, sí, orgasmo de palabras. Dame más…

—Desarrollo cómo los atributos sexuales masculinos se asocian a lo positivo y los femeninos, a lo negativo. —Carraspeó—. Véase, «esto es la polla» versus «esto es un coñazo». —Tu mejor amigo estaba preparado para contestar, tanto que se echó hacia delante y abrió la boca. Entonces, Eva me señaló con la barbilla—. ¿Tú qué opinas? —Y agarró el bolígrafo como si realmente esperase que lo que iba a soltar fuera válido para incluir el comentario en un trabajo.

—No lo tengo claro...

—Piensa —me instó—. Me interesa un punto de vista fresco, el de este y aquel me los sé de memoria.

Aria y Logan nunca habrían recurrido a mí para añadir un testimonio en sus deberes. Bajo ningún concepto. Ellos ya lo sabían todo. Que una desconocida confiase en mi criterio supuso un reto y me concentré para ir deshaciendo el nudo hasta llegar a una conclusión, que pronuncié en voz baja por temor a despertar una carcajada por parte del receptor, como solía ocurrir, solo que con ella fue diferente.

—Supongo que no se reduce solo a atributos sexuales... —Como parecían interesados, fui subiendo el tono sin darme cuenta al ritmo que me relajaba—. Por ejemplo, «eres una nenaza» o «eres un machote».

Comenzamos un debate (¡un debate!) y no sé muy bien qué argumento mantenía, solo que me sentí más plena y válida que nunca con unas personas a las que la sociedad no hacía profundizando en temas tan apasionantes. No sé en qué grado influyó que Eva le tuviese echado el ojo a mi hermana, pero sí que me aceptó desde el inicio. Y tú, Damien, tú no pudiste ocultar que verme con ellos te gustaba... Verme entrar en tu mundo y, en lugar de huir, compartir pensamientos en un sofá.

Fue algo nuevo. Algo que provocó que los minutos se diluyesen hasta alcanzar una velocidad desconocida y, como consecuencia, me despisté. Súmale que la gente llegó de golpe. A diferencia del resto de las noches, en las que las personas acudían paulatinamente y te daba tiempo a adaptarte a la multitud, los raperos venían y pedían en grupo. Vestían camisetas holgadas, pantalones vaqueros anchos, sudaderas de capuchas grandes y brillantes y bandanas de colores vivos sobre las que colocaban gorras. Algunos también usaban joyas de oro o platino con cruces exageradas, *grills* cubriendo algún diente y gafas de sol de montura cuadrada. En lo que todos coincidían es en no haberse quitado todavía la chaqueta Starter, miliar o de cuero estilo Pelle Pelle antes de situarse frente a la barra y enumerar las bebidas como si mi capacidad de retentiva fuese más propia de la Nasa y no de una camarera novata.

Debo reconocer que al principio me sentí incómoda, por sus pintas y el modo suspicaz en el que me observaban. No me ajustaba a la clase de trabajadoras que pensaban encontrar allí y ellos respondían al perfil con el que en otras circunstancias me obligaba a bajar la mirada y seguir andando. Los juicios navegaban en ambas direcciones, solo que ignorarnos o pasar de largo disimuladamente no era posible. Estábamos condenados a entendernos, encerrados en el mismo espacio, al menos, si pretendía conservar mi puesto.

Tommy el Gordo se dio cuenta y depositó una botella de *whisky* en los estantes de debajo de la barra al son de «La casa invita a un chupito si te confundes o les haces esperar hasta que pierdan la paciencia». Revisó mi cara para asegurarse de que lo había comprendido y acabó trayendo un par más. No fue el único. Gavin y Eva se sentaron en los taburetes y se hicieron con un servilletero en el que tu mejor amigo apuntaba las comandas cuando se daba cuenta de que parpadeada atorada por el cúmulo de información para tendérmelo con disimulo por encima de la superficie resbaladiza.

Sí, ellos me facilitaron el trabajo. Ellos y tú. Apareciste en el momento más crítico. Los clientes me gritaban lo que querían cuando iba andando de un lado para otro, acelerada, y pretendían que no solo escuchase sus berridos por encima del jolgorio, sino que los memorizase y atendiese con prioridad y sin rechistar. Por supuesto, llegó un punto en el que las voces se mezclaban, ya no sabía quién narices me había chistado y solo sudaba, sentía las manos entumecidas y notaba que iba a explotar y a mandar a la mierda a la siguiente persona que me tratase como una esclava para luego correr y encerrarme en el almacén las siguientes cinco horas. Una chica destacaba por encima del resto.

—Eh, tú, blanquita, ¿acaso no te gusta mi dinero? —«Sí, es exactamente eso y no que tenga ganas de llorar porque me veo desbordada», pensé con ironía al tiempo que guardaba el dinero en la caja registradora—. Hemos cambiado de año desde que estoy esperando. —Apreté los puños, tomé aire e inspiré y espiré para eliminar el instinto asesino que estaba anidando en mi interior. Me giré con una sonrisa y las manos se movieron solas a por la botella de *whisky*.

—Estamos hasta arriba. La casa se disculpa con un chupito de... —La chica, que tenía el pelo trenzado y unos aros enormes que pendían de sus orejas, no me dejó terminar.

—¿La casa? La camarera lenta se disculpa por su pésimo servicio —hasta ahí, bien—, y su cara de mosquita muerta. —Encendió una rabia que desconocía que habitaba en mi interior.

—La camarera lenta se disculpa por su pésimo servicio y su cara de mosquita muerta... —repetí mientras vertía el líquido, y el resto me salió solo a la vez que levantaba la botella—, ante la clienta prepotente que necesita cerveza y clases de educación con urgencia.

—¿Clases de educación? —Sonrió con un tic tenso en el labio—. Sal fuera y te demuestro lo educada que soy con un abrazo de reconciliación...

—Ahora mismo —afirmé, y me quité el delantal.

Alguien silbó, solo que en esa ocasión el ruido no venía seguido de una relación de bebidas que servir, se avecinaba pelea. Ellos lo sabían y yo lo intuía. Me daba igual. No sé qué me pasaba más allá de estar harta, agotada y con el juicio nublado por el trato recibido. Mi experiencia con la violencia se limitaba al acontecimiento aislado a la salida del instituto en el que no salí muy bien parada. Nada hacía prever que había mejorado en el arte de repartir, como mucho podría ir a peor, y, sin embargo, no me detenía. No lo hice hasta que te encontré enfrente con los brazos cruzados y negando con la cabeza.

—¿Dónde crees que vas?

—Me han ofrecido un abrazo.

—Ni lo sueñes.

—Soy una persona cariñosa…

—A la que la sangre no le riega el cerebro.

—¿Es una orden?

—Es un consejo.

—¿Y si no te hago caso?

—Tendrás que noquearme porque no pienso moverme. —Me mordí el labio y observé tu aura imponente, que ocupaba cada centímetro que separaba el hueco de la barra de la pista—. ¿En serio te estás planteando cómo derribarme?

—Puede. —Casi pareciste divertido, y tu reacción me hizo sentir una niña tonta que estaba a punto de hacer una estupidez al verse sobrepasada por todo, por todos y por ella misma.

—No tienes posibilidades ni de dejarme atrás ni de ganar un cuerpo a cuerpo con Celine. —Fui a exponer mis objeciones cuando te agachaste para quedar a mi altura—. No se han portado bien contigo, ¿y qué? Están de paso. Son manchas borrosas demasiado fugaces para verlos, demasiado efímeros para que nos importen. —Volví a abrir la boca para quejarme. Entonces tu palma acunó mi mejilla. Fue la primera vez que sentí tu piel como caricia. Temblé—. Existen los que se quedan, los que nos quedamos, nosotros, tú y yo, yo y tú… Y te prometo que todo acabará en cuanto se enciendan los focos y los raperos suban al escenario. Antes, déjame hacer mi trabajo. —Trazaste círculos con tu pulgar que provocaron que ascendiese una oleada de calor por mis piernas que terminó instalada en mis mejillas. Te diste cuenta y, en lugar de soltar algún comentario, tragaste saliva y se te aceleró la respiración—. Tommy no quiere líos, sin importar que sean bandas o camareras que se acaban de dar cuenta de que este sitio no es precisamente bonito. —Torciste el gesto. Siempre tuviste esa mala costumbre, ¿sabes? La de responsabilizarte de todo, como si por haberme hablado del karaoke, tú tuvieses la culpa de que yo hubiese solicitado el empleo con total libertad y una chica me quisiese partir la cara por haberle replicado.

—Le faltan globos y alguna flor para resultar más acogedor. Por lo demás, no difiere mucho de The Box.

—¿Comparas esto con un bar ambientado en un antiguo cabaret? Estás perdiendo el juicio.

—Ya te he dicho que faltan por pulir algunos detalles de la decoración. Por lo demás, sí. —Sonreí—. Cambia «sal fuera» por «tú no sabes quién soy yo» y estarás en el East Village. La gente es desagradable en todas partes, no solo en el Bronx.

Nos costó separarnos, para qué vamos a mentir. Busqué algo que justificase mi actitud y encontré la excusa perfecta al percatarme del ligero escozor de ojos, como si lo hiciese, permanecer a tu lado, para que nadie me viese si rompía a llorar. Intenté adivinar con qué cuento te estabas engañando tú para robártelo si era mejor. Sin embargo, me topé con una mirada que a día de hoy continúa siendo indescifrable, igual que el modo en el que tragaste saliva.

Las personas que nos rodeaban también se dieron cuenta y llegaron a sus propias conclusiones.

—Tiger se está tirando a la niña bien —pronunció el desconocido de las paletas delanteras de oro cuando caminabas hacia Celine, y te giraste para asegurarte de que te había hecho caso y seguía detrás de la barra.

—Sí, se la está tirando —concedió su acompañante—. Y debe tener un coñito prodigioso, ¿le has visto antes tan pendiente de alguien? —El otro sacudió la cabeza y los dos me observaron con renovado interés.

Me gustó eso. No el hecho de que un par de desconocidos me repasase sin pudor como si tuviesen derecho y yo tuviese que sentirme halagada. Me gustó que no hiciese falta un interés añadido ni cualquiera de las cosas que pensaba la gente que nos rodeaba para que nos respetásemos, nos protegiésemos y nos cuidásemos como dos personas que comparten mundo y saben que solo así este será mejor. Me gustó que todo el universo fuese ruido y nosotros, la música que no alcanzaban a escuchar.

Éramos notas, Damien, lo éramos…

En un mismo pentagrama.

Buscando encontrarnos en mitad de la melodía.

Y no fue la única vez.

—Dame dos chupitos —pediste desde el otro lado, los serví y, mientras los recogías, dejaste una palabra de esas que buscabas en tu diccionario—. Resiliencia, ángel, resiliencia —pronunciaste antes de marcharte.

—Capacidad de adaptación de un ser vivo frente a un agente perturbador o un estado o situación adversos. —Gavin recitó el significado. Brindaste con Celine y, mientras sostenías ambos vasos en la mano, le susurraste algo al oído. Al principio, ella no me quitaba la vista de encima, poco a poco fue cayendo bajo tu embrujo de coqueteo, sonrisas y caricias, hasta que se olvidó de mi existencia.

—¿Van a…? —no terminé de preguntar a tu mejor amigo, que, aun así, me contestó.

—¿No se acuesta con todas? —lo dijo con un tono de voz cansado.

Sus ojos se concentraron en los míos y tuve la intuición de que valoraba si también acabaría sucumbiendo y, lo más importante, si sería diferente. Debió obtener su respuesta, porque me pidió una cerveza y, cuando le pregunte «¿Sin?», contestó:

—Con.

Llevabas razón. El ajetreo de la barra disminuyó cuando el *speaker* subió al escenario y fue llamando a los participantes con una estrambótica presentación. La multitud se arremolinó a sus pies y reinó un silencio que terminó cuando empezó la actuación. El rap era colaborativo. Una persona cantaba con el ritmo de su cuerpo y su voz en busca de la respuesta de un público, conforme o no, siempre involucrado. Había un marcador. Cada artista tenía dos minutos y medio y los aplausos decidían quién salía victorioso de la batalla y pasaba a la siguiente ronda.

Lo importante era el mensaje, lo que tenían que transmitir a la mente y al alma, la velocidad de sobreponerse y un discurso improvisado capaz de crear imágenes nítidas en tu cabeza y demostrar que el lenguaje claro y sencillo también podía enredarse, subir y bajar hasta dibujar figuras hermosas, crudas y reales. Era una verdad. Su verdad. Y existen pocas cosas más emocionantes que escuchar en directo a un corazón sin filtros.

Uno como el tuyo.

Cuando por fin tuve un respiro que me permitió descansar dos minutos seguidos, te distinguí en una esquina de la sala. Apartado. Sin rastro de Celine o tus amigos. Solo. Seguías con atención lo que ocurría debajo de los focos y movías los labios en una réplica muda. Lo estabas haciendo, Damien, o, mejor, Tiger Ocean, el arte que tantas cosas te daría, porque, aunque asegurabas que tu luz tenía mi nombre, lo que realmente te iluminaba era eso: crear abandonado, evadido, sumido en tus propios pensamientos. Ahí te convertías en estrella y no cuando te regalaba el adjetivo la prensa. Lo vi esa noche en un karaoke al que durante un rato convertiste en firmamento.

Pensaba decirte algo cuando acabásemos; el desastre que tuvimos que recoger después de la batalla me dejó tan cansada que solo quería llegar a mi habitación, meterme debajo de las sábanas y dormir el siglo que necesitaba mi cuerpo para poder descansar. Es más, la primera cabezada vendría contra la ventanilla del coche de Kitty, me dejaría caer y… Mi hermana me llamó cuando me enrollaba el pañuelo bajo la luz cálida de una farola. Había pinchado, estaba esperando a la grúa y el taxi del seguro vendría a por mí lo más rápido posible. Le dije que no pasaba nada, valoré la opción de hacerme un ovillo en un banco y… Quedaban las suficientes neuronas espabiladas para saber que no era buena idea. Mejor volver a The Voice.

Tú siempre permanecías cuando me marchaba. Crucé los dedos porque esa noche no hubieses decidido largarte antes y agradecí que así fuera cuando la puerta cedió. Distinguí luz al fondo, ese fondo en el que conocía la existencia de un sofá viejo. Sofá…

Babeé. La perspectiva de reencontrarme con un mueble nunca había sonado tan tentadora. Ya me veía tumbada cuando tu arrebatadora imagen, ataviado solo con unos calzoncillos, con todos los imponentes músculos al descubierto, me hizo frenar de golpe.

—¿Has olvidado algo? —Enarcaste una ceja y ladeaste el rostro. Tardé unos segundos en darme la vuelta, exactamente hasta que me hiciste la siguiente pregunta—: ¿Memorizas mi cuerpo porque te han dado el chivatazo de que caerá en el próximo examen de anatomía?

—Yo... —masculé—. Mi hermana ha pinchado, fuera hace frío y... —«Tierra, trágame», pensé. Te acababa de pillar—. Y salgo fuera a esperar.

—Fuera no es seguro a estas horas.

—Interrumpirte con Celine aquí dentro, tampoco. —Comencé a andar.

—Espera, esta es muy buena, ¿crees que me la he tirado para protegerte? —Dicho así sonaba como una conclusión idiota, pero, bueno, tampoco me juzgues, estabas en calzoncillos deambulando por un karaoke en el que poco a poco descendía la temperatura porque Tommy el Gordo había apagado la calefacción antes de irse. ¿Se te habría ocurrido alguna razón mejor que el seductor por excelencia echando una morbosa canita al aire?

—Celine o la que sea.

—Gabrielle... —Te escuché detrás, tan cerca que tu cálido aliento impactó contra mi piel—. Estoy solo. —Carraspeaste—. Vivo aquí. —La revelación provocó que diese la vuelta en el acto.

Ignoré tu pecho, definido e hinchado, y me centré en tu rostro, en si estabas diciendo la verdad.

Lo hacías.

—¿Esta es tu casa? —repetí en voz alta, sin poder evitar echar una ojeada inquieta al local.

—Yo soy mi casa. Aquí vivo.

Nos quedamos en silencio. Parecías seguro, como si fuese lo más normal del mundo habitar en un antro, y a la vez analizabas cada uno de los pequeños gestos de mi reacción. Por mi parte, intentaba no agobiarte a preguntas. Claro que sabía que había adolescentes que se iban de casa con una maleta a buscarse la vida. Lo había visto en reportajes en la televisión. Lo había leído en prensa escrita. Lo había escuchado cuando papá y sus asesores mencionaban estadísticas de barrios marginales. Nunca en directo. Nunca con alguien que conociese. Nunca compartiendo el mismo aire y sin saber qué hacer.

¿Qué era lo correcto, Damien? ¿Ofrecerte venir conmigo? ¿Sacar todo el dinero que pudiese, sumarlo a lo obtenido como camarera y dártelo para que te fueses a un buen hotel? ¿Habrías dicho a alguna que sí? Lo dudo. Eras muy orgulloso y no te gustaba depender. O tal vez es lo que me digo para apartar la idea de que me convertí en aquello que criticaba, alguien que se hace el ciego, como las personas que cambian de canal cuando aparece un anuncio de los niños desnutridos de África para que no zarandeen su conciencia porque en el fondo prefieren un móvil de última generación que la posibilidad de cambiar una vida, porque dicen que hay gente que tiene más y no pueden hacer nada, y ni siquiera lo intentan de verdad. Dar no es regalar lo que te sobra, sino quitarte de algo para un fin mayor.

Lo siento, siento ser tan común, tan intentar ofrecerte una tregua para que no te sintieses avergonzado cuando necesitabas un techo. Nunca me lo has echado en cara. Así eres. Así te deberías ver. Asumes que te mereces lo malo y no recriminas. Te castigas cuando no estás a la altura de las circunstancias y rechazas que otros hagan lo mismo, porque, muy en el fondo, eso te demostraría que tus errores solo te convierten en humano y que yo nunca he sido más especial, solo una igual que te amó como solo se puede hacer a la propia existencia, la misma que piensa que vivir y tú sois la misma palabra con letras distintas.

—¿Y bien? ¿Quieres cenar? —Rompiste el silencio.

—Son las dos de la madrugada.

—No te he preguntado la hora. ¿Tienes hambre?

—Muchísima.

Te pusiste unos pantalones anchos y una sudadera. Permaneciste con los pies descalzos porque, como acababas de decir, a esa hora el karaoke era tu casa y podías permitirte determinadas licencias. Antes de esa noche, cuando alguien me preguntaba cuál era mi cena ideal, imaginaba una mesa con un bonito mantel, en el exterior, repleta de velas y lucecitas que simulasen las estrellas, un buen plato, vino y música de fondo. Después de esa noche, me di cuenta de que dibujaba los deseos que otros creativos habían inventado, que un vaso de agua fría y un plato de plástico con una salchicha sobre el piano de cola contigo era mi encuentro perfecto, más si...

—He dibujado una carita sonriente con el kétchup. Ahora mismo soy el tío más adorable de Nueva York, ¿eh? —Me guiñaste un ojo y te sentaste en la banqueta a mi lado.

—No te pases.

—Te gusta ponérmelo complicado...

—Un poquito.

¿Cómo se enamora una persona, Damien?

A lo largo de estos años he pensado mucho en ti, aunque imagino que eso ya lo sabes. He intentado descifrar el momento exacto en el que lo hicimos, lo de querernos, ¿sabes? El segundo. La mirada, la palabra o la caricia. Nuestro instante. Casi siempre llegaba a este día. A los dos comiendo sobre un instrumento, mis dedos deslizándose sobre las teclas y el inicio de nuestra pequeña conversación:

—¿Sabes tocar?

—Me habría gustado ir al conservatorio... Dudaba del instrumento. Piano, violín, arpa, flauta o tambor. Tantas cosas que al final no hice ninguna. Indecisión, saluda a la gran enfermedad de mi vida. —Fue mi respuesta.

—No eres exagerada para nada.

—¿Exagerada? En pocas semanas será el baile que anuncia el fin de curso, todo el mundo sabe lo que quiere del futuro y...

—Tú eres más inconformista que el resto. ¿Te parece un defecto?

También repasaba el final. Cuando los platos estaban vacíos, los estómagos, llenos, y me atreví a pronunciar un detalle que había descubierto:

—¿Por qué no te inscribes en la siguiente batalla? Te he visto esta noche rapeando y…

—¿Nunca has escuchado eso de que nada da más miedo que un sueño que se cumple?

—¿Por qué?

—Mientras el cielo está ahí arriba, inalcanzable, no lo ambicionas ni lo echas de menos. Si consigues subir y luego lo pierdes, el impacto contra la tierra te destroza.

—Tú pareces más de los que están aquí abajo mortificando a los que le rodean un tiempo, se curan y vuelves a buscar la manera de regresar a las alturas.

—¿Lo parezco?

—Estoy segura de que lo eres.

Tardé en ser consciente de que esas palabras solo nos hicieron cómplices. Comenzamos a confiar el uno en el otro. A aspirar a protegernos por dentro. Sin embargo, el germen ya existía. Se fue creando sin darnos cuenta, hasta que nos acostumbramos a su abrazo.

Averigüé que no existe una respuesta a cómo se enamora una persona o a qué es el amor, porque cada uno siente el terremoto con una potencia distinta. En nuestro caso, llegamos a experimentar los máximos grados de la escala de Richter cuando nuestras dos placas chocaron y liberaron la energía en forma de ondas.

Y, entre tantas dudas, distinguí el punto en el que el fenómeno se produjo bajo la superficie, el hipocentro. Fue a la mañana siguiente, cuando regresé al karaoke desganada y te vi con Tommy frente al mural. Me quité los cascos y escuché a nuestro jefe quejarse por unas pintadas que no cumplían su norma capital, «solo si tienes algo que contar», y a ti intentando restarle importancia.

Me asomé y… allí estaban. Los globos, las margaritas y el paraguas de los que te había hablado la noche anterior. No confesaste la autoría y mucho menos su fin… Que eran para mí. El corazón bombeó con fuerza. Quise llorar. Cuando te giraste, te dediqué un gracias sin sonido que en realidad era un grito, porque me trajiste lo bonito a un mundo que se ponía cada vez más feo y, ahí, ahí… Ahí te quise, Damien.

CAPÍTULO 9

DE DAMIEN A GABRIELLE

Desde Nueva York. Hoy, 2020. Volviendo a la adolescencia

Estamos programados para no valorar lo magnífico de lo cotidiano, y con el paso del tiempo nos invade la nostalgia que nos lleva a echarlo de menos. A eso, que no fue nada. A eso, que descubrimos tarde que era especial. Primavera. Nueva York. Un rincón con vistas al color que nacía en la vegetación de un parque. Yo, sin rayadas de cabeza, en paz.

Le había pillado la medida a Tommy el Gordo. Tampoco era un tipo muy exigente. Ninguna mención a lo que ambos sabíamos, todo recogido a su llegada como si yo no viviese en el karaoke y tenía que echarme los pitillos a la razonable distancia de la acera de enfrente.

Saqué el paquete, me senté con la espalda erguida apoyada en la pared del local que dejó de ser una licorería cuando se incendió años atrás y mandé callar a mis pensamientos.

A veces, cuando me relajaba y no tenía nada que hacer a la vista, reflexionaba, más sobre France que sobre mi futuro más inmediato. Intentaba arrancármela de encima. Un ejercicio inútil. Me invadían las dudas. ¿Habría comida en la nevera o se alimentaba a base de chocolatinas y bolsas de patatas fritas? ¿Recogería los cristales de los vasos que rompía con frecuencia cuando desfasaba o acumulaba nuevos cortes en la planta de los pies? ¿Tendría mejor criterio con los hombres o Gilipollas número 5 sumaría un vicio para seguir la costumbre de los anteriores?

Me preocupaba por ella, incluso cuando me engañaba y pensaba que estaba inquieto por mí, por temas como si el instituto habría dejado pasar mi marcha sin más o si alguien de asuntos sociales habría llamado a la puerta del piso de la mujer que me trajo al mundo para pedir explicaciones.

—¡Mierda! —Casi me quemé al dar gas al mechero. Aparté la llama y aspiré. El humo invadió mi garganta. Lo expulsé con lentitud y poco a poco las voces se fueron apagando, hasta quedar sumido en la nada.

La nada, ángel, qué maravilloso era el silencio.

Mirar.

Ver del modo en el que el viento parece adquirir forma, con los rayos de sol acariciándote y la anciana del carrito de la compra sacando la barra de pan para comerse la miga antes de llegar a casa.

Sumirte en un instante en el que nada parece importar, porque el mundo te da una tregua. Es tuyo. Y te adueñas de su sonido suave, del sabor de la calma y de la capacidad de cerrar los ojos y que la oscuridad no asuste. Sin peligros. Sin tener que demostrar tu fuerza. Sin que la supervivencia dirija. No existe algo parecido.

Lástima que los cigarros no fuesen eternos y, al aplastarlos contra el asfalto, debiese volver a ponerme de pie para caminar.

Recogí la colilla y la tiré en el contenedor más cercano. Eché un vistazo a la calle y silbé. El buen tiempo había llegado para instalarse y para que la ciudad abandonase el gris del invierno y el inicio de la primavera. Supongo que los creativos tenemos una especie de conexión con lo que nos rodea y los mejores versos se pierden en nuestra cabeza sin voluntad para sacar la libreta y apuntar, porque sé que, mientras cruzaba el paso de peatones, le hice el amor lento a Manhattan, y ese sexo lírico nunca llegó a ser canción. Igual que el pelo de tu hermana pequeña, que parecía otoño bañado con tonos marrones y destellos ocres, que esperaba en la puerta de The Chest, solo que yo no sabía quién era, y eso que tuve la prueba delante de las narices desde que nos encontramos. Te imaginarás que no hablo del físico, sino de la costumbre de las mujeres Thompson de desafiarme.

—Bonito uniforme. —Lo reconocí. Era el mismo que el tuyo en la parada de autobús. Levantó la vista del libro que estaba leyendo.

—¿Qué te parece más bonito: que a las chicas nos obliguen a llevar falda o el escudo estampado en la chaqueta? —pronunció con sarcasmo.

—¿Bonito en su totalidad? —La agilidad mental para un comentario mordaz a su altura brilló por su ausencia.

—¿Quieres que te lo preste? —Cerró el libro y se subió las gafas.

—¿Por qué tengo la sensación de que diga lo que diga la voy a cagar?

—Porque hay serias posibilidades de que lo hagas.

—Entonces centrémonos en el plano meramente profesional. Lamento informarte que está prohibida la entrada a menores de edad.

—Fijo que supondría un hito porque nunca la ha cruzado uno. —Se apretó la coleta—. Y fijo que os ceñís a un código legal en el que los carnets falsos no tienen espacio.

—Seamos razonables. —Crucé los brazos—. Y apliquemos la ley del tres. Si el carnet suma tres al año que naciste, es valorable, si es más, como ocurre en tu caso, no puedo dejarte entrar.

—¿Te confieso un secreto? —Movió la cabeza a ambos lados para asegurarse de que no venía nadie y se acercó—. No tengo ningún tipo de interés en pasar. —Se apartó y me mostró una sonrisa de esas típicas de ella, más parecido a un derechazo en la boca que a un gesto amistoso—. Estoy esperando a que salga mi hermana, porque mi otra hermana se olvidó la mochila con la cámara de fotos y preferimos una excursión al Bronx a soportar su síndrome de abstinencia en casa por no poder documentar cualquier cosa que le llame la atención. Trabajas con ella, sabes de la tortura de que te hablo.

—Vaya, y yo que pensaba que era especial y solo me hacía fotos a mí.

Habías llamado esa misma mañana para avisar de que no vendrías el fin de semana a trabajar por una intoxicación estomacal que te tenía postrada en la cama. Sonabas rara. Más que nada, porque a ti te encantaba hablar conmigo y tenías una inusual urgencia por colgar. O te estaba dando un apretón en vivo y directo al otro lado del teléfono o mentías. Tuve una idea.

—¿Cómo va de la neumonía?

—Fatal. Su tos seca asusta. No me extrañaría que en un arrebato echase los pulmones por la boca.

—¡Lo sabía! —Tu hermana frunció el ceño—. No te lo tomes como algo personal, pero la próxima vez, antes de venir a mentirme a la cara, poneos de acuerdo entre hermanas. Gabrielle ha hablado de intoxicación… —Sonreí con suficiencia.

—Fortachón, en lugar de celebrarlo, deberías darte cabezazos contra la pared por haber engañado a una niña —zanjó, y se me borró el gesto. Era buena. Muy buena. Demasiado, joder.

Kitty me salvó. Salió en ese momento contoneando sus dos trenzas de raíz, una camiseta rosa chillón que dañaba la vista y la mochila colgada al hombro. El bienvenido sol había hecho mella en su blanquecina piel y dotado a sus mejillas de un tono rojizo. Nos miró alternativamente y arrugó la nariz.

—¿Qué me he perdido, Adele?

—El orgullo de este por ser experto en tender trampas a menores. —La pelirroja no la entendió, así que la pequeña completó—. Se ha coscado de la laboriosa farsa de Elle.

Al revés de la reacción controlada de la primera, Kitty respondió con nerviosismo. Ya entonces me di cuenta de que tenía un carácter más emocional y pasional, una persona de instinto y sentimiento. Se preocupó por ti e intentó allanarte el camino a su manera.

—Técnicamente, Gab se adelanta a los acontecimientos. —Matizó sus argumentos al asentir exageradamente—. Mañana es la vista preliminar del juicio de nuestro padre y se le pondrá mal cuerpo.

—Técnicamente, huye antes de que las cosas ocurran y desatiende sus compromisos.

—¿Insinúas que es irresponsable?

Se indignó y, como era un proyecto de actriz, bailarina y todas las cosas que se pueden contar con el cuerpo, mezcló los movimientos de varias disciplinas e hizo algo raro con las manos y un chasquido de dedos.

—La estoy llamando cobarde.

—Díselo a ella si te atreves.

—¿La ves por aquí?

—Ven a casa. —¿Perdón? La mayor de los Thompson había dirigido sutilmente la conversación para llegar a un punto sin retorno sin que me coscase. Y, por si me quedaba alguna duda de que había caído en sus redes, añadió—: ¿O el cobarde eres tú?

Supongo que en algún momento le habías mencionado que nos unían barrotes de metal y padres con las alas atadas. Supongo que te conocía lo suficiente para saber que te cerrarías en banda y les venderías gestos alegres impregnados de mentira. Y, sobre todo, supongo que yo era demasiado evidente y solo hacía falta un vistazo superficial a mi carácter para tener la certeza de que, kamikaze, aceptaría cualquier provocación.

—No tengo nada interesante que hacer esta tarde. —Me encogí de hombros y, cuando giró sobre sus talones y me pidió que la siguiese, supe que había picado—. ¿A Kitty no le vas a decir que se dé de golpes por manipularme? —le pregunté a Adele.

—Con ella comparto sangre y tú ya eres mayorcito… Deberías defenderte solo.

—Injusticia. Ejem.

—Hace media hora que tengo la desgracia de conocerte. No me agobies, por favor. —Me vaciló de nuevo y, automáticamente, escaló posiciones hasta convertirse en mi Thompson favorita.

No te pongas celosa, sabes que lo mío con el cerebro humano es algo especial, aunque ella siempre finja que me quiere ahogar con sus propias manos.

Tenemos una relación complicada que comenzó en el coche de la pelirroja cuando me senté detrás de ella y la muy cabrona echó el asiento del copiloto para atrás y condenó a mis pobres piernas a sufrir el infierno de viajar en una lata de sardinas. Por si acaso no era bastante tortura, puso un CD de algo llamado reguetón del que no entendía palabra, pero tenía la capacidad de hacerme desear la muerte. Sé que lo hizo por martirizarme, porque, a través del espejo retrovisor, pude apreciar que tenía mi misma cara de horror, que solo mutaba a silencioso regocijo cuando me observaba retorcerme. Al menos Kitty, alegre por naturaleza, disfrutó del ritmo y el aire saludando con la ventana abierta.

¿Cómo fue llegar a tu barrio? Nada comparado con descubrir tu piso, si es que podía recibir ese nombre. La calle solo era calle, sin importar que los edificios escalasen más alto, tuviesen la fachada cuidada o los viandantes gritasen a su móvil en lugar de la persona de enfrente para que les pasase el balón. Distinto a cuando la pelirroja abrió y entré detrás de Adele. Me molestó la sensación de estar fuera de lugar que despertó la enorme casa. Esa y la de revisar mis zapatillas para ver si estaban limpias y contener el impulso de mis dedos de hacerse con cualquier adorno pequeño, que no llamase mucho la atención y que cupiese en el interior de mi bolsillo.

Intenté no parecer impresionado, aunque lo estaba mientras recorría el pasillo. Y cabreado. Muy cabreado. Un enfado que solo hizo que aumentar en proporciones estratosféricas cuando salió a recibirnos un perro enano al que tus hermanas llamaron Barbie con una corona brillante sobre la cabeza.

¿Por qué mi vida cabía en una mochila y para la tuya eran necesarios cinco camiones de mudanza?

Te envidié. El agujero del pecho que anhelaba tener se hizo más grande. Me pregunté si serías capaz de cerrar los ojos, pensar en una estancia y enumerar todo lo que tenías. Yo sí. Y tenía tu edad. Y no conocía las ventanas que se quedaban con una porción de Central Park. Y no había probado todo tipo de productos y mi suelo nunca había resplandecido de ese modo. Y France esnifaba, fumaba o se pinchaba cuando estaba estresada en lugar de hacer yoga con tutoriales en el salón como el pibón de tu madrastra. Y comparé circunstancias una vez tras otra, hasta que cometí el fatídico error de decidir que no tenías ningún derecho a estar mal, triste o lo que fuera que te asolaba por dentro.

¡Eras dueña de algo así, maldita sea!

Ojalá entonces ya hubiera sabido lo que averigüé más tarde, cuando superé tus cuentas bancarias, mis manos se llenaron y las cosas se caían entre los dedos para perderse en montañas de posesiones. Lo de que la imaginación nos juega malas pasadas, nos hace querer una fantasía y, en el momento en que la tenemos, nos damos cuenta de que no era necesaria y mucho menos la fórmula de la felicidad.

Puede que, con esa dosis de experiencia, el ser humano que entró en tu habitación hubiese abandonado la ignorancia para darse cuenta de que los problemas significan dificultad para todos y que su tamaño no va en la condición social de la persona a la que ataca, sino en la huella que le está dejando. Puede que, si el conocimiento del futuro se hubiese trasladado al pasado, me habría dado cuenta de que no era quién para juzgar un dolor solo porque no fuese del mismo tono que el mío.

De lo que estoy seguro es de que el saludo habría sido otro, en lugar de lo que dije cuando Kitty y Adele me dejaron frente a tu habitación y se marcharon, y quizás habría reparado en el detalle de que compartía el último tramo de la cuerda con fotos que tenías en la pared, las flores que alguien (la pelirroja) te había dibujado en el brazo y el modo en el que tu pelo ya clamaba libertad secándose a su aire.

—Pues sí, tienes muy mala cara. —Estabas concentrada mirando por la ventana con tus vaqueros claros y la camiseta de manga corta mostaza. Pegaste un respingo al escuchar mi voz. Me dejé caer contra pared.

—Soy una enferma discreta. —Ladeaste la cabeza y apreté los labios—. ¿Kitty o Adele? En realidad, no importa. Imagino que te han puesto al día.

—¿Juicio y tú escaqueándote de tus deberes?

—¿Podrías sumarle reencuentro con padre y palabras vacías?

—¿Palabras vacías?

—¿Novio que te pone de excusa que no quiere molestar en un acto tan íntimo para no acompañarte o mejor amiga que asegura que está para lo que necesites, lo que sea, y a la hora de la verdad no lo hace?

Acababas de descubrir la facilidad de emitir sonidos con la boca frente a la dificultad de secundarlo con actos. Promesas huecas. Gente quieta. Mentiras escupidas al aire. Tú, una botella precipitada en mitad del océano sin una mano que se estira para recogerla. ¿El resentimiento por las injusticias de la sociedad había calado tan hondo como para no recordarte que podías flotar rumbo a una isla maravillosa?

Creo que no...

—Que la gente te decepcione no significa que no puedas hacer las cosas como es debido. Tommy el Gordo es el tío más comprensivo de Nueva York...

—Y tú, Damien, llevas toda la razón del mundo. —Silencio. Me dejaste noqueado—. ¿Pasa algo?

—Saboreo la frase. Estoy casi seguro de que es la primera y última vez que «llevas toda la razón del mundo» va a ir unida a mi nombre.

—¿Sueles equivocarte muy a menudo?

—Qué va, es el universo, que va en mi contra.

Risa. La tuya. Ni siquiera eres capaz de hacerte a la idea del poder de su sonido y de lo que yo sería capaz de hacer por volver a escucharla una vez más, ángel. Puede que algo tan loco como aquella tarde en la que el cielo reflejado en tu ventana adquiría un tono rosáceo y de repente me di cuenta de que eras especial, porque el orgullo no te cegaba y admitías tus errores, o simplemente cuando la distinguiese cerca, movería las manos para desafiar las leyes de la física y rozarla. Creo que eso fue lo que ocurrió, que la sentí sobre la piel y algo despertó en mi pecho que me llevó a hablar.

—¿Cuál es tu plan hasta los juzgados?

—¿Confesión más disculpa a Tommy y mucho helado?

—Eso hace que nos queden… —imité ese gesto tan tuyo de contar con los dedos— bastantes horas en blanco que rellenar de la agenda.

—Escucho tu propuesta.

—Piensa en una cosa que siempre hayas querido hacer, pero algo te retenía. Hoy es su día.

—¿No debería estar calmada para reunir, ya sabes, fuerza para el juicio?

—Lo que tienes que hacer es enfrentarte a uno de tus miedos para que te des cuenta de que es posible vencerlo. —Tus ojos buscaron los míos y me miraste de un modo que… Urgía continuar si no quería hacer una tontería como cruzar la puta habitación y tomar el oxígeno directamente de tu boca. Portarme bien nunca fue más complicado. Contigo era el único modo de funcionar—. Una vez que cae la barrera, derribar al resto cuesta menos. Tómatelo como un entrenamiento para mañana.

—¿Se puede considerar que lo he hecho yo sola si me acompañas?

—Seré un espectador pasivo. —Te mordiste el labio y agarraste la chaqueta fina verde oscuro del respaldo de la silla.

—¿Estás seguro? Se me ha ocurrido una idea muy loca.

—Ya será para menos.

—Luego no digas que no te he avisado. —Pasaste por mi lado y, sin querer, tus dedos rozaron los míos. Un segundo. No necesité más para saber que seguirte era la única opción y el destino, algo sin importancia.

Dejamos a tus hermanas, a la rubia deportista y al perro princesa, que se despidió enseñando los dientes a mis talones a la vez que nos bendecía con un concierto de ladridos agudos y patitas rebotando contra el parqué. Realmente no sé qué esperaba que sucediese. Tampoco me devané los sesos cazando teorías. Fue tan sencillo como dejarme llevar hacia, quién sabe, transgredir las leyes y entrar en pelotas en el epicentro de Wall Street, transformar una tabla de madera en barca y remar a la isla de la Estatua de la Libertad… O dejarnos de tonterías y plantarnos en la puerta de la casa de tu novio y la de tu mejor amiga.

Sin embargo, no hubo reproches, nudismo ni navegación. Solo otra elección con la que maldije mi suerte.

Al bajarnos del vagón del metro en la calle 34, nos unimos al círculo que se había formado alrededor de cinco chicos que bailaban *break dance*. Pensé que se trataba de ir de actuación en actuación callejera y a mis pies les costó obedecer y no echarse a bailar. Me equivoqué, y olvidé que lo había hecho porque tu mano se cerró en torno a la mía para no perderme cuando la gente se empezó a dispersar y no pude reparar en otra cosa que en nuestros dedos enlazados, hasta que los liberaste en la salida y sintieron todo el frío de mayo de la ciudad.

Seguía perplejo por el cosquilleo de tu tacto vivo en la palma de la mano cuando distinguí el Madison Square Garden. Baloncesto. Tragué saliva. La herida ya no dolía, aunque mi anatomía comenzaba a pagar la factura de no haber ido al médico. El tiempo pasaba y sus movimientos naturales no regresaban. Se habían ido. Desaparecido. Como el ojeador, Lluvia y algo llamado NBA.

Intenté que no notases que me agobiaba volver al baloncesto por la puerta grande, testigo del imposible que pudo haber sido y ya no existiría por una puta lesión.

Tomaste otra dirección y yo volví a respirar.

¿Adónde cojones íbamos? ¿A mandar una carta en la imponente oficina de correos? ¿A pegarnos un homenaje en forma de hamburguesa del Shake Shack al sol de Bryant Park? Espera, preví tus intenciones… No podía tratarse del Empire State Building. De nuevo, no era un tipo afortunado…

—¿Carta blanca para hacer algo intrépido y nos unimos a una horda de entusiastas turistas? Pobres, no son tan malos… Todos menos ese. —Señalé al asiático que parecía fascinado por lo que suponía una pareja interracial y nos lanzaba fotos.

Al menos, el hombrecillo era transparente y directo, lo que no quita que me entrasen ganas de arrancarle la cámara al verle con los ojos abiertos como platos pulsando una y otra vez el botón para dejarnos retratados a ti, a mí, nuestras pieles y su percepción de que resultábamos exóticos juntos. Digo al menos, porque creemos que hay actitudes que se quedaron en siglos pasados y solo persisten en personas enrevesadas y consumidas en la rabia racista. Es mentira. El japonés no fue el único, hubo más miradas que se enredaron en nosotros, como si nuestras diferencias, un color y estatus social, pesasen más en la balanza que una de las tantas semejanzas que se podían rescatar. Éramos personas que compartían tiempo y, quiero pensar, que dejaban fluir sentimientos sin enterarse.

—Vamos a colarnos para subir al piso ciento dos. —Te ofrecí mi sonrisa tensa para enfrentar los sudores fríos.

—Vaya, vaya, Gabrielle, tu maldad es digna de reconocimiento —ironicé, y añadí—: Así, a ojo, veo a tres vigilantes y a cuatro policías, ya me dirás cómo planeas entrar gratis.

—¿Sin pagar la entrada? —Parpadeaste—. Vamos a colarnos en la fila para entrar los primeros. Nada más.

—Y así es como los ángeles echáis pulsos al diablo.

Lo conseguiste casi sin esforzarte. Le dijiste al matrimonio que coronaba la cola que te habían entrado ganas de ir a hacer pis esperando y, mientras te acompañaba al baño del Starbucks, tu familia había entrado. De hecho, levantaste la mano y sonreíste a unos desconocidos, que respondieron ante tu seguridad y te devolvieron el gesto para no quedar mal si eras una vieja conocida. Los que estaban fuera nos cedieron su posición. Pasamos con las dos entradas que pagaste en efectivo.

—Te parecerá bonito jugar con la buena fe de dos simpáticos canadienses… —rumié.

No sé si te diste cuenta aquella tarde, pero estuve más irascible que de costumbre. Entiendo que sí, porque me faltó pegarme puñetazos en el pecho y chillar cual babuino. En el ascensor, todo me molestaba, y cuando digo todo es todo. La pareja abrazada, el niño que pegaba a su hermano, la niña que estiraba la chaqueta de su madre para que le diese algo de la mochila y, más que nada, el grupo de amigotes que señalaban alucinados el marcador de pisos y cómo subíamos a toda velocidad.

Te lo diré solo una vez, Gabrielle, y no me pidas que te lo repita. Puede que tenga un vértigo como un piano de grande y me pasase todos esos segundos, porque fueron solo puñeteros segundos para más de trescientos metros, pensando que iba a morir y ahogándome. Tú notabas que algo no funcionaba y me contabas que el edificio fue construido durante la Gran Depresión y que su imagen había aparecido en casi un centenar de filmes, entre ellos *King Kong*, supongo que por el razonable parecido.

Tú hablabas.

Hablabas.

Hablabas.

Llegamos.

No pasamos del mirador de la planta ochenta y seis. Mi pobre corazón agradeció que le librase de un infarto fulminante. Me pegué a la pared y traté de controlar la situación.

«No van a desvanecerse ni el suelo ni las ventanas, nadie planea empujarte al vacío y mucho menos necesitas buscar a una persona fuerte para subirte a caballito si todo falla, porque nada va a suceder. Ni terremotos ni... Joder, ¿podrías calmarte?».

Mantuve una calurosa conversación conmigo mismo mientras tú justificabas la elección y decías algo así que el miedo al que acababas de vencer era al del verbo «hacer» por encima de «planear». Llevabas años asegurando que querías visitar tu ciudad y no encontrabas segundos, aunque te sobraban, y acababas de quitarte postergar de la suela de tus zapatos.

Debí contestar, pero no pude.

¿Sabes una cosa? El miedo es irracional. Bloquea y paraliza. Como el amor, solo que con uno crees que vas a morir y con el otro, que vivirás más allá de los límites físicos, en otra persona. No diriges a ninguno ni mandas en lo que te provoca, ya sea el vértigo de apretarte contra la fría pared o los pasos que te llevan a lanzarte a los brazos de otra persona sin saber si te encontrarás agua, calor o suelo. Dolor o confort. El miedo y el amor nos hacen vulnerables y es ahí donde reside la maravilla de ser humanos. Podemos rompernos. También recomponernos. Ser diferentes y no un bloque inanimado de roca que ha alcanzado su única forma.

—Puedes acercarte. Te doy mi palabra de que me he duchado.

Supongo que las vistas eran impresionantes. El sol poniéndose en el infinito, destellos dorados sobre los edificios de Manhattan y las nubes adquiriendo volumen gracias al juego de claroscuros. Una estampa en la que quedarte a vivir, digna de un suspiro y un hueco en la memoria. Claro que, en mi caso, vendría acompañada de hiperventilar y salir derrapando al ascensor.

—Respeto tu espacio. —La niña del ascensor se colocó a mi lado, sacó un bote de pompas de jabón, sopló y se puso a saltar entusiasmada. Sentí cómo el suelo se movía debajo de mis pies—. Fuera coñas, ¿por qué el Empire State?

—Quería subir donde nadie me encontrase y todo pareciese pequeño para descubrir quién soy. —La pequeña lanzó burbujas y las observaste con renovada curiosidad—. Qué tipo de pompa soy. —Las esferas bailaban a tu alrededor y una explotó contra el *collage* a bolígrafo de flores dibujado en tu brazo que marcaba la carretera hasta la curva de tu clavícula—. Para Logan y Aria soy una frágil, indefensa, y puedo romperme con un movimiento leve. —Levantaste la barbilla para seguir una esfera solitaria que continuaba su camino ascendente—. Para Kitty y Adele subo alto, vuelo y nadie puede pararme. —Tus ojos aterrizaron en los míos—. ¿Qué soy, Damien? ¿La que se rompe o la que sobrevive? Porque las dos... es imposible.

Tu sonrisa tímida compitió contra el atardecer de fondo y logró un claro uno a cero. Esperabas una respuesta y la encontré en los pétalos que poco a poco se iban desdibujando en tu piel, fragmentos que me hicieron abandonar el pensamiento erróneo

180

de tu piso, el de que no tenías derecho a cualquier cosa, y estirar la mano hasta casi rozarte.

Entendía a qué te referías e intenté que te vieses a través de mis ojos.

—Eres la que puede estar triste. Indiferente. Enfadada. Confusa. Echar de menos o de más a tu padre. Eres... compleja. Una pompa que se rompe y también sobrevive —determiné—. Todos los sentimientos forman parte de ti. No te concentres en uno. Saca a la superficie el que te apetezca. Te prometo que, sea cual sea, no me moveré de aquí. —La sombra retraída que acompañaba a tu risa se esfumó, y esa vez lo hiciste con decisión y los labios estirados todo lo que podías hasta formar unas bonitas líneas que enmarcaban tus mejillas.

—¿Ni aunque llueva?

—Ni aunque llueva —confirmé—. Tú y yo sabemos nadar debajo, ¿no?

—¿De verdad?

—Sí. —Suspiré y soné ronco—. Lo hacemos cuando estamos juntos, Gabrielle.

Tuve una pista de lo que estaba naciendo en el modo en el que había olvidado que me encontraba a tropecientos metros del suelo firme. Tuve una certeza en las palabras que te acompañaron mientras dejabas atrás una ciudad que se despedía de la luz para cederme todo el protagonismo.

—Me gusta hablar contigo, Damien. —Asentiste como si te lo estuvieses confirmando a ti misma y recalcaste—: Me gusta mucho hablar contigo.

—Psss. No será para tanto. Es el ambiente aquí arriba, con el atardecer y...

—Tus palabras... curan —balbuceaste—. Con tus palabras se puede respirar...

No fuiste mi primer piropo. Antes de ti hubo bastantes. «Estás tremendo», «ojazos» o «vaya tableta de chocolate». Cuerpo, ángel, solo eso, lo que se desvanece, muta y acaba abandonándote. Tú elogiaste mi mente. Algo profundo, invisible y que me componía como persona. La cuenta atrás del tiempo consumiendo la carne frente al crecimiento como persona sumando experiencias y conocimiento. Te debí querer en ese momento, sin esperar más, entregarme. Lástima que el capullo que te habla solo se quedase con la última frase.

—Por eso te he apuntado a la próxima batalla de rap.

—¿¡Que has hecho qué!? Me temo que no te he escuchado bien…

—Necesitabas un empujoncito. —Parpadeaste inocente—. Vámonos de aquí, compramos una caja de galletas y te explico mis razones más detenidamente en la escalera de Times Square o en cualquier banco de la calle al aire libre. Algo me dice que no te apasionan las alturas…

Noté la vibración del móvil en el bolsillo. Insistieron un par de veces llamando y, cuando por fin iba a contestar, colgaron. La sangre se me heló cuando leí el nombre de la persona que intentaba contactar conmigo más cuando mis sospechas se confirmaron al leer el escueto mensaje que me dejó. El «hora de pagar deudas» de Lincoln, el hermano de Gavin. Aunque sabía que ese momento iba a llegar, confiaba en que nunca sucediese, y su anuncio, sumado a la ausencia de información clara, provocó que los nervios se cerniesen alrededor de mi corazón y lo apretasen hasta que dejó de bombear.

—Tengo que irme —anuncié con la tensión tirando de mis extremidades—. Te libras, momentáneamente, porque esto no se va a quedar así. Tú y yo tenemos una conversación pendiente. —Me pasé la mano por la cabeza rasurada—. Joder, ¿una batalla? ¡Una batalla! ¿A quién se le ocurre inscribirme?

—A alguien que está convencida de que las cosas buenas que llegan a tu vida por casualidad hay que compartirlas, sobre todo si el terco de su dueño no se da cuenta del talento que tiene y de lo mucho que podría mejorar el mundo.

—A ti se te va la cabeza.

—Te equivocas. Esta chica experta en dudar nunca ha estado más segura de algo. A tu lado… desaparecen los interrogantes.

Tu sexto sentido te puso en alerta. De algún modo sabías que algo, mi seguridad, no funcionaba. Me acompañaste al metro, solo que en esa ocasión, cuando gritaste mi nombre mientras bajaba la escalera, no hubo folios volando, sino una pregunta, «¿Todo bien?», a la que respondí con un asentimiento seco de cabeza.

La música de los cascos a toda pastilla me impidió concentrarme y conjeturar durante el trayecto. Nada más salir, los Hunter me explicaron el plan que habían orquestado durante semanas en el tiempo que un cigarro se consumió entre mis dedos en el parque y un coche robado nos dio las largas para que nos subiésemos. Iban a llevar a cabo un alunizaje contra una joyería. Íbamos, después de que uno de los miembros de la banda se tuviese que retirar porque la secreta le pisaba los talones. Era su sustituto y, aunque me preguntaron si estaba dispuesto, nunca tuve opción. El disfraz de elección que vestía su orden se caía por los lados y mostraba la única realidad que podía brotar de entre mis labios.

Todo parecía sencillo. La calle carecía de bolardos u otros tipos de defensas que impidiesen una perfecta ejecución. El local estaba vacío. Impactar con violencia. Pillar todo lo posible en dos o tres minutos para adelantarnos a la aparición de la pasma si tenían alarma. Pirarnos, en el coche del choque si no había quedado inservible o en el segundo, que nos esperaría cerca con el motor en marcha para avisarnos si se percibía una patrulla.

«Cinturón, pasamontañas, joyas y correr», repasé los conceptos clave desde el asiento trasero, tal como hacía en las peleas.

—¿Tienes miedo? —preguntó Lincoln con su sonrisa de suficiencia.

—Falta de experiencia —resolví, inquebrantable—. Soy más de butrones. Lento, delicado y conociendo la programación anticipada.

—Agárrate fuerte. Sé de alguien a quien no le haría ninguna gracia que salieses lastimado. —Sujetó el volante con fuerza y pisó el acelerador a fondo. El motor rugió. Las revoluciones aumentaron. Abrí bien los ojos. Si pretendía que todo saliese bien, era mi obligación estar despierto—. ¡Llevas dos empotramientos! Bebé, no me falles. ¡A por el tercero!

De algún modo, el vehículo le escuchó y se lanzó contra el escaparate para su último acto en la función de la delincuencia. Recuerdo que el movimiento me impulsó hacia delante y me golpeé la cabeza, el sonido de los cristales al quebrarse, los gritos eufóricos de mis compañeros y el olor a goma quemada cuando me bajé. Luego las imágenes se difuminan y solo quedan las sensaciones.

La efectividad del *modus operandi* se basaba en robar todo lo posible en una carrera contrarreloj antes de que se presentase la policía. No dudé, y corrí al interior con la cara tapada sudada y las manos bailando solas para atrapar oro, plata y piedras brillantes. Era curioso que no me acompañase el temor de las alturas y sí la necesidad de ser útil, efectivo, para que a esa panda de pirados no se les cruzase un cable y me dejasen tirado.

Me lo tomé como ganar un partido.

Me lo tomé como componer una canción.

La meta era salir con una bolsa llena colgada al hombro que me diese valor.

Podría utilizar la justificación de que se trató de supervivencia, pero no fue el caso. Allí no había comida, mujeres con nombre de países que me empujaran al dolor físico o a la pobreza. En su lugar, habitaban relojes, colgantes, anillos y una caja que Stefan reventó de la que surgió un arcoíris de billetes. Existían delitos, lujo y, llegados a un punto, reconozco que un toque de diversión.

No sé en qué momento exacto me convertí en uno más. Si cuando la adrenalina lo dominaba todo y mis dedos capturaban objetos que hasta la fecha les habían estado prohibidos o cuando escapamos, me subí al vehículo y salimos quemando rueda sobre el asfalto neoyorkino. Me sumé a sus gritos de victoria y mi corazón se volvió del revés cuando Lincoln se giró y me apuntó con la pipa directamente a la cabeza y me obligó a mantener los ojos abiertos.

—¿Eres un chivato?

No dejé que el miedo ganase a mi voluntad y permanecí impasible mientras negaba con la cabeza. El cañón continuó en mi dirección unos segundos y después el hermano de Gavin bajó el arma y se rio. Había pasado su tétrica prueba.

—Esto se te da de puta madre. Habilidad natural. Podrías acompañarnos más veces.

—Tommy no acepta a pandilleros en su plantilla —objeté con la boca pequeña.

—¿El Gordo de las pintadas y el agua? ¿A cuánto paga ese cabrón la noche? Seguro que esto supera el sueldo y, además, el color del zafiro te favorece los ojos. —Me tiró un colgante con un pedrusco que hipnotizaba.

—El karaoke es cojonudo. Hay rap y...

—¿Es eso? ¿Te has encaprichado? Si es así, solo tienes que pedírnoslo y gestionamos el traspaso. Será nuestro. Tuyo si formas parte. No existe nada en este barrio que no pueda pertenecernos. Nada, Tiger. Somos los jodidos reyes. ¿Nunca has querido pertenecer a la realeza?

La oferta sonaba tentadora. El metal sobre la palma de mi mano también. Las historias que hablaban de no pagar entrada o copas en los garitos, el universo a tu disposición y convertirte en un imán femenino casi provoca que caiga. Faltó nada y, a la vez, solo tuvimos que frenar para que lo comprendiese todo. Su mecanismo enrevesado y cruel. Me dejaban en el portal de mi antigua casa y, en lugar de France, las personas que me esperaban eran Eva y Gavin. Ella, con los ojos fijos en la puntera de sus zapatillas. Él, comiéndose las manos. Me di cuenta, al ver la mirada que le dedicaban sus hermanos, de que en ningún momento me habían necesitado.

Que era probable que no existiese un miembro de su banda forzado a rajarse.

Que el verdadero golpe para el que me habían llamado no era para desvalijar una joyería, sino para demostrarle al pequeño de los Hunter que tenían el poder de arrebatarle aquello que más le importaba y que, por alguna extraña razón, era yo. El modo de presionarle para que se uniese al negocio familiar con el tacto de un delito sobre mis manos como instrumento.

Mientras me aproximaba me dedicó una curvatura de labios. Mi mejor amigo tenía una para cada ocasión, incluida la profunda decepción. Se formó un agujero en mi estómago. Herirle ha sido, es y será algo que me supera.

¿Sabes por qué, ángel? Gavin es la única persona capaz de ser a la vez mi debilidad y mi fortaleza. Aquella que anteponer y por la que renunciar, aunque imagino que esta segunda parte te es más familiar.

—Antes de que digas algo que desemboque en una serie de reproches épicos, he descubierto que tus hermanos son unos cabrones manipuladores y solo me ha hecho falta un delito por el que no me han pillado. Todos contentos, ¿no? —No me hice gracia ni a mí.

—Hoy has cruzado nuestro límite —repuso con voz cansada—. Espero que no te importe que te haya imitado.

Gavin se echó a un lado. La figura de mi abuela con una nueva peluca de media melena rubia emergió por detrás hasta situarse bajo la luz de la farola. Colocó una mano en la cadera y me observó con gesto severo mientras sacudía la cabeza.

—Joder, ¿Cleo?

—Cleopatra hasta que me des una prueba fidedigna de que eres mi nieto y no un ente idiotizado que ha poseído su cuerpo. ¿Desde cuándo en nuestra familia se cede a chantajes de matones de tres al cuarto para jugarnos la libertad como si no fuese lo más importante que tenemos?

—¿Desde que estás solo y te pueden romper los huesos?

—Eso me lleva a la segunda pregunta. —Dio un paso hacia delante—. ¿Qué conexión de cables ha fallado en esa cabecita para irte de casa y no llamar a mi puerta? Espera que lo arreglo… —Sus dedos treparon por mi espalda hasta desembocar en una sonora colleja. Me aparté—. Niñato inconsciente.

—Te estás pasando con los insultos…

—Son verdades y es tu obligación escucharlas, aunque escuezan. —Tomó aire—. Te has comportado como una máquina de cometer errores con patas. Te salva tener muy buen gusto al elegir amigos y una abuela que te recuerda que no eres ni un proyecto de criminal ni alguien que deba mendigar techo. Eres mi familia, y eso te convierte en un tipo afortunado. —Apretó los dientes—. Recogemos tus cosas y nos vamos a que te pegues una ducha caliente y descanses.

La antigua habitación de mi padre pasaría a ser mía. La idea me apasionaba y acojonaba a partes iguales. Alguien iba a preocuparse por mí. Si esa vez salían mal las cosas, ya no podría culpar a la maldad humana y me tocaría reconocer que estaba defectuoso. El vértigo de los desgraciados ante los golpes de suerte. Dudas de si te los mereces y estarás a la altura, porque llevas tanto tiempo en el fango que no sabes si serás capaz de moverte sin el peso de la tierra.

—¿Y vosotros? —Cleo nos sorprendió a los tres al extender su ofrecimiento—. ¿Venís? Me sobra hueco…

Tardaron en reaccionar. Gavin fue el primero que lo hizo, y rechazó la proposición. Aseguró que, en lugar de huir, pensaba volver a su habitación e inscribirse en el Ejército. Sin saberlo, sus hermanos le habían regalado determinación.

Con Eva fue distinto. Intentó que no se notase, pero su respiración se agitó y los dedos temblaron cuando firmó el grafiti con el nombre de Ota Benga, el negro de origen pigmeo que a principios de siglo estuvo expuesto, como ella en los vídeos, en la Casa de los Monos del zoo del Bronx como «el eslabón perdido» en la evolución del mono al hombre. Se dio la vuelta con lentitud y se mordió el labio mientras observaba a mi abuela con suspicacia.

—¿Por qué?

—Tienes unas manos bonitas, ¿sabes? Al menos lo que sale de ellas. —Cleo señaló el dibujo a su espalda—. No se merecen volver a un lugar donde les espera la violencia que marca de moretones tus brazos.

—¿Y a ti qué te importa? —se puso a la defensiva. La comprendí tan bien… Era como tener un rayo de luz enfocándote directamente: la piel siente el calor y a los ojos les cuesta enfocar.

—Me crie en el universo en el que Bessie Smith moría tras un accidente después de recorrer todos los hospitales de Misisipi en busca de una transfusión que nunca llegó porque la sangre era solo para los blancos… La gente culpó a la sanidad y a los políticos, yo me pregunté la razón por la que las personas que estaban en la sala de espera no hicieron nada por ayudarla. Y me prometí que no dejaría pasar las injusticias. Que no me convertiría en uno de ellos.

Gavin la agarró de la mano y se apartaron para hablar. No sé qué le dijo, solo que consiguió que volviese con un «Me voy» por respuesta.

Esperé con mi abuela frente a su portal mientras hacía la maleta a hurtadillas. Recuerdo que la anciana me susurró: «Ya lo has visto. Somos los que creamos oportunidades cuando el mundo las quita. Ese es tu legado familiar». También puedo rememorar a la perfección la mirada que vestía mi mejor amiga cuando salió con una bolsa colgada al hombro, asustada y repleta de esperanza. Por primera vez, parecía… existir.

Puede que Cleopatra no nos diese la vida ni a Eva ni a mí, pero estoy seguro de que aquella noche nos la devolvió.

CAPÍTULO 10

DE GABRIELLE A DAMIEN

Desde la Clínica Betty Ford, Rancho Mirage, California, 2014

Los intentos desesperados de Kitty y Julie por captar la atención de papá contrastaban con la quietud de Adele, y fue su ausencia de energía lo que la convirtió en el detalle discordante que estudiar.

La pequeña de los Thompson se abstraía con la mirada fija en el avance de las manecillas del reloj que colgaba de la pared de la sala. Muda, con los labios apretados en una fina línea recta. Sorda, sin escuchar el mitin improvisado en el que convirtió nuestro padre el reencuentro. No hubo un «lo siento», «soy inocente» o un «os he echado tanto de menos…» seguido del tacto de su piel para recoger el calor de sus hijas y su mujer. En su lugar, habló él:

—Los abogados lo tienen todo bajo control. —Seguido de una revisión de las arrugas de su traje.

Y:

—La desproporcionada pena que pide la acusación es fachada de cara a la opinión pública. Una cortina de humo. No os preocupéis, si saben lo que les conviene, se encargarán de reducir la condena cuando la presión mengüe o hablo, y, como lo haga, muchos caerán conmigo. No les conviene. Desde luego que no. —Dirigido a poderosos en la sombra. Y, sinceramente, si llevaba razón o no en su argumento de poderoso chantajista, no me importaba una mier... Lo más mínimo.

A quien sí le importaba era a ella. A la pequeña. La niña que actuaba como adulta y no mostraba reacción alguna por el hombre sereno y confiado que se sentaba al otro lado de la mesa negra reluciente con el pelo canoso engominado. Me pregunté si siempre había sido así entre ellos, dos extraños que compartían apellido y se llamaban por el nombre de pila. La memoria puso las cosas en su sitio.

Recordé.

Allí, a escasa media hora de la vista, con el café enfriándose y un cuadro de arte abstracto vistiendo una estancia en la que cada vez se colaba más frío.

Adele le había querido... Había adorado a la persona que se quedó atrás. El de las sonrisas con arrugas y los Santa Claus manuales hechos con un rollo de papel higiénico, algodón y pintura. Lejos de la grandiosidad de las luces de los últimos años y del muñeco animado para tener la mejor Navidad del barrio. Antes pasaban horas juntos creando. Las mismas que la pequeña empleaba en sus agendas.

Sí, cuando mamá todavía vivía, acusábamos de sacar tradiciones de debajo de las piedras y perpetuarlas. Poner el árbol cuando toda la gente lo quitaba y la calle estaba menos colorida, mi padre fingiendo que no sabía que el regalo mejor envuelto de todos era de la menor de sus hijas y que lo importante no era el diseño infantil, sino los mensajes inesperados que aparecían en días aleatorios del calendario: «Hoy toca cenar *pizza*», «Si no hemos ido esta semana al parque, no lo pienses más, es el momento» o «En época de exámenes, Adele se pone nerviosa, perdónala y no olvides que eres su persona favorita».

Letras, textos, instantes que compartir anticipados, un cúmulo de sentimientos de la niña poco dada a reflejarlos que se evaporaron cuando papá escaló en el partido y llegó: «La agenda es poco profesional para que la vean mis compañeros» y «Tengo una secretaria que me avisa de las reuniones». Adiós, papel. Adiós, costumbre. Y, cuando Adele se puso una tarde las gafas que no necesitaba y él no le dijo que hiciese lo que quisiese, pero que tenía los únicos ojos capaces de hacerle competencia al águila de nuestra bandera para ocultarlos, se las dejó puestas cuando diciembre torció por la esquina y pasó a llamarle Arthur. Al político no le importó. Del padre poco quedaba.

—A Barbie le habría encantado estar aquí para apoyarte. —Julie rebuscó en el bolso—. Así que nos ha utilizado de correo para mandarte un mensaje de ánimo.

Sacó una cartulina DIN-A4 rosa palo enrollada. Visto desde fuera, podría parecer algo insignificante. Suponía una tarde de las cuatro en el salón; dos carretes, porque el perro corría cada vez que disparaba la foto y solo se veía una mancha en movimiento; el pulso de Kitty perfilando la silueta de las letras; Adele coloreando con rotuladores para que no nos saliésemos de la figura, y Julie espolvoreándolo todo de purpurina, porque con brillo cualquier cosa le parecía mejor. Suponía horas pensando en él, recordándolo y deseando volver a verle.

Papá le echó una rápida ojeada, se puso rojo y tardó un segundo en devolvérselo sin llegar a leer el mensaje infantil y tierno que su mujer había escrito en nombre del animal. Lo hizo de malas maneras, con la palma de la mano apoyada en un extremo y el centro rasgándose cuando lo empujó con la otra.

—¿No te das cuenta de que en mi situación no estoy para estas idioteces?

—Pensamos, pensé —corrigió la rubia para asumir todas las culpas y la rabia del hombre que un día le prometió el cielo con un anillo—, que sería un detalle entrañable y bonito.

—¿Tan bonito como tu vestido de cabaretera? —La exmodelo susurró un «es tu favorito» tan bajito que no llegó a sobrevivir más allá de un movimiento de labios sin sonido—. Por Dios, Julie, que vas a un juicio y no a una de esas fiestas de deportistas en las que te exhibías para el mejor postor... —Arthur se contuvo. Su tono, que rezumaba asco, fue peor que si hubiese soltado lo que se deshizo en la punta de su lengua. Los dedos de ella intentaron bajar la falda plateada sin éxito—. Y, tú, deja de comer. —Pasó de su mujer a Kitty, que iba por el cuarto o quinto bombón—. Los dulces son decorativos, no para que los engullas como una niña desnutrida que acaba de descubrir el chocolate, porque, viéndote, hambre has pasado poca desde que me he ido. —La pelirroja se atragantó y soltó el siguiente dulce que tenía entre las manos. Él continuó la ronda.

—Mi turno. ¡Yupi! —El sarcasmo atravesó el mutismo de Adele—. Estoy preparada.

—¿No te cansas de dejarme en evidencia? ¿Es que no podrías ser normal por un día? —Repasó su atuendo.

—Dejo que el mensaje de la camiseta te responda. —La estiró y él pudo leer el texto que la coronaba en letras verdes: «Soy rara, ¿y qué?». Supe que me tocaba. Relajó el gesto.

—Menos mal que queda Brie para mantener la esperanza. Ella sí que sabe comportarse. Estar... Un ejemplo del que deberíais aprender...

—¿Os importa que vaya al aseo? —interrumpí y, mientras mi padre asentía y yo me levantaba, Kitty pidió ayuda, los ojos de Adele me acusaron de traición y Julie se limpió una lágrima cuando pensaba que nadie la veía.

—Cuando vuelvas, todavía tendremos un rato para hablar de la universidad antes de entrar.

—¿Universidad? —Todo me pareció tan surrealista que me pellizqué la palma de la mano por si estaba soñando.

—Sí, ya he negociado con un par de amigos para que adelanten el dinero hasta que salga y disponga de liquidez. Tú no te preocupes. Deja el futuro en manos de papá, cariño.

La estancia me daba vueltas cuando me fui. Tenía ganas de vomitar. La línea resquebrajada de la cartulina y las caras de las mujeres de mi familia me acompañaron durante mi salida... Eran tan distintas a la tarde que habíamos pasado las cuatro solas preparando el regalo que no parecían las mismas personas. Supongo que así se manifiesta cuando te golpean en el interior de la mente hasta pisotear tu autoestima. No hay zonas moradas, solo caras tristes.

Consulté a un policía dónde estaba el baño y, de camino, la puerta abierta de uno de los despachos me hizo detenerme. Le pedí a la administrativa que estaba sentada unas tijeras con la excusa de que con los nervios me había dejado puesta la etiqueta del vestido.

Esperé a que todo el mundo saliese del servicio y me miré en el espejo durante un buen rato. No fue el tono déspota que mi padre había utilizado al hablar. No fue la cartulina en la que las cuatro y Barbie estábamos representadas destrozada con su tiranía. No. Ni saber que él era un impresentable ni que hiciese añicos a una porción del pasado me encendió. Fue el «cariño» que acaba de salir despedido de su boca y serpenteaba por mi piel rebotando hacia el cristal para devolverme la imagen de sus efectos. La sumisión.

Su «cariño» era como los «te quiero» de Logan y los «llámame a cualquier hora» de Aria que se acumulaban desde esa mañana en la memoria de mi móvil. Frases que contenían mis sentimientos, los neutralizaban con trucos de magia falsos y acallaban su respuesta, el torbellino que se agitó cuando le permití que me invadiesen.

Ellos me querían quieta y, por fin, me di cuenta de que a mí me gustaba más correr.

Me enfadé, porque tener la enorme pretensión de ser buena no era sinónimo de permitir que me recogiesen entre sus dedos, me estirasen y diesen forma colocándome unas cuerdas de marioneta que camuflaban con expresiones de amor. Agarré las tijeras y, al levantarlas, perdí la cabeza… O la recuperé, según se mire. Estoy convencida de que tú votarías la segunda opción.

«Cariño, la peluquera puede cortártelo tanto como le has pedido, pero parecerás un chico y no podrás disfrazarte de princesa», recordé cómo sonaba su voz una tarde de mayo después de la muerte de mi madre, cuando la cabeza me pesaba y quería liberarla del pelo para sentir el aire y que los mechones no me tapasen los ojos. Encontré los tres puntos que debí unir esa tarde: yo no quería vestirme de princesa. Un chico también podía hacerlo. El cariño era un arma para distraerme y atrapar mi personalidad.

La revelación fue el estímulo que necesitaba para hacerme con el timón perdido de mi mente, porque el cabello me sobraba igual que los segundos sin moverme. Corté. Una vez. Y otra. La melena aterrizaba en el lavamanos y yo sentía el rumor del viento que se colaba por la ventana en una piel sin cortina. Me gustó atreverme. Más terminar y sonreír a la chica del pelo corto de enfrente.

Puede parecer algo simple, Damien, pero nunca he sido complicada, y eso que para algunos no sería nada supuso creerme valiente. Tanto que decidí que había llegado el momento de salvarme, de salvarnos. Ya sabía lo que quería decirle a Arthur y no me habría dado miedo bajar de nuestro autobús, igual que no me lo dio recoger el baño y salir con paso firme.

Devolví a la mujer las tijeras y le pedí al policía que me dejase volver a entrar. Es curioso que, cuanto más loca me veía el mundo, más cuerda me sentía.

—No negocies con ningún amigo. —Liberadora, esa fue la sensación que experimenté cuando a mi padre se le desencajó la mandíbula al verme y, aun así, las palabras no se me atragantaron—. Voy a estudiar un curso de fotografía en una escuela que desaprobarías. Confía en mí. —Sonreí—. Y voy a pagar la matrícula con el dinero que me saco sirviendo copas en un karaoke del Bronx. —Tomé aire—. Una vez puestos al día, Kitty, llénate los bolsillos de bombones y en pie. Adele, estira la camiseta, que se vea bien lo que pone, y ven conmigo. Julie, recoge la cartulina. Nos vamos.

La exmodelo fue la única que dudó. Me acerqué y rocé el *collage* separado por las partes rasgadas.

—Esta es nuestra familia. —Junté las partes—. Y esto es lo que él hace con ella. —Volví a alejarlas—. Alguien que nos rompe no se merece que nos quedemos.

La rubia asintió y enlacé mis dedos con los suyos cuando se puso de pie. Sé que él también habló. No presté atención al político que, daba igual a lo que le sentenciase la condena, acababa de perder un juicio. Nos acababa de perder a nosotras y, aunque se me encogía el corazón, supe que en el fondo era benevolente. Mantendría su memoria ahí, resguardado en un frasco de cristal en el pasado, cuando era el hombre de las bolas de Navidad que arreglaba las cosas, sin que la presencia del desconocido ambicioso y prepotente siguiese desfigurando la forma de su sombra.

Pensaba que ya estaba todo hecho. Ni siquiera caí en ellos, los periodistas en los que tú tanto reparabas en el futuro, y no fui consciente de su efecto hasta que sentí el fuego de los *flashes* abrasando contra las hermanas Thompson y su madrastra de lentejuelas. Abandonábamos la vista antes. Algo había ocurrido. Necesitaban conocer los detalles. Sus micrófonos, que serpenteaban para ver cuál de nosotras abría la boca, deshicieron el contacto de nuestras manos. Y, en mitad de un caos que amenazaba con arrastrarme a la deriva, os vi.

Gavin, Eva y tú bajo un árbol.

Tú...

Y tu sonrisa...

Y mis pies protagonizando su primera carrera...

Y nosotros convirtiéndonos en inicio de nuevo.

Saludé primero a Eva y a Gavin. ¿El motivo? Sabía que, al llegar a tus brazos, querría detener el tiempo y todavía no conocía la fórmula.

—Habéis venido... —susurré un agradecimiento a tu mejor amigo cuando me estrechaba.

—¿Perdernos fardar de amiga famosa? Nunca. Hemos pasado de salir en reportajes de delincuencia en barrios marginales a compartir plano con la hija del casi alcalde. Tendría que haber elegido otro conjunto más impactante —carraspeó—. Y tú deberías abrazarle... —Su voz sonó queda. Notaba mis ganas y conocía las tuyas—. Lleva atacado desde esta mañana, cuando he ido a casa de su abuela y me ha preguntado un millón de veces qué se ponía… y cómo ibas a reaccionar al verle. No te metas con el bajo del traje. Su abuelo era más alto y Eva lleva torturándole todo el camino con chistes de bajitos como venganza por lo pesado que ha estado en el pase de modelos —me advirtió tu mejor amigo antes de soltarme. Todos veníais más elegantes que de costumbre. Solo tú acompañabas la chaqueta de vestir con una camisa y una corbata.

Si estabas nervioso, no lo mostraste, pero es que contigo hasta las arenas movedizas parecían seguras.

Evité parpadear para quedarme con todo el verde del mundo antes de posarme sobre la vibración de tu pecho. Y, mientras mis manos temblaban al aferrarse a tu cintura, las tuyas me envolvieron con su confianza característica. Sin embargo, sin los estímulos de la vista al cerrar los ojos, el oído quedó amplificado y el concierto de tus palpitaciones se trasladó a las mías propias, hasta que ambos inventamos una canción con el sonido de la vida.

—Esto se llama salir por la puerta grande, ángel. Cambio de look y lanzarte en los brazos del negrata. —Apoyaste tu cabeza sobre la mía y las distancias se recortaron, hasta que fuimos la misma figura de barro—. No me extraña que los periodistas se estén dejando el dedo en retratarnos.

—¿Nos están haciendo fotografías?

—Pues claro, saben que soy demasiado atractivo como para dejarme pasar…

—Se me ha ido la cabeza allí dentro… —reconocí. Me aferré a ti y respondiste con un beso en el nacimiento del pelo que ni siquiera tú te esperabas—, … y he dicho cosas y adiós pelo…

—Te conocí un poco desequilibrada y me decepcionaría que dejases de serlo. En cuanto al pelo… —Pusiste distancia y colocaste un dedo en mi barbilla para obligarme a mirarte—. Espero que no necesites que un gilipollas como yo ni cualquier otro te diga que estás preciosa para saberlo. Porque lo estás. Mucho. Aunque toda la belleza no pueda hacerle frente a lo bonito que guardas dentro.

Iba a hablar y un *flash* cegador me dejó sin palabras.

—Eh, mírame, Gabrielle, a mí. Solo a mí. Tú y yo somos el mundo entero. Se está bien, ¿verdad? —Asentí. De algún modo, lo conseguiste, Damien, conseguiste que esa fracción de segundo mi universo empezase y acabase contigo. A tu lado, vino la paz—. Así me gusta, porque ahora nos vamos a ir a un sitio que os va a encantar.

—¿Y el trabajo?

—Noche libre.

—¿Los dos?

—Sospecho que Tommy quiere que suceda algo entre nosotros. Tú hazte la tonta hasta que él te lo diga —bromeaste, y Julie se sumó con su: «Yo también soy de tu equipo».

—Logan... —balbuceé. Su nombre supo más a ser consecuente y hacer las cosas evitando heridos que a sentimiento.

—Ya lo sé. Le respetas profundamente y...

—Y no está —intenté que comprendieses—. Ha tecleado diez *te quieros* y no está. Tú, sí.

—Es un novio pésimo y yo, un amigo genial. ¿Acaso te sorprende? —Descendiste hasta que tus ojos quedaron a mi altura y ladeaste la cabeza con una sonrisa curvada emergiendo—. ¿Cambiamos el autobús por un vagón de metro durante una tarde? —Nos soltamos y hablaste a alguien que estaba a mi espalda: Adele—. Todas estáis invitadas. Tú también.

—Antes me depilo todo el cuerpo, gracias —soltó con su simpatía habitual.

—Deduzco que yo también me caigo del plan. —Se encogió de hombros Julie y, entonces, no supe si debía ir o...—. Id, Kitty también. Quién sabe, sin vosotras merodeando puede que sea la tarde en que, gracias a Adele, conozca las diferencias entre la arquitectura clásica, gótica, oriental y el *art nouveau*.

Mi hermana pequeña recogió el guante que le había lanzado la mujer del vestido corto plateado y, mientras se marchaban, le gritaste a la amante de los números de las Thompson que te encantaba su camiseta y, aunque no la viste, ella te sonrió y a mí me ganaste en todos los sentidos; cómo no ibas a hacerlo si reconocías las necesidades de mi sangre sin leer sus instrucciones.

De un modo natural, te salía cuidarnos.

De un modo natural, me salió declararte habitante de mis terminaciones nerviosas.

Así fue como la fecha marcada en el calendario para pasarla entre el juez, los abogados, acusaciones y defensas giró y dos de los satélites Thompson acabaron comprando cerveza y bolsas de patatas con unos chicos del Bronx para ir a las afueras de Manhattan.

Tú y yo añadimos un transporte a nuestra historia, al autobús que ya habíamos compartido y a los aviones que vendrían en unos años, aunque en esos no pudiste darme la mano para subir como sí que hiciste para que ascendiese al viejo vagón de metro abandonado.

—Tranquilas, un ejército de negros os protege. Si entra un asesino en serie, ya sabéis quién morirá primero y, si no, usad las películas de terror como fuente de documentación —Gavin soltó una de sus coñas.

Imagino que los dos llegasteis a la misma conclusión. La de que, dada nuestra condición, un sitio de esas características, viejo y desgastado, nos horrorizaría. Puede que a Eva también se le pasase por la cabeza un sentimiento similar, pero ella ya había tenido suficiente como para preocuparse por nimiedades. E hizo bien. La conclusión de vuestra conexión falló.

A nosotras nos fascinó.

Kitty solo se balanceaba agarrada a las barras de metal si tenía la creatividad despierta y su interruptor se activaba con cosas que le calaban. En cuanto a mí, no vi un sitio descuidado que chirriaba, sino un refugio con nombres tallados en las paredes, dibujos y cada uno de vosotros sentándose de manera automática en su sitio, porque os pertenecía por uso y, créeme, supera con creces un contrato.

—Solo se vive una vez, pero una vez, si te lo tomas en serio y pones el esfuerzo adecuado, es suficiente. —Gavin abrió la primera bolsa y me la pasó—. ¿Jugamos a conocernos?

—¿Conocernos? —dudó mi hermana.

—Si vamos a compartir tiempo juntos, deberíamos saber nuestra principal rareza, el sueño que guardamos en la recámara y la golosina favorita de cuando éramos críos. Hay una ley no escrita que lo dice.

Gavin me hizo reflexionar. Allí, mientras la cerveza pasaba de mano en mano y el sonido ambiente se convertía en patatas crujiendo en diferentes bocas. Conocer, el verbo. A mí y a los demás. Pensé en lo mucho que decía «a mí me gusta» o «yo soy» frente al poco tiempo que empleaba en descubrir mis propios secretos. Me di cuenta de que nunca me había sentado frente a otra persona que me ofreciese contar lo que quisiese sin condiciones.

Tu mejor amigo se quitó la gorra y rompió el hielo.

—Mi madre me regaló un estetoscopio cuando era pequeño y jugaba a auscultar a mi osito de peluche. Lo hizo para que le perdiese el miedo al médico, le cogí gusto y casi gano una vocación. Imagina…

—¿En serio? —Frunciste el ceño.

—No. Habría molado, así que me lo quedo como sueño en la recámara. —Brotó su risilla traviesa—. Te toca. ¿Cuál era tu golosina favorita?

—¿A mí? —Kitty se señaló y el chico de las piernas largas asintió—. Es evidente. —Se puso en pie y dio una vuelta para que la observasen—. ¡Todas! Me las comía a puñados y…

—Para. —Eva la interrumpió.

—¿Qué?

—El intento desesperado de hacerte la graciosa. —Aplastó la colilla con sus botas—. ¿Te gusta tu cuerpo?

—A nadie le…

—A nadie ¿qué? No eres la voz del universo, pelirroja, solo la tuya propia, porque a mí sí que me gusta. ¿Y a ti?

Creo que hasta ese momento la mayor de los Thompson no se había parado a meditar, por raro que parezca. Visto con la perspectiva del tiempo, me da la sensación de que los mensajes disparados por la sociedad por todas direcciones la habían convencido de que lo correcto, lo normal, era sentirse mal por el sobrepeso. El único camino de una gorda era intentar dejar de serlo y avergonzarse si fallaba con la dieta. Sin embargo, los ojos de la morena más atractiva con la que se había topado la observaban como si fuese deseable, como si la expresión «sexualidad» le estuviese permitida y la belleza, al alcance de la mano si...

—¿Sí? —Fue más una pregunta que una respuesta. Una que se hacía a ella misma y para la que obtuvo respuesta—. Sí, me gusta. Me gusto.

—Me alegra oír eso. —Y la chica del Bronx se puso a jugar con un mechero y mi hermana la observó con renovado interés.

Poco a poco esa panda de satélites que habían acabado por azar en el mismo cielo se fue abriendo, divirtiendo y compartiendo botellas que se acababan rápido y risas que subían de volumen. Menos tú. Gavin te saltaba de la ronda de preguntas y, cuando intuiste que no ibas a correr tanta suerte conmigo, te bajaste del vagón.

—¿Por qué seguirle con la mirada si tienes pies? —sugirió nuestro amigo mascullando sobre mi oído y, de nuevo, tenía esa expresión agridulce que no comprendí. Entonces no.

Salí detrás de ti y te encontré...

—¿Con que poniéndote negro? —El alcohol tuvo la culpa. Me tapé la boca con la mano.

—Diles a tus remordimientos que se relajen. No hay preguntas incómodas, sino personas sin recursos para responder. No me incluyas en los segundos. —Te apoyaste contra la rueda con los brazos cruzados en la nuca y los ojos cerrados—. Los negros también nos bronceamos, más rápido y con menos riesgo de quemarnos. Y tenemos superioridad deportiva y, ejem, las pobres capuchas blancas del Ku Klux Klan tenían muchas razones para envidiarnos, aunque preferían llamarle odio porque ellos no tenían mi pedazo de diccionario.

El móvil me vibró de nuevo. Logan comenzaba a ponerse nervioso porque no respondía a sus te quiero, pero es que no me apetecía, no quería responderle. Lo único que quería era… Me dejé caer a tu lado.

—Dime tres cosas buenas de ti. —No fuiste capaz de pronunciar ni una. Ni una, Damien. ¿Ves lo triste que es?

—Piensa lo peor de mí, súmale ideas descabelladas y, aun así, estarás siendo benevolente con la verdad.

—Cuando hablas de ese modo es como si te marchases lejos, aunque esté a un movimiento de rozarte la mano. —Bajaste la mirada y comprobaste lo cerca que estaban.

No cediste de inmediato. Yo tampoco cambié de postura. Me dediqué a observar las tripas de hierro del antiguo vagón y a dibujar las figuras de las nubes en la tierra. Hasta que te quitaste la chaqueta, la corbata y carraspeaste. Tenías los ojos clavados enfrente cuando empezaste a hablar.

—Las estrellas fugaces se van. Desaparecen. Son efímeras. No les pido deseos. —Tomaste una bocanada de aire y te giraste—. Sin embargo, él… El sol permanece cada día. Acompaña. Si tengo que jugármela al cielo, es en el que confío. Ahí tienes mi rareza.

—¿Podemos compartirla?

—Tengo que pensarlo. —Te di un codazo y te apartaste fingiendo indignarte, luego me miraste muy serio—. ¿Quieres seguir conociendo mi historia?

—Siempre.

—En lugar de golosinas, pasas.

—Espera, creo que he cambiado de opinión y prefiero no escuchar más. ¿Pasas? ¿En serio has dicho pasas?

—¿Tú qué habrías elegido?

—¡Hay un abanico inmenso!

—Un abanico inmenso de basura…

—Nos sacan de las cajas de galletas y no somos capaces de ponernos de acuerdo…

Me escuchaste recitarte mi selección de guarrerías infantiles. Me escuchaste hablarte de mi madre, Julie, Kitty, Adele y…, cuando te pedí que mirases en mi móvil si mi padre había salido bajo fianza y sacudiste la cabeza negando, no me juzgaste por llorar a pesar de estar enfadada con él. Simplemente me ofreciste tu hombro y no dudé en utilizarlo.

Contigo podía serlo todo en un segundo y nada estaba mal.

Contigo pedí un deseo a la estrella del día que nunca se marchaba y como respuesta escuché tu voz susurrando:

—Gracias por apuntarme a la batalla.

—Lo harás muy bien.

—¿Segura?

—Tienes un astro repleto de fuego para ti solito para pedírselo, ¿qué puede salir mal?

—No, esta vez no ha sido él. Tú… tú haces que me mueva, Gabrielle.

Fue bonito sentirme inicio de algo tan grande. ¿Recuerdas el sol inmenso de aquella tarde? ¿El modo en el que te eclipsaba, te parecía poderoso y te hacía sentir mejor, en calma? Pues, bien, durante estos años tú has sido eso para mucha gente. Al verte así no estoy del todo segura de que lo sepas, y deberías hacerlo. Conocer tu poder. Tener algo bueno que contar si alguien te pide que le digas tres cosas buenas de ti.

CAPÍTULO 11

DE DAMIEN A GABRIELLE

Desde Nueva York. Hoy, 2020. Volviendo a la adolescencia

Abrí el grifo y me eché agua fría en la cara y la nuca. Traté de recoger los pensamientos sueltos para darles forma frente al espejo. Fallé y la capucha de la sudadera cayó para atrás. Las recientes gotas todavía recorrían mi rostro cuando me di cuenta de que las pronunciadas ojeras que vestía eran dignas de un estudio sobre los efectos nocivos del cansancio extremo.

Había llegado el día. Más bien la noche. La batalla. Y, aunque poco tenía que ver con la guerra, me había provocado un insomnio bestial. Una semana. Una puta semana dando vueltas en la cama y fumando por la ventana para arrastrar la sensación de que solo era un niño enamorado del cielo que se había creído con derecho de escribir encima del arcoíris.

—Deberías acompañarme a la parroquia. —Se coló la voz de mi abuela, que hablaba con Eva al otro lado de la puerta. Volvía a insistir a mi amiga y ella le contestaba exactamente igual que en casa.

—Sería hipócrita. Si creyese en Dios, solo obtendría mi desprecio por permitir tantas cosas malas. Bajo ningún concepto iría a su templo. Pero es que encima no lo hago.

—¿Quieres decir que no confías en lo que no ves con tus propios ojos? —La anciana tejió una emboscada.

—Exacto, Cleo. —Error…

—Entonces todavía puedes fiarte de las personas… Allí hay muchas y, casi, solo casi, molan tanto como yo. —Carraspeó—. Se sigue usando mola, ¿no?

—Sí, no, ¡yo qué sé! ¿Por qué te importa tanto? No tengo voz para el góspel y, si el párroco se pone a hablar de mutaciones aladas o adolescentes que se quedan preñadas sin follar, es posible que me ría en su cara.

—Si omites la razón, se sentirá halagado. Le encanta considerarse divertido y, entre tú, yo y el cotilla de mi nieto, que seguro que nos está escuchando, hace menos gracia que los chascarrillos de los políticos pretendiendo caer bien.

—Así que, ¿técnicamente iría para subirle la autoestima a un desconocido al que no le sale bien hacer de payaso?

—Si el nubarrón que planea sobre tu cabeza te lo permite, vendrías para que te hablase de las acciones solidarias que hacen y demostrar lo que yo ya sé, que eres león, pero la flor, con esporas dispuestas para ser lanzadas en todas las direcciones y ayudar. —¿Entiendes ahora su dibujo en The Voice? Con un discurso, Cleo reconstruyó todo lo que mi amiga había perdido, hasta que el daño pasó a ser bonitas esporas.

Hubo un segundo de silencio. Uno. Supongo que los ojos de mi abuela penetraron en los de Eva y esta acabó apartando la mirada. No debió ser fácil para una chica que no creía en la magia comprobar que una desconocida adivinaba la forma de sus sueños sin pistas. Complicado y peligroso. Obligaba a la atea a confiar en alguien. En mi abuela, que a esas alturas ya era techo, plato caliente y un sinfín de crucigramas para sustituir los golpes.

—¿Qué hará Damien? —La morena cambió de conversación.

—Vomitar el perrito caliente de hoy y la leche del pecho de su madre.

—¿Tan nervioso está? —Oí a Gavin. Acababa de llegar y tenía la respiración agitada.

—Más bien roza la histeria.

—¿Y si entramos? Le veo capaz de pirarse por la ventana trasera...

Estaba tan bloqueado que no había valorado esa opción; si no, es posible que esa tarde hubiese pegado un salto perfecto a la calle en lugar de intentar enrollarme una y otra vez con la taza del váter que yo mismo había limpiado el día anterior. Digo intentar, porque notaba la presión en la boca del estómago, pero a las arcadas no le sobrevenía nada y era inevitable que cada vez se me encogiesen más las tripas.

¿Ves? Los tipos duros también sienten pánico escénico, ángel, solo que sabemos disimularlo encerrándonos de un modo patético.

—¿Estás bien, Damien? —consultó Cleo, que esa noche se había plantado una llamativa peluca azul. No contesté—. ¿Echando el miedo por delante o por detrás?

—¡Joder, abuela!

—¿Te has vuelto fino?

—¡Me he vuelto de los que quieren intimidad!

—¿Y cómo te cuento el secreto de la vejez antes de que salgas al escenario?

—¿No era el de la familia?

—A mi edad tienes muchos. Sal.

La madera crujió cuando ella se apoyó contra la puerta del baño de The Voice. Permanecí dentro. Estaba contaminado. El vértigo dejaba un regusto amargo en mi paladar. Las costillas oprimían mis órganos con la duda de si la poesía sería mi aliada o las letras chocarían torpes en lugar de bailar. La voz, hundida por si no era capaz de sonar como una rima memorable. Y la sensación incesante de que no era mi mejor momento, ofrecería una versión por debajo de la calidad exigida y... A eso se le llama agobiarse, ser injusto en los niveles de exigencia con uno mismo y convertirme en una de tantas personas que pecan de castigarse. Ansiedad.

—¿Me vas a obligar a forzar la puerta? Me veré obligada a hacerlo si no me dejas otra opción. Y te explicaré que no merece la pena, ¿te haces a la idea de cuánto sufrimos por cosas que nunca ocurren?

No sabía medir cuánto se sufría por cosas que nunca pasaban. Sí que cargábamos al futuro de preocupaciones que no existían en la realidad hasta convertirlo en nuestro enemigo. Anhelo. Deseos. Olvido del hoy.

Abrí la puerta del baño y me encontré a mi abuela agachada con los labios fruncidos y una puta horquilla entre los dedos. Iba en serio.

—¿Vas a soltarme el discursito de que si salgo y lucho por mis sueños lo conseguiré?

—¿Por quién me tomas? Por supuesto que no. ¿Sabes la proporción de chavales que quieren ser raperos y cuántos lo logran?

—Ofrezco el doble de lo que te han pagado los rivales por desmoralizarme.

—La mayoría de los aspirantes ni lo hacen ni lo harán.

—Joder, abuela, te estás coronando tú solita.

—¿Y qué? —Levantó la barbilla y sonrió—. Damien, fallar no es malo, lo malo es que la soberbia de sentirte el mejor te impida disfrutarlo si los planes no se cumplen, si el esfuerzo no obtiene recompensa, si lo has dado todo y, a cambio, no hay nada. El fracaso es no darte cuenta de que, con público o no, siempre podrás seguir rapeando. —Colocó su mano en mi hombro—. ¿Quién es más artista: el que llena estadios o el que compone con un diccionario en la antigua habitación de su padre? —Esperé su respuesta—. Lo es el que se siente feliz mientras está creando. La meta está bien, pero el camino… El camino es la vida, cariño.

Mi abuela podría haber sido directora de orquesta. Medía los tempos. Supo exactamente cuándo posar sus labios en mi mejilla y marcharse con Eva para dejarme pensando. Si se planteaba el peor escenario, nada me impediría seguir estudiando al día siguiente nuevos significados de mi diccionario que usar en futuras canciones.

Las garras de la presión aflojaron. Y, de repente, me di cuenta de que había crecido creyéndome pobre cuando siempre había tenido algo que resistía a billetes, bolsillos vacíos y casas cambiantes, un habitante de la cabeza, el pecho, la sangre y la piel. El arte. Yo. Nadie podría separarnos.

Miré a Gavin, y no sé qué debía desprender mi cara, pero me observaba fascinado y con esa ligera contención que le hacía frotarse las manos y aceleraba su respiración cuando leía en mis ojos que acababa de sortear un nuevo obstáculo.

A mi mejor amigo no le gustaban los papeles intermedios. Quería ser el primero en felicitarme o el último que se despedía. Formaba parte de su esencia, como la absurdez de intentar encajar en mis circunstancias al precio que fuera. Me doy cuenta ahora, ¿sabes, ángel? Cuando lo estás viviendo, los detalles que no acuden de frente se pierden y, en algún momento, recuperas la visión panorámica. Distingues su mano después de los enfrentamientos que detestaba y le ves de nuevo aquella noche, disfrazado de algo similar a rapero en el baño del karaoke.

Mierda.

No puedo.

No.

No.

¡No!

Que deje de sonreír.

Que no lo haga nunca.

¿Por qué he querido regresar a este momento?

¿Por qué?

Porque sé que estoy a unas frases de que estire la mano.

Vuelvo. ¿Vienes, Gabrielle?

No. Nunca lo harás.

—Increíble. —Le solté—. Me dice que no voy a conseguirlo, me da un beso y se pira.

—Desde luego, no la contratarán de guionista de anuncios navideños. Por lo pronto, nos ha complicado al resto la tarea de aconsejarte.

—¿Tú también pensabas decirme que no lo lograré? No me jodas...

—Iba a recordarte la base para que todo salga bien cuando subas allí arriba. —Se adelantó un paso.

—¿El truco de imaginarme al público en pelotas?

—¿Qué clase de pervertido eres? —se mofó, y puse los ojos en blanco. Santa paciencia, la mía…—. Ahora en serio, vas a salir, puedes hacerlo bien, puedes hacerlo de pena. Sin embargo, cada rima que pronuncies será parte de tu disco. Te pertenece. Haz que la canción merezca la pena.

Entonces, su cálida palma se posó sobre la mía y, cuando se giró para largarse, había dejado encima el llavero de un atrapasueños morado y azul en el que ponía: «Let's your dreams be your guide».

Lo leí un par de veces y le hablé antes de que cruzase la puerta para reunirse con el resto.

—Hermano.

—¿Qué? —Se dio la vuelta y en su cara se dibujó la satisfacción de saber que me había encantado, aunque no se lo dijese en voz alta.

—Tú sí que valdrías para los anuncios navideños.

—Lo sé. Coca-Cola se está perdiendo un gran filón por no conocerme.

—¿Podrías, ya sabes, estar en primera fila?

—¿Es donde me quieres?

—Arriba quedaría un poco raro.

—Allí estaré.

—¿Me das tu palabra?

—¿Cuándo te he mentido?

—Nunca.

Se fue. A mí me invadió un estado de tranquilidad. Si él estaba cerca, nada podía salir mal. Con él… todo era mejor y el mundo parecía querer abrazarme. O tal vez solo Gavin quería hacerlo y para mí era lo mismo.

Permanecí en el baño hasta que Tommy el Gordo vino a buscarme. Nos había dado la noche libre a los dos. A mí, porque iba a actuar. A ti, para que estudiases la última semana de exámenes. Era un tío grande, y no me refiero a su tamaño. Comprensivo. Empático. Bueno. No se merecía… Paro, que me adelanto.

Me guió al despacho. El resto de los raperos ya estaban allí, sentados en el sofá que no hacía mucho había sido mi cama y apoyados en el escritorio. Los saludé con un levantamiento de barbilla con el que pretendía ocultar el nerviosismo que había estado a un paso de acabar conmigo. La mayoría respondió del mismo modo, excepto Jaze, ese al que un sorteo había situado como mi oponente.

El tipo era un experto. Ganaba en improvisaciones callejeras y encima del escenario. Una leyenda. Sus actuaciones eran la hostia, yo mismo me había quedado ensimismado escuchándole con letras que regresaban días después para obligarte a reflexionar. Ya contaba con el apoyo del público y, si no llega a hablar conmigo en la previa, habría salido también respaldado por mi admiración y no por mis ganas de machacarle.

—Participar debería tener derecho limitado. —Se recolocó el nudo del pañuelo y crujió los nudillos tatuados—. Límpiate los ojos. Se nota a leguas que has estado llorando. Avergüenzas a la profesión, cara bonita. —Sonrió y mostró sus fundas doradas. Intentaba aplastar mi confianza antes de empezar. No tenía intención de ponérselo fácil.

—Tú tampoco estás mal. Puedes proponerme una cita cuando terminemos. Me gustan la *pizza* y el buen vino.

—Te crees muy listo, ¿eh?

—Creo que no paras de halagarme porque soy un novato, no me tienes las medidas cogidas y eso te acojona. —Aclaré la garganta y fijé mis ojos en los suyos—. Temes estar a una poesía de perder tu trono y yo estoy dispuesto a cumplir la pesadilla.

—Te he estudiado y allí arriba voy a destrozar todo lo que te rodea. Soy una bomba y tus pasos rumbo al escenario, el dedo que retira la anilla para que explote.

Dejó un regusto amargo con su nombre ascendiendo por mi garganta y salió. Tuve la intuición de que no mentía. A diferencia de mi estilo, el de dejar volar la imaginación, Jaze era de los que investigaba, veía vídeos de sus oponentes, leía, revisaba redes sociales o se tomaba birras con conocidos que le desvelaban secretos sin saber que lo estaban haciendo entre tragos. La estrategia era encajar los golpes, y para ello debía mentalizarme de que estaba a nada de escuchar las peores cosas que existían sobre mí. Las repasé. Violencia, desfases... Nada importaba, hasta que llegaron la nieve, las medicinas y los grilletes que se cernían sobre las muñecas de mi padre. Era imposible que lo supiera. Era...

La voz de Tommy anunció que llegaba mi turno.

Triple X, un rapero negro que se había puesto el apodo en honor al Ku Klux Klan, para joderles si somos exactos, se acercó para susurrarme al oído en cuanto se abrió la puerta:

—¿Ves a la preñada que hay en el público? ¿La que va a reventar de un momento a otro? —La localicé en uno de los laterales acalorada y asentí—. Es su mujer.

—¿Y?

—¿No has hecho los deberes, cabrón? —Rio—. Jaze es un puto cerdo y, así a ojo, distingo a dos tías más a las que se folla entre las asistentes.

Comprendí.

Con su siguiente intervención, confirmó mis sospechas.

—Se llaman Hayley y Gloria.

—Para ser ayuda improvisada, tienes bien estudiados sus nombres.

—Jaze carece de piedad, ¿acaso se merece el respeto del resto?

De Triple X se rumoreaban muchas cosas. Que la cicatriz que le surcaba la cara de un extremo de la mejilla a otro era un ajuste de cuentas por haber delatado a unos compañeros de trapicheos, que le dedicaba una canción a cada uno de sus hijos no reconocidos o que la discográfica que estaba montando era una tapadera para lavar dinero de otros negocios más turbios. Lo que no se decía fue la sensación que me recorrió la espina dorsal: había que tener cuidado con él. Era el tipo de personas que buscaban el talón de Aquiles, las debilidades, y no existían barreras morales para que no las utilizase en su propio beneficio.

—¿Y si a su mujer se le adelanta el parto?

—Vamos a ver, colega, ¿tú quieres triunfar?

No ha sido la única vez que alguien me ha hecho esa pregunta a lo largo de mi vida. Sí la que más me ha afectado. La tonalidad despedía el deje de que nada importaba para conseguir la meta. Te convertía en una estrella que no tenía que preocuparse si con su siguiente movimiento fulminaba a los planetas que dependían de su calor.

Dudé, claro que lo hice. Nunca he sido perfecto, y la tentación del camino rápido es tan atrayente... Con una sencilla información había conseguido el motor más potente y la carretera que se planteaba delante era una gran línea recta. Solo tenía que pisar el acelerador y vendarme los ojos para no ver si me llevaba a alguien durante la trayectoria.

Quise hacerlo. Más cuando el instante llegó, salí a escena, el presentador me preguntó mi nombre y balbuceé Tiger con una voz proveniente de las entrañas que terminó con un inconfundible gallo. Jaze aprovechó para soltar una coña y el público comenzó a reírse. A señalarme. A sentenciar que mi paso sería breve. La rabia se apoderó de mi cuerpo y, entonces, en mitad del mar embravecido de personas que ahogaban mi confianza, apareciste.

Tú, que te habías disculpado por no poder venir.

Tú, que te sumaste a las sonrisas para que significasen otra cosa.

Tú, ángel, perdida en el fondo y a la vez a mi lado.

Fuiste ola. No hay más. Una ola que me impulsó para que viese todo lo que me rodeaba. La mujer de la peluca azul acompañada de la muchacha que fulminaba a los que me atacaban con la mirada, el dueño de un karaoke que se agachaba debajo de la barra para mojar con su pistolita a los que me ofendían y el muchacho que aguantaba estoico los empujones para mantenerse en primera fila y que lo único que escuchase fuese su voz dándome ánimos. De repente, un océano en el que estabais vosotros dejó de parecerme peligroso y decidí que me acompañaría siempre. Tú amabas tanto el agua...

Le quité el micrófono al *speaker* de las manos.

–Ocean. Soy Tiger Ocean.

El impulso provocó nuevas risas, pero ya no importaba. Ya no. A vosotros os gustó y, mientras el rapero tomaba aire, caí en la cuenta de que el mar estaba repleto de atunes, lo mucho que disfrutaba Lluvia comiendo latas y decidí que esa actuación se la dedicaba a ella y al hombre que había antepuesto su libertad por encima de la mía, mi padre.

Jaze comenzó fuerte. Iba a matar, solo que su revólver os apuntó a vosotros, a los que pasó a acuñar mis juguetes rotos. Miré a su mujer, que se acariciaba la barriga, y a Triple X, que asentía con el convencimiento de que su ponzoña había surtido efecto. Me pregunté si quería ser eso, él, veneno. Contaminar. Dañar. Arrasar. No.

El arte, al menos como yo lo concebía y sigo haciéndolo, no es heridas abiertas. Es medicina. Lo importante no es llegar a la cima, sino cómo lo haces, sus cimientos. Tenía puto vértigo, joder, si la estructura se movía, nunca podría disfrutarla. Mejor con buenos materiales, subir escalón a escalón e intentar aprovechar cada una de las alturas.

Cuando llegó mi turno, ya sabía que no destruiría a una mujer que no me había hecho nada y que durante el tiempo limitado del que disponía manifestaría los engaños de mi oponente con ingenio, lo evidenciaría y me aliaría con la verdad. Fue lo que hice. Cerré los ojos, empecé y luego los abrí para experimentar la transformación del público, que me abucheaba al inicio y terminó ovacionándome cuando sentencié:

–Tú lo has dicho. Colecciono tragedias. No importa, porque ellos pueden volar con el alma rota. Saluda y cierra la boca, para mis juguetes rotos solo eres idiota.

Fallé.

Mis rimas no fueron suficiente. Le prefirieron a él, con su ofensa y sus dardos. Me cabreé. Aunque te digan que lo importante de jugar es participar y sepas que perder es una opción, jode. Más contra un impresentable.

De nada sirvió que Triple X me felicitase por mi actuación y me acabase pidiendo entusiasmado las letras de mis composiciones, y que le dejara mi cuaderno, para estudiar hacer algo en su discográfica. No. La frustración de que debería haber aguantado más rondas se me adhería a la piel cuando entré en el almacén que un día había sido mi habitación. Había estado tan cerca… Casi parecía que había recuperado al público, sus aplausos resonarían con más fuerza con mi nombre y sería mi mano la que el presentador levantaría para anunciar la victoria. Casi. A unos decibelios de conseguirlo. Quedarme a las puertas no era suficiente.

Pegué un puñetazo al aire.

Oí tu voz.

—¿Herido?

—¿Estás siendo sarcástica?

Me di la vuelta. Gavin y tú estabais allí. Llevabas el pelo corto blanquecino echado para un lado y las puntas se disparaban en los laterales.

—Deja de compadecerte y mueve el culo para ser el que acaba encima del escenario en la próxima batalla.

—Refréscame la memoria. ¿Tú y yo nos llevábamos bien? Porque empiezo a dudarlo…

—Terapia de choque. —Enarqué una ceja y tú te bajaste las mangas de la camiseta repleta de flores que llevabas. Diste un paso al frente y mi mejor amigo se mantuvo en su sitio con una cara que denotaba que estaba evaluando la situación—. Aunque empiezo a darme cuenta de que tal vez es menos efectiva de lo que pensaba.

—A buenas horas, señora, ¿herido? —imité.

—Consolarte habría restado valor al hecho de que te hayas atrevido a salir. Estaba convencida de que un discurso aludiendo a tu trasero y una futura victoria sería más convincente.

—Pues te has colado, y mucho.

La frustración me tenía cegado. No había sido justo. Mi mejor amigo se dio cuenta y nos echó una mano. Más a mí que a ti. Si lo que acabó pasando esa noche nunca hubiera ocurrido, me habría arrepentido el resto de mis días sin ser siquiera consciente.

—Supongo que el hecho de que te haya elegido por encima del baile de fin de curso inclina la balanza.

—¡Gavin! —le reprendiste.

—¿Que te has perdido el qué? —Parpadeé, confuso. Llevabas demasiado tiempo hablando del acontecimiento como para renunciar por… por… por… por mí.

—El baile de fin de curso es un ritual por el cual… —interrumpí la definición de Gavin.

—Sé lo que es. —Te miré—. ¿Por qué?

—Oh, no me vengas con que tú también piensas que es un momento decisivo en la etapa adolescente. —Frotaste las manos y te mordiste el labio. Sabías lo que revelaba y pretendías restarle valor.

—A mí me parece una gilipollez, pero ¿y a ti?

—Reconozco que tenía curiosidad… Nada comparable a estar a tu lado. Mi lugar estaba aquí.

Levantaste la mano y, en lugar de retirarla en el último instante como de costumbre, me agarraste el brazo.

—Contigo.

—Conmigo.

—Juntos —sentenciaste, y las pulsaciones se dispararon.

He intentado muchas veces ponerle letra a ese momento y todavía no he sido capaz, ¿sabes? El instante en el que una palabra escapa de su significado en el diccionario y se convierte en algo más. Eres consciente de que da igual cuánta gente la utilice a lo largo de la historia, nunca serán capaces de crear un «juntos» similar.

—¿Ha acabado?

—Si son fieles a la leyenda, no terminará hasta que haya sobredosis de drama, un par de embarazos no deseados y se haga de día.

—¿Qué tal se lo han tomado Logan y Aria?

—Ni idea. —Te encogiste de hombros—. He recogido sus «te quiero mucho» y sus «llámame a cualquier hora para contarme qué tal el juicio» y le he dado a reenviar. Después he apagado el móvil. —Gavin te aplaudió y a mí se me olvidó que había perdido por el orgullo de ser testigo de cómo te hacías valer y empezabas a abrir las alas.

—Vamos —anuncié. No quería que te lo perdieses. En realidad, nunca he querido que perdieses nada.

—Sé que no te entusiasma.

—Sabes que no me gustan ese tipo de fiestas y lo que deberías saber también es que a mí me apetece acompañarte a cualquier lado.

—¿Incluso a un baile de niños pijos?

—Dame alcohol. —Nos reímos—. Ahora en serio, ¿desde cuándo importan las tablas del escenario si tú estás encima?

Sonreíste, y tu piel se erizó, lo que provocó que en la mía surtiese el mismo efecto.

Periodistas y seguidores me han preguntado a lo largo de mi trayectoria por qué no tengo canciones de amor en mi repertorio. Siempre les he contestado que hablo de otras formas de querer. Sin embargo, hoy, ahora, al repasar mi camino, me he dado cuenta de que esas frases han existido, solo que, en lugar de recogerlas, surgían solas para decírtelas.

Puede que mi subconsciente las haya reservado para que nunca olvide que sin saber tu reacción no merecen la pena. Es probable que esa noche, mientras salíamos de The Voice después de despedirnos del resto, compusiese un tema sobre el modo en que tu mano se cerró sobre la mía para no perdernos mientras sorteábamos a la gente y lo fácil que era acostumbrarse a tu suavidad y a que el gesto te naciese solo cada vez con más frecuencia. Lo único seguro es que Gavin la escuchó entre mis silencios y se quedó allí en lugar de acompañarnos, y tuve que darme cuenta de que algo no funcionaba o, al menos, girarme para dedicarle el último adiós al tío más alto del karaoke.

¿Lo estuvo esperando? ¿Sintió decepción o dolor? ¿Hicimos

mal por dejarnos llevar por un sentimiento tan arrollador que eclipsaba el mundo?

Sí.

No.

Sin intención, en menos de dos horas estaríamos condenados a que uno de los tres saliese herido. Pero todavía quedaban días para que averiguásemos el poder de los sentimientos al impactar en cuerpos ajenos, así que, ingenuos, llegamos a la fiesta sin saber todo lo que desencadenaría.

Los niños de la alta sociedad neoyorkina no celebran el fin de curso en un gimnasio decorado con globos, cartulinas y un DJ pinchando música cutre. Ellos alquilan una terraza como la ubicada en la 230 Fifth. Tiene su lógica, están destinados a ser los amos del planeta, un buen modo de comenzar es ponerlo a sus pies, para que se acostumbren a verlo todo en perspectiva. Los rascacielos se miran de frente y no echando para atrás la cabeza para observar cómo se pierden en las alturas, y las personas son puntos, hormigas, masa de un color oscuro.

Las luces de los edificios parecían nuestro propio cielo estrellado y las casualidades de la vida habían llevado al Empire State a guiñarme un ojo vestido de azul. Los estudiantes iban demasiado borrachos para reparar en nuestra presencia y se evadían bailando sobre el césped artificial, tonteando en las palmeras o recostados en tumbonas debajo de las sombrillas. Por lo menos, respetaban el tono rojo de los vasos para ocultar un alcohol que, allí, igual que en el karaoke, ignoraba la legalidad.

Agarré una cerveza y me dediqué a observar la ostentosidad mientras la sensación de injusticia me agarraba las tripas. Alguien se había equivocado al repartir. No podían existir unos con tanto y otros con tan poco. ¡Si hasta se dejaban copas de champán a la mitad y se pedían otras porque se habían calentado!

Pegué un trago.

—¡Sorpresa! Idéntico sabor a las de The Voice. —Intentaste resaltar las semejanzas por encima de las diferencias. Así eras tú, buscar punto de encuentro. Yo, pensar la manera de escalar y poder disfrutar de las cosas (porque solo eran cosas) que el universo me había vetado.

—Igual, igual…

—Cierto. —Ladeaste la cabeza—. Las del karaoke son mucho más consistentes. —Miraste a ambos lados y te acercaste—. Cuando me tratabas mal, escupía en tu vaso. —Te alejaste y te tapaste la boca. El suave viento acarició por detrás las puntas y provocó que se movieran—. Ups, se me ha escapado.

—¿En serio?

—¡No! ¿Por quién me tomas?

Podríamos haber seguido jugando a bromear con el cuerpo cada vez más cerca si no llega a aparecer una chica. Siempre me ha asombrado la pasmosa seguridad de algunos al afirmar algo tan estúpido como que entre vosotras os tratáis mal, que os puede la envidia y sois vuestras mayores enemigas. Bien, habrá de todo, pero no lo suficiente como para generalizar, y es que las mujeres os comprendéis, os ayudáis y os unís en una voz para que, si alguna se queda afónica, no deje de sonar. Sois fuerza conjunta, separada, y eso os convierte en invencibles, ya sea para todas las luchas pasadas y las que vendrán o, como pasó en la terraza, para decirle a una compañera que vaya al reservado más alejado del baño.

La imagen de Logan y Aria devorándose con la boca y las manos nos recibió. Estaban detrás de la cortina blanca, sobre la cama que se movía al son de sus aproximaciones para evitar que el aire circulase entre los dos cuerpos y sus manos pudiesen aferrarse mejor a la carne.

Te quedaste paralizada y tu pecho comenzó a subir y bajar a un ritmo frenético. Parecía que temblabas mientras se te quebraba el corazón. Te agarraste a la barra de madera y apretaste tanto que los nudillos palidecieron bajo la luz de neón.

—Si vas a abalanzarte o tirar algo, avisa, la sangre me marea, —dije una tontería, sí. No sabía qué hacer y necesitaba que escuchases que estaba a tu lado por si se te había olvidado por la traición.

La morena se separó entre gemidos para recuperar el aliento. Tenía los labios hinchados y el pelo revuelto. Iba a volver a la carga cuando te distinguió y se apartó de un salto. A partir de ahí llegó el patético instante de las excusas. Como buenos cobardes, en lugar de asumir su error, echaron la culpa al contrario, que si «Aria se ha abalanzado» o «Ha sido Logan el que he empezado». Aspiraste y expulsaste el aire con lentitud.

—Voy a irme. —Te impusiste con la calma y el control que te caracterizaban—. Cuando dejéis de verme, habré desaparecido también de vuestras vidas, ¿entendido?

Pudiste montar una escena, gritar y reprochar. La vía que elegiste les afectó más. En situaciones así, mucha gente traspasa escudos y daña. Cuerpo o alma. Qué más da. Conocías sus debilidades y podías haber improvisado una canción destructora al estilo de Jaze. Y ese golpe habría sido al que se habrían acogido para no sentirse tan mierdas al darse cuenta de lo que habían perdido por un calentón.

Sin embargo, tus pies alejándose les dejaron un vacío y, Gabrielle, tú eras demasiado grande para encontrar algo que volviese a llenar el hueco con un brillo similar.

Te llevé a The Cage.

Fue nuestra primera cita. Y es que, a mi modo de ver, estas deben componerse de enseñar una pieza del puzle desconocida para que la otra persona sepa si encaja en su dibujo. Te mostré parte de mi pasado. El baloncesto. Alguien se había olvidado una pelota y, mientras te enseñaba a encestar en suspensión y tiros libres, te hablé de mis partidos mientras tú callabas y focalizabas toda tu silenciosa pena en una canasta.

Esa madrugada me abrí de un modo que hasta entonces solo le pertenecía a Lluvia, Gavin y Eva y, cuando llegamos al paseo del río Hudson, me di cuenta de que había estado tan centrado en ti, en ayudarte, que no me había dado cuenta de que por el camino había superado mi miedo al deporte. Así eras, me mejorabas incluso sin pretenderlo y me hacías más capaz en todos los sentidos.

Si hubiera sabido que esa noche acabaríamos apoyados en una barandilla con vistas a Manhattan, habría elegido la de debajo del puente de Brooklyn, porque desde allí se puede observar toda la isla y es más impactante. Pero nosotros no funcionábamos programados, simplemente nos dejábamos guiar por la gravedad, y ella fue la que decidió detenernos en mitad del paseo con la superluna reflejada en las aguas negras, una decena de astros y la risa de la pareja que estaba en el banco de al lado.

—Iba a dejarle. Quería que acabase los campeonatos para que la noticia no le desestabilizase y perdiese algo para lo que tanto se ha esforzado. —Por fin hablaste del tema, y decidiste cambiar las vistas de una ciudad encendida por la de mi rostro oculto entre las sombras—. Pareces contento.

—Lo estoy. Cualquiera que no se diese cuenta de todo lo que valías no te merecía.

—Un amigo no se alegra de que te ocurran cosas malas.

—He dejado de ser tu amigo entre la cuarta y la quinta canasta fallada cuando me he empezado a preguntar cómo sería besarte.

—¿Por qué no lo has hecho?

—Porque me da miedo que un segundo sobre tus labios cambie mi mundo. —Tragué saliva—. ¿Cuál es tu excusa?

—A mí me da miedo que no lo haga.

—¿Cómo lo consigues, ángel? Estar enfrente y sentirte bajo la piel.

Tenías los ojos muy abiertos y el deseo se abría paso en el movimiento de tu pecho y en tu respiración agitada. Coloqué la palma de mi mano en tu mejilla y te acaricié. La intimidad del gesto provocó que temblásemos acompasados bajo la misma electricidad. Me asustó que activases terminaciones nerviosas de mi cuerpo que desconocía que existían. De algún modo supe, tal como sé ahora, que fragmentos de mi cuerpo me abandonaban para vivir en la parcela del tuyo que les dejases y que, cuando no te tuviese cerca, me sentiría incompleto.

—Hay muchas posibilidades de que esto salga mal y nos arrepintamos, Gabrielle.

—Supongo… Pero estoy dispuesta a arriesgarme a que seas un error, Damien.

Te pusiste de puntillas con determinación y enlazaste las manos en mi cuello. Me besaste con suavidad y yo les entregué a tus labios húmedos toda mi fuerza.

En ese rincón de Nueva York te convertiste en el sol.

DE GABRIELLE A DAMIEN

Desde la Clínica Betty Ford, Rancho Mirage, California, 2014

Fue un verano.

Solo uno.

Igual de largo que todos.

Pero menudo verano…

Mientras el resto de mis compañeros conocían el mundo, yo te conocí a ti. Y sé que, si pudieses, ahora mismo le restarías valor. Te restarías valor. Es algo que no has podido cambiar. Desde pequeño tienes un vacío, un agujero negro enorme que da igual lo que engulla, porque nunca tendrá suficiente. La cicatriz de tu pasado no solo te impide ver las porciones de piel intacta, también borra a aquellos que la cuidaron. Por eso no me entendías, aunque me constaba que lo intentabas.

No comprendías cómo era posible que no me lamentase porque esos meses, planificados de antemano para dejar mis huellas en Europa, se convirtiesen en el junio, julio y mitad de agosto de la mudanza a Brooklyn y el turismo por el estado de Nueva York con cajas de galletas. Sin embargo, yo averigüé algo. Vivimos en una sociedad empeñada en planear, lo que comemos, lo que te pondrás al día siguiente, cuál es tu sueño y quién eres. Si quieres ser un miembro más, tienes que tomar la decisión y existir en consecuencia, sin cambios en la hoja de ruta.

Olvidamos contar con ella, la que llega, se impone y se convierte en la única verdad a tu alcance, la realidad, y yo no quería consumirme en imágenes inventadas, sino en las que tenía delante antes de que desparecieren. Para las otras ya habría tiempo y, malgastando los segundos del ayer, no conseguiría que el mañana se adelantase vestido a mi antojo.

Por eso, cuando viniste a ayudarnos con las cajas de la mudanza, me encontraste retando a mis hermanas a una última carrera por el piso frente a Central Park. Recorrerlo con la respiración acelerada y entre risas me pareció una bonita manera de decirle adiós. Por eso, cuando llegamos al nuevo, claramente más pequeño y con vistas a la parte trasera de un edificio, resalté las cuatro macetas sobre el alféizar donde podíamos crear nuestro propio jardín, el colorido atardecer que asomaba y las formas de la ventana, que parecían el mensaje que alguien había dejado en un cristal empañado y que por fin se mostraban.

Quería demostrarte que la grandeza no se va. Solo evoluciona el modo de encontrarnos con ella. Mis hermanas y Julie lo pillaron. Tú esperaste a que se fueran para lanzarme una pregunta.

—¿Necesitas algo?

—Palabras. Dime una nueva, de las raras.

—Nefelibata. —Me gustó cómo sonaba despedida de tu boca y, en ese momento, no quise saber su significado. Tiempo después descubrí que definía a una persona soñadora que no percibe la realidad.

¿Eso pensabas? ¿Creías que me había aferrado a fantasías para no ver la realidad de una fachada de éxitos que se había caído en pedazos para transformarse en una casita de campo que necesitaba arreglos? ¿Tanto te costaba asimilar que me gustaba la pequeña construcción, que me gustabas tú?

Porque era exactamente lo que pasaba, Damien. Nunca he sentido la felicidad más real que aquellos meses en los que la noche llegaba tarde y colocaba la cabeza sobre tus piernas para ser testigo de cómo tu mirada se perdía en la lejanía para componer las canciones que luego trazabas con la yema del dedo alrededor de mi ombligo.

Le puse cara al sentimiento. Le puse el sabor de los dulces que compartíamos en el autobús o en el tren rumbo a los puntos más emblemáticos de la ciudad o a las calles desangeladas a las que regalábamos un momento y pasaban a ser importantes en nuestra memoria, aunque muchas veces rompieses el encanto cuando yo te decía:

—La etiqueta del vino es francesa, así que, con un poquito de imaginación, hemos viajado allí.

—No es lo mismo.

—¿Acaso París, Versalles o la campiña francesa superan este sitio?

—Desde luego —afirmabas sin dudar.

—¿Por qué estás tan seguro?

—Joder, Gabrielle, ayer tal vez habría tenido sentido, por aquello de que estábamos sentados en la escalera de Times Square con toda la movida de sus luces, pero hoy… Hoy estamos en la azotea de mi abuela viendo al vecino del segundo con unos calzoncillos blancos con los que resulta bastante evidente lo mucho que le suda la raja del culo. Míralo, no se lo para de rascar. —Entrecerrabas los ojos y apretabas los puños—. Pero algún día…

—Algún día, ¿qué?

—Iremos a Francia, Italia, Grecia, España y a todos los lugares que las circunstancias te han robado.

Sí, llevabas razón, lo haríamos. Tú con tu rap y yo con mi cámara, pero no estaríamos juntos. No como ese verano en el que sufrías ceguera de ambición. Menos mal que mis ojos no se dejaban engañar, y sé que la tarde que tú recordarás como la del vecino del trasero mojado fue la misma en la que te convertiste en el primero en decirme te quiero a través de una sonrisa.

Aunque no siempre estabas así, negativo, echando de menos lo que no tenías y cabreado con una cuenta bancaria congelada que me dejó de importar en el preciso instante en el que las mujeres Thompson comenzamos a valernos por nosotras mismas. En mi caso, logrando ahorrar el precio de la matrícula del curso y la suma para una cámara nueva. Normalmente se te pasaba cuando las hormonas tomaban el timón o me observabas tomar una fotografía. Y en el caluroso día en el que todo estaba a punto de cambiar se dieron los dos factores.

—¿Intentas mandarme un mensaje subliminal, ángel? —Levantaste las cejas.

—¿De qué me hablas? —Bajé el objetivo para prestarte atención.

Estábamos en el zoo del Bronx. La escuela de fotografía exigía que llevásemos una muestra de nuestro trabajo para el inicio del curso y pensé que un paseo por la fauna del Congo, la jungla y las montañas de Madagascar podrían ayudarme a activar la inspiración.

—Esto, tengo una neurona activa, pero la uso bien. —Te recostaste contra la pared con aire chulesco—. Los monos del culo rojo solo hacen una cosa. Folla...

—¿Robarse comida? —te corté—. Puedes relajarte. No planeo quitarte la merienda.

—Ya... Como que no estás viendo los maratones sexuales que se pegan como animales.

—Damien... —Enrollé una pequeña punta del pelo en el dedo con aire coqueto y sonreíste animado—. Son animales. Tú, hasta donde yo sé, perteneces al género humano.

—Ellos se lo pasan mucho mejor.

—¿Miramos si existe una visita guiada, distraigo al guía y te quedas infiltrado?

—Qué va. —Cruzaste los brazos y ladeaste la cabeza—. Si estuvieran libres... Encerrado, nunca. La vida entre rejas es una mierda, da igual cómo sea el menú o cuántas veces folles al día.

Te evadiste. A mí me hiciste pensar. Algo en el engranaje de mi cerebro se activó, solo que aún existía demasiada niebla que despejar.

—Anda, cambiemos de zona. Vamos a ver a los pingüinos. —Me puse en marcha—. ¿Qué? ¿Se te han acabado las coñas? Hay quien dice que los pingüinos son la pareja más fiel, que cuando uno se enamora lo hace para toda la vida y el macho busca la piedra más perfecta de toda la playa para regalársela a la hembra. ¿Te he asustado?

—Ya te gustaría. Necesitas mucho más que cuentos sobre fidelidad y piedras perfectas para alejarme… —pronunciaste. A diferencia de lo que decías, sonabas distante.

Me di la vuelta. Continuabas en la misma posición, intentabas ocultar que se te había desencajado un poco la cara y que la tensión se te acumulaba en los puños, que cerrabas y abrías mientras tomabas aire disimuladamente.

—Son de Australia —aclaré. Intuía por dónde iban los tiros.

—¿Significa que no habrá hielo?

—Solo agua.

—La lluvia la tenemos superada.

Hablaste, más para ti que para mí.

Sigo sin saber qué problema tienes con la nieve, pero incluso su mención te atrapa y paraliza. Te lleva a otra parte, a una de esas porciones de tu existencia antes de mí que mantenías y mantienes bajo riguroso secreto de sumario.

Y daba igual que te lo hubiese explicado y lo comprobases en primera persona, lo de que no había copos en esa zona del zoo, el frío te mantuvo rígido mientras los animales se zambullían en el lago y no te abandonó hasta que los dejamos pasar y fuimos a visitar a la especie que cambiaría mi vida: los gorilas.

Eran tan… humanos. Grandes. Majestuosos. El rey de los primates. Por aquel entonces yo no sabía que tenían treinta y dos dientes, como nosotros, que mudaban y que, como nosotros también, poseían huellas dactilares únicas. Solo los veía con su pelaje negro andando erguidos, protegiéndose y manteniendo lo que parecían conversaciones que no llegaba a descifrar con unos ojos que se me clavaron dentro.

Iba a decírtelo, que de algún modo esos animales me traspasaban y no sabía cómo reaccionar ante algo de tal magnitud. Tu móvil sonó y, por cómo se te iluminó la cara, supe que se trataba de él y no otro, de nuestro amigo Gavin.

Desde el baile quedaba contigo, conmigo (más lo segundo) y, si intuía que íbamos a estar los dos, se valía de excusas torpes para no venir. Algo iba mal. Era palpable. Si existía una disciplina en la que el proyecto de militar no se desenvolvía bien era la mentira.

Ni siquiera me preguntaste. Tampoco hacía falta. Simplemente te disculpaste con un gesto y te apartaste para hablar en privado. Yo me quedé allí, con los primates y el sentimiento que nacía, hasta que un anciano igual de solitario se me acercó.

—Una lástima verlos encerrados —repitió tus palabras.

Pude ignorarle. Sin embargo, era una persona mayor, sola, y venía acompañada de una sonrisa amable y la necesidad de ser escuchado. Le presté atención.

—Aunque salvajes no están mucho mejor, con los furtivos cazándoles para venderlos a piezas.

—¿A piezas?

—Manos, cabeza, pies y, si no los matamos así, taladramos los árboles hasta acabar con su hogar. —Debió intuir mi interés, porque continuó—. No sé de qué nos extrañamos. Es lo que hace el ser humano, ¿no? Utiliza su superioridad y sus armas para someter al resto.

—¿En África?

—¡Y en los Estados Unidos! —Rió mientras sacudía la cabeza—. Nos creemos mejores que esos a los que vemos inferiores, con un taparrabos y una lanza en la selva. Olvidamos que hasta no hace tanto se nos llenaba la boca defendiendo algo llamado esclavitud. Es más, estoy seguro de que nos sorprenderíamos de la cantidad de gente que sigue pensando igual.

—¿La de que vuelvan los campos de algodón de Luisiana?

—La de «yo soy muy tolerante, tanto que conozco a un par de negros, aunque es un hecho que tienden a la delincuencia y, oye, uno como novio de mi hijo no lo veo...» —ironizó—. La falsa tolerancia también es un cazador furtivo. El racismo.

De esta manera, el hombre que nunca me dijo su nombre, me habló de la historia de nuestro país y de tradiciones crueles, como la matanza de delfines en Dinamarca, con el mar teñido de rojo, o la caza de focas en Canadá, golpeadas brutamente con garrotes para no estropear la piel de futuros abrigos.

Habló, habló y habló. Entre los baños de sangre que describía, las piezas que flotaban en mi mente se unieron para formar un puzle. En mi interior siempre había sabido que la herramienta sería una cámara. Me faltaba dónde enfocar. En el zoo del Bronx, las batallas de los animales se impusieron a las de los humanos.

A falta de medios para viajar, planifiqué empezar contactando con un refugio para mostrar las realidades de a pie, los contrastes, y después... ¡me emocioné! Ya tenía meta. Había tardado en encontrarla más que la mayoría de mis compañeros, pero, por el cosquilleo que sentía por dentro, supe que esperar había sido la mejor opción, porque, si me hubiese precipitado, nunca habría descubierto ese camino.

De repente, la sensación de inseguridad que me había acompañado toda la vida pasó a ser determinación. ¡Y qué bien sentaba! ¡Y cuánta fuerza gratuita te daba! ¡Y qué ganas de contártelo tenía cuando regresaste con la mirada perdida, la mandíbula apretada y las venas marcadas en el cuello!

—¿Todo bien, Damien?

—Todo lo bien que se puede estar los segundos previos a matar a alguien.

Sonreíste. La rabia que desprendías me hizo temblar.

Nos fuimos del zoo. Me pediste que no te siguiese. Estabas tan ido que ni me lo planteé. Durante el camino, solo rompiste tu silencio para explicarme por qué era inevitable que te convirtieses en un asesino. Triple X era la víctima. Gavin te había advertido sobre él y sus malas artes. Sin embargo, tú habías pasado porque creías que esas cosas entre artistas no se daban, lo de adueñarte de porciones del alma de otra persona, porque eso era lo que los raperos os dejabais en las letras, igual que los escritores en los libros o los pintores en los cuadros.

Pues bien, el chico de la cicatriz en la cara se había quedado con todo tu talento. Iba a sacar un disco con las canciones del cuaderno que tú, un tanto ingenuo, le habías prestado después de la batalla en el karaoke, cuando te las pidió fingiendo estar impresionado y tú estabas demasiado absorto por haber perdido como para activar la señal de alarma.

Supongo que en ese momento fue como si te atravesase las costillas, agarrase tu corazón y lo aplastase con su puño. Por mi parte, sentí que me ahogaba de miedo. Nunca he sido amiga de la violencia, mucho menos de cualquier acto con el que pudiese perderte.

No tardamos en encontrarle en un *pub* rodeado de una nube de humo y de un grupo de perros rabiosos a los que llamaba amigos. ¿Qué? ¿Pensabas que alguien tan cobarde esperaría solo a tus músculos y tu impotencia? No lo creo. Te pudo el arrebato de hacer justicia con las manos, como si todas las heridas sufridas en tu trayectoria no te hubiesen demostrado lo poco útiles que son los golpes.

Su superioridad numérica no te hizo recular. El modo en el que tiré de tu brazo para que nos fuésemos, tampoco. Te plantaste delante y, como pasaron de ti, le quitaste la cerveza a uno de sus colegas cuando iba a beber y dejaste que cayese al suelo. El vaso se rompió a nuestros pies. Los cristales se esparcieron, el líquido nos salpicó y el estruendo provocó que cambiasen sus berridos de borrachos por miradas amenazadoras.

Sonreíste.

Triple X hizo lo mismo.

—Vaya, va a resultar que es cierto lo de que los maricones son más cotillas que las tías. —Revisó el reloj—. Gavin te lo ha dicho una hora antes de lo previsto.

—¿Se lo has contado tú?

—Digamos que lo sabe porque yo quería que lo supiese. Tengo el control, y él, unos hermanos con pasta que podrían ser maravillosos productores.

—Así que no lo niegas…

—¿Que he hecho correr el rumor y los beneficios para que los Hunter se interesasen? No, soy un maestro marcando tempos.

—Te ha faltado incluir la parte de los derechos de autor, la mía. Es un punto que todavía podemos negociar, y dejarlo todo en un despiste poco afortunado.

La tensión era uno más. Se sentía. Nos embrujaba a todos y dirigía nuestros cautos movimientos.

El rapero se inclinó hacia delante.

—¿Tienes pruebas? ¿Algún registro en la propiedad intelectual? —Los tres segundos de silencio les sirvieron como respuesta.

—¿Qué más da?

—Pregunta qué más da. —Se recostó y las cadenas emitieron un sonido al chocar contra su pecho—. Si no tienes pruebas, solo eres un negro lo bastante idiota para venir a insultarme a la cara en mi casa. —Chaqueó la lengua y se dirigió a uno de sus colegas—. Este no sabe lo que hacemos a los malnacidos que nos faltan al respeto. Tal vez necesite una muestra. —Seguiste sin amedrentarte—. Lola se va a poner contenta cuando le dejemos probar sus uñas nuevas en la cara de la chica.

Ahí algo cambió. Valoraste las consecuencias cuando el dedo de la pelea me apuntó. A pesar de tus intentos de que la preocupación no trasluciera, un paso para colocarte delante, protector, te delató. No temías los golpes. Habían sido tu mundo y estoy casi segura de que los habrías aceptado de buen grado por la oportunidad de poder alcanzar al chico que te había plagiado.

Introducirlos en mi universo era otra cosa... Otra cosa que te hizo agachar la cabeza, soportar sus risas en manada y decirme con voz tensa:

—Vámonos, ángel, no tenemos nada que hacer aquí.

Mi mano se aferró a la tuya. Odiaba ese sitio. Odiaba ser testigo de que te hubiesen quitado algo tan privado. Odiaba que a tus dedos les faltase fuerza.

—Blanquita... —me llamó Triple X, y me tiró un par de billetes de veinte—, échale un buen polvo. Ese negro me va a hacer ganar mucho dinero.

Se relamió. Frenaste en seco.

—Solo te lo diré una vez. Memorízalo bien.

—¿Ha llegado el momento de la amenaza? —Se frotó las manos y le pegó un codazo a uno de sus amigos—. Me encanta cuando los perdedores se ponen dignos.

—Pienso dedicarte cada uno de mis putos conciertos. Cuando yo esté allí arriba y tú abajo relamiéndote las heridas por ser un jodido fracasado.

—Te lo tienes un poco subidito, ¿no?

—Dímelo tú. Eres el que me ha hecho grande. Algo tuviste que ver en una batalla en la que no pasé de la primera ronda para correr a engañarme.

Como respuesta, Triple X rio de un modo escandaloso para dejar bien claro que tu ocurrencia le parecía una locura.

Fuimos directos al viejo vagón de tren. La noche había caído sobre Nueva York y encendí la linterna, que se activaba con un sutil golpe en la base, para que nos iluminase. Después, me senté con las piernas cruzadas y te dejé espacio. Espacio para que surcases la estancia de un lado a otro, eléctrico, te pasases la mano con ansiedad por la cabeza rasurada y pegases un par de puñetazos al aire y alguno a las paredes. Te dejé sufrir la decepción y la rabia porque solo así, al mirarla de frente a los ojos, serías capaz de encontrar sus debilidades y escapar.

—No debería estar aquí mientras Triple X celebra que su maldita discográfica tapadera… —Te tragaste el resto de la frase—. Se cree que ha ganado, pero no, solo tengo que descolgar el teléfono y llamarles.

—¿A quiénes? —me atreví a preguntar.

—¡A los Hunter, joder! ¡A los Hunter! Apuesto a que su oferta no ha caducado y, si la acepto, toda la soberbia de Triple X desaparecerá cuando me plante con mis aliados y se cague en los pantalones. —Parecías demasiado convencido. ¿No te dabas cuenta de lo que conllevaba hacerlo? No, por supuesto que no. Para eso estaba yo. Para gritarte mientras te perdías y que mi voz fuese un punto que seguir antes de que la oscuridad te engullese.

—No suena mal. —Me puse de pie.

—¡Es un giro inesperado maestro!

—Para el que solo tienes que traicionar a tu mejor amigo. Otra vez. —La sonrisa se te congeló en el rostro. Di un paso al frente—. A tu abuela. —Otro—. A Eva…

—Para. Lo he pillado. Sería el malo de la película.

—Más bien el que no acierta con sus decisiones. —Te alcancé. Te diste la vuelta. Apoyé la mano en tu espalda—. ¿Qué te preocupa exactamente? ¡Te has sobrepuesto en tiempo récord! Empiezas de cero, sí, con una meta.

—¿De qué hablas? —Te apartaste y me miraste bajo la sombra del cabreo.

—De dedicarle los conciertos, por supuesto.

—Estaba de farol. —Pusiste los ojos en blanco—. De farol, Gabrielle.

—Pues yo me lo he creído.

—¡Si no tengo material! —gritaste, y bajaste la voz hasta sonar desesperado—. Lo he perdido… todo.

Me tocaba ser la fuerte. Supongo que de eso va esto del amor.

—Está la canción del karaoke. El público te escuchó. —Nunca se me ha dado del todo bien explicarme, así que lo hice lo mejor que podía—. Tal vez su función no era conseguirte un pase directo a la siguiente ronda, sino encontrar lo que te diferencia del resto, tu estilo. Cantaste a la esperanza de que se puede seguir andando herido porque, mientras haya pasos, hay vida. —Tragué saliva—. Puedes ser el golpe de suerte que lleva a un chaval que se siente identificado a levantarse y coger en el último segundo el autobús en el que conoce al amor de su vida o va rumbo a algo tan simple y a la vez tan complejo como echarse unas risas con los amigos. El arte… mueve. ¿Estás dispuesto a renunciar a ser magia? ¿Le regalas ese poder a Triple X?

De repente me sentí insegura, como si me hubiese desprendido de la capa de protección del cuerpo, y, expuesta, te hablase con un interior reservado. Pero es que era cierto. ¡Lo era! Tú hablabas de chicos risueños que crecían entre armas y querían ser alas y chicas que miraban su piel marcada y se convertían en corazas para el resto. Te centrabas en los antihéroes olvidados y les llamabas estrellas o, mejor dicho, sol.

Te acercaste con los labios apretados.

—Tienes demasiada fe en mí. No crees que yo sea un cabrón y voy a demostrarte lo contrario porque… —Me puse de puntillas y rocé tus labios con los míos—. ¿Me acabas de besar para que me calle? —Te separaste indignado.

—Sí… Y porque te quiero —susurré, lo que me sorprendió a mí misma casi más que a ti. Sin embargo, el estallido de mi pecho no dejaba lugar a dudas, era verdad, y volví a repetirlo mientras te miraba a los ojos, en voz alta y con toda la seguridad que poseía—. Te quiero, Damien.

Esperé y simplemente dijiste:

—Gabrielle…

Tu voz no había terminado con mi nombre cuando colocaste las manos en mis mejillas y me atrajiste para besarme con ímpetu. Nuestras salivas se mezclaron y nuestras bocas se fusionaban con urgencia y necesidad de devorar. El cuerpo me ardía y debajo de mi vientre nació una hoguera. Agarré tu camiseta y tiré hacia arriba. Al principio, te quedaste paralizado, sin saber muy bien cómo actuar.

Te había pedido tiempo y, como es normal, me lo habías dado. Sin embargo, allí, esa noche, supe que había llegado el momento y, con un leve asentimiento de cabeza, te hice partícipe. Mi camiseta acabó en el suelo al lado de la tuya. Y el pantalón. Y el sujetador. Y las braguitas. Y todo lo que sobraba para que la piel recogiese el sudor del otro.

Suspiré al verte desnudo. Teníamos un asunto grande entre manos. Algo a lo que no me había enfrentado y que superaba la media nacional. No me hagas decir lo evidente…

Dejémoslo en que te observé en todo tu esplendor. Repasé las líneas que delimitaban tus protuberantes músculos y comprobé que, a pesar de su dureza, el estómago se te encogía a mi paso y la carne de ambos se ponía de gallina. Me dejaste jugar a investigarte. Me dejaste jugar a conocer rincones ocultos. Me dejaste enroscar las manos alrededor de tu cuello y bailar mientras tus dedos empezaban a darme placer entrando y saliendo de mí. Y, cuando sentí que necesitaba más, me aparté entre jadeos.

—¿Apagamos la linterna?

—¿Te molesta la luz? A mí me gusta verte.

—Es lo que se hace. —Fue inevitable que recordase mis experiencias con Logan. Eran las únicas que tenía.

—En el sexo no hay reglas para que se llame follar o hacer el amor, ángel. —Acariciaste la curva de mi cuello—. Dime, ¿cómo quieres que hablen nuestros cuerpos?

No contesté nada. Simplemente te besé hasta que acabaste tumbado en el suelo conmigo encima descontrolada. Excitada.

Te dejé entrar poco a poco, para acostumbrarme, para recibirte, para acomodarme a tu sexo, y, después, moví las caderas para averiguar cómo te gustaba a ti y cómo me gustaba a mí contigo.

Fue una explosión brutal, inigualable, épica, pero lo que realmente cambió toda mi perspectiva de la intimidad de las relaciones sucedió después de echar la cabeza hacia atrás mientras te cabalgaba. Sucedió cuando me dejé caer sobre tu cuerpo y descubrí que a tu lado existían dos orgasmos: el del cuerpo y el que nacía después del sexo, abrazados, escuchando la vibración de tu pecho.

Y fue algo tan mágico que de algún modo supe que en el futuro utilizaría ese momento. Y estábamos tan a gusto que, en la ciudad que nunca dormía, sucumbimos al sueño sin saber que al día siguiente, mientras buscase algo para hacerte una grulla, el teléfono sonaría para anunciarnos una tragedia que se convertiría en lo peor de la jornada. Y ese día no hubo nada digno de lo mejor de lo peor. Solo algo bueno, y es que no fuiste mi primera vez, Damien, y, aun así, nuestra primera vez es la que más veces he recordado a lo largo de mi vida. Espero que cuente.

DE DAMIEN A GABRIELLE

Desde Nueva York. Hoy, 2020. Volviendo a la adolescencia

Tommy el Gordo se convirtió en parte de una estadística no autorizada.

El Gobierno de los Estados Unidos carecía de un recuento oficial de los ciudadanos fallecidos a manos de la policía. Existía la cuenta de los medios y algunas organizaciones. En alguno de esos cálculos no reconocidos, se perdió el nombre del dueño del karaoke y pasó a ser un número, con la frialdad propia de cuando los porcentajes sustituyen a las letras.

Fue abatido por un agente. El madero creyó atisbar peligro al verle enarbolar su mítica pistola de agua y, sin pensarlo, disparó. A diferencia de lo ocurrido años después, tras la muerte de Michael Brown en Ferguson, su fallecimiento no provocó olas de protestas comparables a los disturbios de los años setenta. A nadie pareció importarle la pérdida de un hombre al que la prensa se encargó de disfrazar como un tío que vendía alcohol y drogas a menores y con un local que servía de punto de encuentro para traficantes.

Los periodistas cedieron a la versión transcrita en una nota para los medios. Para qué buscar la verdad si su historia ocupaba una columna en ese punto casi al final de los periódicos que la gente nunca lee. Malgastarían recursos a lo tonto. No sé de qué me extrañé. La tinta está reservada para aquellos que generan reacción y no indiferencia en el público. Así es el mundo, bienvenida a su doble moral de mierda.

Lo llamaron «terrible error» y se les olvidó complementarlo con un «de esos que tienen lugar de manera desproporcionada en los distritos más pobres», porque en los ricos se investiga y el gran jurado no deja libre y sin cargos al policía en menos de un mes por no encontrar pruebas suficientes para imputarle, tal como sucedió para recordarnos el precio de ser un negro en un barrio marginal sin pasta.

Supongo que ya lo sabía, pero, con ese acontecimiento, la necesidad de ser alguien aumentó. Abandonar la invisibilidad. Destacar entre las masas. Sacar la cabeza del agujero. Escapar para sobrevivir. Lo que hiciese falta para no terminar siendo el cadáver de un funeral tan triste como el de Tommy.

Imagino que, cuando me esperabas en la cocina con mi abuela, no sospechabas que los asistentes se podrían contar con los dedos de una mano. Al menos, yo no lo imaginaba mientras me probaba medio armario de mi difunto abuelo para llegar a la conclusión de que con esa ropa elegante la persona a la que íbamos a despedir no me reconocería. Pantalones anchos y camiseta, mejor.

Te escuché con Cleo al salir del cuarto. No pude entender lo que decíais. Ella vocalizaba poco y a ti se te daba demasiado bien susurrar. Anduve sigiloso. Confieso que esperaba ser vuestro tema de conversación, y al asomarme descubrí que estaba equivocado y que una especie de química fluía entre las dos, lo que me dejó clavado en el sitio.

Compartíais un té en la cocina y tenías extendido un abanico de crucigramas, sopas de letras y folios repletos de pruebas de lógica mental en la mesa.

—El truco está en elegir bien el número del cuadrado central. Si lo haces, solo tienes que colocar los que te quedan del uno al nueve en el cubo, y las filas, las columnas y las diagonales sumarán lo mismo. —Mi abuela te explicó cómo conseguir que en el cuadrado de tres por tres todas las opciones sumasen quince—. ¿Cuál crees que es? —mordiste el interior de la mejilla.

—El cinco.

—¡Exacto! —La mujer, que ese día llevaba una peluca corta con la parte trasera de punta, dio una palmada al aire.

—No tiene mucho mérito. Solo me quedaban dos opciones. Ha sido como jugármela a cara o cruz. Cuestión de suerte. —Le restaste importancia y Cleo, experta en ver en las tonalidades de las palabras, apreció:

—¿Sabes cuánta gente renuncia cuando falla la quinta vez? —Sacudiste la cabeza—. Casi toda. —Te agarró de las manos—. La tenacidad sí que se valora, Gabrielle, así que acostúmbrate a que, bajo mi techo, te felicite todas las veces que no te rindas. —Apretó y te soltó con suavidad mientras te regalaba una de sus sonrisas arrugadas.

Tragaste saliva y asentiste. A mi abuela le gustó eso, que pasases de ser el tipo de personas que habitan bajo la protección de estar encogidas en un rincón a estirar los brazos y apreciar su grandeza. Pasaste su prueba, el filtro, y te tendió el crucigrama que solía hacer sola. Ni siquiera disimuló la ilusión de estar acompañada y yo dejé que las manecillas se moviesen más de lo que deberían por el placer de veros juntas en silencio, hasta que no me quedó más remedio que interrumpiros.

—¿Planeas entretenerla mucho más? —Me apoyé en la pared—. Una decena de relojes y no os dais cuenta de que vamos tarde. —Señalé los que había por todas partes. Mi abuela tenía un problema con el tiempo, especialmente con que se le escapase, y trataba de atraparlo con esferas a su alrededor.

—¿Disculpa? —Arrugaste el ceño—. Eres tú el que necesita quince pases de modelo privados para salir con el conjunto del principio.

—El traje me restaba identidad.

—Los zapatos me habrían dejado anclada al césped. —Tu pierna asomó por debajo de la mesa y me enseñaste las sandalias—.

¿Es apropiado? —Moviste las uñas del pie pintadas de distintos colores.

—Créeme. —Te ayudó mi abuela—. Lo que menos le importa al muerto es tu pedicura. Solo saber si lo ha conseguido, por supuesto.

—¿El qué?

—Somos más momentos que carne y hueso. Eso es lo que comprobamos al dejar de respirar, si hemos conseguido convertirnos en instantes para, de algún modo, continuar existiendo.

A mi abuela no le costaba hablar de la muerte ni de aquellos a los que se había llevado. Yo era más reticente. Si salía el tema, me iba o cambiaba sutilmente de conversación. Sin embargo, estaba a punto de asistir al funeral de Tommy el Gordo y, en cierto modo, la parca nos tenía atrapados entre sus manos. Ignorar su presencia con el cuerpo de mi jefe en una caja era imposible. Cleo percibió que estaba incómodo y usó a mi abuelo para aflojar el nudo que se me había formado en la garganta.

—«Recuérdame», decía mi marido. Vaya si lo hago. Acepté no olvidarle con todas las consecuencias. Ahora me toca tragarme los bodrios románticos que le apasionaban y reducir el número de películas de terror porque, si me lo propongo, capaz soy de verle tapándose los ojos y suplicando que cambie de canal. ¡Qué le vamos a hacer! —Se dio un par de golpes suaves en la cabeza—. De esta casa no se va.

Al oírla me di cuenta del poder de la memoria y entendí por qué se esforzaba tanto en mantenerla. Mientras el cuerpo disminuye, lo que almacenas en la mente crece.

—¿Te animas? —le pregunté antes de salir.

—Cariño, si me vas a invitar, que sea a una fiesta, haz el favor. —Sonrió con pena y me dio un beso en la mejilla.

La imagen de la muerte te invita a pensar en noches oscuras sin luna y lo que nos encontramos fue todo lo contrario. El sol iluminaba el césped y le arrancaba destellos dorados cuando llegamos. Se escuchaba el canto de unos pájaros escondidos. Busqué a la multitud congregada. Clientes. Proveedores. El policía cuya bala había paralizado su corazón y sus compañeros para rendirle homenaje. Representación política que se aclaraba la garganta para pronunciar un discurso en el que hablasen de error fatal y permanecer fuertes, enteros y unidos.

Nada.

Nadie.

Tu mano alrededor de la mía y el mismo gesto de incredulidad. Ni bandera sobre el féretro ni tiros al aire. Solo un par de vecinos, dos chavales del Bronx y un párroco consumido por la prisa resguardados bajo la sombra de un árbol.

—Ese avión tiene que viajar a un lugar muy divertido —apuntó Gavin cuando nos hicimos un hueco entre él y Eva. Tenía la cabeza echada hacia atrás y observaba el cielo despejado ensimismado. A veces le gustaba jugar a eso, a imaginar destinos—. Mira la estela que está dejando.

—Es igual que el resto.

—Esfuérzate un poco.

—¿Te parece un buen momento? —Le recordé dónde estábamos.

—¿Existen? —preguntó—. ¿Los buenos momentos, existen? Porque, si hay algo que debe demostrarnos estar en el entierro de Tommy, es que solo tenemos el aquí y el ahora y que hay que darles sentido.

Agachó la cabeza y descubrí que tenía el ojo hinchado.

—¿Qué te ha pasado?

—A mis hermanos no les ha sentado muy bien que con *solo tenemos el aquí y el ahora y hay que darles sentido* me refiriese a inscribirme en el Ejército y no planificar el golpe del siglo. —Dibujó una media sonrisa—. Se llevan mal con las figuras literarias. —Esperó. Contuve la impotencia, igual que otras veces él había hecho conmigo. Nosotros nos protegíamos diciendo tonterías con la boca y mandando un mensaje con los ojos: «Sabes que estoy para lo que necesites».

—¿A quién se le ocurre mantener una conversación con un Hunter sin utilizar como mínimo un taco?

—¿Alguna sugerencia más?

—Haz lo que te dé la gana.

—Ya lo he hecho, me he apuntado a la Armada cinco minutos después de que me lo prohibiesen. Llámame rebelde. —El corazón me dio un vuelco y, antes de que empezase la ceremonia, solo me dio tiempo a preguntar con una voz entrecortada que camuflé por la solemnidad del instante:

—¿Te han escogido?

—Todavía no, pero estoy tan convencido de que va a ocurrir que cambio el «imagina» por «ya verás cuando entre en la academia».

«Cuando entre en la academia» fue la frase que rebotó en mi cabeza durante la escasa media hora que duró la misa, y no me siento culpable de elegir la incertidumbre de la marcha de mi mejor amigo por encima de la moralina de un cura que no tenía ni puta idea de quién era Tommy y que se valía de un mensaje generalizado.

¿A qué base iría? ¿Estaría en otro estado? ¿Podría permitirme visitarle? Y, lo más importante, ¿qué sería de mi vida sin él? Sin él, repetí, y me di cuenta de que «sin» no debería acompañar a Gavin. De repente, la distancia me provocó más vértigo que las alturas. Y dudas, dudas y más dudas. El futuro y su afición a bailar entre interrogantes.

—¿Por qué no habrá venido nadie? —pregunté cuando el párroco se fue y dos hombres creaban cascadas de arena que poco a poco iban tapando la caja.

—A la gente no le gusta la muerte. Le tienen casi tanto miedo como a la vida —dijo Eva, que jugaba con la piedra del mechero entre las manos.

Los cuatro permanecimos en silencio mientras los trabajadores continuaban con el montón de tierra y la pala. Te apartaste cuando intuiste que quedaba poco y le dijiste adiós al hombre lanzándole una instantánea que habías tomado tiempo atrás en el karaoke para que le hiciese compañía y regalándole la más luminosa de tus sonrisas. Creo que también lloraste, pero de eso no estoy seguro, porque nos diste la espalda y no regresaste a nuestro lado hasta que había desaparecido todo rastro de tristeza.

—¿Qué hacemos? —pregunté.

—¿Rezar? —propuso Gavin.

—Fijo que Tommy se sentiría muy representado en las oraciones —ironizó la morena.

—¿Y si vamos al karaoke? —propusiste—. Hay más de él allí que aquí.

—Está cerrado —advertí.

—Damien, piensa, ¿qué dos personas de aquí tienen las llaves?

—¿Quién eres tú y qué han hecho con Gabrielle?

—Aprendo rápido. Es lo que ha dicho tu abuela. Somos momentos. ¿De verdad crees que la despedida que se merece es un padrenuestro lamentándonos frente a su tumba?

Llevabas razón.

Toda la razón.

—¿Qué decís? —añadiste.

—Te nombro líder del grupo. —Gavin te echó la mano por encima del hombro.

Nos marchamos.

Tú fuiste la propulsora de ese plan y, no contenta con invadir una propiedad privada de dudosos herederos, arrancaste la cinta que mantenía acordonada la puerta con gesto inocente.

Sentí un escalofrío al entrar y no fue porque el local llevase días sin la calefacción encendida. El clima era suave y casi se agradecía encontrar un lugar en el que poder resguardarse del calor. Fue el ruido... O la ausencia de él.

Es curioso cómo nos acostumbramos al sonido de las personas y cómo no nos damos cuenta de las notas que lo forman hasta que desaparecen. Hasta ese instante no fui consciente de que Tommy arrastraba los pies, respiraba fuerte y llevaba una pulsera con un cascabel. Hasta entonces no supe cuánto echaría de menos escucharle y cuánto le echaría de menos a él.

Fue como si realmente le perdiese en el sitio que más porciones suyas contenía. Y no me quedó más remedio que dar la razón a mi abuela, porque yo me habría dejado llevar por la ira, habría insultado a los antepasados del policía y roto alguna que otra cosa, pero algo me impulsó… Algo me impulsó a buscar los botes de espray.

—La sangre estropea su mural.

El líquido rojizo oscuro había salpicado la pared al ser traspasado por una bala y en su santuario no tenía lugar la violencia.

Mojé un trapo, lo escurrí y froté. Una vez. Otra. Y otra. Ante el silencio de mis compañeros y la tormenta desatada en mi pecho. Cuidar lo que más le importaba fue mi propia despedida y, aun así, le seguía debiendo tanto que nunca estaríamos en paz. Nunca… Estaba tan absorto que ni siquiera me percaté de cuándo, cómo ni por qué un grupo de chicos que habían entrado a saquear el interior cambiaba de opinión y se unía para mezclar colores, formas y dibujos en un grafiti sin igual.

Llegado un punto, fueron a una tienda cercana y volvieron con más gente y pistolas de agua. Y lo que debería haber sido triste se convirtió en una fiesta repleta de chorros y risas. Y lo que debería haber sido la desaparición absoluta de Tommy fue lo mismo que le hizo eterno, porque todos los chavales, todos nosotros, le dejamos un secreto dibujado en la pared para llevárnoslo a él en el hueco libre. Tanto era así que seguíamos respetando sus normas, como, por ejemplo, la de fumar en la acera de enfrente.

Allí estaba, pitillo en la boca, fascinado con que un único ser humano pudiese reunir a tantas personas diferentes, cuando Eva se acercó con la sombra de ojos corrida y una cerveza entre las manos.

—Deberías hablar con Gavin. —Mi mejor amigo se había alejado en cuanto me habías besado para pringarme de pintura.

—Es él el que tiene un problema conmigo.

—¿Compensa echarle de menos por el orgullo de no ser el que da el primer paso?

No, no lo hacía.

Los instantes malos también nos enseñan. La muerte de Tommy me reveló dos cosas: que la gente de una columna escondida casi al final del periódico se merecía los gritos de un estribillo y no podía renunciar a componer por un golpe, y que no quería descubrir las letras de las canciones de las personas cuando los protagonistas ya no podían escucharlas.

La de Gavin estaba compuesta del sonido del pantalón al meter las manos en los bolsillos, saltitos con los que se ponía de puntillas como si no fuese ya el tío más alto de la zona y silbidos al aire. Lo averigüé al apoyarme en la pared para verle mirar la silueta circular sombreada de la luna que se escondía tras la sonrisa luminosa que mostraba el astro.

—No te queda mal.

—¿El ojo morado?

—La valentía de desafiar a tus hermanos. —Abandonó el cielo y me prestó atención.

—En realidad, he salido corriendo y he bloqueado la puerta con la silla. El arte ancestral de desaparecer…

—Que últimamente utilizas conmigo. —La sonrisa se le congeló en el rostro e intentó recuperarla. No fue posible. Se rascó los ojos y suspiró.

—Contigo no huyo. Contigo he decidido ser lo suficientemente egoísta como para protegerme.

—¿Es por nosotros? —Te señalé con la barbilla.

—Duele veros juntos —confesó—. La barrera de la ignorancia lo calma un poco.

—No es la primera chica con la que…

—Sí, es la primera chica de la que te has enamorado, Damien.

—Ella… ¿No te gusta?

—¡Me encanta! —Tomó aire y sus ojos brillaban. Le costó hablar, como si las palabras estuviesen envueltas en cemento y tuviese que romperlo—. El problema es que yo también… Lo noto aquí. Al amor. —Se rozó el pecho—. Lamentablemente, no nos veo haciendo un trío. Alguien tiene que sufrir, y me ha tocado. Podría ser un papel peor.

—Entiendo. —Tragué saliva, y mi mejor amigo supo exactamente lo que estaba pensando. Me agarró del brazo y me miró muy serio.

–No, no lo haces. No se puede tener todo. O sí, pero cuando la situación deje de escocer. ¿Vale?

–Sí.

–¡No! Y vas a cometer el mayor error de tu vida. No te estoy pidiendo eso. Nunca lo haría –escupió desesperado.

En esa fracción de segundo, mientras él trataba de convencerme, supe que tal vez no podía mandar en mis sentimientos, pero sí en mis actos. Bajo ningún concepto podría mantener algo si a él... Si a él le quebraba. Ese fue el trato con Eva, ¿recuerdas? No herirle sin importar el precio o ella acababa con mi vida.

Gavin intentó sacarme de la cabeza la decisión que ninguno de los dos se atrevía a decir en voz alta entre cervezas. No lo consiguió, y tú solo te diste cuenta de que pasabas más frío, sin percatarte de que el motivo era que, cuando te veía tiritar, frotaba sus brazos, y esa noche no podía ni tocarte. No cuando sabía que nuestras caricias situaban a mi mejor amigo al borde de un barranco...

Había estado tan cerca...

Tanto...

Y entonces...

No podía ni pensarlo. Bebí demasiado, tú te fuiste cuando Kitty vino a recogerte y terminé en un estudio de tatuajes con Gavin y Eva, donde comencé lo que sería el mapa de recuerdos de tinta de mi cuerpo. Esos detalles rocambolescos que el público piensa que son fruto de un artista al que se le pira la cabeza y que en realidad tienen sentido. Como las vías de un tren por mi padre y un *croissant* por France. Quería llevarlos a todos. De hecho, los llevo. Los buenos y los malos entrelazados hasta darme forma. El pasado que no desaparece aunque lo ignores.

El pasado que esa noche volvió a llamar a mi puerta o, si somos precisos, a la de Cleo.

–¿Cuándo has vuelto a fumar?

Intenté que mi abuela no notase que me tambaleaba cuando me la encontré sentada en la escalera del portal con un pitillo y la mirada perdida.

—Desde que ha llamado el abogado para decirnos que van a revisar la condena de tu padre para darle la condicional. —Tuve que agarrarme a la barandilla para no perder el equilibrio y me dejé caer a su lado. Estuve un rato observando cómo se movían las ramas de los árboles y cómo los coches se perdían en la lejanía hasta que saqué las fuerzas para hablar.

—No debería hacerme ilusiones, ¿verdad?

—Háztelas todas, que para quitárnoslas ya hay demasiada gente en el mundo.

DE GABRIELLE A DAMIEN

Desde la Clínica Betty Ford, Rancho Mirage, California, 2014

Supe que ibas a dejarme dos minutos y medio antes de que lo hicieses.

Ni uno más.

La distancia entre las paradas de metro.

Fueron tus manos. Normalmente buscaban alguna parte de mi cuerpo para descansar y no me pasó desapercibido que evitaste tocarme cuando me quitaste la cámara.

Te hiciste una foto de la cara, rápido y mal, agarraste el papel que salió despedido, lo agitaste y, cuando el reflejo de tu imagen apareció, te levantaste.

—De recuerdo. —Se la diste al matrimonio que no nos había quitado la vista de encima y que se cambió de vagón en cuanto tuvo oportunidad con aires de indignación.

Volviste a sentarte, y pusiste especial cuidado en que nuestras piernas no se rozasen y te concentraste en crujir los nudillos. Tenías el ceño fruncido y parecía que ibas a hablar, pero al final solo soltaste aire y apoyaste la mejilla contra el frío cristal para sentir la vibración del tren. Te calmaba, ¿recuerdas? Me pregunté por qué necesitabas paz. Si acaso estabas librando una guerra y yo no veía las bombas enterradas.

—¿Fotografía sonriente en lugar de una peineta? Te haces mayor, Tiger. —Rompí el hielo.

—¿Tiger?

—Ese es tu nombre de batalla, y parece que estás manteniendo una. —Entrecerré los ojos y suspiré con resignación—. ¿Qué ocurre?

—Les he facilitado el estudio. Por si no te has dado cuenta, llevan todo el camino analizándome.

—Me refiero a qué ocurre entre nosotros.

—Ah, eso.

—No te hagas el tonto. No ahora. Es importante.

Tus ojos relucieron al encontrarse con los míos. Los mantuviste un rato fijos y acabaste apartando la mirada. El metro viajaba a toda velocidad y la oscuridad daba paso a luces parpadeantes que mostraban la parte oculta de las vías. Me acomodé.

—Odio los triángulos amorosos. Siempre se quedan con tíos como yo. El eterno error de los guionistas. —Intentaste sonreír y el gesto murió en tus labios.

—¿Quieres hablar de cine?

—Quiero hablar de que puede que Gavin, tú y yo estemos cayendo en uno y que solo exista una solución para no estamparnos. —Jugaste a dar vueltas al anillo de plata que llevabas en el pulgar y yo simplemente confirmé algo que sospechaba desde hacía mucho tiempo con relación a tu mejor amigo—. Supongo que no hace falta que diga que Gavin es un millón de veces mejor opción que yo.

—Supongo que no hace falta que te diga que yo ya sé a quién quiero y tú no vas a hacerme cambiar de opinión.

No hablaste de inmediato. Me gustó que no solo oyeses, sino que prestases atención y entendieses el mensaje. Estaba harta de que me intentasen dominar y dirigir. El hecho de que no levantase la voz y fuese sensible no significaba que careciese de criterio propio, de opinión. Y no necesitaba que adornases la realidad o asumieses que debías cargar con el peso de una mentira para que yo no sufriese. Anhelaba sinceridad, transparencia e igualdad. Fue lo que me diste.

—No puedo saber que está mal por mi culpa.

—Enamorarse no es culpa de nadie —corregí.

—No puedo saber que está mal y punto.

Me estremeció la firmeza de tus palabras. Allí no existía duda. No habitaba color del que tirar y las sombras me retorcieron las entrañas. Sin embargo, por alguna extraña razón, supe contener la desazón y la sensación de ahogo. Era pasajero. Tenía que serlo. No puedes perder lo que es para ti y, si lo haces, vuelve a encontrarte. Me aferré a la esperanza de que llegaría algún día en el que los dos pronunciaríamos: «Lo hemos logrado con el tiempo».

—¿Qué propones? —articulé con dificultad.

—Dar marcha atrás.

—¿Romper?

—Romper significa partir una cosa en trozos irregulares o separar de ella una parte, golpearla, rasgarla, estirar… con o sin violencia. Lo he buscado en mi diccionario y me parece un horror… Volver a los inicios suena bien. A la época en la que los tres éramos solo amigos.

—¿Crees que podemos ser eso después de lo que hemos pasado? ¿Solo amigos?

—Creo que tú y yo podemos ser cualquier cosa juntos.

La primera vez que quise besarte y no pude fue cuando acabaste esa frase. Sospecho que no fui la única, porque tus ojos verdes se mantuvieron fijos en mi boca, entreabriste los labios y tragaste saliva antes de sacudir la cabeza, apretar los puños y asentir.

¿Sabes qué eres, Damien? Un buen amigo. Fiel. Entregado. Y la mayoría de las veces no te das cuenta, porque solo ves lo malo que hay en ti y por lo bueno pasas de puntillas.

Culpa. Culpa. Culpa.

Por las cosas que no sé.

Por no darte cuenta de lo de Gavin y detenerlo cuando su efecto no era tan devastador.

Por verte obligado a pedirme un favor antes de que mi corazón se curase después de bajar del metro, notar el vacío de no tenerte en el pecho y llorar en mi casa.

Pasó menos de un mes desde esa tarde hasta que nos volvimos a reencontrar, y todavía sentía que las piernas flojeaban al pensarte y mucho más al verte, y mis ojos vestían unas enormes bolsas debajo. Todavía creía que, pasado un tiempo, tenerte de ese modo sería suficiente. ¡Qué ingenua fui al pensar que podríamos existir entre el uno y el cien! ¡Entre el todo y la nada! ¡Cómo me tembló el cuerpo al encontrarte en la parada del autobús esperándome con los cascos puestos y la libreta entre las manos!

—Si no fuera absolutamente necesario, no te habría pedido vernos antes de...

—¿Superarlo? —te ayudé.

—Supongo.

—Depende del significado que elijamos. —Te imité y me hiciste un hueco al lado—. Pasar con éxito un obstáculo sin dejarse detener o hacer una cosa mejor que en ocasiones anteriores. —Ladeaste la cabeza y los cascos cayeron a ambos lados del cuello—. Personalmente, me decanto por la dos. La una nos convierte en obstáculos... —arrugué la nariz—, y con mi elección mantenemos la esperanza de que poco a poco podremos vernos sin que la necesidad de besarnos nos devore. —La piel se me puso de gallina al ser testigo de tu media sonrisa y me bajé las mangas de la camisa fina—. Al final, solo seremos un bonito recuerdo. Estoy segura —mentí.

—Pues yo creo que las ganas no van a desaparecer nunca, pero aprenderemos a convivir con ellas.

No tenías (teníamos) ni idea de lo fácil que sonaba y de lo complicado que sería llevarlo a cabo. Nos habíamos convertido en una hoguera, nosotros, por dentro, y la llama del otro danzaba y daba calor. Y, por si te queda alguna duda, no te culpé, odié o el sentimiento enrevesado que hayas pensado. Que renunciases a mí fue la manera que tuvo el mundo de decirme que eras de los que no dejabas a nadie atrás, y menos a tu mejor amigo.

Siempre supe que tus juguetes rotos éramos muchos, y que tenías diferentes modos de amar para querernos a todos. A los que estábamos a tu lado y a los que no, porque ese favor que me pediste, aunque le pusiste tu nombre, era para tu padre.

Cleo se desenvolvía mejor en los temas legales, así que ella había ido a hablar con el abogado de su posible salida de la cárcel mientras tú esperabas en Manhattan. Tratabas de no demostrarlo, pero te consumían los nervios y la incertidumbre.

No titubeé al aceptar. Para algunas personas, lo difícil es dar y para otras pedir. Nosotros éramos de a los que les cuesta reconocer la necesidad de ayuda hasta que nos estallaba en la cara. Sabía lo que suponía y lo importante que era la respuesta que recibieses. Las decepciones encierran y la confianza en otra persona rompe candados.

Me di cuenta de que había tomado la decisión correcta cuando insististe por cuarta vez en la puerta del Metropolitan que no tenía que entrar si no estaba segura.

—¿Te das cuenta de lo que acabas de hacer? —Señalé el autobús que se marchaba. Te quedaste petrificado y poco a poco la tensión te abandonó, hasta que te relajaste.

—Lo he hecho, Gabrielle. —Te pasaste la mano por la cabeza—. ¡He bajado del bus 190! —Me agarraste las manos y se te aceleró la respiración. Chasqueaste la lengua al darte cuenta de lo que estaba pasando, del anhelo de nuestras pieles, y me soltaste mientras la punta de los dedos robaba unas caricias antes de que desapareciese el contacto.

—Vamos a entrar. Estoy segura.

Íbamos a ver a mi padre.

Pasamos varios controles y los registros establecidos a los que no podíamos negarnos. Antes de cruzar por el arco detector, los agentes nos recordaron la conveniencia de quitarnos los objetos metálicos con el fin de evitar falsas alarmas. Creo que ni siquiera les prestaste atención, ni allí ni cuando nos enumeraron la lista de objetos no autorizados (droga, alcohol, móvil, dinero, MP3…), y regresaste de tu mundo de evasión a la salida, mientras un policía me quitaba el bolso para que lo recuperase a la salida. Luego esperamos en la sala fría y desprovista de color a los internos, que llegaron a los pocos minutos.

Me bastó un vistazo fugaz de mi padre para saber que nada había cambiado desde la última vez. Los reclusos viven con fantasmas. Algunos se los quedan dentro y se convierten en la penitencia que pueden expiar y otros intentan quitárselos de encima, y los lanzan contra aquellos que los rodean para que sean los demás los que carguen con sus propios errores y así, al focalizar la rabia en el exterior, confiar en la ilusión de que solo son víctimas del sistema.

—Hola, papá. —Arrastré la silla al ponerme de pie. Tenía más arrugas que el día del juicio y parecía más delgado. Casi sentí lástima. Casi…—. Este es Damien y…

—¿Crees que me importa algo el nombre de tu nuevo acto de rebeldía? —interrumpió. Hice oídos sordos y continué con la misma firmeza.

—Su padre también está en la cárcel, puede que le den la condicional y le gustaría saber cómo es vivir aquí, es decir, qué echas de menos y quieres recuperar nada más salir.

—¡Esto es una broma! —Se echó las manos a la cabeza con cuidado de no despeinarse—. ¡Insultante! Mi hija viene con el novio delincuente a pedirme consejo…

—Con el debido respeto —te inclinaste hacia delante—, no soy yo al que le han quitado las esposas de las muñecas antes de entrar, señor.

—Cierra la boca. Estoy hablando con ella.

—Le estás gritando. Deberías bajar el tono.

—¿Vas a venir tú a darme lecciones de educación?

—Podría, aunque tu arrogancia me da pereza.

—¿Arrogancia?

—Créeme, he buscado el sinónimo más suave para el pedazo de mierda que me estás pareciendo. —Te pusiste de pie—. Gabrielle, vámonos. No ha sido buena idea.

—¿Y tu padre? —murmuré.

—Si guarda algún parecido con el tuyo, el hombre que recuerdo ya no existe.

Papá continuó vomitando palabras hirientes. Tenía demasiado veneno dentro que escupir. Entendí el motivo de que mi madre me pidiese que enumerase lo mejor de lo peor diariamente. Y es que, al asimilar que lo nocivo existía en lugar de pasar de largo, había aprendido. Las experiencias formaban parte de un fino caparazón protector cuyo grosor aumentaba y se fortificaba cada vez que superaba momentos como ese.

Podía con eso.

Podía con todo.

Nos marchábamos con la sensación de que el viaje no había servido para nada. Error. No hay dos caminos idénticos y hasta el cambio más insignificante descubre formas a tus pies. En este caso, fue una manaza que agarró tu brazo para detenerte. No conocíamos al hombre de los tatuajes en la cara ni al chico joven que le acompañaba. Tampoco importó para escucharle. En realidad, no nos dio opción.

—¿Quieres saber cómo es estar encerrado aquí? Todo se resume en sonido. Echas de menos el familiar y te mata cuando se cuelan voces que te lo recuerdan. Oyes la Navidad, el Año Nuevo o un cumpleaños y suena igual, cerca, aunque está a un mundo de distancia —te soltó, y, antes de volver a centrarse en su visita, añadió—: Enséñale el ruido. Enséñale que vuelve a formar parte de él.

Un artista mezclaba el naranja y el azul en el cielo de Nueva York cuando abandonamos la prisión. Te dejaste caer en el banco de la parada del 190 y enterraste la cabeza entre las manos. Regresé a las viejas costumbres y apoyé la palma en tu espalda, y presioné un par de veces hasta que descubriste la mirada más esmeralda que existe en la tierra. Tragué saliva, los últimos rayos del atardecer remataban tu perfil de dorado. Estabas más guapo que nunca y tus labios parecían unos puntos suspensivos que me moría por cerrar. Hablar exigió concentración y fingir que no notaba el pinchazo del pecho, que reclamaba quererte de nuevo.

—Eh, quítate el pesimismo de encima, que te hace arrugas raras en la frente —bromeé con cautela—. El mundo es un tablero enorme. Encontraremos otro punto de partida por si todo sale bien y tu padre consigue la condicional…

—¿Crees que es posible ver momentos a través de las canciones? —Dudé. Esperaste mi respuesta, que llegó sola.

—Contigo, sí. —Te quedaste pensativo.

—¿Me enseñarías cómo suena la Navidad, Gabrielle?

—Claro, Damien.

Nunca me ha abrazado nadie con tanta necesidad y agradecimiento como lo hiciste en ese momento. Nunca he deseado tanto decirle a una persona: «No hace falta que aprietes, no me voy a mover de tu lado. Tú y yo hemos nacido para protegernos».

DE DAMIEN A GABRIELLE

Desde Nueva York. Hoy, 2020. Volviendo a la adolescencia

Cerramos un trato.

La celebración de nuestra primera Navidad juntos sería en septiembre. Lo fue. ¡Qué más daba! Nosotros podíamos hacer lo que quisiéramos. Éramos libres. Pájaros. Alas. Infinitos. Adelantábamos segundos o los retrasábamos. Parábamos el tiempo o lo atrapábamos hasta que nos pertenecía. Teníamos el poder de la juventud, que no es otro que creer.

Solo te pedí una cosa para esa fiesta que me serviría para tener algo que contar a mi padre si, igual que el hombre de la cárcel, lo que había echado de menos era saber cómo sonaba la felicidad en fechas señaladas. Algo diferente a mi realidad con France, resumida en una televisión con el volumen a tope y vasos repletos de alcohol en los que el hielo no llegaba a derretirse.

—Gabrielle... Intenta que tu familia no se venga muy arriba.

—Damien... Vivo con la reina del brillibrilli. No te prometo nada.

Olía a comida dos manzanas a la redonda. Tal vez exagero y solo dentro del ascensor, mientras subía con la bandeja de selección de galletas de distintos tipos que había comprado en el supermercado de camino.

Encendí la luz del rellano y tomé aire. El eco de los míticos villancicos de Mariah Carey salía despedido por la rendija de la puerta. Iba a ser una tarde muy dura. Solté el aire y, resignado, llamé al timbre. Al fin y al cabo, había sido mi precipitada idea.

Barbie salió a recibirme o (no me quedó del todo claro) a ladrarme y husmear mis zapatillas. Me agaché para acariciarle el lomo y él respondió levantando la cabeza, erguido con majestuosidad, y me lamió entre los dedos un par de veces. Sumamos puntos en nuestra relación... Los mismos que perdí al levantarme lentamente, toparme con Adele y no reprimir una carcajada que provocó que enrojeciese furiosa.

—Qué narices... ¡Llevas cuernos de alce! ¡Tú! ¡Cuernos!

—Vamos, hurga en la herida un poco más, musculoso sádico.

—Lo siento. —Mi sonrisa se ensanchó—. No te pega para nada.

—¿Conoces una empresa de alquiler de cerebros a domicilio? Aquí necesitamos tres, cinco si tenemos en cuenta que nosotros también nos hemos unido a esta locura. Adiós a que en el barrio piensen que tenemos un puntito de normalidad. —Sacudió la cabeza y su diadema de alce se balanceó—. Por cierto, bienvenido al infierno. —La curvatura de mis labios se trasladó a los suyos. Me tendió un jersey con copos y muñecos de nieve estampados perfectamente doblado.

—¿Olvidas que estamos en verano?

—Interpreta el papel de que estás en enero con un frío que pela y listo. Yo llevo haciéndolo horas con el espíritu navideño.

—¿No te gusta?

—¿La época del consumismo extremo? Soy la resistencia. —Escuchamos un grito de Julie, que nos llamaba—. Venga, póntelo, nos esperan. —Lo desplegué sin estar del todo convencido.

—Fijo que es de los que pican.

—Eso espero...

—¿Qué he hecho yo para merecer todo tu odio? —bromeé mientras sacaba la cabeza por el hueco y empezaba a sentir cómo la temperatura aumentaba—. Te ayudé en la mudanza de tu medio millón de libros.

—Y yo te lo agradezco perdiendo la dignidad con estos cuernos ridículos. Estamos en paz.

Llevaba razón. El jersey era de los que picaban. Saldría de Brooklyn con la piel repleta de ronchones y consumido en mi propio sudor. Confié en que tuvieseis la deferencia de dejar la ventana abierta y corriese la brisa del atardecer veraniego de Nueva York. Olvidé fijarme en ese detalle cuando encontramos a Julie y a Kitty en la cocina.

Se habían tomado el plan en serio. Muy en serio. La pelirroja llevaba el pelo recogido en una trenza e iba toda ella decorada con espumillón de colores y estrellas pegadas en las mejillas. La rubia llevaba un vestido corto y ceñido que resaltaba sus curvas. Ambas colocaban el picoteo en las bandejas, se preguntaban por el punto de bizcocho que descansaba en el horno y andaban bailando. Una danza alegre que me hizo recordar que llevabais unos meses muy duros desde la detención de tu padre y que las chicas Thompson necesitaban un paréntesis así, dejar de estar bajo el foco cegador e iluminar a otro.

¿Y sabes otra cosa, ángel? Las chicas Thompson habían perdido a sus padres, pero tenían a una mujer del sur que ganaba en voluntad y autonomía, Julie, y que siempre tenía un aplauso que regalarles, como el que presencié cuando tu hermana mayor sacó el dulce y la rubia revoloteó sin parar de celebrarlo a su alrededor. Hacía que vuestros pequeños avances fuesen importantes. Os hacía importantes a vosotras, y a mí me ruborizó al darme un beso en la mejilla y susurrar:

—Gabrielle está en el salón peleando con el árbol.

—¿Voy a salvarla?

—Ella sabe defenderse sola, aunque seguro que le encanta que veas cómo lo consigue. Le gusta que la mires.

Las dejé a las tres en la cocina y fui a buscarte. No dudar de lo acertado de mi decisión de separarnos era complicado, más en tardes como aquella, cuando llevabas un lazo en el pelo corto alborotado, andabas de puntillas descalza y sonreías a la nada hasta transformarla en algo importante.

Colocabas las bolas en las ramas con cuidado. Ya me habías contado que eran especiales, momentos, viajes y familia que dejar de legado. Estabas tan concentrada que no me viste. Carraspeé y pegaste un pequeño brinco. El tirante de la camiseta con encaje gris resbaló por tu piel. Quise deshacer el espacio que nos separaba y subírtelo acariciando tu hombro y parte de la curvatura de tu cuello.

Dominé la situación.

Fui un chico bueno.

Al menos, ese día.

—Idea de Adele. —Señalaste el jersey.

—No sé por qué no me sorprende. —Lo observé horrorizado—. ¿Alguna trampa más de la que deba estar prevenido?

—Puedes relajarte hasta el postre.

—Tomo nota.

Nos quedamos mirándonos como dos tontos. Dos tontos enamorados. Dos idiotas que sabían lo que querían hacer y que contenían el incendio. El grito.

Kitty, Adele, Julie y Barbie aparecieron en el segundo preciso. Uno más y no sé qué habría pasado. O sí. Y me habría gustado demasiado saltarme mis propias normas...

Un instante perdido.

Un arrepentimiento más para la lista.

Sigamos.

Si alguien me hubiese preguntado al terminar la cena qué era la Navidad, habría contestado que sobrealimentación, anécdotas pasadas y descubrirte en otros ojos, en los movimientos de tu entorno. Eras una persona familiar, de sangre y de aquellos a los que dejabas cruzar la línea de tiza del círculo. Logan y Aria te habían restado valor, pero siempre las habías tenido a ellas para recordarte toda la importancia que merecías, mucho antes de que llegase yo.

Me ofrecí a fregar. Era lo mínimo y, aun así, con el despliegue de medios que habíais montado, me pareció poco. Vuestras risas desde el salón se colaban entre el sonido del agua al chocar contra los platos. Una banda sonora a la que podría acostumbrarme, no como a vuestras miradas cómplices desde el sofá a mi regreso.

—¿Tengo algo en la cara?

—Parece que Santa Claus ha pasado para dejarte algo. —Kitty no pudo esperar más, y sospecho que, si la hubieseis dejado, me habría pasado el sobre con mi nombre que distinguí en el árbol e incluso lo habría abierto.

Me quedé paralizado. No contaba con eso. Te juro que no lo hacía.

—Fortachón, fuera bloqueo. En realidad, ningún desconocido de barba blanca ha venido preguntando por ti. Somos nosotras. —Adele se burló. Cómo no.

—Gracias por la aclaración.

—Para eso estamos. Temía que el calor te hubiese secado el cerebro.

Ella, puro amor al recordarme el nivel de asfixia que estaba padeciendo. Imposible no quererla…

Tu hermana mayor me instó a que continuase. Controlé el incomprensible temblor de manos y rompí el sobre.

El pasado, su experiencia, te transforma en material. Ligero, rugoso, suave, blando o duro. Yo era de los últimos. Firme. Compacto. Consistente. Con más tendencia a que las cosas rebotasen que a quedármelas, capacidad de relativizar y poco dado a la sorpresa, a la emoción, hasta que desplegué el folio del interior del sobre y leí.

—¿Una semana de alquiler de un estudio de grabación? —Las cuatro asentisteis a coro—. Esto es… —Me pasé la mano por la cabeza. Cómo decirlo. ¿Cojonudo? No—. Muy caro. —Joder, ¿desde cuándo balbuceaba? ¿Desde cuándo notaba una sensación tan… acogedora? ¿A eso lo llamaban estar en casa?—. ¿Habéis perdido la cabeza? No puedo aceptarlo, desde luego que no.

—¿Por qué? —Julie ladeó la cabeza.

—Es mucha pasta y…

—Barbie no necesitaba una corona —sentenció. Me di cuenta de que el pomerania no lucía su complemento habitual.

La habíais vendido… La habíais vendido por mí. ¡Por mí, joder! Y yo no recibía… ningún regalo. Nada de regalos. Yo miraba los escaparates sabiendo que no tendría lo del otro lado. Sentí el aturdimiento de la aparición de algo bueno y la sensación de no merecerlo. No así, sin motivo o contraprestación a la vista.

—Elle nos ha contado que quieres saber a qué suena la Navidad para tu padre y todas…

—Ejem. —Tu hermana pequeña se aclaró la garganta.

—Todas menos el futuro Nobel coincidimos en que es magia. ¿Qué hay más mágico que intentar cumplir un sueño?

Debería haber insistido. Es lo que se hace. Negarse a que alguien empeñe la corona de un perro y buscar dinero de otro modo, pero nunca había visto una oportunidad tan de cerca. Tangible.

—Antes de que te eches a llorar y nos ahoguemos en un océano de drama, también tienes esto.

Adele me entregó un paquete, se subió las gafas y esperó a que reaccionase. Os vi dudar a las tres. La pelirroja, la rubia y tú no sabíais nada de la agenda manual que descubrí en su interior. Y sigo sin entender el motivo por el que un cuaderno, en el que había recordatorios de su puño y letra todas las semanas para que no olvidase lo molesto que era, provocó que se os empañasen los ojos. Tampoco por qué sentí que de algún modo era importante y, cuando vi que tu hermana pequeña contenía la emoción usando las tácticas que me sabía de memoria, le dije:

—A mis brazos, pequeño recipiente de mala leche.

—Sin tocar. Sin…

La abracé. No me devolvió el gesto. Solo dibujó una sonrisa chiquitita, casi imperceptible, antes de apartarse. Fue suficiente.

Lo siento, Gabrielle, esa es la imagen que recuerdo cuando alguien me habla de Navidad. La de dos titanes que se dejaron llevar. Y, como broche final, la fotografía de todos que nos hiciste y que te acompañé a guardar en tu cuarto. La colocaste con una pinza en la cuerda que surcaba tu habitación, de la que colgaban otras imágenes. Se me encogió el pecho al comprobar que algunas eran del karaoke y que yo salía en ellas. Fue como tener tu vida delante y darme cuenta de que formaba parte de ella.

Me dejé caer en tu cama.

Error.

Olía a ti. A tus caricias, a tus gemidos y a nuestros cuerpos enredados.

El colchón se hundió cuando te sentaste a mi lado con una bolsa de plástico.

—Te aviso de que es menos espectacular.

—¿Un cepillo de dientes? —Lo saqué.

—Dos. —Me quitaste la caja y le diste la vuelta—. Con un único cargador de batería.

—Muy mal, ¿es que no aprendemos?

—Quería compartir algo como… antes.

Entendí la pena de tu voz. También era la mía.

—Gabrielle… —¿Cómo te lo decía? Gracias al imbécil de tu ex, «te quiero» había perdido valor. Busqué la manera de pronunciarlo sin usar esas palabras. Lo hice rápido, mal y confiando en que las verdades del alma no pasan desapercibidas—. Gabrielle, yo te todo.

Lo hiciste. Entendiste.

—Yo también te todo, Damien.

«Todo» fue un buen grito de guerra.

La locura de una Navidad en septiembre me dio una meta.

La pereza y disponer de mañana pueden ser grandes enemigos. Nos retienen. Excusa. Vaguería. Posponemos. La seguridad de que el estudio de grabación cuyo uso me habíais regalado estaba alquilado para finales de noviembre cerró el paréntesis del tiempo.

El segundo de trabajar era entonces. El minuto de lanzarse en paracaídas a componer sobre la familia, Lluvia, el puto Triple X, Tommy, Gavin, Eva, tú, yo, desconocidos, momentos, gestos y palabras sueltas que se abrazaban. La hora de mancharme los dedos de tinta, de escribir, borrar, repetir todo el ritual y apartar la incertidumbre de cómo sería el reencuentro con mi padre, porque mi abuela regresó de la cárcel Estrella de Illinois con la peluca rubia recogida en un moño y la noticia de que en enero le tendríamos de vuelta porque le habían dado la condicional.

Funciono mejor con plazos.

La presión me despierta.

Fueron semanas de consumirme trabajando, de desesperarme cuando no alcanzaba el resultado esperado y de entregarme por completo a las musas, hasta que logré algunos temas medio decentes que llevé a la sala de grabación, todos menos el del sonido de las celebraciones, que reservé para cuando estuviese mi padre.

Te recuerdo allí, al otro lado de la cristalera, sin quitarte el gorro y frotándote las manos para entrar en calor cuando me enfrenté al micrófono. Los trabajadores de la mesa de mezclas de la que saldría la maqueta cambiaron durante esos intensos cinco días. La compañía también. De Gavin y su curiosidad por los botones pasaba a Eva sugiriendo arreglos, Kitty inventando coreografías y Adele escuchando la música clásica que incorporé a mi manera en una canción. Solo tú querías permanecer constante... Tú y mi estrés traducido en exasperación, pitillos en la puerta y una sensación de euforia que evolucionó a agotamiento extremo cuando todo acabó y depositaron un par de CD con cinco canciones en mis manos.

Llegó el primer guantazo de realidad. Nadie me advirtió de lo que escocía. En mi mente todo estaba claro. ¡Cristalino! El sencillo sería la polla, lo mandaría a tres, ¡qué digo tres!, a una discográfica, y perdería el culo en ofrecerme un contrato que poder restregar en la cara a cierto rapero que hacía sus pinitos en salas con mi trabajo.

Sí, ángel, Triple X era parte de mi anhelo de éxito. La gasolina de la injusticia.

Sin embargo, ni pude joderle a él ni los planes salieron según mis fantasías aceleradas. Algunas discográficas no aceptaban trabajos que no viniesen de la mano de agentes. En otras, los recogía un amable secretario y dejaba los paquetes apiñados al lado de una planta con un «próximo destino la basura o un almacén para abandonarlos» no escrito. Y luego… Luego estaban los que lo aceptaban y te mostraban que las palabras educadas de rechazo pican y el dolor del lenguaje de un silencio interminable.

Una cura de humildad.

Una mina en tu moral.

Hasta que llegó Bird Gold Record y su *email* de: «¿Mañana a las doce en nuestra oficina?».

Me hice el duro, no te creas. Tardé tres segundos en contestar (dos más tarde de lo que me habría gustado hacerlo) y tuve que releerlo cien veces para decirme: «Tiger, para ya. Si no te has aprendido las siete putas palabras, tienes un grave problema de retentiva».

Vinisteis todos, como partícipes de lo que fuera que saliese de allí. Al menos, mi abuela no se iría con las manos vacías y llenó el bolso con los caramelos de la sala de espera. Tú llegaste la última. Las clases de fotografía habían comenzado y se te veía pletórica, feliz y realizada, y no te haces una idea de lo bien que te sentaban la seguridad, la cámara y las viejas costumbres actualizadas. Hasta entonces, me lanzabas las grullas de papel al despedirnos. Ese día de diciembre decidiste hacerlo cuando me llamaron para entrar al despacho con un «Mucha suerte» escrito que guardé en mis pantalones cagados como talismán antes de hundir las manos en los bolsillos.

Me recibió un tío recostado en la silla del escritorio en el que había una placa dorada en la que ponía: J. K. El productor era negro, delgaducho y una gorra le tapaba los ojos. Permaneció unos segundos callado para que las figuras y los cuadros de los premios obtenidos por el sello en el mundo de las rimas impusiesen con su presencia. Me mantuve como si nada, pero tenía los huevos por corbata. Él se dio cuenta y sonrió.

—La estrategia de traerte un puñado de seguidores para que digan lo cojonudo que eres está muy trillada.

—¿Esos? —Señalé la puerta cerrada a mi espalda—. Ojalá lo fuesen. Seguidores, digo. Son mis amigos, y ni siquiera a todos les gusta lo que hago. Como prueba, solo tienes que llamar a la chiquitita de gafas. Estará encantada de explicarte los motivos por los que piensa que mi música es una auténtica basura.

—Tienes sentido del humor…

—Lo intento.

Tomé asiento.

—Te hará falta. —Se quitó la gorra—. ¿Qué esperas de esta reunión…? —Agarró el CD y leyó—. ¿Tiger? —Genial, no sabía ni mi nombre. Abrí la boca y se adelantó—. Te diré lo que no debes esperar. No hay una oferta con varios ceros escondida en el cajón. En realidad, no hay contrato musical de ningún tipo.

—¿Has decidido hacerme perder el tiempo por algo en particular o se trata de disfrute personal?

—¿Qué tal haces café?

—¿Importa? —Me removí, más cabreado que incómodo.

—Contesta.

—He currado de camarero, aunque allí se bebía más birra.

—Me gusta la cerveza.

—Y hacerte el interesante, sin duda.

Nos quedamos callados. Mirándonos. Retándonos. Analizando. Me moría por salir de allí y dejar al extraño personaje taladrar el cerebro y las ilusiones de otro voluntario. Por alguna razón incomprensible, no me moví. Me mantuve en mi sitio y, de algún modo, pasé su excéntrica prueba.

—Necesito un ayudante que me surta de cafeína en vena con cierto criterio del rap.

—Necesito un coche con un asiento que me dé masajes en la espalda y…

—Tú puedes ser ese ayudante.

Ahí estaba la razón del correo. La prueba de que lo que tiene que venir llega, aunque no sea del modo que lo has pedido.

—¿Por qué querría?

—¿Buen sueldo y rimas?

Iba a aceptar. De hecho, ni siquiera hacía falta que la nómina fuese tan buena como aseguraba. Pretendía negociar. El productor habló antes.

—Te he escuchado. Tienes algo. Todavía no sé si es bueno. Hay demasiada niebla alrededor. Demasiado que pulir y aprender. —Retorció el cordón de oro que le colgaba del cuello—. Quiero ser quien despeje el humo y, cuando te vea, cuando solo queden las palabras, sabremos si ese contrato, que hoy no está en el cajón, aparece.

Dije que sí. Empecé la semana siguiente, sin hacerme ilusiones, pero sin borrarlas de mi mente. Equilibrio. Ganas. El pensamiento enfocado en lo que podía hacer día a día para avanzar y lo que podía recoger del mundo que me rodeaba. Humildad y determinación practicando sexo del bueno en cada pequeño paso que daba.

La gente piensa que el gran rapero Tiger Ocean surgió en unas pistas de baloncesto, donde rapeaba cuando un productor le escuchó por casualidad. Mi representante tuvo la idea. Alimentar el sueño americano. A mí me dio igual que mi biografía tuviese más de mentira estudiada que de verdad. Las opiniones que juzgaran perderían su poder porque se ensañarían con alguien que nunca existió.

Solo vosotros sabéis cómo ocurrió, que el arte apuesta por ti si tú lo haces en las mismas condiciones. A ciegas. Sin certeza. Sintiendo el vértigo en la boca del estómago. Confiando en que llegará el momento de miraros a los ojos. Solo vosotros sabéis que el inicio de la carrera seria de Tiger Ocean fue una Navidad en septiembre con un perro coqueto que perdió su corona y unas mujeres que pusieron el mundo a mis pies porque sí mientras el suyo seguía tambaleándose.

Las Thompson.

Vosotras.

Tú, desde el preciso instante en el que decidiste que merecía la pena y yo me lo creí.

La noche antes de que regresase mi padre no podía pegar ojo. Ni contando ovejas ni rinocerontes en el techo. Eva me encontró deambulando por la casa y propuso adelantar la marcha al aeropuerto.

Abandonar las paredes de ladrillo desgastado por un espacio abierto podría ayudar. Tal vez las temperaturas bajo cero de Nueva York congelasen las incógnitas hasta anular el efecto de la duda. Beneficiarme de mi detestado hielo y, quién sabía, quizás reconciliarnos. La fuerza de la culpa remitiría sin mi padre encerrado en la cárcel y los copos dejarían de transformarse en el recuerdo de unas cajas de medicinas robadas y en las consecuencias que tuvo.

La morena avisó a Gavin. Reconozco que al principio me mosqueé. Él ya tenía movidas de las que preocuparse. Le habían aceptado en el Ejército y estaba a una semana de ingresar en la academia militar. Siete días que los Hunter habían prometido que serían inolvidables, lo que significaba que se encargarían de que cada segundo fuese un puto infierno.

—Me habría matado si no se lo hubiera dicho —se justificó mi amiga. Enarqué una ceja—. Vale, es Gavin. Violencia cero. Nada de muertes ni rabietas de no voy a volver a hablarte.

—¿Entonces?

—Lo habríamos apartado en un momento importante para ti y él quiere estar en todos. Lo lleva queriendo siempre. Es así de masoquista.

Contra ese argumento no tuve nada que hacer.

Le dejé una nota a mi abuela para que supiese que la esperaba en el JFK, guardé el folio que había impreso en la discográfica en el bolsillo de la sudadera y me asomé con Eva a la ventana para ver a Gavin cuando llegase. Lo hizo a la media hora, se apoyó en una farola y se dedicó a proyectar sombras de distintas formas en la claridad hasta que bajamos.

Antes de darnos cuenta, estábamos en el aeropuerto con un chocolate caliente y una berlina rellena de crema en las manos. Nos quedamos en la calle un poco apartados, envueltos en nuestras chaquetas y buscando la oscuridad para que Gavin divisase estrellas y nos hiciese preguntas raras.

—¿Creéis que cuando parpadean es porque nos están saludando con un mensaje cifrado? —soltó tumbado sobre las piernas de Eva.

—No somos tan importantes como para que cuerpos de pura energía nos dediquen algo —le contradijo a la vez que le acariciaba la cabeza.

—Ya te lo diré cuando esté allí arriba en un avión y les explique que los tres somos de fiar, así que solo tienen que enseñarnos su idioma de luz encendida, luz apagada, y las escucharemos.

—Cariño, para ser piloto necesitas más que una inscripción y varias pruebas. Hay que estudiar…

—O hacerse amigo de uno —la interrumpió—. Nunca subestimes mi simpatía arrolladora. El Ejército me va a permitir volar.

—También puede llevarte a la guerra —le recordó nuestra amiga para que, una vez más, quedase claro que no estaba nada conforme con su nuevo destino.

—Cuatro años de alojamiento, comida y atención médica y dental gratis, más cinco de servicio después, viene siendo una década más o menos de vida… ¡Una década! ¿Piensas que no habremos avanzado lo suficiente como para dejar las guerras atrás?

La morena entrecerró los ojos.

—Yo he dejado de fumar y ahora eres tú el que flipas. —Soltó una bocanada de aire con la que el vaho se convirtió en una torre de humo que escalaba y formaba sinuosas siluetas—. El ser humano repite los errores del pasado casi por puro placer.

—No lo creo, y nosotros somos la prueba. Tú repartes en la asociación de madres adolescentes de la iglesia un cariño que nunca te han dado. Yo voy camino de hacer historia y convertirme en el primer Hunter sin antecedentes. Y, Damien, bueno, Damien lo saltamos porque es como si no estuviera aquí. Todavía no ha abierto la boca…

—¿E interrumpir vuestro apasionante debate del lenguaje de las estrellas? ¿Por qué clase de desalmado me tomas? —Me subí el cuello de la camisa.

—Por uno del que me interesa saber cómo se siente. —Se encogió de hombros—. Lo dejo ahí, como opción.

El cielo comenzó a clarear y la frecuencia de taxis repletos de pasajeros aumentó considerablemente. Había dos tipos de personas: las que se bajaban arrastrando las ruedas de las maletas y hablando con entusiasmo del próximo destino y las que se movían como zombis pegadas a un móvil en busca de café para sobrevivir al madrugón. Y, entre todos ellos, mis amigos esperando una respuesta y yo pensando: «¿Qué narices le digo a Gavin?».

¿Cómo me sentía, ángel? Inseguro. No hay nada que cambie más que las personas, al menos en el corto plazo. Sabemos que el tiempo avanza despacio, pero nosotros tenemos poco y adaptamos las revoluciones. Somos distintos ayer, hoy y mañana.

El hecho de no haberme bajado del autobús cuando debía, sumado a las miles de millas de distancia y a la paralización al descolgar el teléfono para llamarle había provocado que lo único que me quedase de mi padre fuese un recuerdo de un pasado lejano atrapado en un tarro de cristal.

—¿Y si somos dos desconocidos? —solté. Gavin se reincorporó para dedicarme una sonrisa tranquilizadora.

—Pues te vuelves a presentar. Sigues siendo el mismo niño al que le gustaba el baloncesto y le calmaban los trenes, solo que ahora sabes que tu nombre significa domador, que el rap te motiva para que tomar oxígeno merezca la pena y que cuentas con un puñado de personas que algo habrán tenido que ver en ti, algo como que mereces mucho la pena.

Asentí. Gavin no solo tenía facilidad para decir las cosas, también la tenía para que confiase en que eran ciertas.

El móvil nos interrumpió. Cleo me llamó para avisarme de que ya estaba en la terminal del «demonio». Me despedí de mis amigos frente a las puertas correderas. Sin embargo, no continué andando al cruzarlas. Sabía que mi mejor amigo, fiel a nuestras pequeñas costumbres, no me fallaría y entraría para un último chute de energía.

—Le gustarás. Eres especial. Tú. Casi se podría decir que mi persona favorita del mundo. Casi..., que, si no, se te va a hacer muy cuesta arriba que me vaya a la academia.

—Gavin… —sonreí como agradecimiento y bastó para que sus mejillas se encendieran. —La West Point está en Nueva York.

—Tendré menos tiempo para vaguear en el parque entre las clases teóricas, físicas, las técnicas militares, el desarrollo moral, el liderazgo…

—Te has aprendido bien el programa, ¿eh?

—Estudio cualquier cosa que me aleja de ti. —Parpadeó, como si no se creyese lo que acababa de decir y se apresuró a continuar—. Si todo sale bien, conoceré estados, mundo, pero te prometo que no habrá un solo día en el que no tengas noticias mías con una carta escrita a mano.

—Dudo que el correo sea tan eficaz.

—Le haré una foto, ¿vale? Fusionaremos la modernidad de los móviles con lo clásico de las cartas para no ser como los demás.

Debí decirle que no lo sería ni proponiéndoselo. Es decir, ¿quién en su sano juicio creía que los astros nos hablaban a tres chavales en mitad de la noche? ¿Quién en su sano juicio podría asegurar que yo «casi» era su persona favorita?

La aparición de Cleo precipitó nuestra despedida. Si yo estaba nervioso, ella estaba tan desquiciada que daba miedo. A mí y a los desconocidos, solo que yo la conocía y sabía que había que dejarla a su bola y los anónimos trataban de ayudar a la pobre mujer ida que se topaba con su mala leche característica.

La mejor opción era mantener la boca cerrada y escuchar sin añadir comentarios, porque incluso un leve «ajá, ajá» podía ser peligroso.

Mi abuela me contó que al día siguiente conoceríamos a su agente de la condicional, con el que mantendría reuniones periódicas para asegurarse de que no estaba entre sus planes reincidir en el robo potencial de medicinas (nótese la ironía). También le recordaría que, para mantener la libertad, no podía tener armas, cometer delitos ni salir del estado de residencia y que, si cambiaba de casa o de empleo, debía informar.

Asumible.

Jugueteé a doblar y desdoblar las esquinas del folio que ocultaba en el bolsillo de la sudadera.

—¿Qué guardas ahí?

—Movidas de Hawái. Fue de lo último que hablamos y… —Frunció el ceño—. Papá lo entenderá cuando vea las fotos que le imprimí a color en el estudio de grabación. Es algo entre él y yo. —Se tensó. Cambié el «me parece un buen acercamiento» por—: ¿Qué me estoy perdiendo?

—¿France no te lo contó? —Permanecí quieto—. Qué tontería de pregunta. No lo hizo, por supuesto. —Me agarró las manos y apretó—. El primer año de condena, tu padre se metió en un lío o le metieron… Hay detalles que no escapan al aura de secretismo de las prisiones. El caso es que… es que… es que tu padre hace años que no ve, cariño.

Golpe improvisado.

No supe encajarlo.

Dejé de escuchar.

El silencio y la culpa se alimentaban de mis entrañas; ya no solo era la libertad, ahora también le había quitado los colores y la textura del mundo.

La gente comenzó a celebrar los pequeños copos de nieve que se mecían por el aire en el exterior. Me lo tomé como la condena llamando a mi puerta, el recordatorio de que la acción no había expiado y el hielo estaría siempre ahí, acechando.

Y de nada sirvió atisbarle en la lejanía, igual de delgado y con la misma dentadura de un blanco perfecto. De nada sirvió que mi abuela le guiase a mi lado, se detuviese, alzase la mano para rozarme y dijera:

—Más alto y fuerte. Idéntico olor. Ven a mis brazos, hijo.

Sin rencor. Sin reproches. Solo lágrimas y manos aferradas. Me dedicó amor. A pesar de todo, seguía queriéndome más de lo que merecía.

Yo también le envolví, cerré los ojos, tirité de emoción y lloré sobre su hombro. Estuvimos así un rato, clavados, sin soltarnos y recuperando el tacto de la piel del otro. El problema vino cuando dijo: «Vamos a casa», y solo puede pensar que era el hogar que le había robado y que no podría ver.

Salimos y, mientras la nieve impactaba en mi cara, pensé si no habría sido mejor que ese niño tumbado sobre el manto blanco se hubiera quedado allí. Muerto. Y, cuando llegamos al salón, mi abuela me hizo un gesto para que le cantase la canción de las celebraciones que le tenía preparada. No pude. Quería desaparecer. Me convertí en Tiger. Solo Tiger. Damien ya había arruinado suficiente.

PARTE III

MADUREZ

Hoy, abril de 2020, NY
7 a. m.

Los minutos previos al amanecer.

Si tuviese que quedarme con un momento del día, sería con este. El instante exacto en el que algo acaba y comienza. Inicio y fin. La intimidad de coger un coche y pisar el acelerador para salir a la autopista, parar en una vía de servicio cualquiera y mirar Nueva York en su letanía. Tranquila. Susurrante. Con la mayoría de la población dormida, te sabes su único amante y te permites creer que sus luces te pertenecen. Tú también brillas.

—Estás poniendo esa cara. —Gavin me saca de mi ensoñación. Me doy la vuelta y lo encuentro sentado en el capó del Ferrari.

—¿Cuál?

—La de soy tan profundo que no me puedo tener en pie —se mofa de mí.

—Repite conmigo: «Que te den»…

—No hace falta pasar de sensible a maleducado. Existen los términos medios, ¿los conoces?

—Tú me llevas a los extremos.

—Fijo que cuando me vaya vas a ser más equilibrado…

Me quedo parado. Lo ha dicho. Lo va a hacer. Irse. Otra vez. Cuando el negro abandone el firmamento. El aire pesa en mis pulmones y me cuesta respirar. Se da cuenta, y eso que no existe mejor actor que Tiger Ocean.

273

—El trato es hasta mañana y, si lo necesitas, se puede alargar un poco.

—¿Cuánto? —La desesperación atrapa mi voz.

—No mucho. Los horarios del viaje no dependen de mí, hermano.

Nos quedamos mirándonos y hace un hueco para que me siente a su lado. Me dejo caer y levanto la barbilla hacia la luna con destellos dorados que perfilan su silueta.

—¿Adónde me vas a llevar? —Se frota las manos.

—¿Adónde quieres ir?

—He oído que tienes un pisazo en el corazón de Manhattan con una piscina en la azotea.

—¿Te apetece…?

—¿Bañarme? Desde luego que no. —Ríe y se balancea. La placa metálica se mueve y yo no sé si eso me descoloca o me convierte en un tipo afortunado—. ¡Se rumorea que te metías en pelotas y seguro que te has meado!

—¡No me he meado!

—No niegas el desnudo. Te he pillado.

Incluso ahora, sabiendo lo que va a pasar, tiene sentido del humor. Es único. En todos los aspectos. El mundo lo necesita. No posee otro ser humano igual. Yo tampoco.

—Siempre nos queda California. Los paparazis de allí tienen objetivos potentes y no podía jugármela a andar sin bañador —añado, como si me importase una mierda que me sacasen en bolas. La propuesta responde al fin de alejarlo y que nada suceda. Él, yo y una isla desierta.

—Necesitarías inflarte a pastillas para superar tu fobia a las alturas y verte colocado es una de esas cosas que, por más que se repitan, no terminan de gustarme.

Gavin parece cansado. Se pellizca el puente de la nariz y ladea la cabeza para hablar mientras gesticula mucho.

—¿Sabes que cerraron la pizzería del barrio?

—¿La italiana? —Busco el tabaco y arrugo la caja en lugar de sacar un cigarro.

—Exacto.

—No tenía ni idea.

—Porque llevas mucho sin ir. Ya no es el Bronx que conocías.

—¿Ha mejorado?

—A mí siempre me pareció perfecto. —Se encoge de hombros—. Estábamos nosotros.

Se pone de pie de un salto y se coloca enfrente. Su silueta tapa el *skyline* de la ciudad. Choca las punteras de los pies y no deja de moverlas mientras habla.

—Podríamos volver para el último tramo de la historia. —Dudo—. ¡Vamos! Será breve. No te acuerdas de la mitad de las cosas de esa etapa.

—¿Escucho a tu gemelo el capullo poniendo sobre la mesa mis trapos sucios?

—Me adapto a tu juego, ¿o es que solo puedes castigarte tú?

—No soy un desgraciado…

—Tampoco eres feliz, y en el Bronx está la solución.

—¿Por qué estás tan seguro?

—Porque nadie te ha conocido como yo… O eso creo. No dejes que me vaya sin haberlo averiguado. —Baja el tono—. Por favor.

Sé lo que viene ahora. Vida acelerada. Arriba. Abajo. Estrella. Humano que se pierde. Sin embargo, no es la fama lo que me preocupa. El rap me dio la vida. Lo que me zarandea sin piedad es saber que todas las personas que me han acompañado hasta ahora no llegarán al final del período. Una parte de mí quiere quedarse con el Damien de los cafés en la discográfica y no avanzar, la misma que desea que el mundo no invente a alguien que lo conozca mejor que Gavin.

Las palabras siguen sin fluir y no sé si las recuperaré accediendo a los planes de mi mejor amigo, lo único que tengo claro es lo que va a desaparecer al acabar esta aventura… Por eso, de nuevo te pido que no te vayas. Ahora no. Has llegado hasta aquí. Acompáñame unos minutos más de vida. Yo me encargo de andar si tú me sostienes la mano, ángel. Nunca he necesitado tanto tu sol como hoy.

CAPÍTULO 16

UNA CARTA DE GAVIN PARA DAMIEN...

¿Qué pasa, tío?

No te creas que me he olvidado de ti. Demasiados años aguantándote como para que te borres por una semana de maniobras... Los superiores han intentado minarnos la moral para hacernos más fuertes. Hombres duros, dicen. Para mí ha sido un camino de rosas sin espinas. Alguna ventaja tenía que haber en convivir con los Hunter... Estoy hecho a prueba de balas. O de comentarios hirientes, para ser más correcto.

Sin embargo, no es eso lo que quiero contarte. ¿Estás sentado? Hazlo. Lo necesitas porque... ¡He volado! Sí, hermano, un avión militar en mitad de la noche. Ya puedo morir. Mejor no.

Siempre he pensado que lo extraordinario de planear era hacerlo por el día. Distinguir las nubes doradas por los rayos del sol, conocer el azul que habita en las alturas y que tu paso mida la velocidad del mundo.

Ahora sé que me gusta más cuando la oscuridad abraza la tierra. Son las luces. Nadie nos habla de ellas. Blancas y amarillas. Y sus formas. Las ciudades parecen núcleos salpicados de vida parpadeante de los que salen arterias que los unen con otros para que ninguno se quede sin energía. Conexión.

Déjame inventarme que a nosotros nos ocurre lo mismo, que, mientras tengamos al otro, nunca se nos acabarán las pilas y que, a pesar de que nuestros sueños nos guiasen hacia arriba, lo importante era lo terrenal. Así antes ya lo tendríamos todo. Ricos. El centro. Ciudades que en realidad son corazones.

Hasta la próxima,

Gavin

DE DAMIEN A GABRIELLE

Desde Nueva York. Hoy, 2020. Volviendo a la madurez

El dinero es el principal indicador de que te empieza a ir bien. Como artista, vales lo que una discográfica esté dispuesta a invertir en ti.

Hizo falta preparar muchos cafés y sacar un disco mediocre para que el presupuesto del videoclip para el lanzamiento de mi siguiente trabajo fuese razonablemente cojonudo. Vale, fueron dos CD, pero entenderás que quiera enterrar el primero en lo más profundo del averno. Llamarlo basura sería suavizar el pedazo de mierda que me perseguirá hasta el final de mis días. Seguro que tengo tan mala suerte que lo utilizan en mi funeral... Al menos, me sirvió para dedicarle una buena tanda de conciertos en salas pequeñas a Triple X con la confianza de que se encontraba en el público, al fondo para que no lo viera, y se retorcía de la rabia.

El caso es que con el tercer CD llegó el cambio de Bird Gold Records por el sello Thunder y mi caché subió como la espuma con el único empujón de una firma y artículos en prensa que anunciaban que era su siguiente apuesta.

Llamaban la mina a Thunder. Si te fichaban, automáticamente relucías como el oro. Tardé en pillar su truco. No era magia. Era exprimir la piedra hasta que ofrecía el mineral deseado o se partía y se convertía en polvo. A diferencia de la anterior discográfica, solo les importaba facturar. Y les daba igual someterte a giras interminables, la presión constante de tener que escalar posiciones en la lista de más vendidos o que tu talento se desvirtuase por los exigentes plazos de producción. El agotamiento físico y mental era el precio por ser la estrella más brillante del universo musical. No te engañes, ángel, me gustaba ascender; como buen admirador del sol, yo quería ser puro fuego.

Adoraba el reconocimiento, la fama y dejar de mendigar. El chico de las manos vacías del Bronx no daba para sujetar los regalos que la vida le ponía delante y, si a cambio se debía entregar a la promoción, las fiestas y las reacciones desproporcionadas de reconocimiento de fanáticos, lo hacía con una sonrisa y casi dando las gracias por salir del basurero a comer con cubertería de plata.

Gané seguridad, y las cosas afectaban menos resguardado en mi nueva burbuja. Al contrario de lo que les pasaba a otros artistas, nunca me perdí del todo. El instinto de supervivencia hace que no olvides que un día habitabas la jungla y eras gacela.

—Señores, nuestro trabajo no está pagado. Toda la tarde viendo a mujeres de piernas largas y trasero duro medio desnudas. En fin... Hora de elegir a las afortunadas que te acompañarán. Tiger, maldito rapero afortunado —señaló Brian, el representante de Thunder.

El sello estaba bien equipado. Tenía sus propios estudios de grabación audiovisual y un teatro para llevar a cabo las pruebas. Brian, Steven, el director de *casting*, un viejo salido que no sé muy bien qué pintaba y yo estábamos sentados debajo del escenario, en una mesa al estilo *Factor X* desde la que habíamos visto desfilar a casi la totalidad de las bailarinas del estado. Me gustaba involucrarme en los procesos. Controlar.

Teníamos que seleccionar a un total de veinte chicas para el cuerpo de baile. Cada uno tenía una lista en la que iba apuntando el número, que las chicas llevaban adherido al pecho y aparecía en el currículo que nos entregaban, de las que más le habían llamado la atención.

Mis compañeros se lanzaron a rebuscar sus favoritas y yo me agaché disimuladamente a recoger los números de teléfono que algunas aspirantes habían dejado caer casualmente a mi lado. Arrugué los papeles y formé una compacta bola que tiré a la basura. Algo, llámalo pálpito, me decía que, si caía en las manos equivocadas (véase el centenario que se relamía a su paso), el telefonazo que las artistas recibirían sería la sombra de una propuesta en la que el ansia de conseguir sus sueños se batiría con los límites que estaban dispuestas a traspasar.

Agarré mi taco y pasé una ficha tras otra en busca de la cara sonriente de Kitty, con dos trenzas de llamas saltando y los calentadores a juego. La puse en mi montón y, no te confundas, Gabrielle, nada tenía que ver la compasión o los lazos que nos unían. Ella estuvo contundente. Vivaz. Acción, explosión y poderío. Los años de estudios artísticos la hacían estar preparada para mezclar la danza con la interpretación a la perfección. Estaba seguro de que figuraría en el *top five* de los tres. Entonces Brian agarró el currículo.

—Eres un cabronazo. —Observó la ficha con detenimiento—. Lo dicho, un pedazo de cabronazo. Te visitan un puñado de diosas y te quedas con la que…

—¿Más ha destacado? —corté. Si insultaba a tu hermana, no me quedaría más remedio que escupirle a la cara, y eso dificultaría nuestra relación laboral.

—Desde luego la que más se ve. Ha llenado el escenario…

—Y ha sudado la prueba.

—Con ese tamaño, debemos dar las gracias por que no se haya cargado las tablas. —Cómo no, Steven abandonó el segundo plano con camaradería para erigirse como rey de los imbéciles.

Le fulminé con la mirada. Arrastró la silla para apartarse de mi recién cerrado puño. El viejo del peluquín ni siquiera intervino. Bastante tenía con añadir fichas a su colección privada.

—Te pondré ejemplos para que lo entiendas —continuó Brian—. Buscamos una como esta. —Colocó delante de mis narices la foto de una llamativa rubia—. O esta. —Le siguió una asiática preciosa—. O estas dos. —Se refería al voluptuoso pecho de una morena de pelo rizado—. Buscamos chicas que animen al personal y suban las visualizaciones.

Estallaron en una carcajada. ¿En serio se creían graciosos? Parecía que sí.

—Perdón, creo que me he confundido de *casting* y estoy en el de una peli porno en lugar de en el de un videoclip —ironicé. No les gustó. Bien, estaba claro que les caía igual de mal que ellos a mí.

—Ha sido mala idea invitarte —sentenció el productor. Si no era parte del grupo, lo mejor era largarme con formalidad—. Mejor te concentras en tu parte y dejas a los expertos que hagan el trabajo para el que los hemos contratado. —Para suavizar, añadió—: La creatividad de Steven no es precisamente barata.

—La calidad se paga —resumió el señalado.

Podría haber armado la de Dios, y estaba en disposición de hacerlo. Sin embargo, tuve una idea que me hizo sonreír y ponerme en pie con fingida docilidad. Recogí la cartera, me despedí con toda la cordialidad que conocía y solo volví a hablar cuando me detuve en la puerta.

—Suerte en la planificación del perfecto vídeo para pajilleros. Podéis considerar la opción de que yo salga con un tanga de tigre, por aquello de que las mujeres también se tocan.

—Le daremos una vuelta.

Lo primero que pensé al salir fue: «Gilipollas». Lo segundo: «Gilipollas que me va a pagar el videoclip que yo mismo voy a planificar a mi antojo». Se me pasó la mala leche. Llamé a mi representante y le pedí pasta. Él preguntó si se trataba de una de mis excentricidades y yo simplemente reí como respuesta. Luego consultó cuánto quería y todo fue rodado. Lo ingresó.

Ya te lo he dicho, el dinero es el principal indicador de que te empieza a ir bien, que te lo den sin poner problemas solo porque te quieren relajado u obediente.

Hice un cálculo mental y, como realmente desconocía el valor en mercado de esas cosas, había soltado una cifra que me parecía exagerada al azar, la misma que le dije a Kitty por teléfono al recibir la transferencia.

—¿Cuánta gente de la escuela puedes conseguir con veinte mil pavos? Necesitamos guion, iluminación, cámaras, cuerpo de baile, edición y montaje...

—Espera —interrumpió—. ¿Nos vas a pagar?

—Se suele hacer por currar.

—Eres Tiger Ocean...

—Conozco mi nombre.

—Ellos, estudiantes *amateurs*...

—De los que espero profesionalidad y resultado.

—Les... Nos vas a dar la oportunidad de nuestra vida.

—Ya será para menos.

Parecía sorprendida, y todavía más lo estaba yo del extraño modo de girar el mundo, por el que casi me daban las gracias por algo que debería ser obvio, como era cobrar por trabajar.

—Es por Gabrielle, ¿verdad? —¿Tan poco se valoraba? Pues va a ser que sí.

—Por Gabrielle haría muchas cosas... Esta en concreto te la has ganado tú solita.

Empezamos a planear. La idea había nacido por un impulso y se traducía en un millón y medio de cabos sueltos. Teníamos que tenerlo listo antes de que Thunder lanzase el oficial, así que nos la jugábamos a un solo intento en una localización sin licencia y con la necesidad de que la ejecución fuese rápida para que no se corriese la voz y el lugar se llenase de curiosos y seguidores. Mi equipo de estudiantes trabajó a destajo en el proyecto y seleccionó un sitio discreto: ¡el puñetero Central Park, al lado de la estatua de *Alicia en el país de las maravillas*!

¿Qué podía salir mal? ¡Todo! Empezando por los nervios de las horas previas, que se fueron contagiando en el equipo, especialmente a Kitty, encerrada en la sala de ensayo, que se sabía con una gran responsabilidad. Cuando quedaban diez minutos para irnos, no me quedó más remedio que ir a buscarla. Sujetaba el pomo de la puerta cuando Adele me retuvo y me agarró el brazo.

—Espera. No las interrumpas.

Eva estaba sentada en el suelo al lado de tu hermana y seguía observándola con la misma fascinación que la noche en que la vio cruzar la puerta del karaoke. Gracias a su trabajo en asociaciones, mi mejor amiga se había convertido en una experta psicóloga sin título. Le había pedido que viniera a apoyar al equipo cuando los primeros indicios de que todo podía estallar por los aires. Claro que ella, lista, se había centrado un poco más en su favorita, la pelirroja a la que hablaba en esos momentos, por la que había incorporado el color del fuego a sus grafitis.

—El arte es como el lenguaje. No todo el mundo lo entiende. Habrá gente a quien le suene mal, raro, y otros a los que les encante el acento. Por eso no debes preocuparte —dijo. Consiguió que la mayor de las Thompson levantase la cabeza y sostuvo la mirada en sus labios—. Y ahora voy a besarte.

Se arrastró por el suelo y apoyó su boca en la frente de Kitty. Creo que tu hermana esperaba que el contacto se produjese en otro sitio, el mismo que Adele y yo teníamos en mente. Sin embargo, lo que ninguno esperaba es que sería la bailarina la que agarraría a la negra del Bronx para que sus labios se fusionasen.

Antes de que te indignes, Adele y yo dejamos de espiarlas en ese preciso instante.

Me gustó que estuviesen juntas. Me gusta que todavía lo estén.

Lo que me gustó menos fue el caos que se montó en el pulmón de Manhattan. La gente se acercaba a pedir autógrafos, fotos o a gritarme en la cara porque debían suponer que había olvidado mi nombre e intentaban echarme una mano.

Inicié mis rituales para desentumecer los músculos y aclarar la voz. Me interrumpían una vez tras otra. Relajarme en esas circunstancias parecía imposible y... apareciste... con el vestido de lunares heredado de Kitty y una diadema que contenía tu pelo claro que, en aquel entonces, te rozaba el hombro... Llegaste para meterte conmigo, por supuesto.

—¿Cómo es ese movimiento tuyo? —Hiciste una penosa imitación de mi ensayo.

—¿El de espalda y cuello?

—El de las manos, cabreado y bañando a la primera fila del público de babas cuando cantas.

Sonreíste.

Lo hiciste.

Tu jodida curvatura de labios mientras reproducías mis actuaciones, que reactivó el vuelco del estómago, y es que daba igual que hubiesen pasado tres años y mejorásemos fingiendo que ser solo amigos era aceptable, no habías dejado de despertarme, encenderme e inundarme con una energía que me noqueaba y avivaba el deseo.

—Si quieres participar, a la pelirroja. Es la jefa.

—Qué va. Pertenezco al equipo de los aplausos. —El estruendo que provocó algo al caer me hizo sacudir la cabeza. Iba a ser un desastre. Iba a...

—Ey, aparta el nubarrón, de aquí va a salir algo increíble.

Te pusiste de puntillas, me diste un beso en la mejilla y anulaste mi capacidad de hablar. Incluso se me olvidó que era probable que nos cargásemos el equipo antes de empezar. Solo quedaste tú marchándote y yo queriendo estirar el brazo para atraerte a mi lado de nuevo.

—Evita que Adele nos abuchee. —Encontré la excusa para retenerte un segundo más. Uno.

—He traído armas. —Me enseñaste una caja de Oreo—. Si veo el mínimo indicio de boicot, le meto un par en la boca a presión. Sabes que funciona.

No te contesté. Mis ojos se clavaron en los tuyos y contuviste la respiración. A veces, nuestras miradas cruzadas se quedaban con el aire y lo que nos rodeaba. ¿Sentías el cosquilleo en la piel? Ojalá que sí. Ojalá que te llevases las caricias que no te di contigo. A mí me siguen escociendo en la punta de los dedos...

Justo en la punta.

Aquí, donde no puedes ver porque estás demasiado lejos.

Lejos...

Continúo, porque, si pienso en ti, en lo que he perdido, me consumiré en el anhelo.

Media hora después, la chica que lo dirigía anunció que estaba todo listo. Hora de grabar. Me preparé. A esas alturas ya se habían congregado el triple de personas de las previstas. Traducido a un rodaje sin permiso significaba: «Vamos a darnos cera o acabaremos conversando con unos amables policías sobre los matices que alberga el término escándalo público».

La música de los altavoces apenas se escuchaba. Me guie por la coreografía que marcaba Kitty. Sacudida de cabeza a ambos lados marcando el movimiento, empieza la canción. Agacharse para subir a toda pastilla como un rayo, estribillo.

De aquella jornada no salió una obra de arte. Cumplió su función. El aire cutre que despedía en algunas partes tenía su punto original, diferente, de la calle. Se lanzó la madrugada previa al rodaje del oficial y mi último cometido fue pedir las contraseñas de las redes que me administraban y darle a compartir más de una treintena de veces, exactamente hasta que el *community manager* de Thunder montó en cólera y me bloquearon el acceso a mi propio perfil. Alegaron que mis intervenciones no respondían a la estrategia de *marketing* marcada por la discográfica (puede que mandase a la mierda a un par de *haters*). Poco importó. El público ya lo conocía como la carta de presentación de mi próximo trabajo.

Descubrí otro indicador de que las cosas empezaban a irme realmente bien. El hecho de que me tratasen con tacto, cuidado y poniendo sonrisas tirantes como las de Steven y Brian al decirme:

—Al final te has salido con la tuya.

Me lo dijeron en la sala de maquillaje, en lugar de amenazarme con romper el contrato si se repetía algo similar. Atisbé en su miedo a cabrearme el hecho de que a esas alturas no era yo el que necesitaba un sello que apostase por mí, eran ellos los que necesitaban mi nombre incluido en su carta de presentación. Sin embargo, el gran momento, el factor determinante que me encumbró a otra liga llegó semanas después.

¿Recuerdas las calles de suelo empedrado estrechas repletas de color con la ropa tendida en los balcones del Trastevere? Yo sí. No parabas de repetir que te perderías en ellas el día en que aterrizases en Roma y que no saldrías de su laberinto hasta haberlo memorizado. También te restabas méritos, pero eso intentaba no retenerlo para que dejase de hervirme la sangre.

—Solo es una beca de medio año en una escuela de fotografía italiana —asegurabas, y lo hacías con el mismo tono del síndrome del impostor que cuando te hacías llamar creadora de calendarios de gatos porque fotógrafa profesional te venía muy grande.

¿Sabes una cosa, Gabrielle? Lo eras. Fo-tó-gra-fa pro-fe-sio-nal, sin importar que tu porfolio se resumiese a calendarios benéficos de protectoras y algún que otro atardecer.

La cámara no respondía entre tus manos como cuando la sujetaban otras. La gente buscaba belleza fabricando una mentira y tú, rescatar algo bonito de la verdad. Y lo conseguías. Conseguías que el animal destinado a no destacar brillase, y que las calles vacías mostrasen parte de su espíritu escondido. Eras ojos. Una mirada.

Despegabas despacio, sí. ¡Qué más daba! Tu meta no era un viaje exprés a la luna, sino descubrir si las nubes tenían el mismo color en las distintas alturas. Tenías menos ambición que yo. Disfrutaste un millón de veces más por el camino, porque nunca lo convertiste en deseo de afiladas garras u obsesión, lo medías en el aumento de la velocidad que alcanzaba tu corazón. Sensación. No trabajo.

Por eso, no pensabas que hubiese nada que celebrar. Menos mal que Julie era de las mías y no dejó pasar la oportunidad de organizar una fiesta. Una cena en el Soho a la que acudimos toda la familia y que terminó en la especie de trastero grande con cocina integrada y salón por el que pagabas un alquiler criminal desde hacía más de un año.

Tus hermanas y Julie se quedaron en el salón acordando el juego de mesa que pondría el broche final a la noche y yo te acompañé a la cocina. Tenías las mejillas encendidas por la cerveza, el pintalabios rojo difuminado y manchas del brindis con champán salpicaban tu camisa. Te recogiste el pelo en una coleta y me pasaste un vaso que rellené de hielos y Pepsi para Adele. Te pusiste de puntillas para alcanzar las copas.

—¿Vamos a ponerle los cuernos a la cerveza?

—Es más glamuroso. —Enarqué una ceja—. Vale, puede que tanto gas me esté matando.

—Eructa. —Pensé que te opondrías con un gritito o algo similar, pero ibas un poco borracha y sacaste al león de tu interior a pasear—. ¿Qué ha sido eso? ¿Un terremoto?

—Anda, seguro que los tuyos son mucho peores.

—Gabrielle, derrotarías a todos los camioneros del estado de Texas.

—Tenemos confianza.

—Eso díselo a la ceja que he perdido.

Seguimos bromeando. Me gustaba eso, la confianza, la misma que perdimos cuando te sonó el móvil, lo sacaste del bolsillo, miraste quién era y bajaste el volumen.

—Una amiga de la protectora —justificaste avergonzada. El mío vibró.

—Un colega de la banda —mentí, y lo silencié.

Nos miramos. ¿Seguíamos en ese punto? Te respondo: sí. No nos habíamos guardado fidelidad durante esos años y, aun así, aunque era lógico rehacer nuestras vidas y estar con otras personas, nos invadía una sensación de engaño que se instalaba entre ambos por más que intentásemos normalizar la situación con sonrisas falsas y consejos amorosos que nos agujereaban el pecho. Debíamos avanzar. Tomé las riendas.

—En realidad, es una chica que me presentaron la otra noche en una fiesta, aunque todavía no sé si me interesa.

Dejaste las copas sobre la madera y abriste la nevera para sacar la botella de vino blanco.

—En realidad, es un chico que conocí en una exposición hace unos meses al que se me hace cuesta arriba seguir viendo.

Saqué el sacacorchos del cajón e intenté que no se me notase cómo me afectaba tu confesión cuando la abrí.

—¿Demasiado desastre?

—Demasiado perfecto. —Serví una copa y te la agenciaste a la vez que te sentabas encima de la encimera con los pies colgando—. No nos hemos visto más de cinco o seis veces y está convencido de que soy la mujer de su vida… —Tragué saliva—. Me da la razón en todo…

—Una relación fácil de llevar. —Suspiraste—. Parece cómodo.

—Estaba defendiendo al tío por el que me carcomían los celos y ni yo mismo me lo creía. Hasta ese punto eras importante. Hasta ese punto estaba dispuesto a acallar mi grito interior con tal de verte feliz.

—Parece mentira, Damien. Se necesitan más que un par de películas en el cine, emborracharnos en un *pub* y acostarnos para que me diga que me espera a mi vuelta de Europa, que me quiere…

Se me revolvieron las tripas. Te imaginé desnudándote lentamente y también con las manos de un desconocido arrancándote la ropa con pasión para llevarte a la cama, al sofá o a montároslo de pie en esa misma cocina. Fue más de lo que pude soportar. Vacié el contenido de la copa en la garganta y tú bajaste la voz.

—Conozco el amor y… no lo es. Ni se le parece.

¡Desde luego que no! El amor estaba ahí, congregado en la cocina, vagando entre nosotros muy cabreado porque no le hacíamos caso. Con Gavin lejos puede que hubiese llegado el momento. Puede que él hubiese conocido a alguien con quien sustituirte. Puede que yo ya no aguantase seguir haciendo las cosas bien y estuviese a punto de reventar y de romper las ataduras de contención para fluir. Puede que…

La escuché por los altavoces de la televisión.

Me puse rígido. Daba igual el tiempo que pasase, reconocería su voz en mitad de un concierto de batería con las baquetas golpeando el tambor. Te percataste. Logré sortearte antes de que te colocases como obstáculo y le quité el mando a Adele cuan-

288

do trataba de cambiar de canal con urgencia. Subí el volumen al máximo.

Estaban entrevistando a France. Tantos años desde que me había ido de casa y me reencontraba con ella viéndola en un plató a través de una fría pantalla de plasma, como sus ojos, aunque llorase del mismo modo que la tarde que intentó sacarle pasta a mi abuela y le salió mal.

El maquillaje camuflaba su aspecto demacrado y llevaba ropa holgada que de vez en cuando se ceñía al cuerpo para mostrar su extrema delgadez. La presentadora, conmovida o calculando los índices de audiencia, estaba inclinada hacia delante y sostenía sus manos.

—Era una cría inocente cuando me quedé embarazada, mis padres me echaron de casa y… y… y mi marido acabó en la cárcel. Me tocó criarlo sola y lo hice lo mejor que pude… Lo mejor sin dinero y sin apoyo…

—Nadie te juzga, France. Fuiste una valiente —la calmó la periodista.

—No conseguía un trabajo estable, y mi Tiger era un adolescente complicado en un barrio que no se lo ponía fácil. Quería cosas y me culpaba por no dárselas. Gritaba, se metía en peleas, tonteaba con la delincuencia… —Llanto. El público la aplaudió, entregado, para darle ánimos—. Pretendía que tuviese un futuro mejor que el mío, pero a él no le gustaba estudiar, se hizo amigo de unos pandilleros, los Hunter, y casi mata a mi pareja cuando intentó detenerle para que no se fuera de casa cuando era un niño.

¿Sabes qué era lo más duro, ángel? Que se lo creía con tanto fervor que llegué a dudar de mi memoria.

—No puedo seguir… —Se limpió las lágrimas con el dorso de la mano.

—Nos hacemos una idea de lo duro que ha sido para ti… —La periodista continuó hurgando con sutileza.

—Fui a buscarlo a casa de su abuela y ella me echó a base de insultos. Lo perdí… Y mi vida se acabó en ese instante.

France recobró el aliento para asestarle un golpe bañado en venganza a Cleo y se desplomó. La cámara la enfocó y, en mitad del consuelo, distinguí un retazo de sonrisa. La misma que me dedicaba cuando se marchaba de los estadios con las carteras en el bolso después de obligarme a pelear. La cordura regresó, y con ella los recuerdos de cómo habían sido en verdad mi infancia y mi adolescencia y la determinación de que no estaba dispuesto a permitir que le hiciese eso a mi abuela. Saqué el móvil y busqué el número de mi representante.

—No hemos podido pararlo a tiempo —contestó—. El programa está grabado. La periodista que vendió la exclusiva, Betty, ha ido un paso por delante de nosotros. Vamos a impedir futuras intervenciones negociando directamente con France.

—Bien.

Colgué justo para ser testigo de la última intervención de la rubia, que se acababa de ganar a todo el jodido país con sus lágrimas de cocodrilo.

—¿Qué le dirías a Tiger si nos estuviese viendo?

Primer plano. Idénticos ojos claros. Nacimiento de nuevas arrugas. Ella tomando aire, preparada para la interpretación previa a que cayese el telón.

—Le diría que mamá le echa mucho de menos y le sigue queriendo más que a nada.

Apagué la televisión. Ya había tenido suficiente ración de escucharla manipulando mi realidad y suplicando por un amor que no le interesaba en absoluto. Su aparición solo servía para desenterrar cadáveres que creía que yacían bajo tierra.

—Voy a echarme un piti.

Anuncié, y dejé a tu familia con cara de circunstancias para salir a la terraza, en la que no cabían más de dos personas. Daba a un patio de luces y la iluminación rebotaba contra la porción de cielo que se encontraba atrapada entre los edificios.

Encendí el cigarro y aspiré con fuerza. Solté el humo y me convencí de que lo que acababa de ocurrir solo era una broma de mal gusto para poner a prueba mi capacidad de superación.

Algo pasajero y sin mayor efecto. Un… Mierda, ¿de verdad había tenido la poca vergüenza de decir que me metía en peleas sin desvelar el pequeño detalle de que era ella la que me obligaba? ¿En serio casi me cargué a su novio de una semana en un arrebato y no fue él el que mató a Lluvia puesto de alucinógenos?

Noté la explosión y las llamas de la impotencia envolviéndome. Sentí el arrebato de salir a buscarla y…

—Puedo retrasar el billete a Italia —ofreciste en la puerta, y te adelantaste un paso—. Puedo rechazar la beca, si me necesitas aquí —añadiste, y te colocaste a mi lado. Ya no había rastro de los efectos del alcohol sobre tus mejillas, solo preocupación en tu cara.

Lo harías. Claro que lo harías. Te quedarías a mi lado. Debía quitarte la idea de la cabeza. Me relajé como pude y sonreí.

—¿Quién me dirá a qué hora sale el sol en otro continente o si está nevando? —recordé el absurdo trato al que habíamos llegado.

—Internet suele acertar.

—¿Y las fotos? Nadie las hace como tú. —Inspiré y solté el aire lentamente—. Además, la cotilla que se esconde entre las cortinas puede cuidar de mí.

—Terapia gratis hasta que vuelvas. —Adele se asomó.

—¿Tú? —le preguntaste—. ¡Si te encanta machacarlo!

—Tendré que aprender a ser comprensiva. —Me miró y suspiró, como si solo de pensarlo ya estuviese agotada—. Tendré que hacerlo —añadió, resignada, mientras volvía al interior. Pura fachada. Ahora sé todo lo que se esforzó por comprenderme.

Nos quedamos solos. Te apoyaste en la barandilla y fruncíste los labios.

—Lo que ha hecho France es de…

—Mala persona. —Me encogí de hombros—. ¿Qué más da? Oscurecerlo todo es su habilidad. También me permite distinguir estrellas, las personas que merecen la pena, y el resto…

—El resto da igual —completaste, y te giraste. Tus manos serpentearon por el metal para acabar recogiendo las mías—. Una vez dijiste que tú y yo éramos el mundo entero, ¿recuerdas?

—Sí.

—Todavía lo somos. Se está bien, ¿verdad?

El corazón me subió a la garganta y dejé de contenerme.

—No existe un lugar mejor, sol.

—Te confundes, yo soy Gabrielle o ángel…

—No, hace años que para mí eres el sol.

Me abrazaste y enterraste tu cabeza en el hueco de mi hombro. Fue tu tacto. Las cosquillas de tu pelo contra mi piel. Tu característico olor a un paso de cruzar el océano y desaparecer. Coloqué las preocupaciones en segundo plano y me dediqué a disfrutar de ti. Esa noche. Al día siguiente. En el aeropuerto, cuando te despediste y pensé que decirle adiós a esa sonrisa era lo más duro que había hecho, que mi lugar favorito del mundo se marchaba.

La vida real se estampó contra mi cara a la salida del JFK con una huelga de taxis y metro. Aproveché para llamar a mi representante mientras esperaba el coche de la discográfica.

—¿Solucionaste lo de France?

—Sí.

—¿Cuánto?

—Quince mil.

—Podría haber sacado más.

—Mucho. —Silencio—. ¿Quieres saber cómo ha afectado a tu imagen pública? Hemos hecho un estudio y los resultados no son del todo nega…

—Me la suda.

El día en que miles de millas se impusieron entre nosotros decidí que la opinión de los demás debía resbalarme. Dejar a poca gente atravesar la coraza. Desde el instante en el que existía gente dispuesta a pagar por remover mis miserias y personas que aceptaban cobrar por destruirme, era un rapero de primer nivel. Llegaba el momento de tener cuidado, protegerme y desconfiar. Para France valía quince mil dólares. No permitiría a nadie más convertirme en billetes arrugados.

DE GABRIELLE A DAMIEN

Desde la Clínica Betty Ford, Rancho Mirage, California, 2014

Los siguientes años cruzamos el mundo a velocidades diferentes con la mala suerte de no encontrarnos. Tú, de gira. Yo, lanzando fotografías. Ambos, prosperando.

Italia fue el primer destino. El vuelo duraba diez horas y me tocó el asiento de en medio. En lugar de sucumbir al cansancio tras la cena, la emoción me mantuvo más despierta que nunca. Lo había conseguido sola. Sin ayuda. Sin tu ayuda. Espero que entendieses por qué era fundamental que sucediese así la noche que nos hinchamos a ver películas de los noventa (*Pulp Fiction*, *Parque Jurásico*, *Antes del amanecer* y casi *Eduardo Manostijeras*) en tu piso neoyorkino cuando me hiciste una tentadora oferta durante la cuenta atrás de mi partida.

—Podrías acortar el camino, ¿sabes? Ahora soy alguien. —Dejé de prestar atención a los dinosaurios y observé tu fingida seguridad programada para ocultar la vulnerabilidad de la inminente separación. Fue un ejercicio inútil. Yo también notaba la fragilidad de saber que con millas de distancia no se podría repetir una escena similar. Sofá, mis pies sobre tus rodillas y el placer de que me hicieses un masaje.

—Siempre has sido alguien.

—Damien, solo Damien, no Tiger Ocean.

—No hay diferencias entre ambos. —Doblé las piernas de lado y me aclaré la voz—. Famoso o no, casa de Cleo o esta, dudo que tengas escondida una máquina de teletransporte o un cohete espacial privado para cruzar el charco a una velocidad galáctica. —Pusiste los ojos en blanco—. ¿Qué? ¿Lo tienes y no me lo has enseñado? Eres un amigo pésimo...

—Tengo contactos. Una llamada y me harían el favor. Con un chasquido de dedos tendrías el trabajo que deseas aquí.

—¿Enchufarme?

—¿A qué se debe tu tonito de desaprobación? Es una práctica común más usada de lo que imaginas, y, si lo que temes es que sienta que abusas de nuestra relación o algún rollo parecido, ni se me pasará por la cabeza, Gabrielle.

—No es eso, Damien. No me avergüenza reconocer que te necesito. —Sonreíste de lado—. Pero de otro modo. Necesito que confíes que seré capaz de lograrlo y, con ese empujón, conseguiré hacerlo. Tu opinión me importa. Me importa mucho.

Las personas con metas difusas, rodeadas de niebla e inseguridad, vivimos en el pulso constante de si estaremos haciendo lo correcto o tomando el desvío bonito que terminará por arruinarnos la existencia. El mundo cada vez cree menos en la magia de los sueños cumplidos. A veces, nos quedamos solo con la realidad que otros se empeñan en llamar fantasía idealizada. Pintora. Escritora. Fotógrafa. Luchar contra el pequeño porcentaje de éxito de la profesión y, en mitad del desierto de interrogantes, necesitamos una persona que afirme que vamos a lograrlo sin que le tiemble la voz.

Alguien que te diga que no estás loca por entregarte a lo que te gusta y que en algún momento abandonarás el blanco y negro para bañarte en color. Alguien seguro de que tú serás el porcentaje inferior de la estadística con ganas, pasión y trabajo constante. El mismo que, si te das la hostia, estará allí para recoger tus lágrimas sin asomo de «ya lo sabía» o «era predecible» y susurrar:

«Siempre te quedará haberlo intentando hasta el final y, oye, ese final no llega mientras haya respiración, lo único es que deberás compaginar la carrera con un trabajo puntual que dé aliento a tu cuenta bancaria».

Me pregunté si eras ese alguien para mí.

—Será un día triste para los animales de los Estados Unidos cuando te vayas. Nadie es capaz de retratarlos como lo haces tú. A cambio, ganarán los italianos, europeos y, próximamente, tus adorados gorilas.

—No te aceleres...

—Describo el futuro como creo que será. Revistas, documentales, exposiciones... Me gusta que el mundo se vaya a llenar con tu nombre.

Lo fuiste. Ese alguien para mí. Lo eres, aunque ahora mismo no sepa por qué narices has... Mejor volvamos al vuelo Nueva York-Roma y a mi electricidad. Me convertí en la acompañante que nadie desea al lado. Luz encendida. Portátil para retocar trabajos. Fotos por la mesa que se caían y mi culo inquieto sin parar de moverse, por no hablar de la incipiente necesidad de ir al baño cada hora.

El chico de la ventanilla no lo llevó mal después de cubrirse la cabeza con la manta que la tripulación nos había dado. Con la mujer de la izquierda fue algo diferente. No paraba de refunfuñar, me lanzaba miradas poco disimuladas cargadas de irritación y, aunque no la entendí porque era italiana y ni papa del idioma, estoy convencida de que, cuando agarró al azafato desesperada, le solicitó un cambio de sitio.

Me gané su odio, así de simple. Hasta el tercero de la fila se dio cuenta cuando volví la vez número veinte del aseo y la señora se fue a pasear por los pasillos con cara de pocos amigos para contenerse y evitar ahogarme con sus propias manos. No exagero. Te lo juro. Incluso el chico que nos acompañaba lo materializó en voz alta. Era Paul. Sí, ese Paul. Y yo estaba a punto de conocerlo.

—Fíate de un extraño y no bebas de la botella de agua que te has dejado. La he visto trastear con ella cuando te has levantado.

No sé si te ha puesto somníferos para que caigas redonda o laxantes y que la próxima vez no vuelvas.

Nuestra primera vez fue distinta a la que tuve contigo. Tú fuiste el chico del cabello rasurado y mirada verde infranqueable del autobús que buscaba soledad sin hacerme hueco. Él fue el chico de la melena ceniza revuelta y los enormes ojos castaños del avión que quiso darme conversación y se giró en mi dirección.

Relaciones tan diferentes… Lo difícil y lo fácil. El muro y el espacio abierto. Y, a la vez, os parecisteis en muchas cosas. Los dos supusisteis el inicio ante algo nuevo, amargo y dulce, y despertasteis sentimientos incomparables que nacían de un mismo órgano: el corazón.

—¿Y si lo probamos? —El plástico crujió al agarrarlo.

—Sabía yo que este viaje me traería problemas… —Mostró esa sonrisa cálida que rezumaba nobleza.

—¿Miedo a volar? —Te recordé. Al principio siempre estabas entre nosotros…

Paul sacudió la cabeza y se le formaron dos hoyuelos en las mejillas. Era muy atractivo. Lo sigue siendo. Aunque eso no es lo importante, siempre fui de leer el código de barras interno.

—Es sentarte al lado de la chica más guapa del avión lo que acojona.

—¿Traías el piropo ensayado de casa? —Negó.

—¿Y tú tienes novio? —Dudé. ¿Qué éramos? ¿Qué somos?

—Un poco directo, desconocido.

—Paul. —Estiró la mano y estuvo unos segundos esperando, hasta que finalmente se la estreché—. En otras circunstancias sería más sutil. Misterioso. Te lo prometo. Pero tengo… —Revisó su reloj de muñeca—. Dos horas para impresionarte antes de aterrizar y conseguir tu teléfono, así que dame ese cacharro de agua envenenada para que la pruebe.

—¿Tú? Me corresponde a mí averiguarlo. —Le quité el tapón y pegué un trago.

—En el discurso de la boda diré que me conquistó tu valentía… —Dejó la frase suspendida y la completé.

—Gabrielle.

—Encima con nombre de ángel. Me gusta. —Di un respingo y noté la confusión en las mariposas del estómago, la que experimentaban siempre que alzaban el vuelo con alguien que no eras tú, batiendo torpes las alas.

Paul habría debido ser alguien de paso. El simpático y guapo americano con raíces italianas con el que hablé durante una porción de tiempo escasa y que me ayudó a bajar la pesada maleta de la cinta. Ni siquiera le di mi número de teléfono. Conocer a alguien no era mi prioridad y, a diferencia de tu recuerdo después de compartir un viaje a la cárcel que se me clavó, el suyo fue sustituido por el de la plaza de España, el tacto del césped del Coliseo y el sorbo de una caipiroska de fresa en el Trastevere.

Desapareció como una de tantas anécdotas de la época en la que me atreví a mudarme a un país desconocido con compañeras de piso de varios continentes y carretes que se terminaban a las horas porque allí todo parecía digno de inmortalizar.

Podría haberse quedado en eso, pero una de las cualidades de Paul era su tenacidad y no rendirse nunca. Me pareció algo bueno, aunque es probable que, si le preguntamos a él, no opine lo mismo, y tú, yo y lo que no éramos capaces de romper tenemos la culpa.

Lo encontré a los pocos días, en los jardines frente a la facultad en la que tenía el curso, con la piel más bronceada y nervioso.

—¿Casualidad? —Me acerqué. No puedo mentirte. Verlo me hizo ilusión. Un rostro familiar y demasiado acogedor. Una invitación.

—El azar es una ilusión. Llevo un buen rato en el campus dando vueltas esperando a que esa sonrisa apareciera.

Me gustó que no enmascarase su interés y saber que durante el vuelo no solo asentía cuando le hablaba de fotografía y estudios, sino que me escuchaba. Todavía me gustó más abandonar la contención en la que nosotros nos movíamos, atrapados. Poder entregarme sin límites.

Cinco semanas más tarde, nos dábamos el primer beso y nos acostábamos en un pueblo de Milán al que nos escapamos el fin de semana, en una casita con vistas al lago Como. Luego se tiró medio año buscando formalizar nuestra relación y no fue hasta que le dije que «sí» que me confesó que trabajaba en una productora pequeñita y que iban a hacer pruebas para fotógrafos documentales.

—Deberías presentarte. Es un puesto a tu medida.

—¿Porque mi novio va a dar buenas referencias? —Le robé una porción de *pizza*.

—Fingiré que no te conozco. Quiero que, cuando lo consigas, seas perfectamente consciente de que cuando hay magia los trucos sobran. —Ahí le quise.

Él también era ese alguien para mí. Me completaba y me hacía mejor. Lo siento, Damien. Lo siento muchísimo por los tres. A veces, creo que soy mala persona, porque me comprometí a envolverme en una aventura sin haberte olvidado, sin poder prescindir de ti. Y no lo detuve ni cuando me di cuenta de que escuchar tu voz al otro lado del teléfono superaba las noches de caricias y sexo, ni cuando el patrón se repetía y era tu número el que marcaba cuando las cosas se ponían feas y necesitaba volver a sentir que el mundo era un lugar bonito.

Tú, al que llamaba cada día.

Tú, del que veía conciertos en Internet.

Tú, el que ocupaba mi selección de lo mejor de lo peor cuando volvía a la cama y descubría que seguía siendo incapaz de arrancarte del pecho sin tenerte cerca y que pensar en ti me devolvía la respiración.

No salías. No sales. Para prueba: Canadá.

Conseguí el puesto. Paul y yo pasamos a formar un equipo personal y laboral. Nos compenetrábamos. Nos entendíamos. Éramos una unidad casi perfecta. Él grababa y yo sacaba las fotos. Documentales y apoyo gráfico para los medios. Triunfamos relativamente. Nada comparado al brutal crecimiento de tu carrera.

Llegó el momento de ir al norte de los Estados Unidos. No me hacía a la idea de lo que me marcaría aceptar la propuesta de una asociación animalista y lo duro que sería. Ser testigo del paso devastador, arrollador y desalmado de la caza de focas. Intenté mentalizarme de que teníamos entre manos una labor de denuncia de su matanza. Me preparé para el horror leyendo cómo lo hacían y empapándome de imágenes. Me creía lista y fuerte y, cuando llegué, con la ropa térmica y un objetivo dispuesto a capturar cualquier detalle, me bloqueé. El cuerpo entumecido, los dedos congelados y las lágrimas quemando mis mejillas. Pude buscar consuelo en Paul o en alguien del equipo. Habría sido lo lógico. En lugar de hacerlo, me aparté y te llamé.

—¿Está nevando allí? —pronunciaste tu mítico saludo medio adormilado.

—Son crías, Damien. ¡Crías! Y las han apaleado para que no se estropee la piel, algunos cadáveres continúan aquí y el hielo no es transparente o azul. Tiene el color de la sangre. ¡Su sangre! No voy a poder. No...

La incredulidad y la rabia se mezclaban y provocaban convulsiones que aumentaban su ritmo a medida que más retazos de la barbarie aterrizaban en mi retina.

—Escúchame, Gabrielle. Respira, por favor. Hazlo.

—Es imposible. —El llanto no menguaba y la impotencia me retorcía las extremidades.

—Tú no conoces esa palabra, ¿vale? —Al otro lado, estaba tu angustia—. Voy a borrarla del diccionario. —Te escuché andando. ¿Estabas en casa o en un hotel?—. Tachada y, por si acaso, voy a arrancar la hoja y quemarla. ¿Oyes el mechero?

—No.

—Bueno, pues te prometo que le he prendido fuego, las llamas se la han llevado y se está convirtiendo en ceniza en un plato. Ya no existe. Respira.

—Esto es...

—Lo que vas a enseñar al mundo.

—Las manos no me responden.

—Lo harán. Eres los ojos del mundo, Gabrielle. Eres mi mirada. —Bajaste el volumen—. Déjame ver.

Me calmaste en mitad de la tempestad. Por eso recurría a ti, porque mi cuerpo reaccionaba a tu voz y me ponía en movimiento. Cuando el mundo se vino abajo, nos recordé en el vagón de metro abandonado y utilicé el calor de ese momento para apartar el hielo. Me di cuenta de que rendirme no era una opción cuando fui consciente de que hacer aquello que tantas veces dolía era lo que me mantenía con vida. Tragué toda la rabia y disparé hasta acabar más agotada que nunca. Sin parar. Motivada. Y, cuando esa noche escuché en la radio que habías cancelado tus conciertos en Canadá mientras se llevase a cabo la barbarie de la caza de focas, las palabras brotaron solas ante mi novio.

—Hay otro, Paul.

Estábamos en la habitación de nuestro hotel y él estaba agachado reavivando el fuego de la chimenea. No se giró, simplemente dio un golpe a los troncos con el que saltaron chispas y dijo:

—¿El rapero de Nueva York que te tiene buscando a qué hora sale el sol por los países y al que llamas cada noche? —Lo sabía. En realidad, no me sorprendió.

—Tenemos algo fuerte que…

—No hace falta que lo expliques. —Se aseguró de que las llamas aguantarían toda la noche y se sentó a mi lado en la cama—. Lo escucho en tu corazón cuando te pones los cascos con su música y se dispara.

—¿No te importa? —Me quedé perpleja.

—Duele, pero no lo suficiente para tirar la toalla. Sé que algún día no estará o lo hará de otro modo. Voy a quererte tanto, Gabrielle, que no tendrás otra opción.

Lo abracé, lo besé y fue la primera vez que hicimos el amor y no te busqué en el orgasmo de la vibración del pecho. Con Paul no existía. A cambio, estaban las caricias en el costado hasta dormirme que no podría tener contigo.

Sentí alivio por poner la verdad encima de la mesa. Confesar lo que no podía manejar le hizo bien a nuestra relación. Al fin y al cabo, se habría acabado enterando, porque en Canadá me diste fuerzas, pero en África me las quitaste.

También te llamé desde allí un año después. Acababa de ser testigo de algo impresionante que me tenía con la piel erizada y los sentimientos pululando sobre ella. Una leona había localizado en la llanura el escondite de las crías de perros salvajes. La manada había intentado captar su atención al coordinarse de todos los modos posibles, y ella los ignoraba.

Parecía que no iban a lograrlo, que no existía salvación para los cachorros, y, guiada por el instinto protector, la madre se había lanzado kamikaze para ofrecer su carne y detener la masacre. Contuve la respiración durante todo el proceso; estaba convencida de que perderían y el reino animal me regalaría uno de esos momentos que costaba digerir. En el último segundo, la leona se dio la vuelta y el resto de los perros abandonaron su puesto seguro para acudir a ayudar, protegiendo, arriesgando la vida, jugando con una perezosa felina cazadora que se largó cansada.

El reencuentro fue... precioso. Y me escapé mientras la madre les regalaba a los pequeños un baño de arena para contártelo dando saltitos en el campamento por la victoria.

—¿Está nevando, Gabrielle?

—Si lo hiciera, sería preocupante, Damien. —Reíste. Alguien más lo hizo. Una voz femenina en tu habitación.

—Si te viene mal, puedo llamarte en un rato...

No hubo respuesta. Solo una guerra de sábanas, almohadas y «pásamela» que terminó con tu teléfono en otras manos.

—Soy Phoebe, su novia, encantada de conocerte, ángel.

Se lo quitaste antes de que me diese tiempo a reponerme y contestar. Tapaste el altavoz para hablarle y la sombra de los secretos y la complicidad con otras personas se interpuso entre ambos. Pasaron unos segundos hasta que el sonido de tu respiración apareció al otro lado.

—Pensaba contártelo de otro modo.

—¿Es novia o solo...?

—Lo es —me interrumpiste. Hablabas reculando, preocupado—. Me gusta mucho. Alguna vez tenía que pasar, ¿no? Que conociésemos a alguien especial. —Silencio. Quería decirte que me alegraba por ti y pedirte que me hablases de ella con naturalidad, pero notaba el suelo temblar debajo y las tripas retorciéndose—. Tú tienes a Paul.

—Y ahora tú tienes a Phoebe.

Allí no existía traición ni culpa, solo la maldita emoción de que imaginarte feliz en otros brazos me hacía a mí un poco más desgraciada. E intentaba luchar contra una sensación repleta de egoísmo para ti e injusticia para Paul. Lo hacía. Quería ser buena y, entonces, comprendí del todo, y por primera vez, el modo en el que te habías sacrificado por Gavin. Existe una clase de amor que no responde a la lógica y que te hace poner a otra persona por encima de tus propias necesidades, aunque no siempre las razones sean las correctas o merezcan la pérdida, solo porque te es imposible no intentar protegerla como sea, igual que había hecho la madre de los cachorros salvajes al lanzarse sin pensar. Instinto.

Tenía que decirte adiós, porque, si no lo hacía, seguiríamos condenados en nuestra extraña conexión, y tal vez Phoebe no fuera tan comprensiva.

—Tenemos que hacer las cosas bien —solté.

—¿A qué te refieres?

—A disminuir el… contacto. ¿A ti te gustaría que tu novia llamase cada día a alguien que tuviese lo mismo que existe entre nosotros?

—Si es solo su amigo…

—Damien, tú y yo no somos solo amigos. Puede que lo lleguemos a ser. Para eso necesitamos distancia.

—¿Vivir en continentes distintos te parece poco?

—Sí, llevando al otro cargado en el corazón. Debemos tomar un paréntesis, desprendernos y hacer hueco a las personas que, aunque se han ganado sitio dentro, siguen sin espacio porque hay alguien que lo ocupa todo. —Refunfuñaste—. En el fondo sabes que llevo razón.

—Eso no lo hace más fácil.

—Porque no lo va a ser.

En esa última llamada dejamos suspendidos algunos de nuestros rituales, como que tú me preguntases a qué hora salía el sol allí, y yo retuve mis dedos para que no te enviasen las coordenadas. Lloré y busqué artículos que hablaban de tu relación con una modelo impresionante para torturarme. A pesar de todo, creo que hicimos bien. Probar. Intentarlo. Darnos a las otras personas a quienes también queríamos. Al principio fue insufrible, luego poco a poco costó menos y llegó un momento en el que casi parecía posible vislumbrar el horizonte donde poder retomar como si nada la relación contigo.

¡Qué ingenua fui al pensar que podías dejar de ser el mundo entero para convertirte en una isla! Hay personas que han escarbado de un modo tan profundo en tu interior que da igual cómo y cuándo se reactiven, lo hacen por todo lo alto. Nos ha pasado y ahora me pregunto: ¿qué serás hoy? ¿Lo mejor de lo peor o solo lo segundo? Solo en ti reside la respuesta.

CAPÍTULO 19

UNA CARTA DE GAVIN PARA DAMIEN...

¡Hola, hola!

No sé a qué hora leerás esta carta, porque ayer la pillaste de las gordas, o al menos eso dice internet... Y hablando de móviles... ¿Sabes lo que he descubierto hoy? Prepárate para flipar. ¡Han inventado una aplicación que te chiva el destino de los aviones! Pones la hora, dónde estás y listo.

Pensarás que algo así me ha flipado, y la verdad es que ha sido lo contrario. Estoy sorprendido con el regusto agridulce en mi boca. Tanto tiempo divagando sobre el tema y, ahora que lo tengo, pienso que era más divertido imaginar, ampliaba el abanico. En mi cabeza, los lugares parecían más exóticos y divertidos. Algunos ni existían. Las cosas controladas... pierden magia.

En tu estado resacoso, te preguntarás para qué te cuento esto. Al leer los titulares, me he dado cuenta de que hay gente que quiere ser eso, tu propia app, y necesito recordarte que tú no estás programado ni respondes al algoritmo de una base de datos. Tú eres

Damien y no llegarás donde te digan, sino donde quieras. Sorprenderás al caos. Ya lo has hecho, chico del Bronx. Nunca lo olvides.

Tómate un par de aspirinas y mucha agua,

Gavin

CAPÍTULO 20

DE DAMIEN A GABRIELLE

Desde Nueva York. Hoy, 2020. Volviendo a la madurez

El arte no se está quieto y te lleva de la mano arriba y abajo. ¡Y qué brutal y maravilloso es consumirte en su mareo, perder el norte y que te meza a su antojo! La tormenta perfecta. Me convertí en parte de la espuma chispeante que parecía que nunca dejaría de aumentar, crecer y elevarme.

Podría enumerarte las partes negativas de la fama y describirte el proceso en el que te desligas del yo y te entregas al surrealismo de una existencia no apta para todos los públicos… Podría si no estuviese convencido de que a mí el rap me salvó la vida.

Disfrutaba de estar más loco que cuerdo, su velocidad en la cara y sentir que estaba un escalón por encima, no de la sociedad, sino del pasado, superando los días en los que la necesidad me hacía robar comida y productos de limpieza. La pesadilla abandonaba su sonido y perdía punción en las garras que durante tanto tiempo me habían mantenido atrapado en «solo es un chico perdido más que no acabará bien».

¿Recuerdas mi época del uno? ¿Esa en la que la norma de tener una única cosa reinaba en mi habitación y escondía un billete arrugado en el colchón? Se había esfumado. Desaparecido. ¡Pum! Una bomba que no supe gestionar. ¡Adiós, nada! ¡Hola, descontrol!

Gavin piensa que las luces cegadoras han provocado que no guarde recuerdos de esa porción de la tarta de mis pulsaciones. Un salto abrumador del que solo queda el impulso del que te valiste para sobrepasar el charco y cómo plantaste los pies al cruzarlo. Está confundido, Gabrielle, aunque no lo saque de su error, porque me he acostumbrado a que todo el mundo sea experto en conocerme, saber lo que me gusta, juzgar si premedité errores y conocer la risa o el llanto de mis sentimientos.

Pero a ti te contaré un secreto... Hablemos del salto y mi memoria. Hablemos de que a mí lo que me gustaba era aterrizar en el agua, notar cada una de las gotas en la piel, mojarme y decir: «Joder, está pasando, y ese tío afortunado soy yo. Al final France me mintió y Santa Claus ha soltado el saco de regalos de golpe». Eso significó triunfar. Darme un propósito. Una razón. Algo para lo que servía y era insustituible, aquello en lo que era especial.

Puede que las entrevistas, desfases y excentricidades varias se mezclen y sea incapaz de separar una fiesta de otra, entregas de premios en Los Ángeles o Nueva York, mi mano garabateando autógrafos en el aeropuerto o a la salida de un hotel *random* o los *flashes* a cualquier hora, en cualquier lugar y atravesando todos mis estados de ánimo.

Soy perfectamente capaz de distinguir detalles insignificantes, que seguramente pasaban desapercibidos, cuando el mundo contenía el aliento al ritmo de mi voz. El pellizco en el estómago en la última nota del nuevo trabajo y el segundo de silencio al terminar una canción previo a los aplausos con el eco de la palabra final rebotando en mi lengua, la respiración acelerada colándose por el micro y la carne de gallina. Eso es el puñetero paraíso, ángel, y nadie, ni siquiera tú, podría convencerme de lo contrario, de que yo no he estado en el cielo con miles de personas a mis pies o encerrado en un estudio oyendo el resultado cuando todos se habían marchado.

Ya ves, ir de pasota, de sobrado, es otra de las mentiras que destaparía mi biografía no autorizada, aunque esa invención fue de mi propia cosecha, como la de que la aparición de Phoebe no me arrasó. La aparición de la modelo fue importante. Muy importante. Un huracán que lo revolucionó todo y me destrozó al lanzarme fuera de la protección de su ojo. Destrozado. Roto. Pedazos de lo que un día fui.

Ha llegado el momento de ella cuando lo era todo o casi. Siento muchísimo que las noches interminables me hiciesen olvidar el sol.

La conocí en California, después de una actuación en el reservado de una discoteca de moda, buscando quemar el garito. Estaba apoyada bajo el cañón de luz en la barra, sola y con una copa a medio acabar. Llevaba un vestido corto y ceñido verde que resaltaba sus largas piernas, la melena suelta en una cascada de rizos y posó sus ojos rasgados oscuros en los míos un segundo antes de pasar de largo.

Dejé la aburrida conversación con un par de estrellas del pop y me dirigí directo a su encuentro, a la llamada del magnetismo que despedía. El arte de la seducción había perdido parte de su magia. Ella le devolvió el toque al juego de la incertidumbre.

—Te invito a la siguiente.

—¿Qué te hace pensar que quiero otra? —Me sorprendió su negativa. Se giró en mi dirección.

—El calor da sed, y tu pobre copa agoniza. Llámalo salvarte de una inminente deshidratación.

—Así que eres algo así como un héroe... —Sonó sugerente y lo acompañó con una sonrisa que me noqueó.

—Soy lo que tú quieres esta noche.

—Déjame pensar... —Colocó la mano en el mentón, pensativa—. Tú eres... —Se mordió el labio inferior, sensual, y lo soltó con lentitud. No como sus palabras—. Un desconocido. No acepto cosas de extraños. Culpa a mi precavida educación parental. —Me dejó totalmente planchado al darme la espalda.

RESPUESTA COMERCIAL

Plataforma Editorial

Apdo. de correos:
12014 FD

08080 BARCELONA

Autenticidad y sentido
www.plataformaeditorial.com
info@plataformaeditorial.com

Esperamos que hayas disfrutado del libro. Nos gustaría saber algunas cosas sobre ti, como qué temáticas te interesan, para hacerte llegar recomendaciones personalizadas a tu correo. ¡No nos gusta el spam!, así que prometemos hacerte llegar solo unas pocas al año, siempre y cuando nos des tu consentimiento marcando la casilla que encontrarás al final de la tarjeta.

☐ Salud

☐ Educación

☐ Autoayuda y desarrollo personal

☐ Vida sostenible

☐ Empresa y liderazgo

☐ Libro Feel Good™

☐ Narrativa contemporánea

☐ Ensayo literario

☐ Clásicos del siglo xix y xx

☐ Libros juveniles

☐ Nutrición y cocina

☐ Libros ilustrados

☐ Libros infantiles

☐ Ciencia

☐ Testimonio

☐ Naturaleza / animales

☐ Deporte y valores

SUGERENCIAS . . . .

¿EN QUÉ LIBRO ENCONTRÓ ESTA TARJETA? . . . .

NOMBRE Y APELLIDOS . . . .

PROFESIÓN . . . . FECHA DE NACIMIENTO . . . /. . . /. . . .

DIRECCIÓN . . . .

POBLACIÓN . . . . C.P. . . . .

PROVINCIA . . . . TELÉFONO . . . .

CORREO ELECTRÓNICO . . . .

| Por favor completa esta tarjeta utilizando mayúsculas |

☐ Acepto recibir correspondencia publicitaria

—No se me ocurriría sugerirte que traiciones los férreos principios que te han inculcado tus padres, así que solo nos queda cambiar algunos puntos. —Me prestó atención, curiosa.

—¿Por ejemplo?

—Veamos, si adivino qué tomas y tu canción favorita, ya nos conoceremos mejor que algunos de los mejores amigos que hay por aquí.

—Lo que acabas de decir es… ¡una absoluta tontería! —Conseguí que se riera—. Un reto dificilísimo con el tono ámbar y el olor de mi *whisky*.

—¡Calla! —Coloqué un dedo sobre su boca y la rocé por primera vez—. Acabas de desvelar el cincuenta por ciento del enigma; menos mal que todavía me queda el más complicado. La canción. ¿Te haces una idea de cuántas hay? ¡Millones! En realidad, tengo todas las de perder… o no. ¿Te arriesgas?

—Si accedo, ¿te largarás al fallar?

—A la otra punta del garito.

—Adelante. —Sus mejillas se ensancharon y esperó. Me acerqué cauteloso, asegurándome de que no le molestaba la proximidad, y susurré:

—«Rain in your body». —Me aparté y esperé su reacción. Parpadeó—. ¿No te suena? —Si conocía mi *hit* más popular, fingió bien al sacudir la cabeza y con su siguiente comentario.

—Ni idea, pero tiene un título de mierda.

—Auch, duele, es mía.

Phoebe me repasó con la mirada y se encendió el brillo del reconocimiento. Y ahí fue cuando todo cambió. En lugar de mostrarse más interesada, pareció ofendida por lo que preveía que iba a suceder.

—¿Tiger Ocean?

—De carne y hueso.

—Y ahora que he dicho tu nombre estás convencido de que me voy a abrir de piernas en el baño para suplicar que me la metas. Al fin y al cabo, solo soy una de esas modelos que cuelan por la puerta de atrás para que los de tu clase se diviertan. Ovejas expuestas esperando que su carne sea la elegida. Pues, ¿sabes qué?, soy el perro que guía al ganado y muerdo.

La seguridad con la que escupió su afirmación me reventó. En cierto modo, incluso me cabreó. Ella no era quién para juzgarme. No me conocía. No… Observé a mi alrededor. A veces, solo hace falta mirar para darte cuenta de que junto a tu realidad conviven otras verdades. Hombres convirtiendo en mercancía a las chicas, sobándolas a su paso sin permiso y acortando las distancias que trataba de imponer el escudo de incomodidad de ellas. Prácticas cavernícolas que en el universo endiosado se multiplicaban. Ellos, deportistas, cantantes y poderosos, reyes. Ellas, esclavas sumisas llamadas a ser utilizadas. Sentí asco y asumí el grado de culpa que me llevó a retirarme.

—Nada de alcohol o baños, aunque podrías decirme tu canción favorita para saber qué títulos no te parecen de mierda.

La morena se quedó en silencio. Agarró la copa y retiró parte de la sutil capa de humedad que se había acumulado en el cristal con la yema del dedo.

—«Always», de Bon Jovi.

—Buena elección. —Giré sobre mis talones y me retuvo del brazo. Observé sus manos envolviéndome sin comprender nada.

—Una invitación cuando ambos sabemos que te la van a servir gratis no tiene mérito, que prepares un cóctel improvisado en casa, sin ayuda y encima te salga algo decente, puede.

—¿Mi casa? —Dudé—. ¿Y todo el tema del ganado…?

—A las personas se las conoce por sus movimientos. Tu paso atrás me ha hablado de ti.

—¿Qué te ha dicho?

—Que me gustaría escuchar la letra de la canción por si mejora el título de presentación.

Nos fuimos juntos. Puede parecer que Phoebe se contradijo, pero fue todo lo contrario. Supongo que lo único que ella quería era decidir. Ser libre y entonces, solo entonces, compartir su cuerpo con quien le diese la gana en los términos que marcase. Por eso, porque la etiqueta de ser la modelo de la puerta de atrás se borró, me acompañó a la casa de Malibú sin parar de hablar todo el camino y, cuando me di la vuelta con todo el arsenal de botellas desplegado sobre la encimera de la cocina, la encontré ataviada solo con la ropa interior, un liguero que se ataba en el muslo y tacones. Tragué saliva. Era impresionante.

—Mide el nivel de concentración de mis posibles amigos. —Se encogió de hombros con fingida inocencia.

No voy a entrar en más detalles de los necesarios, ángel. Sé que te duele del mismo modo que a mí me retorció la existencia de Paul. Y no porque Phoebe y yo nos convirtiésemos en fuego, sensualidad y pasión, sino porque te echó de mi habitación.

Esa fiesta después de un concierto fue el inicio de mi única relación seria que no lleva tu nombre. Los principios fueron... fueron devorarnos con la boca y con las manos, desgastar la lengua sobre la piel y en conversaciones, mezclar risas y acumular pisadas juntos sobre el asfalto o corriendo para despedirnos sin pudor cuando me marchaba de gira y un millón de besos se quedaban cortos para eliminar lo amargo de las despedidas.

Fue aprender a querer a alguien que no tuviese tu olor.

Sin embargo, tú continuabas dentro y, por mucho que tratase de ignorarlo, imaginaba más cómo serían tus amaneceres de lo que observaba bostezar a la mujer que me acompañaba en los míos. Hasta que me dio un ultimátum.

—Dejaré de quedarme a dormir si en este cuarto no estamos solos los dos.

—Te juro que no tengo nada que ver si hay alguien escondido debajo de la cama.

—¿Puedes prometerme que no piensas en tu amiga la de los animales mientras...?

—Mientras nos acostamos solo existimos tú y yo —la corté.

—¿Y cuando me dices que me quieres? Porque miras el móvil de reojo, preocupado por si acaso has colgado mal y ella permanece al otro lado.

No pude negárselo. Volver a ti era mi reacción natural siempre que lo pronunciaba, preguntarme por qué nunca había pasado del «tú todo» cuando el desgaste de tu exnovio de adolescencia había acabado y la expresión te quiero volvía a tener valor. Me consumía en las dudas de si echarías de menos esas dos palabras despedidas de mi boca o Paul había rellenado todos los vacíos en los que podrían haber habitado.

Te eché de la habitación después de nuestra llamada el día de los perros salvajes y, sin tu sombra, dejé de mirar atrás y me concentré en los años increíbles que viví con la modelo. Los mejores de mi carrera. El momento de los premios, las ventas descomunales y mi cara sonriente coronando la pirámide de la música.

Ascendí impulsado por la espuma y con ella bajé.

Phoebe y yo compartíamos muchas cosas, como el fuerte carácter y los vicios, que nos transformaron en una pareja tóxica cuando las cosas se pusieron feas, los galardones brillantes se esfumaron y la droga nos descontrolaba.

Entre compras, viajes paradisíacos y resacas me olvidé de la música y ella también me dio la espalda. Llegó el momento en el que no me preocupaba cuidar de mi trabajo. Las ventas bajaron, igual que mi caché y mi lista de amigos. De algunos me lo esperaba. Otros me sorprendieron, para bien y para mal (más de los segundos). Las invitaciones a las fiestas se esfumaron y, de hecho, casi prefería que no lo hiciesen porque me ponía hasta el culo y la liaba. La liábamos. Y es que las cosas con Phoebe siguieron la estela de mi viaje galáctico destructivo.

Llegó un punto en el que solo sabíamos discutir, bañarnos en reproches y follar, porque de amor allí quedaba poco. Aun así, con toda la decadencia y los cimientos de mi carrera temblando, pensé que podríamos sobreponernos, que la rueda de nuestro coche no se pincharía con un simple bache hasta que una periodista llamada Betty me llamó.

—Phoebe te va a dar la patada. Se tira a un jugador de fútbol.

No podía ser cierto. No la creí. Enfrenté a la morena al llegar a casa y esperé otro de sus cabreos monumentales por dudar de lo nuestro, pero, en lugar de eso, me convertí en un barco.

—Te hundes, Tiger. —Ella siempre me llamó así—. Y prefiero ser la mujer que se salva subiendo a un bote salvavidas que la que se ahoga por no abandonar a tiempo.

La traición es la grieta que se forma al apoyar el pie en la superficie de un lago helado. Un aviso. Vuelve a casa y cuídate. No sigas andando o el suelo se desvanecerá y el agua te tragará para congelarte en sus profundidades. Señales que ignoré al continuar caminando. Me sentía intocable y olvidé que la espuma se evapora y que no me sabía manejar con el frío.

Caí, Gabrielle, lo hice, y soy el único responsable. Me establecí en California y allí comencé la pérdida de un navío guiado por un capitán que no atendía a mareas. Mis salidas de tono alimentaban a los buitres de la prensa, que dejaron de planear a mi alrededor para picar la carne de una muerte anunciada. A veces, exageraban los titulares y, también a veces, los suavizaban para que el texto fuese apto para todos los públicos. Ni ángel ni demonio, humano.

Salí a dar conciertos muy pasado, no aparecí en actos de promoción pactados y envenené mi cuerpo con encuentros sexuales con Phoebe después de romper que culminaron conmigo y el jugador de los Patriots partiéndonos la cara. Se acercaba el fin. Las sustancias que me acompañaban en mi día a día pudrían la mente. Me creía protegido bajo el escudo del dólar, sin darme cuenta de que el dinero nunca había sido mi aliado, sino mi perdición, el anhelo que consumió mi espíritu. Y vosotros estabais tan lejos... Y a mí me costaba tanto pedir ayuda... Menos mal que Adele, alias molesta conciencia, estaba a una llamada de ponerme los puntos sobre las íes. Como al día siguiente de la pelea con el nuevo novio de mi ex.

—Déjame que adivine —saludé al descolgar—. ¿De qué te sirve haberte partido la cara, Damien? No has recuperado a la chica y se habla más de esto que de tu nuevo trabajo. ¿Sabes una cosa, Adele? ¡No me importa! La crítica lo ha definido como una hora y cuarto digna de arrancarte el cerebro por salud mental.

—¿Has terminado?

—Sí.

313

—Te llamaba para preguntarte si es sencillo respirar con la nariz rota, aunque, ahora que lo mencionas, lo que has hecho es demasiado estúpido, incluso para ti. ¿Desde cuándo te afecta tanto lo que opinen los demás? ¡Yo te he dicho mil veces que no me gustaba tu música y no por eso has dejado de componer!

—Mira tú por dónde, siempre hay una primera vez para obedecerte. Enhorabuena.

—Dios, ¡eres insufrible!

—Entonces, ¿por qué me llamas?

—Porque prometí cuidarte, ¿recuerdas? ¿Cómo te salvo de ti?

—¿De mí? —Subí el tono.

—¡Eres tu máximo enemigo! Tú y esa manía tuya de creerte el ombligo del mundo y de no darte cuenta de que hay gente que confía en ti y tu capacidad de recuperar lo que ganaste el día en que Barbie perdió su corona. Gente como el Damien del pasado, que tiene que estar dándose de cabezazos, o como yo cambiándome de equipo.

Pude decirle muchas cosas. Gracias, por ejemplo. Pero así no funcionábamos tu hermana y yo. Teníamos un lenguaje cifrado. Uno en el que la calma se traducía en las palabras más suaves y un deje de complicidad.

—¿Has cambiado de equipo?

—No podía seguir animando a los Patriots si alguien en su banquillo te había hecho daño, así que he tirado el fondo de armario suyo que tenía y los Buffalo Bills se han erigido como mi nueva religión, ¿estás contento?

—Adele, yo…

—También te odio. No hace falta decirlo —me interrumpió y la escuché suspirar—. Si quieres que me guste tu música, me haré rapera. Lo que sea, pero vuelve para que no me preocupe más, porque a veces tengo la sensación de que te va a pasar algo malo, y sería… insoportable. Ale, ya lo he dicho.

¿Estaba llorando? Nunca lo sabré. No se lo pregunté y ella no me lo habría confesado si hubiera sido cierto.

Colgué después de tranquilizarla. Llegué a un pacto conmigo mismo: una última gran fiesta como colofón final y reflexionar sobre sus palabras. Buscarme. Encontrarme. Empezar. Lástima que la noche no saliese como estaba planeada.

El círculo por el que me movía esperaba no tener que verme la cara una buena temporada tras la pelea. Fingieron que se alegraban de mi aparición. Nadie me ofreció una copa a su lado. Pillé el reservado más lujoso y una botella de quinientos pavos que vacié en mi garganta a velocidad récord. Aunque poco a poco la gente se acercó, me sentí solo, rodeado del interés de los que agonizan y ven a familiares lejanos que llaman a su puerta con la intención de que su nombre aparezca en el testamento. Lo tenía todo y a la vez no tenía nada.

Continué bebiendo y abusé de la cocaína para exterminar la sensación de vacío que se retorcía en mis entrañas. Solo existía una cosa común a cuando era pobre y jodidamente rico: el tiempo. Sabes que existe un problema cuando, en lugar de detenerlo, quieres que pase veloz para que aparezca ese algo que no llega. Las horas son largas y pesan. Dormir o desconectar el cerebro drogado ayuda, porque estar activo, estar vivo, si la ilusión no te palpita feroz en el pecho, deja de merecer la pena.

Salí de allí sin poder mantener el equilibrio. A gatas. Peso muerto. Una persona a la que sus dos guardaespaldas tuvieron que llevar al coche y que gritó: «¡A tomar por culo!» a los periodistas apostados a la salida. Me apoyé contra el cristal del asiento trasero y vi Los Ángeles pasar mientras buscaba el sonido del motor que, con la sobreestimulación, no aparecía.

Quería llegar rápido a casa, echar la pota y cerrar los ojos. Distinguí el paseo marítimo y las montañas que custodiaban mi hogar. Quedaba poco… y el coche frenó de golpe.

—Hay un problema. —Oí hablar a los guardaespaldas entre ellos y no me preocupé, porque les pagaba para que los solucionasen. A través del colocón monumental distinguí la figura de una mujer delante del vehículo.

No me extrañó. Era común que sucediese lo de encontrarme con tías que aseguraban ser el amor de mi vida e intentaban traspasar los muros que cercaban la intimidad de la vivienda. Bajé la ventanilla para que me diese el aire. Estaba mareado. Muy mareado y un poco acojonado por el cosquilleo de las extremidades dormidas y el corazón a punto de estallar.

—Por favor, señora, apártese. Hay *meetings* antes de los conciertos para conocer a Tiger…

—Le conozco mejor que nadie.

Las náuseas se incrementaron y abrí la puerta.

—Todas lo conocéis. Cierto —repuso el guardaespaldas, cansado—. Él es vuestro…

Di un paso al frente y me incorporé como pude mientras la cabeza me daba vueltas.

—Solo yo soy su madre.

—No —balbuceé—. Tú eres France. Nada más…

Me desplomé en el suelo y me retorcí hasta quedar tumbado boca abajo entre escalofríos. Herido. Drogado. Demasiado pasado de emociones. Pensé que había llegado el momento de una sobredosis y me habría entregado a la paz que prometía, desconexión total, si su cara no llega a aparecer en mitad del cielo estrellado.

—Qué te han hecho… —Se dejó caer detrás y recogió mi cabeza para apoyarla en su pecho y acunarme. Me habría opuesto a ese gesto tan poco nuestro si no llega a añadir—: Qué te he hecho yo.

Se culpó. A ella. Lo había conseguido, por fin, lo que no logré ni en los partidos ni al irme de casa. En sus ojos residía el miedo a perderme. Puede que verme pálido, tirado y medio muerto en mitad de la acera, ido, le susurrase algo que ni ella misma sabía, tal vez que me quería un poquito, y esa partícula minúscula de preocupación era suficiente. Puede que yo gruñese e intentase apartarme sin poner mucho empeño, porque solo quería derramar todas las lágrimas que me había tragado como un bebé y agradecerle que me dejase experimentar el tacto de su cariño. Y puede que allí Tiger y Damien se dieran cuenta de que lo único que habían buscado en la vida era ser amados.

Puede que nunca haya dejado de ser un niño al que le daba miedo aferrarse a las personas porque creía que tenía algo malo por lo que no las merecía.

Me relajé y me quedé entre sus brazos por si algo así no se repetía. Ella fue consciente del anhelo de mi cuerpo y no me soltó hasta que estuve más calmado.

—Vamos a casa, hijo.

—Hijo… —Saboreé mientras se valía de la ayuda del guardaespaldas para ponerme en pie.

Diluí la rabia y el rencor de años, coloqué un brazo por encima de su hombro y otro por el del currante y me dejé guiar a la habitación.

—A partir de ahora me encargo yo —anunció France.

Me quitó la ropa, me puso el pijama y me arropó con una ligera sábana por encima. Luego fue a la cocina y trajo una palangana con agua que me aplicó a base de paños en la frente. También me acompañó a vomitar y detuvo el temblor de mis hombros. Y cuando en mitad de la noche me desperté gritando «¡France!» apareció a mi lado corriendo.

—Estoy aquí.

—Para joderme de nuevo… —Tirité.

—Para quedarme a tu lado, sin moverme, hasta que te cures. Yo ya estoy bien. Sé cómo luchar. —Pasó la mano por mi mejilla—. Sé cómo demostrarte lo mucho que te quiero, pequeño. —Entre sus caricias, sucumbí a un sueño profundo y plácido por haber conseguido la mayor de las victorias. A ella. ¿Puedo llamarla mamá? ¿Puedo?

Porque eso es lo que quería al día siguiente cuando me desperté. Hablar. Soltar todo lo que tenía dentro. Culminar con las cuatro letras vetadas. Habría sido tan bonito, ángel, mi mejor palabra. Estoy seguro. La habría pronunciado con una fuerza capaz de derribar las paredes y construir planetas. Le habría hecho una canción. Le habría entregado a su arrepentimiento el mundo, el mío. Sabes que no miento… Sabes que me encontré la casa desmantelada.

France aguantó en mi habitación hasta que caí inconsciente y pudo robar lo que encontraba a su paso. Debió ser mucho. Suficiente. No ha vuelto a dar señales de vida.

Toqué fondo. Me hundí con una perforación en el pecho que me impedía respirar y me envolvía en taquicardias, sudores fríos y un dolor indescriptible. Perdí el control. Me dio un ataque de risa. Una voz se instaló en mi cabeza para recordarme lo ingenuo que había sido al creerla y quise... silenciarla. Adormecerla. Neutralizarla.

Saqué el arsenal de cocaína escondido en mi cuarto y, en mitad del delirio y el odio que me ahogaba, me metí una raya tras otra, bebí y me inflé a pastillas. Todo para borrarla para siempre de mis entrañas. El problema es que cuanto más quería eliminar a France, con más fuerza aparecía. Me fijé en el tatuaje en mi muñeca en su honor y no lo soporté. Corrí a la cocina a por un cuchillo. Sé que no fue una idea brillante, la de rajarme a la altura de las venas para exterminar cualquier rastro de ella. Iba tan colocado y todo me importaba tan poco que allí, mientras hundía el frío metal en la carne, me pareció lo más razonable del mundo. Las drogas eliminaron el dolor y la tinta desaparecía al mismo ritmo que los recuerdos del daño que mi madre me había hecho escocían en la mente.

Corté una vez. Otra. Y otra. Una carnicería de cascadas rojizas. Las fuerzas me abandonaron y pensé que otro sueñecito era todo lo que necesitaba. Y mientras susurraba «todo el mundo se va», me dormí.

DE GABRIELLE A DAMIEN

Desde la Clínica Betty Ford, Rancho Mirage, California, 2014

Siempre pensé que volveríamos a encontrarnos en mi mundo. Le tocaba. El tuyo ya lo conocíamos. En lugar de avisarme, te vería aparecer a pocos metros de distancia entre la espesura del bosque de Uganda y bajaría el objetivo sin poder creérmelo. Correría a tu encuentro y al alcanzarte pararías de quejarte por la capa de barro sobre tus zapatillas nuevas para abrazarme.

Soñaba. Imaginaba. Si existía algo como el bosque impenetrable de Bwindi, cualquier cosa era posible.

Pasaríamos la tarde poniéndonos al día y te invitaría a conocer el escenario del trabajo al que más me había entregado y en el que más había disfrutado: seis meses en una reserva de gorilas. Aceptarías sin saber que te encontrabas a punto de entrar en el territorio de casi la mitad de la población de los formidables primates, el lecho de hojas muertas crujiría bajo tus pies y te tropezarías con las raíces retorcidas de la vegetación.

Yo te explicaría que los machos de gorila de montaña superan la tonelada y tienen diez veces más fuerza que nosotros e impresionan, que la regla básica es no hacer movimientos bruscos, guardar la distancia con los animales y mantener siempre silencio.

—Ante todo, si aparece el espalda plateada, no le mires directamente a los ojos o se sentirá retado y amenazado –te repetiría. Tú no me harías demasiado caso, porque intentarías parecer indiferente cuando en realidad estarías sobrecogido.

Estaríamos caminando o sentados contra un tronco las horas necesarias hasta que tuviese que llamar tu atención para que vieses avanzar a un gorila en nuestra dirección y ahí, amigo, ahí te asustarías al ser realmente consciente de que no exageraba su tamaño ni lo mucho que imponen. Sin embargo, sería demasiado tarde para arrepentirte de acceder, ya que el animal avanzaría incontrolable hacia nosotros. Y te harías el duro, el protector, pero mi mano te revelaría que no era necesario.

Contendría una carcajada y te pediría que esperases a ver la magia que me mantenía atrapada en África. Frente a nosotros, con pelaje oscuro, no se encontraría un jefe de clan erguido, con el lomo tenso, gruñendo para mostrarnos sus afilados colmillos y agitando violentamente los brazos. No. Frente a nosotros tendríamos a una hembra adulta con su cría, que bajaría con torpeza a juguetear entre las plantas y nos observaría con curiosidad. Mientras, yo contendría la respiración y sería feliz de tenerte en el sitio en el que me dejaba parte de mi corazón.

Cuando se acercaba la hora de marcharme de África y tus ojos verdes no habían aparecido brillando entre las ramas, cambié de versión. Soñé otra historia. Tal vez nuestro reencuentro sería en el continente americano en la exposición que me había contratado, y me tocaría ir cuadro por cuadro para hablarte del encuadre más allá de la visión, con su sonido rompiendo el aire, el olor demasiado humano que despedían y el pellizco de placer que me recorrió todo el cuerpo cuando uno de ellos, tras analizarme largo y tendido, decidió que no era una enemiga.

Habría estado bien, ¿verdad? Yo contesto por ti: sí. Mucho más que el modo en el que los caminos se han vuelto a cruzar.

—Damien ha intentado suicidarse.

Adele fue directa. Creo que lo hizo porque, si hubiera hablado más, habría roto a llorar. Me dio la noticia y le pasó el teléfono a Kitty para que entrase en detalles, aunque realmente no había muchos que dar. Te metiste de todo, te rajaste las venas y el hombre de la limpieza te encontró inconsciente en el suelo en tu propio charco de sangre.

Me quedaba una semana en Uganda y tenía todos los días programados en pequeñas dosis de despedidas para que no costase tanto apartarme de una tierra en la que, de un modo u otro, una parte de Gabrielle se quedaba atrás. No miré el precio de los billetes al comprarlos ni la ropa que metía a presión en la bolsa ni la que me dejaba. Tampoco a él. Paul y la cajita negra con la que jugueteaba entre las manos y que acabó depositando de nuevo en el interior del cajón. Me urgía irme. Verte. Regañarte. Pedirte que no me dieses un susto así nunca más. Volver a regañarte. Apretarte y sentir tu respiración contra mi cuello.

Me urgía que vivieses. Que quisieses vivir si lo que aseguraban era cierto.

Me subí la cremallera del abrigo y soplé. Las manos localizaron veloces lo imprescindible para viajar, lo eché en el bolso y me lo colgué al hombro para correr al taxi que me esperaba en la puerta.

—¿Ni siquiera piensas decirme adiós? —Paul no sonó molesto, solo cansado. Derrotado.

—Lo siento. Si pierdo este vuelo, tendré que esperar ocho horas al siguiente y…

—Tantos años después, el rapero sigue siendo tu prioridad.

—Paul…

—No me mientas, por favor. Ya me he engañado yo mismo suficiente. —Se frotó la sien.

—Paul, yo te quiero, pero… —Fui sincera.

—No con la misma intensidad que al chico por el que eres capaz de cruzar el mundo sin dudarlo ni un segundo. —En su mirada humedecida vi que era el fin—. También me merezco a alguien que haga eso por mí, ¿no crees?

Asentí y nos dimos un último beso entre lágrimas. Sabíamos lo que significaba tras meses de relación muerta, el cariño de ser solo dos buenos amigos dejó de bastar en la cuerda que nos unía. La rompimos y, a pesar de que costó, estoy segura de que en el fondo sentimos el alivio de traspasar el tiempo estancado. De avanzar.

No podía prometerle que te olvidaría. Eso no iba a suceder. Yo no quería. No quiero. Porque tres vuelos, dos taxis y más de cuarenta escalones después estoy en Rancho Mirage. A tu lado. En la clínica Betty Ford.

Pareces calmado, respiras regularmente, pero la paz se pierde con los tubos que adornan tu rostro y tus muñecas. Tienes que estar fastidiado. Te han practicado dos lavados de estómago y, aun así, sigues débil porque perdiste mucha sangre. Demasiada. Si no llegan a encontrarte a tiempo… Prefiero no pensar.

¿Notas mi mano sobre la tuya? La estoy presionando…

¿Has escuchado todo lo que te he dicho? Ha empezado con un «Aquí estoy, Damien, contándote mi pasado, porque el presente… El presente duele y el futuro es una incógnita» hasta ahora.

Puede parecer una tontería. No sabía que más hacer. Esperar a que abras los ojos es insufrible. Cada segundo. Cada latido. Los confusos pitidos de una máquina que no comprendo.

Se lo he contado a Gavin cuando hemos hablado hace un rato, lo de que estoy contando nuestra historia. También va a venir, como todos los que ya están: tu padre, Cleo, Eva, Kitty, Adele, Julie… Ha solicitado un permiso y está a la espera de que se lo confirmen y, si no, se escapará igual, sin atender a las consecuencias; mientras, me ha pedido que te pegue una colleja cuando despiertes por hacernos esto y que te sostenga sin tregua para que algo similar no se te vuelva a pasar por la cabeza.

Que te hable le ha parecido buena idea. No sabemos qué es lo que te falta. En realidad, es una duda que tenemos desde hace años, por qué no eres capaz de decir tres cosas buenas de ti. Esperamos que con mis palabras recuerdes lo que eres. Lo que tienes. Lo que nunca vas a perder. A nosotros. A todos. Somos tus juguetes, Damien, tuyos y de nadie más. No permitas que nos rompamos más. Contigo aprendimos que no importaba estar quebrados, podíamos volar.

Vuelve. Las vistas desde la habitación dan a un parque muy tranquilo y son preciosas, y al lado de la cama tienes mil grullas. Las he hecho todas. Del tirón. En el viaje y sentada a tu lado. ¿Sabes por qué? La grulla es un ave fuerte, agraciada y hermosa. A causa de su gran importancia, los japoneses creen que, si una persona hace mil grullas, puede cumplir su deseo más preciado. ¿Cuál es el tuyo? Despierta, dilo y te sobrarán voluntarios para hacerlo realidad. Tienes que saberlo… Tienes que saber que te quiero más que a nada en este mundo.

Te quiero, Damien.

Te quiero, Tiger Ocean.

Te quiero, mi rincón en el mundo.

TIGER

Desde Nueva York. Hoy, 2020. Volviendo a la Clínica Betty Ford

—Todo el mundo se va.

—No, yo soy la que siempre vuelve. La que siempre vuelve por ti.

Me desperté de golpe. Llevaba suficientes calmantes en vena como para que la imagen que me devolvieran mis ojos fuese difusa, un borrón de color en movimiento sin líneas o formas delimitadas. Sinuosas siluetas confusas enrolladas en una realidad que se abría paso lentamente. Me pareció distinguir el reflejo de tu cabello claro, casi blanquecino, y me esforcé en enfocar. Aprecié el reflejo de tus ojos marrones y un amago de sonrisa antes de que te apartasen para que un tío con el bigote manchado de tomate te sustituyese. El médico.

Le siguieron unas horas interminables de pruebas que comenzaron con la comprobación de mi reacción ante los estímulos y terminaron conmigo sentado delante de un psicólogo que anotaba mis respuestas a sus preguntas en un cuaderno aséptico de tapas negras. Mi único recuerdo sobre cómo había terminado allí era el brillo del metal, que me llamaba para terminar con las marcas de mi piel. Así se lo expliqué, y tuve la seguridad de que no se creían nada de lo que decía.

Me dejaron darme una ducha vigilada y, aunque el equipo sanitario aseguró que lo hacían para estar cerca si me fallaban las fuerzas, actuaban como si cada objeto del baño fuese una potencial arma para acabar con mi vida. Intenté restarle hierro al asunto.

—Venga, puedes dejarme solo, prometo que la alcachofa y yo vamos a llevarnos bien —bromeé. Tanta seriedad me asfixiaba. La enfermera se limitó a permanecer en la misma posición por si, vete tú a saber, me daba por provocar una caída.

Sé que soy injusto, Gabrielle. Que ellos solo hacían su trabajo lo mejor que podían dadas las circunstancias de la escena del crimen. Artista, joven, pasado y con las muñecas rajadas. Los antecedentes hablaban en mi nombre y, cuanto más intentaba defenderme, más culpable parecía. Es lo que tiene la depresión, a veces se esconde en la aparente alegría. No podía cabrearme si pensaban que estaban ante uno de esos casos. Decidí que lo más fácil era atender a todas sus indicaciones sin rechistar.

Me dieron un pijama azul nuevo cuando terminé. Olía igual que el anterior: a medicinas que me daban náuseas. También me dieron un pantalón y una camisa sueltos. Me calcé las zapatillas, que parecían de hotel, y regresé al cuarto. Mi padre, Cleo, Julie, Eva y Kitty estaban en el interior. Fue un reencuentro extraño, frío, cauto y falso. Ni ellos se aventuraron a preguntar por el tema que les había hecho cambiar de estado ni yo me atreví a preguntar dónde estabas. Supongo que a unos les movió encontrarse ante una situación complicada de gestionar y a mí el hecho de no querer descubrir que tu voz se debía solo a una alucinación provocada por las drogas al abandonar mi cuerpo.

Hicimos como si nada, algo así como cuando vas a un tanatorio y hablas de temas insustanciales con los familiares del muerto en lugar de dejar que sea él o ella quien decida si quiere evadirse o seguir soltando dolor. En realidad, no es un gesto de compasión, es un gesto de protección. En general, no estamos preparados para dejar fluir, a la pena o a los problemas, y que aterricen sobre nosotros. Si no llega a ser por el puré que no conocía la sal y la tensión que engullía el ambiente, casi habría podido parecer una reunión improvisada para ver qué tal nos iba. Hasta que llegó Adele. Tu hermana pequeña sí que estaba dispuesta a enfrentarse a lo que había pasado.

—Maldito egoísta. —Entró. Levanté la cabeza de la bandeja. Llevaba la coleta alta y los ojos cargados de reproche—. Sí, tú, no busques a otro.

—Adele… —Aparté la mesa y me puse en pie. Claramente fue un error. Le dejé vía libre para que sus manos cayesen sobre mi pecho.

—¡Maldito! ¡Maldito! ¡Maldito! —Atizaba sin control con los puños cerrados, poca potencia y el pelo pegado a su frente sudada—. ¿Cómo me haces algo así? ¿Cómo nos lo haces?

—Relaja.

—¡Tú no me mandas! ¡Tú no…! —La obligué a parar. Envolví sus muñecas con mis dedos y exigí que me prestarse atención. Luchó contra la sujeción y me vi en la necesidad de hablar rápido y alto para que le quedase bien claro.

—¡No iba a matarme!

—No, estabas viendo un programa de cocina colocado y usaste tus venas como filete —rumió. Me hacía falta algo más. La verdad.

—¡Quería borrar el tatuaje de mi madre! Ella me había robado, lo tenía en la muñeca y… —Parecía una tontería. Lo que había hecho lo era—. Joder, fue una pésima idea. Lo sé. La peor. Nada comparable a desaparecer mientras tú, vosotros, estáis en el mundo. —Por fin se dignó a mirarme con el ceño fruncido—. Vale, lo reconozco, no soy un tío listo, pero me quedan suficientes neuronas para considerarme afortunado. Mírame, soy digno de que me pegues.

—¿Eso es bueno?

—¿Que te preocupes por mí? Lo mejor que me ha pasado.

La atraje. Esa vez no intentó revolverse como de costumbre ni soltó su mítico «sin tocar». Simplemente se dejó querer y me apretó hasta que me hizo daño. No tanto como comprobar su agonía al clavarme las uñas y el modo en el que rompió a llorar desconsolada sobre mi pecho. Ha sido la única vez que la he visto así, rota de lágrimas y convulsionando, y por mi propio bien espero que sea la última. Te juro que el nudo en la garganta era insoportable y que a la vez me invadió una sensación de plenitud por tenerla, por saber que le importaba de ese modo, que me llenó de un modo inesperado. Daba igual lo que France se hubiese llevado, había cosas que nunca podría quitarme. Estaban allí.

Y ahora dame unos segundos, ángel, no se lo digas a nadie, pero el recuerdo de ese instante me ha dejado noqueado. ¿Cómo es posible que lleve tanto tiempo sin hacer memoria de mi colección de buenos momentos? Nos perdemos en los malos y en los que no llegan y estos los relegamos a un segundo plano.

Voy a consumirme unos segundos.

Sé que entiendes la pausa. Tú estabas presente. En el marco de la puerta, con el pelo sucio, las ojeras pronunciadas y tragando saliva. Ni siquiera te habías cambiado y aún llevabas la ropa del safari y las botas manchadas de barro. Adele debió notar mis ganas y se hizo a un lado. Avancé cauto, casi tímido, empapándome de la visión y con la certeza de que sí lo habías dicho. Eras la que siempre volvía. La que siempre volvía por mí.

—¿Tú también me vas a dar?

—Lo siento. Se lo he prometido a Gavin.

—Adelante. —Golpeaste flojo en la nuca y dejaste la palma de la mano reposando. Me estremecí. No era solo el contacto. Era tu contacto. Tu piel. El calor. La vuelta de esa clase de latidos a mi corazón por los que merece la pena respirar un nuevo amanecer.

Te mordiste el labio, sacudiste la cabeza y enlazaste la otra mano en mi cuello. Tardaste una bocanada en ponerte de puntillas y nuestros cuerpos chocaron, se buscaron y terminaron encajando en un abrazo que traía el olor de años de experiencias separados que se fusionaron hasta que solo parecían un ayer lejano y con menos fuerza que el segundo que teníamos a nuestro alcance.

—¿No me vas a preguntar si es cierto el intento de suicidio? —susurré.

—No mentirías a Adele.

—A ti tampoco. —Soné ronco—. Te he echado muchísimo de menos.

—¿Tanto?

—Tantas veces como ha podido llover sin tenerte a mi lado.

Sonreíste ilusionada y a mí me vino a la cabeza *inmarcesible*. Significa que no puede marchitarse. Como nosotros. Como lo nuestro. Lo supe cuando nos costó separarnos y durante cada una de las miradas furtivas que nos dedicamos toda la tarde, hasta que decidiste irte a «descansar», y, si lo digo con este tono, es porque desde el principio supe que mentías, aunque me hice el tonto.

Anochecía y el resto propuso que os marchaseis a picar algo en el hotel para regresar al día siguiente a primera hora. Te enrollaste como un gato en el sofá junto a la ventana y caíste rendida en el acto, o eso quisiste que pareciese. Kitty sugirió despertarte y fue Julie la que rechazó la idea.

—Déjala descansar aquí. Parece a gusto, tranquila. —Me guiñó un ojo. Ella lo sabía. Seguía siendo de mi equipo.

Calculé lo que tardarían en abandonar las instalaciones y esperé tumbado en la cama, fingiendo que a mí también me la habías colado. Me reincorporé sobre los codos y busqué el mando para levantar el respaldo de la cama. El sonido del motor y los engranajes no pareció afectarte. Debías mantener tu actuación hasta el final y decidí beneficiarme. Observarte. Guardarte en la retina. La postura que tenías era imposible y, a la vez, me acercaba a tus noches en la jungla. Una mujer con los mismos rasgos aniñados que me cautivaron sin proponérselo entre viajes de autobús, canciones de karaoke y un viejo vagón de tren.

Estabas preciosa, ¿sabes? Para mí no existes de otro modo que concentrando toda la belleza, física, mental y la que transmites con el alma. Quiero que no lo olvides. Que lo recuerdes al final, cuando no me quede nada más que contar. Queda poco del ayer. Ojalá mañana… Prefiero no hacerme ilusiones y que me las des si todavía eres capaz de encontrar algo por lo que las merezca.

—Puedes dejar de fingir que estás durmiendo, Gabrielle.

—No estoy fingiendo.

—Evitar responderme habría sido un detalle para corroborar tu versión. —Chasqueaste la lengua por tu error. Abriste los ojos.

—Te habrías opuesto a que me quedase a acompañarte por aquello de que sabes cuidarte tú solito y no necesitas la ayuda de...

—Me arranqué la piel drogado para quitarme un tatuaje. No puedo defender ese argumento. Hoy no.

Desenroscaste las piernas y te levantaste de un salto para estirar los músculos entumecidos. Te imité y me coloqué a tu lado.

—Anda, te la cedo.

—Tú eres el enfermo...

—Tú te has recorrido medio mundo para venir. Te has ganado todas las comodidades que pueda ofrecer una cama de hospital.

—No.

—¿Prefieres que la compartamos? —Salió solo, sin intención, y, al ver cómo se te encendían las mejillas, supe lo que acababa de hacer.

—¿Nosotros...? —mascullaste.

—Es grande. —Le resté importancia mientras un escalofrío me recorría la espina dorsal—. Has dormido rodeada de monos de una tonelada. Doy menos guerra.

—No es eso...

—¿Paul? —Recordé.

—Ya no estamos juntos. —Un pellizco de felicidad me recorrió el cuerpo y no pude evitar sonreír.

—Los amigos no se alegran por las rupturas —rememoraste.

—He dejado de ser tu amigo en el preciso momento en el que me he dado cuenta de que me lo estás volviendo a poner complicado.

—¿El qué?

—Fingir que todavía no te he besado y ya te has vuelto a colar dentro.

Tu respiración se agitó y yo me di cuenta de que vivir mil vidas en una me había servido para ser consciente de que algo no cambiaba. Mi lugar favorito ha sido, es y será encontrarte de nuevo en cada una de ellas.

—¿Estaría bien hacerlo?

—No tengo ni idea de qué es lo correcto, ángel. ¿Ponernos al día? ¿Hablar? ¿Sentir?

—No sé quién eres ahora mismo, Damien.

Me mordí el labio y me froté los ojos. ¿Cómo te lo decía si yo mismo dudaba? Entonces, observé tus manos, las mismas que me habían agarrado tantas veces para sortear a gente sin pensarlo o para lanzarme grullas se volvían a mover solas en mi dirección. Y lo tuve claro.

—Tú eres agua y yo podría intentarlo.

—¿Agua?

—Sí, en realidad es más sencillo de lo que parece, el ser humano está hecho de agua, la necesita para vivir… Y yo te necesito a ti, así que, sí, tú eres agua y yo podría intentarlo.

Quise enumerarte muchas cosas más por las que estaba convencido de que había acertado. Como que es algo tan libre que no puedes atrapar porque se escapa entre tus dedos. Algo con tanta fuerza que es capaz de destruir ciudades.

Te quedaste pensativa y tuve miedo de que no hubiese solución. De haber dejado pasar tantas oportunidades que al final se habían agotado. Llegar tarde y… La yema de tus dedos recorrió la línea de mis heridas en la muñeca con suavidad, ascendiste hasta apoyar la palma de la mano en mi corazón y no sé qué te dijeron mis latidos para que entreabrieses la boca y formaras una sonrisa.

—Podemos ser agua —aceptaste.

—¿Un río?

—Mejor un lago…

—O el océano. ¿Qué más da? Tú y yo siempre seremos…

—El mundo entero.

Rocé tu boca y sentí tu cálido aliento antes de besarnos. Podríamos haberlo hecho con una pasión desbocada y feroz. Sin embargo, nos dejamos llevar por el movimiento pausado de no querer perder detalle del sabor del otro, el modo en el que poco a poco las salivas se mezclaban y las lenguas se hacían cosquillas delicadas. Quisimos detener el tiempo, amarnos a cámara lenta y regalarle a cada segundo valor.

Acabamos en la cama. Nos desnudamos con cuidado. De frente. Morimos en la boca del otro, entre dedos enlazados, piel de gallina y atesorando miradas con avaricia. Resucitamos. De lado, con tu pierna enroscada sobre la mía y mordiscos al son de unas envestidas que trazaban el mapa de vuelta a casa. Nos llenamos para después vaciarnos en un orgasmo con el que seguimos sintiéndonos completos.

A día de hoy sigue siendo el mejor sexo que he tenido, Gabrielle, porque vibramos, temblamos y nos dejamos llevar por unas caricias que persisten en la memoria. Sigue siendo el mejor sexo que he tenido porque permanece vivo en mi recuerdo, igual que el modo en el que te enrollaste la sábana y me dejaste desnudo en la cama para ir al baño y las canciones en lenguas extrañas que te escuchaba cantar cuando me crucé de brazos por debajo de la cabeza y me planteé comprar esa habitación, solo sus metros, y establecernos entre las cuatro paredes sobre las que todavía rebotaban los gemidos, el sonido de nuestros besos y dos cuerpos sudados que se abrazaban.

Me jodió el pitido de tu móvil y lo habría ignorado si no hubiese sido tan insistente. Lo agarré para acercártelo por si había sucedido algo. El mensaje que vi en la pantalla hizo que me quedase paralizado: «No dejes que Damien encienda la televisión». Como puedes suponer y sabes, fue lo primero que hice. Encender ese aparato del infierno, leer el faldón del titular, ver una de las fotos que lo coronaban y mis pies trastabillaron hasta chocar con la cama.

Cuando saliste, me encontraste tirado en el suelo en pelotas con la cabeza enterrada entre las manos y negando con la cabeza sin parar. No te hizo falta preguntar. Ahí arriba, en la pantalla plana, continuaban el mismo faldón y la foto, y acabaste en el mismo sitio sufriendo una especie de ataque de ansiedad que te llevó a taparte la boca y morder la palma para contener un grito.

Ya lo dijo el Conejo Blanco de *Alicia en el país de las maravillas:* ¿cuánto es para siempre? A veces, un segundo. Un segundo es lo que hizo falta para que el motor de la avioneta militar donde viajaba Gavin junto a cuatro compañeros fallase en mitad del océano y se estrellase. Todavía no la habían encontrado. Las labores de rescate buscaban víctimas. Muertos. Fallecidos. Pensar que mi mejor amigo había perecido entre las olas, con la espuma quemando su garganta, y nosotros traicionándole y diciendo que éramos agua, fue algo que no pude soportar.

Ahí llegó mi mayor error. Trataste de consolarme y te aparté. Fui a la ventana y te di la espalda.

—Damien, vamos a apoyarnos en esto y… —Observé tu reflejo en el cristal.

—¿Estás contenta?

—¿Cómo?

—Contesta. —Me giré y acumulé toda la tensión en las palabras que escupía—. ¿Estás contenta?

—Gavin era mi amigo…

—Y ahora que se ha ido ya somos libres para follar, estar juntos y…

—Eres muy injusto. Yo no tengo la culpa de…

—La tenemos los dos por fallarle cuando… —Se me fue la voz. La respiración se aceleró—. Cuando agonizaba.

—Ha sido un accidente y…

—¿Es que no te das cuenta de lo que ha pasado? Es un castigo… ¡Un puto castigo! —Me puse a dar vueltas, revolucionado. Intentaste paralizarme y no te lo permití—. ¡Vete!

—Debes calmarte. Tienes que… ¡A mí también me duele, mierda! —Te frotaste los ojos para limpiar la cascada de lágrimas.

—He dicho que te vayas. —Recogí tu ropa y te la pasé—. Ya. —Te vestiste lo más rápido que pudiste.

—Damien… —lo intentaste de nuevo.

—No quiero escucharte, solo quie… Por favor…

Aceptaste y, mientras sujetaba la puerta para que salieses, solo susurraste:

—Tú nunca… —Soplaste y me observaste con tristeza—. Da igual lo que yo vea, tus ojos no lo hacen… No lo harán.

No entendí a qué te referías. Miraste atrás un par de veces por el camino y no cambié de opinión. Tampoco los días siguientes, cuando no atendí a tus numerosas llamadas y mensajes, hasta provocar que te rindieras. No podía sacarme la culpa de encima. Era superior a mis fuerzas. Pensar que se debía a un acto de castigo divino fue mi manera de sobrellevar el duelo, de darle un sentido a lo que no lo tiene, alguien bueno desapareciendo. Además, estaba el plus de que no los encontraban y me aferraba a esa esperanza, a imaginármelo llegando a nado a una isla desierta para vivir como un ermitaño. A la esperanza de que algún día lo hallarían y él, Gavin, no podía encontrarme… feliz. Eliminé la palabra del diccionario y olvidé su significado durante años.

Sobreviví.

PARTE IV

HOY

CAPÍTULO 22

Nueva York. Hoy, abril de 2020
Ahora

–Decidí abrazar la desgracia y apartarme de lo único que podía curarme, vosotros, aferrado a la idea de que mi mejor amigo volvería sano y salvo y en mi soledad tendría la prueba de lo mucho que lo había echado de menos. Mientras tanto, cambié de representante, de modo de vida y me concentré en la música. Las canciones me traían paz... A él. Lo imaginaba componiendo a mi lado, descubriendo palabras. Incluso encontré a alguien que se le parecía, Julien Meadow, imagino que lo conoces, su luz ha traspasado el mundo. Era un tío especial, las personas vivían en su sonrisa del mismo modo que en la de Gavin, refugiados de toda maldad, y pensé que podía ser la prueba de... Tampoco pude salvarlo. Tampoco, joder. Y hace una semana un barco ha encontrado los restos del avión hundido en el fondo marino, mañana traen su cuerpo y creo, no, lo sé, que solo no puedo, Gabrielle. Por eso te estoy dejando estos audios, porque a lo mejor soy yo el que siempre ha necesitado que lo salven... Y porque hay cosas que solo se pueden decir a la cara, como que quererte se impone al paso del tiempo y nunca termina... Como que continúas siendo todos los rincones en los que quiero estar.

Los segundos se suceden en el móvil mientras dudo entre soltarlo y enviar o pulsar cancelar y que el último audio se borre. Me dejo guiar por las vísceras y, en cuanto se lo mando a Gabrielle, lo guardo en el bolsillo de mi pantalón para no ceder a la tentación de eliminarlo. Ahí está. Ya lo tiene. Lo que quiso saber y nunca le conté, el ejercicio sincero de retrospección del camino con baches, luces y sombras que me ha llevado hasta este momento.

No sé si servirá para algo. A mí, por lo pronto, me ha venido bien. Siento el cuerpo con menos nudos. La claridad de la mañana me ciega al levantar la cabeza y me obligo a cerrar los ojos sin miedo a que aparezcan imágenes encerradas por relajarme, porque he repasado lo que sea que tendría que venir y he terminado, se ha quedado atrás o conmigo sin molestar, una tinta que ha dejado de ser cicatriz para convertirse en historia.

La cabeza de Gavin se cuela por encima de mi hombro. Intenta ver si he sido capaz. De carne y hueso, espectro o fruto de mi imaginación, es un jodido cotilla. Me aparto y me agacho en el espejo retrovisor de un coche para verme. Tengo los ojos rojos y la incipiente barba asoma.

—Vaya, vaya, Damien… —Mi mejor amigo se apoya contra la carrocería y pone una sonrisita que no sé si es burlona o de orgullo—. No conocía esta nueva faceta tuya.

—Los hombres también lloramos, supéralo.

—Y los tíos son sensibles y a veces se derrumban y no pierden su virilidad. Lo sé —asiente—. Me refería a que has dejado a la pobre Gabrielle sin memoria en el teléfono. Hermano, no te llevas bien con la síntesis. —Alarga la mano y me aparto. Bastante raro me resulta estar hablando con un muerto en mitad de la calle como para que me roce. Podría perder la cordura. Podría…

—Eso si lo escucha.

—Ahí no te puedo ayudar. —Se encoge de hombros—. Tendremos que confiar en ella. Se lo ha ganado.

Los dedos se mueven solos y cuando me quiero dar cuenta estoy desbloqueando la pantalla. Gabrielle está en línea y dos aspas azules revelan que es muy probable que tenga abierta la misma pantalla que yo en estos momentos. ¿Pulsará *play*? Sacudo la cabeza y amplío su foto de perfil. Sale de lado, mira al infinito y los mechones crean figuras en el aire. Lo devuelvo a su lugar en mi pantalón.

La pelota está en su tejado. Mi alma, porque de eso va esta historia, de oscuridad y de una explosión de luz. De lo que somos y no lo que decimos. Es conocer de fuera a dentro y quedarnos más allá de los huesos. Permitir que se metan en mi corazón para ver las voces que lo hacen latir. Soy yo, ella y la gente que me ha acompañado. Pecado y milagro.

—¿Ahora qué?

—Saber por qué estamos aquí y llegar puntuales a mi funeral. He oído que habrá tiros.

—A ti no te gustan las armas.

—Tampoco me apasiona la caja, demasiado elegante, cerrada y bajo tierra para mi gusto. —Vale, esto ya es demasiado.

—¿Eres real?

—Solo los muertos saben qué ocurre cuando el interruptor se apaga, hermano, así que, si me pides una prueba de que no lo estás flipando... —Su voz se pierde y se masajea las sienes hasta que detiene el movimiento de golpe. Levanta la mirada y hay un brillo nuevo chispeante—. Puedo darte una idea que nunca se te habría ocurrido solito.

—¿Como qué? —Lo pongo a prueba. Quiero creer. Vencer al surrealismo de que esté a mi lado.

—Cintas de música. —Enarco una ceja—. Tenían cara A y cara B. Digamos que las personas somos cintas, sí. —Se muestra entusiasmado—. Tenemos la perspectiva de la cara A, lo que recordamos, pero necesitamos a los demás para escuchar la B, lo que no vemos de nosotros mismos. Ese es el motivo. En el fondo, debes descubrir la otra visión de muchas cosas. Empezar por el inicio está bien... —se lía, y lo corto para intentar alcanzar su velocidad.

—¿Qué inicio?

—El de tu historia. Pudiste elegir cualquiera: bebé, primera paja...

—¿Adónde quieres llegar?

—A que no es casualidad que, de entre todos los puntos del pasado, eligieses a un crío pelado de frío en la nieve y hayamos acabado delante de la casa de tu padre. Ya va siendo hora de que te enfrentes al tema tabú. —Traga saliva—. A lo largo de la vida nos rompemos y vamos dejando partes atrás hasta que solo quedamos nosotros ahora. Eres lo que ha llegado aquí. Los fragmentos que permanecen unidos. Y está bien.

Puede que lleve razón. Que seamos esclavos de las cosas que hicimos y no supimos solucionar. Que carguemos el lastre y sin darnos cuenta andemos a medias. La reciente reflexión ha reavivado las heridas que creía cerradas y es hora de sanar. Recuperar espacio y eliminar toxinas es lo que necesitan las palabras para volver a brotar.

Cuando empecé a ser jodidamente rico, les ofrecí a mi padre y a Cleo una mansión en cualquier lugar del mundo. Agarrar una bola, hacerla girar y comprar una casa allí donde cayese su dedo. Me siguieron la corriente y, cuando la tuvieron delante, apoyaron la palma en el estado de Nueva York. Deseaban el viejo piso que perdieron cuando mi abuelo falleció y los desahuciaron. Ese y no otro, con un par de arreglillos, les iba bien. No entendí su apego al barrio, al Bronx, a los espacios pequeños y a las goteras del vecino de arriba, pero ¿es eso lo importante? ¿Lo es de verdad?

Me sorprendo al descubrir que no. Durante toda la narración a Gabrielle, las casas, los cordones de oro y los coches no han aparecido. El lujo que he poseído no ha sido más que un invitado de paso sin segundos de grabación. No como ellos, las personas. Y es que tal vez no importa lo que tienes, sino con quién lo disfrutas, y las islas paradisíacas solo están hechas de la misma arena que puedes encontrar en un parque y el mar del agua que puedes disfrutar cuando se rompe una boca de incendios. Puede que se decantasen por la gente que podrían tener cerca porque solo así podrían llamar al cemento y a los ladrillos hogar.

El telefonillo hace un ruido espantoso cuando lo pulso. Las quejas de Cleo por lo temprano que es se ahogan en su garganta cuando anuncio mi presencia.

—¿Podrías dejarnos solos? —le pido a Gavin—. Las conclusiones que pueden sacar si me ven hablando a la nada son...

—Lo pillo. No queremos acabar el día con camisa de fuerza. Es aceptable. —Sujeto la puerta y me detengo.

—Oye, ¿estarás cuando baje?

—Claro, este fantasma no tiene a nadie más en su lista de a quién debe atormentar.

—¿Así que para eso te has quedado?

—Nop. —Arruga la nariz—. Tenemos una conversación pendiente.

Saber que queda algo me produce cierta sensación de alivio cuando lo dejo atrás. El chirrido del ascensor no parece muy seguro y me decanto por subir andando. Cleo me recibe sin peluca, con el pelo rapado y una mirada suspicaz cuando me deja entrar. Apuesto a que cree que voy borracho y por eso se acerca tanto a darme un beso en la mejilla, para comprobar si apesto a alcohol. El hecho de que no suceda la confunde todavía más.

—¿Está despierto?

—En el salón. ¿Quieres un café?

—Quiero hablar.

Me acelero. Por fin sé lo que debo decir y no hay tiempo que perder. Cruzo con paso firme el pasillo/museo del piso. Pasillo, porque cumple la función de unir una estancia con otra. Museo, porque mi abuela lo ha decorado con carteles reivindicativos de movimientos a favor de causas pasadas y actuales decorados con recortes de algunas de las letras de mis canciones de los primeros discos. Una especie de templo en el que me invade una sensación de orgullo por formar parte de él.

Las zancadas continúan su curso y desemboco en el lugar donde mi padre reposa relajado en un sofá con la oreja apoyada en la pared. Despego los labios para soltarlo todo de golpe. Me manda callar. De algún modo misterioso, es capaz de reconocernos por el ruido que hacemos, como si toda la gente no expulsase el aire con la misma cadencia.

—Faltan dos segundos. —Frunce el ceño y se pega más. En su cabeza ya no hay rizos y ha desarrollado una barriga digna de admirar por el mismísimo Tommy el Gordo. Por lo demás, no ha cambiado mucho, su sonrisa es la más blanca que existe y celebra los triunfos con una pequeña palmada—. ¡Metro de las siete puntual! —Se gira. No lleva las gafas y sus ojos tienen un color apagado, muerto—. Sin lugar a dudas, el segundo mejor motor.

—¿No son todos iguales?

—Eso quieren hacernos creer, pero el de las ocho y cuarto, hijo, el de las ocho y cuarto es especial. Ven. —Palmea el sofá—. Siéntate a mi lado. Celebremos que estás aquí escuchándolo juntos como en los viejos tiempos.

Su ilusión es tangible. Material. Alguien más en la estancia. Y escuece. De repente, me siento culpable por haberlo sustituido por tantas gilipolleces brillantes y caras. Durante estos años hemos actuado como una familia normal, pero hemos actuado, al menos por mi parte, porque existía el contacto, las reuniones juntos y ese algo que no me dejaba ser natural. Hemos tenido un muro invisible instalado y no pienso largarme hasta que lo hayamos derribado.

Tomo aire. Mis palabras se merecerían una introducción, contextualizar… Están saltando en la punta de mi lengua y no puedo controlarlas. Salen de mi boca.

—Siento haber robado las medicinas. —Mi padre enmudece y ladea el rostro con el rictus serio—. Sé que llego veinte años tarde y tal…

—No estás enfadado… —Parece extrañado y yo lo estoy más.

—¿Cabreado? ¿Yo?

—Sí, tú. Pensaba que nuestra barrera era tu rencor, y lo había aceptado. Merecía el castigo.

—Joder, papá, fuiste a la cárcel. Te quedaste ciego. Tú…

—Y tú eras un niño enfermo al que no supe cuidar. —Se pone de pie y se deja guiar por el sonido que emito para aproximarse lentamente—. Damien, no respirabas. Te dolían las costillas de toser y el pecho te iba a explotar. ¿Y qué hice? Irme a trabajar.

—Necesitábamos la pasta.

—¿Te das cuenta de lo fácilmente que justificas a los demás? ¿De cómo perdonas en el acto a todos, aunque eso suponga asumir una culpa que no te pertenece?

—Deja que te haga un pequeño ejercicio de memoria, atraqué una farmacia con...

—Con una pistola de juguete, desesperado. —Coloca ambas manos en mis brazos, aprieta y repite—. Desesperado porque los que debían protegerte no lo hacían, sumergidos en una relación tóxica y envenenada.

—¿No estás enfadado conmigo por quitarte la libertad?

—Mi cárcel no estaba hecha de cemento y acero, sino de remordimiento, y para sentirlo no necesitaba ojos. Tenía tu imagen clavada dentro y el sonido de tus lloros retumbaba en mis oídos. Soy yo el que tiene que pedirte perdón. Siempre he sido yo. Lo siento. —Toma aire y añade—: Estoy muy orgulloso de que salieses adelante con el escenario que tenías. En prisión me consumía haberte dejado solo y apartaste los fantasmas al demostrarme que lo habías conseguido sin mi ayuda. Te habías convertido en un hombre bueno, Damien. Eres un buen hombre.

—No.

—Sí, lo eres, y no hay nada más que discutir. Puro, leal y sin rastro de resentimiento cuando tendrías todo el derecho. Todo. Pero, entre el odio y el amor, la balanza se inclina sola con lo que tienes dentro y ni siquiera te das cuenta de que has elegido. —Tragamos saliva a la vez—. Lo siento otra vez, hijo mío, y gracias por convertirte en la persona que me encantaría haber criado. Te quiero.

Sus manos se cierran alrededor de mi torso y me abraza. La cara B desconocida. El otro hombre que sufría por no poner las cartas encima de la mesa. Las suposiciones dejan de arañar para ser sustituidas por el tacto de la verdad. Las de los dos. Una vez que la nieve en enero ha quedado atrás y el invierno constante se despide con la promesa de que el siguiente vendrá acompañado de una estufa para ahuyentar el frío.

Veo el reloj que hay colgado en la pared detrás de él. Son y trece. Le pido que vayamos juntos a escuchar al tren con el mejor motor de Nueva York. Apoyamos la cabeza en la pared y esperamos a que el suburbano haga su aparición. Compruebo que es cierto, la vibración se cuela por las paredes endebles y nos ofrece un concierto que a la mayoría de la gente le parece desagradable, ruido, pero que para nosotros es sinónimo de «todo está bien».

Me quedaría allí toda la mañana para escuchar las tripas de la ciudad funcionar. Sin embargo, hoy no es el día. Un avión trae de vuelta a alguien. Me despido con la promesa de que «nos vemos pronto» es la próxima semana como muy tarde. Desciendo ligero mientras las agradables sacudidas del hielo se derriten. Descubro que en la puerta de la casa de mi abuela y mi padre me espera una persona: Eva.

—Pensaba que no descifrarías mi mensaje.

—Venía con la ubicación en tiempo real. Tienes un problema con las nuevas tecnologías.

Bajo su aparente indiferencia, me observa preocupada y me doy cuenta de que ella también carga con el cansancio bajo sus ojos. Permanece atenta a un punto a mi lado y me giro para descubrir que se trata del edificio en el que convivió con sus padres, cuando el rojo no impregnaba sus grafitis. Se deja caer en el suelo y me siento a su lado. La veo juguetear con un anillo en su dedo anular.

—¿Es lo que creo que es? —Abro mucho los ojos.

—Kitty me lo pidió hace dos meses.

—¿No lo has gritado a los cuatro vientos por algo en particular?

—Te vas a reír de mí.

—No lo haré. —Me acerco y le susurro al oído—: Me dejarías sin respiración.

Eva se lo piensa y, para que el asunto mejore, me doy cuenta de que mi colega el fantasma se nos ha unido.

—Quería que él me llevase al altar o delante de Elvis —escupe, y prepara el puño por si acaso no cumplo mi palabra.

—Si te sirve de consuelo, yo lo imaginaba a lo *Náufrago* calentándole la cabeza a un coco con su imagina…

Mi amiga, la imperturbable y dura Eva, se ríe con los ojos húmedos. Y también tiembla. A Gavin se le desencaja la cara. Vale, sé que es fruto de un juego cruel de mi mente, pero eso no evita que su dolor me cause sufrimiento.

—Estaba convencida de que volvería. Ya sabes, maldita esperanza que nunca se pierde.

—Al menos tú hiciste las cosas bien con él.

—¿Yo? —Asiento—. ¿Qué me dices de ti?

—Seguro que acostarme con la chica de la que estaba enamorado resta puntos en la escala de mejores amigos. —Evito que nuestros ojos se encuentren.

—Damien, para ya.

—Vale que no soy el rey consolando…

—Para ya de mentirte, por favor. Todo el universo sabía que de la única persona que ha estado enamorado Gavin hasta la médula es de ti. Lo suyo fue a primera vista, no dejó de adorarte ni un segundo desde el día en que vio a unos niños pegarte y… algo despertó.

Basta de engañarme. Cuando alguien te ama tanto, es imposible no darte cuenta. No es por el modo en el que te mira, por cómo te toca o por su tono de voz, es el segundo de adelanto, ese por el que sabes que va a pasarte algo bueno al verlo reflejado en su cara, porque te regala la felicidad, ahuyenta las penas y siempre está, hasta el punto de que te cuesta dividiros. Gavin era, es, la porción de suerte que me correspondía, incondicional y sincero. Y yo no quería amar si no era a él, y apareció un ángel, caí y tuve que apartarle.

—Podría haberle querido de la manera que hubiese necesitado… —Levanto la cabeza y me encuentro con sus ojos.

—¿De qué hablas? —pregunta el protagonista.

—Novio, amante… Como fuera. Debí haberlo hecho. —Mi mejor amigo niega con la cabeza y las frases de los dos se solapan.

—Le diste algo mejor.

—Me diste algo mejor.

—Un amigo.

—Un amigo.

—¿Amigo solo?

—Un amigo lo es todo —completa Eva, y saca un sobre de su cazadora de cuero—. Gavin las escribió después de que lo estuviese rayando toda una tarde para que no aceptase una misión peligrosa. Una para mí y otra para ti, por si le pasaba algo, de coña. —Se detiene. Inspira y suelta el aire lentamente—. Nunca voy a dejar de lamentar llevar razón. —Me la tiende y juego con ella entre mis manos.

—¿Vas a leerla?

—Cuando esté fuerte —apunta, y apoya la cabeza en mi hombro.

—Al final has sucumbido a mis encantos.

—En realidad, me caes bien desde el momento del gato. Formábamos un buen equipo de tres.

—Formamos.

—Uno ha caído.

—¿Y si te digo que lo veo?

—Te pediría que me contases si su sonrisa ha cambiado.

—Es la misma de las tardes en el vagón abandonado. —Eva respira hondo.

Los dos nos quedamos relajados en la acera, unidos y con la visión de la estampa de nuestra adolescencia. El estado de sosiego cuando el huracán ha pasado, detiene el tiempo y solo te concentras en mantener la mente en blanco, empaparte del sonido que se esconde en el silencio y te invade un estado de letargo, de descanso.

—¿Pudimos hacer algo más? —Abandono el paréntesis de relax.

—Podemos. —Me giro y Eva levanta las cejas un par de veces—. ¿A Gavin le gustan los entierros militares?

—Para nada —contesta el aludido.

Mi mejor amigo está al otro lado. Serpenteo con los dedos y esta vez no lo pienso, solo me dejo llevar. Gavin no es un ser traslúcido al que se puede atravesar. A él se le siente de un modo diferente a rozar la carne de los vivos. Con la misma intensidad en el pecho. Desciende, cauto, hasta terminar con la cabeza en mi hombro libre y me pregunto por qué los muertos no pueden tener sombra. Haríamos una figura bonita. Y, mientras doy vueltas a lo esotérico, soy consciente de lo que tengo que hacer.

Voy a demostrarle a Gavin que por él sería capaz de cualquier cosa.

Lo que sea…

CAPÍTULO 23

Desde Nueva York. 2019

Gavin llamó «salto como terapia de choque» a una de sus ideas descabelladas de crío para curarme el vértigo. Aseguraba que era sencillo, y al principio casi me sentí insultado, cuando se detuvo en el bordillo frente a las pistas y me obligó a llevar a cabo su idea. Parecía de coña. Pensé que se reía de mí, pero lo vi tan concentrado, tan entregado a mi causa, que obedecí una vez y otra, hasta que pareció un juego para ver quién recorría más espacio al que se unieron algunos chicos de las canchas.

De ahí pasamos a las escaleras. Agotador. Y a las sillas y los bancos. Un par de patas perecieron. Probó a subir de nivel y, en el preciso instante en que me encontré subido en un muro con Eva trazando un grafiti debajo, me negué. Él insistió, a pesado no había quien lo ganase. Evidentemente, no lo consiguió. Se frustró y me defendí alegando que yo no sería el chaval que se partía la cabeza por hacer el gilipollas.

Desistió. Por raro que parezca, lo hizo. Debió darse cuenta de que no había dónde rascar y empezó su sesión de norias, azoteas y una subida a la corona de la Estatua de la Libertad en la que es probable que dañase uno de los principales monumentos norteamericanos con mis uñas. Impuse una regla: que los pies tuviesen sujeción, suelo, y podía usarme de conejillo de Indias en sus proyectos de psicología. Y, para que le quedase bien claro, le juré por lo más sagrado que tenía, mi billete, que bajo ningún concepto cambiaría de opinión. Batalla perdida. Un rotundo no.

Años después, hoy, mi mejor amigo celebra su tardía victoria. Cabrón.

Hace un rato hemos subido a la ladera enfrentada al viento que desemboca en una pequeña pendiente con el equipo que he contratado. El cansancio físico de ascender a pie me ha hecho olvidar durante un rato lo que voy a hacer, pero ya he recuperado la respiración y el parapente de colores chillones no es exactamente discreto para ignorarlo. Además, el mono sobre mi cuerpo pesa un huevo y medio.

El monitor que me acompañará durante mi primer vuelo en tándem se ha apartado. Dice que para comprobar que la protección de la espalda, los arneses y la silla están en óptimas condiciones. La verdad es que está harto de que le pregunte por qué está calificado como deporte extremo si todo está bajo control y no va a ser más que un «paseíto por las nubes», según sus propias palabras. Supongo que, si no fuera quien soy, Tiger Ocean, hace rato que me habría tirado el dinero a la cara y, agotado, habría abortado la misión. Sin embargo, el piloto experimentado, también con sus propias palabras, ha aceptado un encargo a última hora a cambio de una fotografía en su web en la que anuncie que el rapero de moda ha hecho uso de sus servicios. Quería acompañarlo de un vídeo, pero algo, el pánico que se debe traslucir en mi cara y no oculto con movimientos, le ha debido chivar que no es buena idea y que se le caería gran parte de la cartera de clientes. Mejor. El plan de convertirme en *trending topic* por algo así no me seducía demasiado.

El instructor se acerca a entregarme el casco que protegerá mi cabeza (un poco fino, si quieren saber mi opinión) y se larga. La risilla cantarina de Gavin se cuela entre el plástico. Él ya está del todo equipado. Es un fantasma muy precavido.

—Venga, va, dime cuánto ha costado —repite por vez número un millón. Parece que, si no le confieso la cifra por la que los Hunter me han vendido sus cenizas, no se va a callar. También parece que los monitores han asumido que me gusta hablar solo y lo han aceptado. Mejor así que dándoles la tabarra a ellos.

—Quince de los grandes.

—Vaya mierda. —«Un poco sí», pienso. Sus hermanos estaban tan cegados por que alguien les hiciese una oferta para encargarse del funeral que soltaron el importe antes de que las neuronas hiciesen contacto y se diesen cuenta de que yo ya no soy el adolescente al que podían tentar con una joya—. ¿Habrías pagado más?

—Puede.

—¿Cuánto?

—Si sigues tan pesado, ni regalado. —No pilla el concepto.

—¿Más de cincuenta mil? —Asiento—. ¿Un millón de pavos? —Finjo pensarlo o… No sé qué habría hecho si se hubiese dado el caso, la verdad. El precio de no encerrar al chico que quería ser alas bajo un manto de tierra. Adivina mi duda—. Cómo se nota que ahora te sobra, hermano. Son cenizas. Solo cenizas. Y una urna espeluznante.

—A este paso, cancelo el vuelo en parapente y te tiro en un basurero. —Abre la boca y se muerde la lengua antes de cerrarla de golpe. Bien, la amenaza ha surtido efecto.

Termino de atar la correa del casco y analizo los botones de la radio que me han proporcionado para darme instrucciones y evitar riesgos. Riesgos, sí, la palabra maldita. ¿No podían haber utilizado un eufemismo?

—Por cierto, ¿cuál es la conversación pendiente? —dejo caer como si nada, y me preparo para que abra su corazón o algo similar. Estoy listo. No mentí cuando le dije a Eva que podría haber sido para él cualquier cosa. Gavin suspira. Sabe lo que estoy pensando y le duele. Puede que la morena lleve razón y el modo en el que lo quise, lo quiero, sea bastante, los sentimientos invadidos de verdad tienen la capacidad de moldearse y adaptarse hasta llenar huecos de formas diferentes.

—Leí en una entrevista que te gustaba la coliflor y me consta que la odias.

—Ah, eso. ¿En serio?

—Lo mucho que te quiero ya lo sabes. ¿Para qué ponernos moñas?

Observo sus mullidos labios y me pregunto si lo que él necesita es...

—Necrofilia no, por favor —repone con los ojos en blanco.

—Técnicamente es con los muertos, y tú pareces más un ente.

—Técnicamente tienes al pobre piloto y a sus ayudantes acojonados mientras le pones morritos a la nada.

—Que les den.

—Como te escuchen, vas a pasar un vuelo divertido... —Sonríe y añade—: Que te enfrentes a tu mayor miedo por mí importa mucho más que los besos, el sexo o el sexo con besos. Demuestra que no me equivoqué al elegirte como primer amor. Elegí a la persona correcta. Fiel a una amistad con costumbres tan tontas como que el otro es el último al que ves cuando nos vamos de viaje.

—¿Significa que no seguirás cuando lleguemos a tierra?

—El modo espectro parlanchín cansa. —Se encoge de hombros y yo siento que alguien me agarra de las tripas y las estruja. La agonía se debe percibir en mi rostro y Gavin completa—: Depende, tengo méritos para estar en tu pecho, así que, si dejas que una parte de mí se quede ahí, no me he ido del todo.

—Acepto. —Carraspeo para eliminar la emoción de la garganta y espantar la tristeza—. Si salgo de esta... En menudo lío me has metido.

—Te pasa por no continuar con el aprendizaje progresivo de los saltos.

Muy cierto.

Ha llegado el momento. ¿He mencionado ya que odio las alturas? Por si acaso, se lo repito al pobre monitor que me ayuda a situarme delante y aferra las sujeciones y las correas. El cielo está nublado, teñido de una tonalidad estática en la que el gris y el azul se mezclan. El corpulento instructor emprende la carrera y... ¡salto! Allá vamos.

Los primeros segundos se resumen en mi grito interminable mientras mantengo los ojos cerrados y meneo los pies en busca de esa firmeza que ha desaparecido debajo. Damos un par de tumbos y, cuando el estómago asciende a mi boca, callo hasta el punto de que me pregunta si estoy bien. Asiento (es mentira) y siento cómo poco a poco el piloto dirige las alas hasta que me encuentro sumido en un suave balanceo parecido al de una cuna sin nana.

El hombre sabe lo que hace y que lleva a un chico al borde de la taquicardia debajo. Cuida el movimiento en los giros y controla la velocidad durante la trayectoria. Parpadeo un par de veces antes de desplegar los párpados y toparme con colinas de un verde reflectante y una ciudad que se podría esconder tras la palma de mi mano. La perspectiva es tan sobrecogedora que dejo de repasar las cien cosas que pueden salir mal para concentrarme en lo que tengo delante. Ser pájaro, avión o persona con alas.

No dura mucho. Mi traicionera mirada enfoca debajo de mis pies, que cuelgan, y el suelo está muy lejos y...

—Seguro que Gabrielle te espera allí —interrumpe Gavin. Lo busco a mi lado, pero su imagen no aparece. Ahora es más una voz que repiquetea en mi cabeza—. Siempre vuelve, ¿no?

—Sí.

—Ha llegado tu turno de demostrar que, a cambio de los errores pasados sin solución, le ofreces la voluntad de quererla toda una vida. Es un buen trato y tú, el mejor negociando, no lo olvides. —Esta vez no respondo. Solo asiento y noto su tranquilidad o la mía, porque somos la misma persona—. En cuanto a nosotros... Recuérdanos así. A ti y a mí. A mí y a ti. ¡Estamos volando! ¡Somos invencibles!

—¡Invencibles! —me uno a su grito.

Perdemos altura. La zona de aterrizaje está cada vez más cerca. Desenrosco la tapa de la urna y dejo que las cenizas de mi mejor amigo se pierdan en una cascada. Quiero que Gavin forme parte del todo, respirar y sentir que vive en el aire. No paro de chillar «¡Invencibles!» hasta que la última partícula ha caído y, de repente, me doy cuenta de que ya no escucho su voz, solo la mía, y aprieto el metal contra el pecho. Se ha ido. Definitivamente. Ahora solo me queda una carta, un vínculo a su interior que no sé cuándo seré capaz de leer.

El piloto consigue una buena aproximación y aterriza en la zona que la compañía había establecido. Me ayuda a desprenderme del equipo y me tiende una sudadera. Deduce que debo estar helado por el viento que me ha golpeado la cara. La tomo y me confunde no tener frío. Encontrar el calor después de tanto tiempo, con casi todos los asuntos en paz y el puño que me ahogaba al no saber qué le había pasado a mi mejor amigo aflojándose. Ocurrió en el acto, su muerte, así lo han determinado los médicos forenses del Ejército. No sufrió y voló. Volamos.

Me tumbo sobre el césped y me pierdo en la negrura de las nubes y en su movimiento hipnótico. Parecen polvo. Humo. Vivas. ¿Será la arena con la que juegan los muertos para hablarnos? Nunca lo sabré y, cuando lo haga, no podré contarlo. O sí, y Gavin estará a mi lado. Desvarío. Una chica con gafas y la nariz arrugada se interpone entre yo y el cielo.

—¿Has sufrido un infarto allí arriba o eran las prácticas a tenor desafinado?

—No me toques los cojones, Adele.

—Dios me libre. —Me ofrece su mano y tira de mí para levantarme cuando la agarro. Limpio el rastro de hojas que se ha quedado adherido a mi trasero.

—¿Ahora eres creyente?

—Ferviente practicante de cualquier religión que me mantenga alejada de tus pelotas, gracias.

Busco apoyo en Kitty o Eva, pero la pelirroja está consolando a la morena y no me apetece interrumpir un instante tan íntimo. Busco...

—Gabrielle se ha ido.

—¿Ha estado aquí? —Abro mucho los ojos. Me ha escuchado. Lo ha hecho.

—¿Te das cuenta de lo estúpido de tu pregunta? ¿Cómo no va a haber estado aquí si se ha ido? Señor, dame paciencia. — Suspira al cielo e interrumpo su recién adquirida pasión por el rezo.

—¿Dónde?

—Por fin esa bocaza suelta algo inteligente. Lástima que no pueda ayudarte mucho. Me ha dicho que tú sabrías encontrarla cuando te hubieses despedido de Gavin. —Como prueba, me entrega una fotografía en la que se ve un punto en el cielo que, intuyo, debo ser yo berreando.

—¿Parecía muy…? —¿Cabreada? ¿Desencantada? ¿Indiferente?

—Parecía que ella también estaba sufriendo un colapso nervioso. —Adele levanta un dedo—. Mira, rapero, no sé qué tienes en mente, pero, como no la recuperes, como no hagas algo alucinante que probablemente a mí me diese vergüenza ajena, me vas a obligar a mudarme de planeta. Sois tremendamente pesados. Os queréis, ¿no? Pues empezad a actuar en consecuencia.

Le doy un beso en la frente a Adele y me llevo su mueca de estar a punto de echar la pota cuando salgo corriendo. Solo es una teoría. Puede que absurda. Un hilo del que tirar. Oportunidad. Cojo el coche y piso el acelerador. Si fuera una película, llegaría a toda pastilla a su lado. Como es la vida real, me como el atasco de entrada a Nueva York y la media hora dando vueltas hasta encontrar aparcamiento y una paloma decide que no existen más hombros para honrar con la más asquerosa de sus cagadas.

Estoy lo suficientemente nervioso para que no importe. Menos enrevesado. Sanado para dar y recibir. Estoy deshaciendo el mismo camino que durante tantos años supuso un calvario de culpa con la ilusión de que al final me espera algo bueno. Algo como… un ángel sentado en la parada de un autobús.

El universo de las clases sociales congregadas en Manhattan continúa reuniéndose en la estación del 190 y el autobús sigue llevando al Metropolitan Correctional Center, un penal federal de máxima seguridad de doce pisos situado en la parte baja del corazón de la ciudad. Solo que no es la cárcel lo que me ha movido hasta aquí, es saber con quién quiero emplear la libertad. Ella, sentada en la parada.

Deslizo los dedos dentro de la mochila que llevo colgada al hombro y saco una grulla, que lanzo para que vuele hasta acabar en su regazo. Gabrielle se tensa y levanta la cabeza con lentitud. Su profunda mirada castaña se me clava y no me concedo el paréntesis de intentar descifrarla para comenzar a hablar.

—Podría explicarte que llevo un cepillo de dientes eléctrico para contarte una historia que termine con que no quiero tener que intercambiar el cargador, sino que lo compartamos bajo el mismo techo. —Lanzo una nueva grulla—. Podría enumerar la lista de cosas que he pensado para recuperarte: cenas en instrumentos musicales, tardes de turismo o demostrarte que sigo sabiendo cómo nadar debajo de la lluvia. —Le envío otro papel—. Podría tratar de convencerte con palabras, una canción, quizás, pero ya has escuchado todo lo que llevo dentro…

—¿Cómo sé que esta vez es diferente? ¿Que no va a salir mal?

—Porque podría hacer todo eso y, en lugar de llevarlo a cabo, voy a pedirte una cosa. Lee, por favor.

Con un movimiento de barbilla le señalo las grullas que ha ido recopilando entre sus manos. Despliega los folios y arruga la nariz.

—Soy leal a los animales y las personas. —Me observa extrañada y la instó a continuar. Abre la siguiente—. Tengo talento para la música. —Esta vez no busca mi aprobación y lee la tercera—. Beso muy bien. —Frunce el ceño—. ¿Qué es esto, Damien?

—Una vez me pediste que te dijera tres cosas buenas de mí. Otra aseguraste que daba igual lo que tú vieses, pues mis ojos no lo hacían… Pues bien, he averiguado a lo que te referías y necesito que sepas que ya… Ya me quiero, ángel. Por fin lo hago. Me he perdonado.

A veces la oscuridad se va enlazando contigo de un modo tan sutil que ni siquiera te das cuenta del momento exacto en el que dejas de verte las manos. Cuando caes al agujero y te conviertes en la nada. Lo peor es que no lo sabes, que estás mal. Triste.

Porque sonríes y eres fuerte. Te exiges con brutalidad. Te castigas. Te odias de manera inconsciente. No estás enfadado con el mundo, estás enfadado contigo mismo, desde las profundidades de un averno que apenas distingues.

Poco a poco te destruyes. Las palabras son el último paso, no te apetece hablarte. Desapareces. Y piensas que la solución está en encontrar luz ajena cuando lo que debes localizar es tu propio rayo dentro. Localizarlo no es fácil, la ansiedad y la autodestrucción son dignos rivales, más cuando no los identificas como enemigos y te sientes a salvo en tu propia prisión de huesos y pensamientos enrevesados. Hay que... escarbar la superficie. Para mí, ha sido repasar, contrastar lo que durante tiempo me hizo sentir culpable y hallar el perdón. Perdón a uno mismo, mi nueva expresión favorita, la que me permite que me guste mi reflejo de nuevo. Lo que soy. Pronunciar mis virtudes sin sentirme impostor. Amar y, sobre todo, aceptar que otros me amen.

—¿Has hecho muchas? —Gabrielle interrumpe mis pensamientos.

—Adele me contó que eran necesarias mil para tener derecho a un deseo. —Le muestro el interior de la mochila, repleta de grullas, y en su rostro empieza a nacer una sonrisa.

—¿Qué es lo que vas a pedir? —Un autobús gira en la esquina.

—Prefiero demostrártelo a decirlo. —Le ofrezco la mano—. No puedo prometerte que lo nuestro saldrá bien, pero sí que merece la pena que lo intentemos. —Me aclaro la garganta—. ¿Viajamos juntos una vez más, Gabrielle?

El bus se detiene. Se forma una cola de gente que sube poco a poco. Ella enlaza sus dedos con los míos, se pone en pie y me enseña una bolsa que mantenía escondida en la que también hay un cepillo de dientes con un solo cargador y una caja de galletas.

Me río.

Se ríe.

No hace falta nada más.

Bueno, sí, el trueno que se escucha y que es idéntico a las carcajadas de Gavin cuando es muy feliz.

El mundo es perfecto.

EPÍLOGO

El frío se instaló en mis pulmones durante el invierno del 95 y por fin he dejado de respirar hielo como si todos los meses fuesen enero.

Los órganos ya no palpitan debajo de la piel ni se retuercen en fuego y luchan por trepar el muro de la garganta para salir despedidos por la boca. El calor ha llegado a mi vida, aunque irónicamente lo haya hecho en enero. Supongo que tener un verano en invierno es la magia de perdonarse. Las cicatrices no duelen. Son el recordatorio de que seguí adelante. No solo yo. Ellos también. La que encontró en una pelirroja su gran amor cuando quien debía quererla la maltrataba. El que voló por encima de la delincuencia y los mares… El que descubrió que las imperfecciones solo le hacían humano y las letras volvieron a conectar la cabeza con los dedos para salir despedidas.

—¿Te has pensado lo de la biografía no autorizada? —pregunta Spike, mi representante.

—Sí.

—¿Veredicto?

—No.

—Tiger, mierda…

—Deberías echar una ojeada al correo.

Cuelgo. Le doy unos segundos de margen para que abra el *email* en el que le he adjuntado las letras para el siguiente disco. Recibo un wasap: «Son cojonudas». Sonrío. La calma me ha devuelto la inspiración, tener algo que contar. A veces pienso que el arte posee voluntad propia y se aferra a las personas que lo llevamos dentro, las cuida, las protege y las lleva al límite de la frustración para obligarlas a nadar por un interior embravecido, hasta que descubren que no se iban a ahogar, solo tenían que ponerse de pie y comprobar que no cubre, que puedes salvarte, recomponerte y reiniciarte.

Es nuestro refugio.

«Disfruta del paraíso en el que estés», se despide Spike. No se equivoca. Estoy allí. En el viejo vagón de tren de las afueras de Nueva York, sentado y con algo entre las manos que debo hacer para continuar. Levanto la vista y me encuentro a Gabrielle enfundada en su nuevo abrigo rojo, finge que está mirando los grafitis de Eva de las paredes cuando en realidad me está dejando espacio para que me enfrente yo solo al folio que despliego. La última carta de Gavin que me queda.

Tomo una bocanada de aire y comienzo a leer.

~~Querido Damien:~~

¿Qué pasa, capullo?

Hola, hermano:

Sí, lo sé. Esto es surrealista. En mi defensa alegaré que Eva está tremendista perdida y hay que contentarla de algún modo. ¿Que se tranquiliza con un par de cartas por si me pasa algo? Pues puedo garabatear un listado de tacos interminable para demostrar que por mi interior circula el ADN de los Hunter o hacer algo que merezca la pena.

Si lees esto (suena a película de serie B), será que estoy muerto o que al final he cedido a la genética, atracado un banco y me he mudado a una isla (recibirás noticias de mi paradero cuando me deje de buscar la policía si se trata de la segunda opción). Ahora en serio, si algo me pasa, supongo que por fin dejarás de hacerte el despistado y aceptarás que yo... Que yo estaba enamorado de ti, y te preguntarás por qué no te lo confesé, con la confianza que teníamos y la seguridad de saber que nada habría cambiado.

No es tu culpa, mártir, que fijo que te me has adelantado y ya estás flagelándote con el látigo. Voy a intentar explicártelo. ¿Sabes lo que pasa cuando eres un niño y empiezas a darte cuenta de que Brad Pitt te atrae y Jennifer Aniston un poco menos? En mi caso, te sientes un bicho raro, defectuoso, e intentas obligarte a cambiar. Así lo llevé. Escondido. Atrapado. Encerrado en mi propia cárcel de prejuicios.

Deseaba ser como los demás. Anhelaba que se despertasen los mismos gustos. Me forzaba a mirar a las chicas de otro modo. Y entonces apareciste tú, en las pistas, un crío guapo, con fuerza, garra y unos ojos que no pude dejar atrás cuando te estaban partiendo la cara. Volví y, al rozarte para que te levantases, temblé de un modo que no conocía, con el estómago encogido y el pecho estremecido. Joder, cómo latía el condenado. Me asustaba y a la vez era adictivo. Algo nuevo. Inspirador.

Seguí conociéndote con la esperanza de compartir el número suficiente de momentos desagradables como para olvidarme y regresar al punto de partida. A ser un clon de los demás. Pero no pude. Mierda, contigo hasta la piel hablaba y el nervio de saber que nos encontraríamos en las pistas era agradable. No pude pararte. Cuando quise darme cuenta me habías invadido de un modo incontrolable. Sangre y oxígeno. Y entonces fui consciente de que sentir de ese modo, con fuegos artificiales y paralizando la respiración al son de tu sonrisa, no podía ser malo. Era un regalo, y no se merecía

361

que lo considerase incorrecto o inmoral. Me acepté, Damien, me acepté por lo que tú avivaste. Era demasiado... bonito.

Quizá debería habértelo dicho, pero sabía que intentarías contentarme como fuera. Siempre me has antepuesto a cualquier cosa y me habrías colocado delante de ti mismo. No podía permitirlo. Que me amases de un modo que no te nacía, por compasión, me habría destrozado. Elegí quedarme con lo que tenía, teníamos: nuestro secreto velado y una amistad que superaba cualquier tipo de relación.

¿Crees que se puede querer a dos personas a la vez? Yo, sí. Tú lo hiciste. Tener celos de Gabrielle es imposible, porque ninguno está por encima del otro, simplemente hay gente que conoce una manera de entregar su corazón, y tú has descubierto varias. Me quedo con la mía. Es mi favorita.

Y ahora vayamos a las cosas importantes: si me ha pasado una tragedia, tienes que llorarme al menos una vez al día o contratar a alguien que lo haga frente a mi tumba... ¡Que no! Guarda el móvil y los pañuelos. Si algo me ha pasado, tienes que ser feliz y hacer feliz a Eva, Gabrielle y a todo aquel que te aguante más de cinco minutos seguidos, se lo habrá ganado...

😆😂😆😂

En serio, si algo me ha pasado, me encontrarás en las palabras que existen y en las que vas a crear, y nunca olvidarás que imaginar no es para ti, tú estás llamado a cumplir sueños.

~~Atentamente,~~

~~Que te den,~~

Nos vemos más allá de las nubes,

Gavin

P. D.: Nunca olvides que fui yo quien te dijo que tu nombre significaba «domador».

—Y el tuyo significa águila blanca. —La voz se me atranca en la garganta—. Sí, hermano, se puede querer a dos personas a la vez.

Agarro los folios con fuerza y los aprieto contra mi pecho. Rígido. Paralizado. Sin intentar contener las lágrimas que asoman por mis ojos y que descienden por mis mejillas. Gabrielle se acerca con cautela y me abraza por detrás con suavidad. No sé cuánto tiempo permanecemos así, juntos, temblando sin vergüenza entre unos brazos que me inundan de calor, consuelo y de la seguridad de que es imposible romperme y que mis pedazos salgan despedidos porque ella me mantiene unido.

—Sempiterno —susurra en mi oído.

—¿Perdón?

—Que durará siempre; que, habiendo tenido principio, no tendrá fin. Eso es lo que tienes tú con Gavin. Lo he buscado en tu diccionario. —Me estremezco de arriba abajo agradecido y giro la cabeza. La rubia sonríe y sé que ha llegado el momento. Carraspeo.

—Gabrielle… Podría decirte que no fui tu primer amor porque estaba destinado a ser el último, pero es que no quiero ser ninguno de los dos. Quiero ser el de ahora, el que te ama este segundo, y así todos los que nos quedan. ¿Es suficiente?

Se coloca enfrente, se agacha y posa sus labios en mis lágrimas saladas y las va borrando una a una con un cariño al que todavía me estoy acostumbrando, hasta que desemboca en mi boca y me da un beso lento que sirve de respuesta.

—Deberíamos irnos. —Deshace el contacto de nuestros labios—. Está anocheciendo.

—¿No vas a asomarte para avisarme de si está nevando?

—¿Por qué? Tú ya no tienes miedo. —Lleva razón—. Ahora solo nos queda solucionar el pequeño problema del vértigo…

—Relaja.

Se ríe.

Ella sale primero. El suelo cruje cuando lo piso con mis botas. Está nevando. Los copos que caen del cielo se acumulan en la solapa de mi chaqueta y en la capucha que calo sobre mi cabeza.

Y, como ya no les temo, dejo que uno se pose en la palma de mi mano y lo observo transformarse en una gota de agua.

La chica del pelo blanquecino me pilla desprevenido y me tira una bola que aterriza en mi boca. Por si la humillación fuese poca, también me saca una foto con su nueva Land Camera Model 95 que eliminaré de la faz de la Tierra cuando la revele.

—¿Me has hecho tragar nieve?

—Solo un poquito —bromea, y echa a correr.

Me tomo mis segundos para fingir una indignación a la altura del tremendo acto de vandalismo, pero al final no me contengo y salgo detrás. Me ha costado muchos viajes en autobús ganarme su confianza de nuevo. Sin embargo, lo ha hecho. Al cien por cien. Cree en nosotros. Desde dentro, con la bondad que la define. La misma que no tengo en cuenta cuando la atrapo, jugueteamos, acabo encima de ella sobre el manto blanco y entreabro los labios para hablar.

—Pienso vengarme cuando lleguemos a casa.

—Todavía puedo echarme atrás en lo de irnos a vivir juntos.

—¿Y renunciar a los maratones sexuales que he planeado? No te atreverías.

—Eres muy idiota, Damien. —Ríe.

—Soy el idiota que va a hacerte feliz. Te lo prometo.

Querría añadir que, cuando aceptó venirse a vivir conmigo, fue el mejor jodido día de mi existencia y que sé que tiene dudas, por sus viajes para hacer fotografías y mis giras, pero que me encargaré de que funcione porque ella… Ella…

Cuando la miro, ocurre algo inexplicable, ¿sabes? El miedo desaparece y la esperanza de que cualquier cosa es posible me llena… Es aprender que debajo de la tormenta se nada. Un milagro. *Mi milagro.*

Es como ver nevar al sol.

AGRADECIMIENTOS

Algo me dice que estos agradecimientos van a ser más especiales que nunca. Quizá porque tengo una canción preciosa de fondo. Quizá porque acabo de escribir la dedicatoria y ya estoy llorando. Quizá porque sé lo que viene, que me voy a vaciar, exponer y dejar un trocito de mí en estas palabras.

Quiero empezar dándole las gracias a Anna, mi antigua editora de Neo, por creer en esta novela a ciegas, con un simple «Quiero contar la vida de Tiger y de una chica que lanza grullas de papel volando»; y a Míriam, mi actual editora, por no dudar ni un segundo en llamarme la mañana en la que las dudas me asfixiaban para darme el impulso que necesitaba para volver a confiar. Damien y Gabrielle existen por vosotras. Por las dos. Da igual el nombre que ponga en la portada. Es vuestra.

A Jan Sumalla, por dejar toda la magia de su arte en unas ilustraciones que no me podrían parecer más preciosa. Son ellos. Los que estaban en mi cabeza y diste vida con tus manos.

A Pilar, mi autora (Anissa B. Damom) y persona favorita. Nunca he conocido a nadie tan generoso como tú. Estás para lo bueno, lo malo y lo que nos queda por descubrir. Mi media naranja literaria. Si algo me da miedo, solo tengo que llamarte, y si algo me hace muy feliz, también. La respuesta es la misma, tu risa. Tu comprensión. Tu ayuda incondicional. Y ni siquiera te haces una idea del poder infinito que tienes.

A mi familia, Amparo, Jorge, Rubén, Nuria, Miguel Ángel, Antonia, Juliana, Fidel, Emiliano, Bertita y, especialmente, a mis padres, Javier y Elena, por ser mi máximo apoyo. Con vosotros no me hace falta pedir deseos a una estrella fugaz, porque lo que más quiero ya lo tengo cuando estáis al lado.

A Pablo, mi compañero de vida. A veces se me olvida hacerlo, ¿sabes? Darte las gracias más a menudo. Creo que ni siquiera eres consciente de que sin ti esto no sería posible. Doy por hecho que lo sabes, pero te mereces que te lo diga. GRACIAS. Por entender que teclear es mi sueño y darme todas las facilidades que necesito y alguna más. No sé exactamente cuándo fue la primera vez que te quise, pero sí que ahora no podría arrancarte de dentro.

La novela empieza con una dedicatoria a mis chicas del CAM, Sandra, Sheila, Sara, Raquel, Andrea, Nuri, Virginia y Ruth, y en este punto me gustaría añadir a Ceci y JC. Cecilia, me das la vida con cada audio con tus teorías descabelladas de la novela. JC, lo mejor de trabajar el fin de semana era compartir las horas contigo. Con todos. El CAM me enseñó que puedes encontrar tu lugar en el sitio más inesperado. ¿Os cuento un secreto? Cuando entré en el departamento lo hice derrotada. Acababa de renunciar al periodismo y era, como diría Damien, como si me hubiesen quitado una costilla. Puedes seguir viviendo, pero notas el vacío y duele. Entonces llegasteis vosotr@s, también Raquel, Pico, Javi, Fani, Virginia, Yoana y Eva, y me regalasteis los MEJORES años laborales de mi vida. Vimos nacer un departamento, trabajamos muchísimo y, lo más importante, formamos una familia. Sí, una puñetera familia. ¿Veis lo bonito que es? Puede que ahora vuelva a estar más cerca de mi sueño con Comunicación y nos separe una planta, pero seguís estando a mi lado, porque cuando tengo que elegir el nombre de una protagonista corro y busco a mi rubita, Sara; posiblemente sabe los *spoilers* de mis próximas diez novelas, y Sandra, es la única persona que conoce todos los proyectos que descansan en el cajón, porque le cuento cada letra que imagino.

A todos mis amigos. Los que aparecieron en un Erasmus en Roma hace casi una década para quedarse: Ana, Mado, Paula, Ángela, Sara, Alejandro, Cristian y Laura. Las que me acompañan desde el cole: Alba, Cristina, Bea, María y Silvia. La familia gallega y madrileña: Pepe, Carmen, Sara, Lola, Mónica y Jaime. Los que me llevan acompañando desde siempre y para siempre en un paraíso conquense llamado Villar del Maestre: Alejandro, Miguel, Alberto, Carolina, Mónica, Toni, Samuel, Antonio, Sergio, Víctor, Carmen, Guillem, Tamara, Rubén, Nuria, Clara, Jesús, Lara, Vanesa, José, Nico, Paula, Blanca, Rodrigo, David, Nadine, Darío, Carlos, Irene, Diego, Natalia, Berta, Javi, Noah, Laura, Guille, Raúl, Ana, Tito, Rosa, Aleix, Laura, Miguel, Álvaro, Sergio, Belén y Lucas. Y, por qué no, toda la gente del Villar del Maestre y Villora. Este libro habla de milagros, imposibles, ver nevar al sol. Y vosotr@s sois mis rayos y copos.

A ti, que has llegado hasta aquí. Sí, tú. Dicen que los regalos siempre residen en las manos que los dan y yo creo que la vida de los libros son los ojos que los leen. Gracias por dejar a Damien y Gabrielle existir. Gracias por confiar en mí.

Y ahora llegan ellos. Voy a respirar.

Ya.

Queridos Damien y Gabrielle:

Quiero empezar esta carta pidiéndoos perdón. Sí, perdón. Por aquel día en el que la inseguridad triunfó, cogí el teléfono y escribí a Míriam: «No quiero publicar *Cómo ver nevar al sol*». Tenía miedo, me sentía pequeñita y no paraba de pensar en que no merecía todo lo bueno que estaba pasándome. Me paralicé. Me bloqueé. Quise correr sin importar dejaros atrás.

Mi editora me animó y, aun así, la agitación no me soltaba. Estaba atrapada en un círculo, porque contigo, Gabrielle, había sido fácil conectar, pero a Damien a veces no lo entendía. Acordé regresar a vosotros, releer la historia y entonces, solo entonces, tomar una decisión. Poca gente sabe lo complicados que fueron esos días. Solo yo lo sé por el modo en que lloré cuando por fin lo comprendí, cuando supe que lo que le pasaba a Tiger era que se exigía demasiado, que era igual de duro consigo mismo que lo estaba siendo yo conmigo. Me vi reflejada y, como él, me perdoné por no ser perfecta.

La revelación me hizo vaciar la cabeza. Sentir. Y joder cómo lo hice. Cada frase. Cada párrafo. Cada escena. Escuché perfectamente la voz de Damien pronunciando «ángel», vi los rincones de Nueva York por los que paseabais, me refugié en vuestro karaoke y cuando os dijisteis «Te quiero», a vuestra manera supe que se trataba de una verdad universal... Supe que os quería y deseaba veros volar.

Supongo que podría deciros muchas cosas. Sin embargo, he parado de escribir para hacer una grulla de papel (o algo que se le parece) y escribir una frase que lo resume todo: gracias por salvarme.

No sé si seréis mi mejor novela o la peor. Podéis gustar o no. Da igual. Siempre os recordaré como la ráfaga de aire que me impulsó hacia arriba cuando abandonar parecía tentador. Que no os quepa ninguna duda de que mientras mi corazón siga latiendo seréis importantes. Infinitos. Invencibles.

Atentamente,

Alexandra Roma

Tu opinión es importante.

Por favor, haznos llegar tus comentarios a través de nuestra web y nuestras redes sociales:

www.plataformaneo.com
www.facebook.com/plataformaneo

Plataforma Editorial planta un árbol
por cada título publicado.

La novela ganadora de la séptima edición del
Premio Literario "la Caixa" / Plataforma es una historia
sobre cómo sobrevivir al instituto cuando tu vida
se parece a una película mala de Hetflix.

Los universos de *Al final de la calle 118* y *Cosas que escribiste
sobre el fuego* se cruzan una última vez en una novela que nos
habla del duelo y los fantasmas, escrita por una de las voces más
prometedoras de la literatura juvenil española.